Gerhard A. Spiller   Resterampe

AF210604

Hinweis

Bei diesem Roman handelt es sich um eine bloße Fiktion. Jede Ähnlichkeit mit lebenden oder verstorbenen Personen ist rein zufällig und unbeabsichtigt.

Gerhard A. Spiller wurde 1964 im niedersächsischen Ölsburg geboren. Nach einer Verwaltungsausbildung in Peine und dem Studium der Verwaltungswissenschaft in Konstanz am Bodensee arbeitet er seit 1994 als Kommunalbeamter in der Peiner Kreisverwaltung. Seit acht Jahren ist er Mitglied der Schlaraffia, einem weltweiten Bund mit dem Ziel der Förderung von Kunst, Humor und Freundschaft.

Besuchen Sie ihn auf Facebook

Gerhard A. Spiller

Resterampe

Kriminalroman

Verlag: BoD · Books on Demand GmbH, In de Tarpen 42,

22848 Norderstedt

Druck: Libri Plureos GmbH, Friedensallee 273,

22763 Hamburg Printed in Germany

ISBN 978-3-7597-7064-6

Sonntag, 16. April, irgendwann am Nachmittag

Schmerzen rasten durch ihren Körper, jeder Zentimeter brannte wie Feuer. Wie lange war sie diesem Tier wohl schon ausgeliefert, eine Stunde, zwei oder mehr? Sie wusste es nicht, unter der immer brutaler werdenden Folter hatte sie jedes Zeitgefühl verloren. Es kam ihr wie eine Ewigkeit vor, und noch immer machte er keine Anstalten, sein grausames Werk zu beenden.

Am Anfang, als sie das Ganze noch für ein normales Sadomaso-Spiel hielt, hatte sie ihn gebeten, nicht so grob zu sein. Als das nichts half, hatte sie gebettelt und ihn schließlich angefleht, nicht so brutal zu sein, aber er hatte nur gelacht und sie verhöhnt. Im Gegenteil, ihre Panik schien ihn sogar noch zu amüsieren. Er verrichtete weiter sein Werk, ohne jegliches Anzeichen von Mitgefühl. Sein Gesicht war zu einer grausamen Maske verzerrt und zeigte keinerlei menschliche Regung. Trotz der unfassbaren Grausamkeit seines Tuns wirkte die Vorgehensweise nicht sehr routiniert, geradezu amateurhaft und manchmal sogar eher unbeholfen. Aber das alles half der Frau nicht, und schnell war ihr ganzer Körper übersät mit den Spuren der grausamen Folterung, die sie ertragen musste.

Als sie merkte, dass es kein Spiel, sondern eine ganz reale Folter war, hatte sie laut um Hilfe geschrien. Sie war sich sicher, dass jemand in der Nähe war, aber niemand kam ihr zu Hilfe. Ihre Schreie waren ungehört verhallt, wie auch ihr Flehen um Gnade. Dafür wurden aus den Hilferufen sehr rasch

Schmerzensschreie, die gellend von den Wänden widerhallten.

Nach einiger Zeit waren ihre Stimmbänder vom vielen Schreien ganz wund und heiser geworden. Jetzt konnte sie nicht mehr richtig sprechen, sondern nur noch ein unartikuliertes Krächzen hervorbringen.

Als der Frau schließlich klar wurde, dass sie diesen Raum nicht mehr lebend verlassen würde, dachte sie kurz an ihre Eltern und an ihre Heimat. Dann betete sie in Gedanken zu Gott und flehte um einen schnellen Tod. Diese Gnade war ihr jedoch nicht vergönnt.

Nach weiteren endlosen Minuten der Qual gönnte sich ihr Peiniger eine kleine Pause. Überaus zufrieden mit sich und seinen Taten betrachtete er verzückt sein ‚Werk'. Gegen die verzweifelten Schreie der Frau war er taub, im Gegenteil: sie hatten ihn angestachelt und seine Grausamkeit immer weiter befeuert. Endlich konnte er seinen Fantasien freien Lauf lassen und sich austoben! Schon seit Jahren hatte er davon geträumt, eine Frau nach Herzenslust martern zu können – und heute lebte er seine Folterfantasien gründlich aus.

Mit großem Interesse betrachtete er all die Gegenstände und Möbel, mit denen man einen Menschen langsam und qualvoll töten konnte. Für die Umsetzung seiner Fantasien benötigte er nicht alles, was ihm der Raum bot, aber er ließ seiner Neugier freien Lauf und wollte manches ausprobieren.

Inzwischen hatte er sich von der ungewohnten Anstrengung erholt. Es war recht kräftezehrend, einen Menschen zu quälen

8

– vielleicht hätte er in den letzten Jahren etwas mehr Sport treiben sollen, um besser auf diesen Tag vorbereitet zu sein. Er musste das im Hinterkopf behalten, für sein nächstes Opfer.

Die kurze Unterbrechung hatte ihm wieder etwas Kraft verliehen. Anders sah es dagegen bei der Leidtragenden aus: Die Frau hing nur noch schlaff in den Ketten und schien nichts mehr wahrzunehmen. War sie bewusstlos? Das wäre ärgerlich, denn sie sollte doch genau mitbekommen, was er alles mit ihr anstellte. Wütend schüttete er ihr einen Eimer Wasser über den Kopf, worauf sie aber nur verhalten reagierte. Zu groß waren die bereits erlittenen Schmerzen, zudem mussten bereits mehrere Knochen gebrochen sein. All das interessierte ihren Peiniger nicht.

Erneut trat er auf die Frau zu und setzte ihre Folterung fort. Krächzende Laute bestätigten ihm, dass sein Opfer noch Schmerzen empfand. Diabolisch grinsend machte er weiter.

Kurz darauf war jedoch die Grenze der Belastbarkeit für den geschundenen Frauenkörper endgültig überschritten! Ihr Herz versagte den weiteren Dienst und ein gnädiger Tod erlöste sie viel zu spät aus den Fängen dieses Monsters. In seiner Raserei bemerkte ihr Peiniger nicht sofort den Tod seines Opfers. Er befand sich inzwischen in einem wilden Blutrausch und traktierte noch minutenlang den bereits toten Körper. Als er dann doch endlich ihren Tod bemerkte, hielt er beinahe verblüfft inne. Dann brüllte er plötzlich los: »Du dumme Kuh, habe ich dir erlaubt zu krepieren?« Wütend schlug er mit bloßen

Fäusten auf die Leiche ein.

Es dauerte ein paar Augenblicke, bis sich seine Raserei legte. Achtlos warf er das Marterwerkzeug, das er sich für die nächste Grausamkeit bereitgelegt hatte, zurück zu den anderen Folterinstrumenten. Dann ließ er seinen vor Stolz und Lust erregten Blick über sein Werk der Zerstörung und Entstellung wandern. Ein wohliger Schauer durchführ seinen Körper – er hatte es getan und tatsächlich eine Frau zu Tode gefoltert! Schweiß stand ihm auf der Stirn, aber er wischte ihn achtlos beiseite. Erst als er sich genug am leblosen Frauenkörper geweidet hatte, wandte er sich zur Tür und verließ erschöpft, aber mit stolzgeschwellter Brust den Raum.

Mittwoch, 19. April, gegen 1:00 Uhr nachts

Die Baustelle lag verlassen im neuen Gewerbegebiet nördlich von Hannover. Das Gebiet war zwar schon seit einiger Zeit für die Bebauung freigegeben, aber wegen der Corona-Pandemie hatten viele Firmen ihre Investitionspläne vorerst auf Eis gelegt. Nur ein paar wenige Grundstücke waren verkauft und die Baumaßnahmen erst am Anfang.

Vorsichtig bewegte sich der Mann durch das unbebaute Gelände. Sein Ziel war die größte Baustelle, weil es dort die meisten Container gab, von denen einige als Büroraum für die Bauleitung und andere als Aufenthaltsraum für die Arbeiter dienten. Es wäre doch gelacht, wenn nicht in mindestens einem davon etwas zu holen sein sollte!

Der ungepflegt wirkende Mann unbestimmten Alters hatte bereits an den beiden vorangegangenen Tagen alles ausgekundschaftet und wusste, dass es keinen Sicherheitsdienst gab. Der Bauzaun stellte kein Problem dar, denn auch wenn er nicht mehr so gut in Form wie früher war, reichte es dafür noch allemal. Er hatte in den letzten Jahren schon Dutzende davon überwunden und dabei im Laufe der Zeit seine eigene Technik entwickelt. Es musste ja alles sehr schnell gehen, damit ihn niemand sehen und die Polizei rufen konnte. Zwar war er sich sicher, dass niemand in der Gegend sein würde, aber manchmal hatte das Schicksal unangenehme Zufälle auf Lager.

Nach der Überwindung des Zauns ging er sofort dahinter in

Deckung und sondierte die Lage. Zum Glück hatten die Arbeiter beim Roden der Fläche an einer Außenseite gleich hinter dem Zaun mehrere halbhohe Büsche stehengelassen. Diese boten ihm ein gutes Versteck.

Die Baustelle war recht groß. Laut Schild am Eingang sollte hier eine große Halle entstehen. Da aber für das geplante Gebäude erst noch die Fundamente gegossen werden mussten, war fast die gesamte Fläche der Baustelle gut einsehbar. Lediglich das schwere Gerät der Arbeiter und die schon angelieferten Steine und sonstigen Materialien lagen herum und nahmen ihm teilweise die Sicht. Ein wenig abseits standen die von ihm anvisierten Ziele: sieben Container, von denen einer die Zentrale des Bauleiters war, während die anderen als Aufenthaltsräume für die Arbeiter ober Abstellfläche für kleinere Werkzeuge dienten.

Mit einem schnellen Blick in die Runde vergewisserte sich der Eindringling, dass die Luft rein war. Als er sicher war, dass ihn tatsächlich niemand beobachtet hatte, schlich er sich leise an den ersten Container heran. Es war der des Bauleiters, darin gab es nach seinen Erfahrungen die größte Aussicht auf Diebesgut. Hier wollte er anfangen, damit er im Falle eines plötzlich erforderlichen Rückzuges wenigstens etwas erbeutet haben würde.

Schließlich hatte er den Container erreicht. Gerade als er sich aufrichten und das Brecheisen aus der Tasche holen wollte, hörte er ein stetig zunehmendes Brummen wie von einem Motor. Einem alten Reflex gehorchend ging er rasch wieder in Deckung. Seinen Beobachtungen nach trieb sich hier um diese Zeit normalerweise niemand mehr herum. Sogar die jungen Paare zog es in andere, weniger abgelegene und wohl auch romantischere Ecken für ihre Liebesspiele.

Wer konnte das sein? Ein Sicherheitsdienst? Wohl kaum, denn beim Auskundschaften hatte er keine Kontrollen bemerkt. Vielleicht war es ein Betrunkener, der hoffte, hier in keine Polizeikontrolle zu geraten. Schlimmstenfalls wäre es doch ein Wachmann, der seine Kontrollfahrt machte.

Langsam zog sich der Eindringling zu den Büschen zurück und verschmolz mit den nächtlichen Schatten. Hoffentlich fuhr der Wagen vorbei, damit er endlich weitermachen konnte.

Aber das Glück war nicht auf seiner Seite, denn das Motorengeräusch wurde immer lauter. Der Wagen kam also näher, was den Eindringling mit jeder Sekunde nervöser werden ließ. Nach seiner Erfahrung konnte das nur ein Sicherheitsdienst sein, aber damit hatte er nicht gerechnet. Auf einer Baustelle wie dieser gab es außer den schweren Maschinen nichts von Wert, jedenfalls nicht für normale Einbrecher. Für einen Berber wie ihn gab es dagegen immer etwas zu holen, und seien es nur ein paar Essensreste. Zum Glück, so beruhigte er sich, hatte er das Schloss noch nicht geknackt, sodass nichts auf seine Anwesenheit hindeuten würde.

Als sich der Wagen dem Tor zur Baustelle näherte, duckte er sich instinktiv noch weiter auf den Boden. Von hier aus konnte er fast die gesamte Fläche vor sich überblicken und hoffte, im schlimmsten Fall schnell genug über den Zaun zu kommen und verschwinden zu können.

Inzwischen hatte der Wagen vor dem Tor gestoppt. Die Helligkeit der Scheinwerfer tauchte die Baustelle in ein gespenstisches Licht, verlor sich aber rasch in der Dunkelheit. Zum Glück war das Tor auf einer Linie mit dem geplanten Gebäude und nicht mit den Bürocontainern.

Er hörte, wie auf der Beifahrerseite jemand ausstieg und rasch auf das Tor zulief. Erkennen konnte er nur eine ganz in Schwarz gekleidete Gestalt, aber er war sich aufgrund der geschätzten Größe und des Bewegungsablaufs sicher, dass es ein Mann war.

Im nächsten Augenblick schwangen die beiden Torflügel auf und der Wagen fuhr zügig auf das Baustellengelände. Die schwarze Gestalt verschwamm zu einem undeutlichen Schemen, der rasch das Tor verschloss und dem Wagen hinterhereilte.

In dem Eindringling hinter dem Busch stieg nun doch langsam Panik auf. Normalerweise hatten Baustellen wie diese keinen Sicherheitsdienst, und wenn doch, dann kam höchstens ein schläfriger Mitarbeiter daher, der lustlos das Schloss am Tor überprüfen würde. Hier waren es aber mindestens zwei Leute, die zudem auf die Baustelle gefahren waren. Das sah übel für ihn aus. Er überlegte hastig, ob er irgendwo einen stillen Alarm ausgelöst haben könnte, obwohl eine solche Sicherheitsmaßnahme ebenfalls untypisch war. Andererseits verhielten sich die beiden Fahrzeuginsassen nicht wie typische Wachmänner. Sein Bauchgefühl signalisierte ihm eine unbekannte Gefahr und löste seinen Fluchtimpuls aus. Nur mit Mühe und dank seiner militärischen Ausbildung konnte er sich zwingen, weiter in seinem Versteck auszuharren. Niemand ahnte etwas von seiner Anwesenheit, dessen war er sich sicher. Solange er sich ruhig verhielt, hatte er bestimmt nichts zu befürchten.

Vorsichtig lugte er zwischen den Zweigen der Büsche zum Wagen hinüber. Zu seiner Überraschung hielt der Wagen jedoch nicht auf die Container zu, sondern fuhr ein Stück in die entgegengesetzte Richtung. Als die Rücklichter aufleuchteten, konnte er sehen, dass der Wagen neben der Baugrube und einem großen Berg Steinen, die wie Geröll aussahen, anhielt. Die Person vom Fahrersitz schaltete die Beleuchtung vom Fahrzeug auf Standlicht und stieg jetzt ebenfalls aus. Als er durch das Licht der Scheinwerfer lief, erkannte der Mann im Gebüsch, dass auch der Fahrer schwarz gekleidete war.

Dessen Beifahrer hatte inzwischen ebenfalls den Wagen erreicht und gemeinsam hoben die beiden etwas Längliches aus dem Kofferraum. Sie trugen den Gegenstand zu dem zukünftigen Fundament und ließen das Paket einfach hineinfallen. Dann begannen sie hastig, eine größere Menge Geröll in die Grube zu werfen. Bei dieser Hitze musste das eine schweißtreibende Angelegenheit sein und er meinte, unterdrückte Flüche zu hören.

Dem heimlichen Beobachter brach bei diesem Anblick ebenfalls der Schweiß aus, aber bei ihm war es ganz eindeutig Angstschweiß. Das Paket hatte die ungefähre Größe eines

Menschen, und wenn man so etwas in das Fundament eines Gebäudes warf, wollte man bestimmt jemanden verschwinden lassen. Bei so viel Aufwand musste eine große Sache dahinter stecken, dessen war er sich ganz sicher.

Endlich waren die beiden Gestalten mit ihrer Arbeit fertig. Nach einem letzten Blick in die Grube stiegen sie wieder ins Auto und fuhren zum Tor. Dort sprang der Beifahrer erneut heraus, öffnete das Tor und verschloss es sofort wieder hinter dem Wagen. Der Motor heulte kurz auf und der Wagen schoss davon. Nur Sekunden später verlor sich das Motorengeräusch in der Ferne und eine gespenstische Stille breitete sich auf der Baustelle aus.

Langsam erhob sich der Eindringling aus seiner Deckung. Sein Instinkt befahl ihm, augenblicklich zu verschwinden, aber etwas hielt ihn zurück. Vielleicht war es Leichtsinn, vielleicht aber auch nur reine Neugier – auf jeden Fall bewegte er sich beinahe mechanisch zu der Stelle hin, an der die beiden Gestalten eben noch mit ihrer ,Arbeit' beschäftigt waren.

Mit einem raschen Blick in die Runde vergewisserte er sich, dass außer ihm kein Mensch mehr auf dem Gelände oder auch nur in dessen Nähe war.

Als er sicher war, alleine zu sein, zog er sein Sturmfeuerzeug aus der Tasche. Mit einer für einen Obdachlosen ungewöhnlichen Leichtigkeit sprang er in die Grube des zukünftigen Fundaments und entzündete es dort. Es dauerte nicht lange, bis er auf einen Berg von Geröll in der ansonsten leeren Grube stieß. Die Steine wirkten hier vollkommen deplatziert. Dieser Umstand verstärkte seinen Argwohn nur noch mehr.

Vorsichtig näherte sich der Eindringling den Steinen. Als er vor ihnen stand, zögerte er. Sollte er wirklich nachsehen oder nicht doch besser verschwinden? Am Ende siegte aber seine Neugier über die Angst, wohl auch eine Folge seiner militärischen Ausbildung in der Nationalen Volksarmee der DDR. Denn als seine Gedanken für einen Moment um seine Militärzeit kreisten, kam die soldatische Disziplin wieder in ihm hoch. Man hatte ihnen seinerzeit beigebracht, in jeder gefährlichen Situation Herr der Lage zu bleiben und keinesfalls feige wegzulaufen.

Daran erinnerte er sich in diesem Moment. Nein, ein Feigling war und wollte er nicht sein! Also begann er, mehrere der Steinbrocken beiseite zu tragen.

Plötzlich stieß er auf eine blaue Plastikfolie. Wieder stieg Unbehagen in ihm auf und der Drang, von diesem Ort zu verschwinden, nahm enorm an Gewicht zu. Während er noch unentschlossen zögerte, hörte er im Geiste die Stimme seines Oberstleutnants: »Ein Soldat der NVA kennt keine Angst, er verbreitet sie beim Feind!«

Unbewusst nahm er bei dieser Erinnerung Haltung an. Dann hatte er seine Entscheidung gefällt. Rasch holte er ein Taschenmesser aus der Hose und kniete sich damit neben die Stelle mit der Plastikfolie. Seine Hand zitterte leicht, als er die Folie mit zwei Fingern packte und etwas anhob. Noch einmal atmete er tief durch, dann straffte er seine Schultern und schlitzte das Paket auf. Im nächsten Augenblick sah er in die Augen einer Frau und versank augenblicklich in ihnen – obwohl ihr Blick gebrochen war. Es war eindeutig der Blick einer Toten, und er hatte sofort den Eindruck, dass diese Augen alle Qual der Welt gesehen und tief in sich verschlossen haben mussten.

Obwohl er angesichts der mysteriösen Umstände innerlich damit gerechnet hatte, auf eine Leiche zu stoßen, war die Bestätigung nun doch ein Schock. Insgeheim hatte er gehofft, dass man nur irgendeinen Sondermüll illegal entsorgen wollte, aber nun kniete er neben einer Toten.

Es dauerte etwas, bis er sich von dem Anblick soweit erholt hatte, dass er im Schein seines Feuerzeugs genauer hinsehen konnte. Sofort bemerkte er die vielen Verletzungen im Gesicht der Frau. Hastig räumte er weitere Steine beiseite und schnitt die Plastikfolie weiter auf. Schließlich sah er genug um zu erkennen, dass die Frau nackt war. Selbst im spärlichen Schein des Feuerzeugs erkannte er sofort, dass man sie auf äußerst brutale Weise gefoltert hatte.

Das reichte ihm! Es wurde jetzt höchste Zeit zu verschwinden. »Schnell die Tote wieder abdecken und nichts wie weg«, murmelte er lautlos vor sich hin.

Sofort fing er an, die Leiche wieder mit Steinen zu bedecken, aber schnell ließ ihn irgendetwas innehalten. Erst nach einigen Momenten des Nachdenkens wurde ihm bewusst, dass die Tote eine gewisse Ähnlichkeit mit seiner Frau Anette hatte. Diese war schon lange tot, denn sie hatte damals nach der Wende Selbstmord begangen. Anette empfand es im Nachhinein als Schande, dass ihr Mann ein begeisterter Soldat der NVA war und voller Hingabe der SED-Diktatur gedient hatte. Nach der Wende hatte die Bundeswehr viele NVA-Soldaten übernommen, aber wegen seiner steilen Karriere in der Armee der DDR wollten sie ihn nicht. Also wurde er arbeitslos. Die Ersparnisse waren rasch aufgebraucht, die Freunde und selbst die meisten Verwandten hatten sich von ihm abgewandt, verfolgten ihn und Anette geradezu mit hasserfüllten Blicken. Selbst der normale Einkauf wurde für seine Frau zum Spießrutenlaufen. Er hatte davon nicht viel mitbekommen, denn nachdem er erkannt hatte, dass er der falschen Seite fanatisch gedient hatte, war seine Welt zusammengebrochen. Der Suff half ihm, über seine Situation und die verpfuschten Jahre hinwegzukommen. Nach einer von sehr vielen Streitereien mit seiner Frau geprägten Zeit war er einfach gegangen und hatte fortan auf der Straße gelebt. Dort fragte niemand, woher er kam oder was er mal war. Nach etwas über einem Jahr war er nach Hause zurückgekehrt, aber es war nicht mehr sein Zuhause. Ein Nachbar sah ihn und erzählte, dass die ganze Situation für Anette bereits vorher schon die Hölle gewesen sei, aber nachdem er einfach gegangen war, konnte sie dem Druck erst recht nicht mehr standhalten. Schließlich ertrug sie das Leben nicht mehr und hatte sich mit einer Überdosis Schlaftabletten das Leben genommen. Seitdem er diese Nachricht bekommen hatte, wurde er das Gefühl nicht los, seine Frau in der schwersten Zeit ihres

Lebens fallen gelassen zu haben. Diese Erkenntnis zog ihm vollends den Boden unter den Füßen weg und er wurde endgültig zum Obdachlosen. Das war nun schon viele Jahre her, aber bei der Erinnerung an Anette brach der Mann in Tränen aus und schluchzte hemmungslos viele Minuten.

Irgendwann gingen ihm die Tränen aus und er beruhigte sich wieder. Mit dem Jackenärmel wischte er sich die letzten Spuren aus dem Gesicht und fasste einen Entschluss: Er hatte seine eigene Frau ihrem Schicksal überlassen, daran konnte er nichts mehr ändern, aber wenn er sich jetzt heimlich entfernen würde, wäre die unbekannte Tote mit Sicherheit in Kürze ein Teil des Fundaments von dem zukünftigen Gebäude. Niemand würde sie jemals finden, wahrscheinlich würde nicht einmal jemand nach ihr suchen. Natürlich könnte er alles so arrangieren, dass die Bauarbeiter ihre Leiche morgen früh finden mussten, aber würde das reichen? In seinem Kopf kamen wieder die alten Klischees hoch, die man ihm so lange eingetrichtert hatte. Demnach würden die Bauarbeiter als Handlanger des Kapitalismus wahrscheinlich nur ihren Zeitplan im Kopf haben und bestimmt die Augen verschließen. Wenn sie aber nichts unternahmen, würde die Leiche für alle Zeiten verschwinden. Zudem: Wer konnte denn garantieren, dass sie nicht mit den beiden Männern im Auto gemeinsame Sache machten? Immerhin hatten sie einen Schlüssel für das Tor am Eingang der Baustelle gehabt. Wenn er jetzt verschwinden würde, dann würde er die Unbekannte im Stich lassen wie damals seine Frau - und das wollte er auf keinen

Fall! Ja, er war ein Obdachloser, ein Säufer – aber er hatte sich allen Widrigkeiten zum Trotz einen Rest von Ehre bewahrt. Entschlossen stieg er aus der Grube und verließ die Baustelle auf der Suche nach einer Telefonzelle. Da das in dem neuen Gewerbegebiet ein aussichtsloses Unterfangen war, machte er sich auf den Weg zum nächsten Wohngebiet. Dort würde es trotz der schnellen Verbreitung von Mobiltelefonen bestimmt noch irgendwo einen öffentlichen Fernsprecher geben, und mit ein bisschen Glück würde er sogar funktionieren und nicht von Randalierern zerstört worden sein. Auf der Straße sah er sich kurz nach allen Seiten um, bevor er losmarschierte.

Mittwoch, 19. April, 3:20 Uhr

Hauptkommissar Frank Ritter schlief so fest, dass er das Klingeln des Telefons glatt überhörte. Zwar wunderte er sich, warum mitten in einem einsamen Wald eine ihm vertraut erscheinende Melodie ertönte, aber anfangs hinterfragte er das nicht. Erst als die Musik nicht verstummen wollte, wurde er langsam wach. Vielleicht lag das aber auch an den leichten Stößen, die ihm seine Frau Elke verpasste.

»Jetzt geh endlich an das verdammte Telefon!«, murrte seine Gattin mit verschlafener Stimme, aber in unverkennbar ungehaltenem Tonfall.

Noch während Ritter über den Ursprung der Musik und dann auch noch der Stimme nachdachte, wurde er plötzlich unsanft an den Schultern gerüttelt.

»Nun mach schon, oder soll ich das Gespräch annehmen?«, schimpfte Elke.

»Ja, ja, ich gehe ja schon«, brummte Ritter als Antwort.

Langsam stieg er aus den Tiefen der Traumwelt empor und fand sich mühselig wieder in der Realität ein.

»Beeil dich, ich will weiterschlafen!«, meckerte seine Frau. Jetzt war er endlich wach genug, um die Stimme erkennen zu können. Es war also die von seiner Frau, deshalb war sie ihm im Traum so bekannt vorgekommen.

»Immer das Gleiche, du hast Bereitschaft und schläfst so fest wie ein Murmeltier!«

Ihm lag eine Erwiderung mit Hinweisen auf lange Dienste

und schwere Ermittlungen auf der Zunge, aber er verkniff sich jede Bemerkung. Seine Frau hatte ja Recht, durch die vielen Anrufe während der Bereitschaftsdienste wurde sie schließlich auch immer wieder geweckt.

»Tut mir leid, Schatz«, murmelte er, »aber ich bin keine Zwanzig mehr, da braucht alles etwas länger.«

»Jetzt tu nicht so, als ob du ein alter Mann wärst! Und geh endlich an das verdammte Telefon!« Dabei drehte sie sich auf die andere Seite und gab damit deutlich zu verstehen, dass das Gespräch für sie beendet war.

Mit einem Brummen griff der Kommissar zu seinem Mobiltelefon und knurrte ein unwirsches »Ja?« hinein.

»Polizeidirektion, hallo und guten Morgen«, tönte es ihm aus dem Telefon entgegen. Der Kollege am anderen Ende schien überaus wach zu sein. »Tut mir leid, Sie wecken zu müssen, aber es gibt eine Leiche im neuen Gewerbegebiet. Sie wissen schon, Hannover-Nord. Die Spurensicherung ist bereits informiert.«

»Na toll, wie immer mitten in der Nacht. Können sich die Mörder nicht an unsere normalen Bürozeiten halten?«

»Äh – ich verstehe nicht...«

»Macht nichts, Kollege, ich bin noch nicht ganz wach. Wo muss ich hin?«

Der Diensthabende gab die genaue Adresse durch und Ritter notierte sie sich in seinem Notizbuch. Nur gut, dass er immer ein Exemplar davon sowie einen Stift auf dem Nachtschrank liegen hatte – die Erfahrung von mehr als dreißig

Dienstjahren machte sich gerade in solchen Kleinigkeiten bemerkbar.

Inzwischen war er wach genug, um eilig aus dem Bett zu steigen. Dabei murmelte er überflüssigerweise, aber einer alten Gewohnheit folgend in Richtung seiner Frau: »Tut mir leid, Schatz, aber ich muss los. Es gibt eine Leiche.«

»Was auch sonst«, lautete die verschlafene und ziemlich desinteressiert klingende Antwort. Gleich darauf zog sich seine Frau demonstrativ die Bettdecke über den Kopf. Sekunden später war sie wieder eingeschlafen. Ihr Dasein als Polizistenfrau war nicht immer einfach, aber in ihren vielen Ehejahren hatte sie gelernt, sich mit den unangenehmen Dingen wie beispielsweise nächtlichen Anrufen zu arrangieren. Deshalb brachte sie die heutige Nachricht über eine weitere Leiche nicht mehr aus der Ruhe. Natürlich machte sie sich wie immer Sorgen um ihren Mann, aber inzwischen war sie routiniert genug, trotzdem ihrem Schlaf den Vorzug zu geben.

Ihr Mann überlegte derweil, ob er noch Zeit für eine Tasse Kaffee haben würde, entschied sich dann aber dagegen. Immer noch etwas verschlafen holte er den Wagen aus der Garage und machte sich auf den Weg. Zum Glück waren die Straßen nachts weitestgehend leer, und so kam er schnell in das neue Gewerbegebiet. Dort war die Beschilderung zwar noch recht dürftig, aber dennoch fand er rasch die angegebene Adresse. Vielleicht waren aber auch die vereinzelt noch immer blinkenden Blaulichter der Einsatzfahrzeuge eine große Hilfe bei der Orientierung.

Frank Ritter parkte seinen Wagen neben einem Streifenwagen und stieg ächzend aus. Das gestrige Essen war besonders lecker gewesen, und er fürchtete, wieder ein oder zwei Pfund zugenommen zu haben. »Ich sollte mal was gegen die überschüssigen Pfunde tun«, murmelte er vor sich hin. Laut würde er das niemals sagen aus Sorge, dass ihm seine Elke dann für lange Zeit Diätkost vorsetzen würde.

Bevor er sich auf den Weg zum Fundort der Leiche machte, ließ er noch gewohnheitsmäßig seinen Blick über das Gelände schweifen. Wie unschwer zu erkennen war, handelte es sich bei dem Grundstück um eine Fläche, die gerade bebaut werden sollte. Ein großes Schild erklärte dem Betrachter, dass die Firma Holzer an dieser Stelle ein Logistikzentrum für die Firma Kescher errichtete. Bislang konnte er in einiger Entfernung aber nur lange Baugruben erkennen, die offensichtlich die Vorstufe der Fundamente darstellten. Ansonsten sah er nur mehrere Container und die üblichen Geräte wie Bagger und einen Kran, dazu größere Mengen an Baumaterialien. Auf den ersten Blick konnte er nichts Ungewöhnliches erkennen.

Nachdem sich Ritter einen ersten Überblick verschafft hatte, machte er sich auf den Weg zum Fundort der Leiche. Im Vorbeigehen erkannte er den kleinen Sportwagen seines Kollegen Bernd Krüger.

»Hat er es also wieder geschafft, vor mir anzukommen«, flüsterte er kopfschüttelnd vor sich hin. Schon seit geraumer Zeit lieferten sich die beiden ein kleines Duell, wer als Erster an einem Tatort erschien. Zwar verlor keiner der beiden ein

Wort darüber, aber dieser Wettkampf schwebte unausgesprochen über ihnen. Nicht zuletzt wegen seines rasanten Fahrstils gewann meistens Oberkommissar Krüger, was Ritter auf die Nerven ging. Hinzu kam auch ein gewisses Maß an Neid, denn neben einem gut trainierten Körper war Bernd Krüger ledig und der Schwarm aller Frauen. Seine jeweilige Freundin war von seinem Beruf fasziniert, sodass er weniger Rücksicht auf ein friedliches Miteinander nehmen musste als sein verheirateter Kollege. Zumal er häufig seine Freundin wechselte, sodass keine lange genug an seiner Seite blieb, um von den Anrufen zu unmöglichen Zeiten genervt zu sein.

»Man müsste halt Single sein«, brummte Ritter wie schon so oft vor sich hin, »der muss sich nie entschuldigen oder rechtfertigen, wenn er nachts zu einer Leiche gerufen wird. Das muss er höchstens seiner jeweils neuesten Flamme erklären, aber die wird den Einsatz bestimmt ganz aufregend finden und vor Begeisterung ganz aus dem Häuschen sein.« Bei dem Gedanken an die doch recht häufig wechselnden Damenbekanntschaften seines Kollegen wurde Ritter trotz seiner glücklichen Ehe mit Elke doch etwas neidisch. Immerhin hatte Krüger stets eine sehr hübsche Frau an seiner Seite, mit der er eine Zeitlang irgendwie liiert war. Mit welchem Trick er eine Beziehung dann beendete, ohne dass es Gezeter und Geschimpfe gab, wusste Ritter nicht. Krüger musste bei seinem Frauenverschleiß eine entsprechende Gabe haben – und dabei kannte man mit Sicherheit nicht alle seine Freundinnen. Hauptsache, sein Kollege behielt selber die Übersicht und der

Dienst litt nicht unter irgendwelchen Beziehungsproblemen!

Mit einem Seufzen riss sich der Hauptkommissar von seinen Gedanken los und ging auf eine Menschengruppe bei der Grube zu. Beim Näherkommen erkannte er die Leute von der Spurensicherung am Leuchten ihrer weißen Ganzkörperanzüge. Während zwei von ihnen im Fundamentgraben waren, suchten weitere Mitarbeiter die Umgebung ab.

Als Ritter nur noch ein paar Meter entfernt war, löste sich Krüger aus der Gruppe.

»Guten Morgen, Frank!«

»Hallo Bernd, von einem ‚guten' Morgen kann man wohl nicht sprechen, wenn es eine Leiche gibt. Was haben wir denn eigentlich?«

»Wir haben eine tote Frau, die offensichtlich brutal gefoltert worden ist. Jemand hat sich bei dieser Hitze die Mühe gemacht, sie unter einem Berg von Steinen im Fundament zu verstecken, aber die Täter wurden dabei beobachtet.«

»Fundort ist also nicht Tatort?«

»Richtig, das macht die Sache nicht einfacher.«

Die beiden Ermittler traten an die Leiche heran, die man aus dem Fundament geborgen und unter einem kleinen Zelt abgelegt hatte. Ritter sah eine Frau mittleren Alters, die einmal sehr hübsch gewesen sein musste. Pechschwarzes langes Haar umrahmte ihr Gesicht, das ebenfalls Spuren von Misshandlungen zeigte. Ihre grünen Augen hatten das Grauen konserviert, das sie in ihren letzten Stunden durchleben musste.

Ritter fühlte eine unbändige Wut in sich aufsteigen. Wer

folterte und ermordete denn eine Frau? Was hatte sie gewusst oder getan, was ihr dieses Schicksal eingebracht hatte?

Er riss sich von seinen Gedanken los und wandte sich an seinen Partner: »Die Ärmste sieht verdammt übel aus! Hoffentlich können wir das Schwein erwischen! Aber wenn ich mich hier so umschaue, fürchte ich, dass es nur wenige Hinweise geben wird.« Nach einem kurzen Augenblick fragte er: »Wo sind die Sachen der Frau?«

»Es gibt keine. Wir haben sie unbekleidet gefunden.«

Ritter zog die Stirn kraus. Aufgrund seiner langjährigen Tätigkeit wusste er, dass Leichen noch am Tatort entkleidet wurden, um unter der Kleidung befindliche Wunden oder andere Auffälligkeiten entdecken zu können. Daraus konnten sich Rückschlüsse ergeben, nach welchen Spuren ganz konkret gesucht werden musste. Aber das erübrigte sich in diesem Falle. Allerdings würde das Fehlen der Kleidung die Identifizierung der Toten zusätzlich erschweren.

Ritter betrachtete nochmals die gesamte Szenerie und dann die Tote. Nach einer kurzen Pause fügte er hinzu: »Es gibt einen Zeugen, sagst du? Hat er den Mord gesehen?«

»Nein, nur wie die Tote hier abgelegt worden ist.«

»Also kann er den Täter beschreiben?«

»Keine Ahnung, soweit war ich noch nicht.«

»Gut, dann reden wir jetzt mit ihm. Wo ist er?«

Krüger führte seinen Kollegen zu einem abseits stehenden Mann und stellte vor: »Das ist Harald Bauer, genannt Harry. Er hat zwei Personen beobachtet, die etwas in die Grube für das Fundament geworfen haben. Nach seiner Einschätzung handelt es sich bei den beiden Personen um Männer. Nachdem sie weggefahren waren, hat er nachgesehen und die Leiche gefunden. Da er kein Mobiltelefon besitzt, musste er erst eine Telefonzelle suchen, von der er einen Notruf abgesetzt hat. Das hat einige Zeit gedauert, denn von den Dingern gibt es ja kaum noch welche.«

»Wann haben Sie denn die beiden Personen beobachtet?«, fragte Ritter und wandte sich dem Zeugen zu. Nach einem kurzen, musternden Blick versprach sich der Hauptkommissar nichts von der Aussage, denn der Zeuge entsprach mit seinem langen, fettigen Haar, dem verfilzten Bart und seinem ungepflegten Aussehen dem gängigen Klischee eines Obdachlosen. Aus Erfahrung wusste er, dass diese Personengruppe nicht zuletzt wegen ihres hohen Alkoholkonsums nur äußerst selten brauchbare Zeugen waren.

Bauer waren die Blicke und die Stirnfalten von Ritter nicht entgangen. Er wusste, was sein Gegenüber gerade dachte, aber es war ihm egal. Wichtig war nur, dass er alle Informationen lieferte, die er hatte.

»Also nochmal: Wann haben Sie die beiden Personen bemerkt?«

»Das muss so gegen ein Uhr gewesen sein, Herr Kommissar.«

Ritter sah sich demonstrativ um, bevor er fortfuhr: »Hm, ich sehe keinen Hund bei Ihnen. Darf ich fragen, was Sie zu einer solch späten Stunde in einem menschenleeren Gewerbegebiet zu tun hatten?«

»Ja, na klar, ich verstehe, dass Sie misstrauisch sind bei so einem wie mir. Aber hier draußen ist es nachts immer so ruhig, da kann ich in Ruhe schlafen. Ich bin Berber, wie Sie sich ja bestimmt schon gedacht haben, und in der Stadt weiß man nie, was da für Bekloppte unterwegs sind. Da werden Leute wie ich nur so zum Spaß zusammengeschlagen oder sogar angezündet«, erklärte Bauer mit ruhiger Stimme.

Ritter nickte. Diese Zustände waren inakzeptabel, genau wie der Umstand, dass überhaupt Menschen auf der Straße oder unter freiem Himmel schlafen mussten. Zudem wusste er, dass die Akten zu Angriffen gegen Obdachlose bei der Polizeidirektion Hannover bereits unzählige Regalmeter füllten. Leider konnten nur in sehr wenigen Fällen die Täter ermittelt werden.

Er sah Bauer ins Gesicht: »Sie haben also einen Schlafplatz gesucht? Hier? Nichts anderes? Also haben Sie keine feste Anschrift?«

»Ich sagte doch schon, dass ich Berber bin. Oder Obdachloser, oder Penner - Sie können sich die Bezeichnung aussuchen.«

»Also gut, Herr Bauer, Sie haben hier also einen Schlafplatz gesucht – was ist dann passiert?«

»Ja, also, das war so: Ich habe da drüben hinter dem Busch geschlafen. Es war wohl nicht so ganz in Ordnung, dass ich dafür über den Zaun geklettert bin, aber wenn mich hier draußen doch irgendwelche Bekloppten überfallen sollten, würde mich ja niemand hören. Also bin ich über den Zaun auf diese Seite geklettert – ich habe einen leichten Schlaf, und wenn irgendwelche Gestalten an mich heranwollten, müssten sie als erstes über den Zaun – und ich hätte ein paar Sekunden Vorsprung. Diese Schläger laufen nicht gerne, also hätte ich mit jeder Sekunde Vorsprung größere Chancen, ihnen zu entkommen...«

Mit einer leicht unwirschen Handbewegung stoppte der Hauptkommissar den Redefluss des Zeugen.

»Okay, okay – Sie haben also auf der Seite der Baustelle hinter einen Gebüsch gelegen, um zu schlafen. Was ist dann passiert?«

»Mitten in der Nacht bin ich vom Brummen eines Motors aufgewacht. Zuerst dachte ich, dass ein Sicherheitsdienst seine Patrouille fährt, aber dann habe ich gesehen, wie zwei Personen nach dem Öffnen des Tores hier an das leere Fundament gefahren sind. Sie haben ein komisches Paket aus dem Kofferraum genommen und hier hineingeworfen. Dann haben sie alles mit den Steinen abgedeckt, die hier als Haufen herumlagen. Als sie fertig waren, sind die beiden wieder weggefahren. Ich habe noch etwas gewartet und bin dann nachsehen gegangen. Na ja, dabei habe ich die Frau gefunden und bin gleich los, um die Bu... äh, die Polizei zu rufen.«

»Haben Sie das Kennzeichen des Wagens erkennen können?«

»Nee, der Wagen war dafür viel zu weit weg. Außerdem war es ja dunkel und meine Augen sind auch nicht mehr so gut wie früher, aber ich kann mir halt keine Brille leisten. Das tut mir jetzt echt leid für Sie! Aber der Wagen war so ein Kombi, kein Kleinwagen, das habe ich genau erkannt.«

»Na, das ist ja immerhin etwas. Haben Sie vielleicht auch die Farbe des Wagens erkennen können?«

»Nee, nicht so richtig, es war ja dunkel. Aber er hatte so eine dunkle Farbe, vielleicht Schwarz, vielleicht Dunkelblau. Irgend so etwas in der Richtung, das in den Schatten der Nacht untergeht. Aber was genau das für eine Farbe war, weiß ich leider nicht.«

Ritter stöhnte innerlich auf. Nun hatten sie endlich mal einen Zeugen, der aber keinerlei brauchbare Informationen liefern konnte. Ohne große Hoffnung stellte er trotzdem die üblichen Fragen: »Können Sie denn die beiden Fahrzeuginsassen etwas näher beschreiben?«

»Nee, das kann ich leider auch nicht. Die waren ja auch weit weg, genau wie das Auto. Und sie waren beide dunkel gekleidet.«

‚Was für eine Überraschung‘, dachte Ritter, ‚als ob Typen, die mitten in der Nacht eine Leiche entsorgen wollen, mit Glitzeranzügen herumlaufen würden.‘

»Aber«, unterbrach Bauer die Gedanken des Kommissars, »die beiden Gestalten schienen mir gleich groß zu sein. Vielleicht hilft Ihnen das ja weiter?« Beifall heischend sah er die beiden Kommissare der Reihe nach an.

Ritter atmete tief ein und warf einen Blick hinüber zu seinem Kollegen. Krüger mischte sich nun rasch ein und sagte: »Ja,

Herr Bauer, das ist ein sehr interessanter Hinweis. Vielen Dank für Ihre Hilfe! Die Kollegen werden in einem der Polizeiwagen Ihre Aussage zu Protokoll nehmen.«

»Äh, also«, druckste Bauer herum, »ich habe Platzangst und bekomme in Fahrzeugen immer Herzrasen und Beklemmungen. Würde es Ihnen etwas ausmachen, wenn ich nachher zu Fuß bei Ihrer Dienststelle vorbeikomme?«

Krüger warf einen Blick zu Ritter hinüber. Der zuckte nur mit den Schultern.

»Also gut, kommen Sie nachher gleich zu uns in die Polizeidirektion in der Waterloostraße. Kennen Sie den Weg dorthin?«

Bauer nickte und entfernte sich schlurfend.

Als ihr Zeuge gegangen war, berieten sich die beiden Kommissare.

»Glaubst du ihm die Sache mit dem Schlafplatz?« Das Misstrauen in Krügers Stimme war nicht zu überhören.

»Nein, aber ansonsten ist hier alles in Ordnung, insbesondere die Schlösser an den Baucontainern sind unversehrt. Das habe ich schon überprüft. Wenn er hier also etwas vorgehabt hat, ist er von den beiden Personen mit der Leiche überrascht worden. Außerdem: Wenn er schon ein Schloss geknackt gehabt hätte, bezweifle ich sehr, dass er uns informiert hätte. Entweder wäre er getürmt, als der Wagen kam, oder er hätte geschwiegen.«

»Ja, wahrscheinlich hätte er dann nicht bei uns angerufen.« In Gedanken fügte Ritter hinzu: ‚Dann würde ich jetzt noch schlafen, anstatt bei dieser Affenhitze hier herumzustehen.' Gleich darauf schalt er sich jedoch insgeheim wegen dieses Gedankens, denn es ging immerhin um einen bestialischen Mord.

Während der Befragung des Zeugen Bauer war Doktor Leber von der Gerichtsmedizin eingetroffen. Sein Name sorgte im Zusammenhang mit seinem Beruf stets für Heiterkeit, gerade unter den neuen Kollegen. Doktor Leber blieb das nicht verborgen und er revanchierte sich dann bei Anwesenheit von diesen Kollegen mit besonders unschönen Autopsien, bevorzugt an Wasserleichen.

Die beiden Kommissare wussten, dass der Gerichtsmediziner jede Unterbrechung seiner Arbeit hasste, weshalb sie sich zunächst an den Leiter der Spurensicherung wandten. Dessen Leute waren gerade dabei, ihre Sachen zu packen und in die Fahrzeuge zu verladen.

Nach einer kurzen Begrüßung kam Ritter unverzüglich zur Sache: »Also, Ewald, was hast du für uns?«

Ewald Danner war zwar mit seinen 1,65 Meter recht klein, dafür aber sehr drahtig. Er hatte sein gesamtes Berufsleben bei der Kriminaltechnik verbracht. Inzwischen gehörte er zur Gruppe der Endfünfziger und hatte schon so viele Tatorte und Leichenfundorte gesehen, dass er sie nicht mehr zählen konnte. Dafür hatte er während seiner Berufslaufbahn einen unglaublichen Spürsinn entwickelt. Seinem geübten Auge und den Blicken des von ihm geschulten Teams entging nicht das Geringste.

Hier aber war er an seine Grenzen gestoßen: »Nichts, Leute, wir haben rein gar nichts für euch«, lautete seine knappe Antwort, »keine Fingerabdrücke, keine DNA-Spuren, keine Zigarettenkippen, keine Faserspuren – einfach nichts. Dafür haben wir neben der Aushebung für das Fundament Reifenspuren entdeckt, die wir gesichert haben. Fragt mich jetzt aber nicht, von was für einem Wagen die stammen könnten, denn das kann ich jetzt noch nicht sagen!«

»Schon gut, dann warten wir eben. Wann bekommen wir den Bericht?«

»So schnell wie möglich. Also alles wie immer – du weißt ja, wie das läuft.«

»Ja«, nickte Ritter, »das weiß ich wohl. Trotzdem hoffe ich immer auf deutliche Spuren, die uns rasch zum Täter führen.«

»Träum weiter!« lachte Danner und ging zu den Fahrzeugen seines Teams.

Die beiden Kommissare sahen ihm nach.

»Was machen wir jetzt?«, fragte Krüger.

Ritter warf einen Blick in Richtung des Gerichtsmediziners.

»Komm, lass uns mit Doktor Leber reden. Er scheint mit seiner Leichenschau fertig zu sein.«

Tatsächlich zog sich dieser gerade die Handschuhe aus und gab das Zeichen zum Abtransport der Leiche in die Gerichtsmedizin. Dort würde er sie dann intensiv untersuchen.

Die beiden Kommissare traten auf den Arzt zu. Ritter schlug einen jovialen Ton an: »Hallo Doktor, eine schöne Nacht, eigentlich viel zu schön, um an einem Ort wie diesem eine Leiche zu untersuchen, nicht wahr?«

»Ich habe mir diesen Beruf ausgesucht, also lebe ich mit seinen Begleiterscheinungen«, kam die leicht geknurrte Antwort.

»Ja, das sage ich mir - und vor allem meiner Frau – auch immer wieder.« Dann lenkte Ritter das Gespräch diskret auf die Leiche: »Können Sie uns denn schon ein paar Informationen über die Tote geben?«

»Es ist eine Frau und sie ist tot«, erklärte der Arzt unwirsch.

»Ja, das es eine Frau ist, sehe ich auch. Nun, und dass sie tot ist, versteht sich ja von selbst, denn sonst wäre ich nicht hier. Aber was ist die Todesursache?«

Doktor Leber blickte den Hauptkommissar an, als ob er an dessen Verstand zweifeln würde.

»Haben Sie sich die Tote mal etwas genauer angesehen? Da gibt es nicht die übliche Wunde, die zum Tod geführt hat, sondern ein Sammelsurium an verschiedenen Verletzungen. Keine Ahnung, welche davon tödlich war. Da muss ich in aller Ruhe ganz genau hinschauen, welche Verletzung was für eine Wirkung gehabt hat. Das kann dauern, also gehen Sie mir nicht gleich mit ihren Fragen nach der Todesursache oder der Tatwaffe auf die Nerven.« Ein warnender Blick traf Frank Ritter.

Der beeilte sich, schnell zu versichern: »Ja, nein, ist klar, das braucht alles seine Zeit, keine Frage. Aber, äh... haben Sie schon einen Hinweis auf den Todeszeitpunkt? Wir wollen ja so schnell wie möglich an die Arbeit und ohne Todeszeitpunkt fehlt uns neben dem Tatort ein weiterer wesentlicher Anhaltspunkt.«

Doktor Leber seufzte demonstrativ auf. Dann dozierte er: »Bei der Wärme heute Nacht fragen Sie jetzt nach dem Todeszeitpunkt? Witzbold, wie soll ich denn da auf die Schnelle eine seriöse Einschätzung abgeben können? Das wäre doch alles nur Spekulation. Sie müssen schon meinen Obduktionsbericht abwarten.«

Jetzt mischte sich Krüger ein: »Ja, das verstehen wir natürlich, Herr Doktor, aber bitte verstehen Sie auch uns: Das hier ist ein Verbrechen, wie es aufgrund der Brutalität vor allem die Boulevardpresse interessieren wird. Da steht der Staatsanwalt gleich mächtig unter Druck, und den wird er sofort um ein paar Schippen erhöhen und an uns weitergeben. Deshalb brauchen wir irgendetwas, um ihn zumindest vorübergehend ruhigstellen zu können. Und natürlich: Je eher wir einen Hinweis haben, desto eher könnten wir erste Ergebnisse erzielen. Wenn Sie uns mit ihrer enormen Erfahrung schon mal vorab und ganz unverbindlich einen Tipp zum Todeszeitpunkt geben würden, könnten wir sofort loslegen.« Krüger warf Doktor Leber einen Blick voller Hochachtung zu: »Jemand mit Ihrer Erfahrung hat doch garantiert schon auf den ersten Blick seine Vermutungen, nicht wahr?«

Ob sich der Gerichtsmediziner von dem Lob geschmeichelt fühlte oder ob er einfach nur einen seiner seltenen guten Tage hatte, war nicht zu erkennen. Entscheidend war seine Reaktion, die tatsächlich in einer Antwort bestand: »Auf den ersten

Blick hat die Frau viele Verletzungen, aber nach meiner ersten Einschätzung, und ich betone: ersten Einschätzung!, war keine davon tödlich. Dafür dürfte aber jede einzelne außerordentlich schmerzhaft gewesen sein. Eine solche Intensität an Schmerzen kann kein Organismus längere Zeit durchhalten. Ich gehe daher zunächst von Herzversagen als Folge der Folterung aus.« Etwas nachdenklich fügte er hinzu: »Den Todeszeitpunkt zu bestimmen ist da schon etwas schwieriger. Ich melde mich, so schnell es geht.«

»Ja, aber...«

»Ich muss ein paar Sachen überprüfen, weil auf den ersten Blick nicht alles stimmig zu sein scheint. Wie gesagt: Ich werde mich melden, sobald ich Ergebnisse habe!«

Um weitere Nachfragen zu verhindern, machte sich Doktor Leber eilig auf den Weg in die Rechtsmedizin, um gemeinsam mit einem seiner Assistenten die Obduktion vorzunehmen.

Ritter wandte sich an seinen Kollegen: »Na ja, wir sollten hier wohl auch Schluss machen, denn der Fundort ist ja von unseren Leuten gründlich untersucht worden. Außerdem werden wir um diese Zeit nicht weiterkommen. Der Fundort soll aber weiträumig abgesperrt werden, damit wir ihn bei Tageslicht erneut begehen können. Ab wann sind die Bauarbeiter hier?«

»Spätestens gegen acht Uhr sollten sie wohl hier sein, aber genau weiß ich das nicht. Wir könnten aber zumindest den Bauleiter gleich herbestellen.«

»Nein, der kommt ja nachher ohnehin von ganz alleine. Ich

schlage vor, dass wir jetzt erstmal nach Hause fahren, duschen und frühstücken. Wir treffen uns dann nachher im Büro und fahren zusammen hierher. Bis dahin sollen ein paar unserer uniformierten Kollegen den Fundort abriegeln und sichern, damit die Bauarbeiter den Fundort der Leiche nicht gleich verändern. Vielleicht müssen wir ihn später doch noch mal unter die Lupe nehmen.«

»Geht klar! Ich sage den Kollegen gleich Bescheid. Ich fahre danach aber trotzdem sofort ins Büro und gehe schon mal die Vermisstenfälle durch.« Mit einem Grinsen fügte Krüger hinzu: »Als Single kann ich mir das erlauben.« Gleich darauf wurde er wieder ernst: »Hoffen wir mal, dass das nicht der Auftakt zu einer ganzen Mordserie ist!«

»Ja, das hoffe ich auch. Aber mein Gefühl sagt mir, dass etwas Größeres dahinter steckt.«

»Intuition?«

»Lach ruhig, aber mein Bauchgefühl hat sich bisher nur selten getäuscht. Hoffentlich ist das eine dieser wenigen Gelegenheiten. Eine Mordserie, bei der die Opfer bestialisch gefoltert werden, würde eine riesige Panik in der Bevölkerung auslösen – ganz zu schweigen, was die Boulevardpresse daraus machen würde!«

Betreten verließen die beiden Ermittler die Baustelle.

Mittwoch, 19. April, 7:00 Uhr

Als Ritter einige Zeit später frisch geduscht und in neuer Kleidung sein Büro betrat, nahm er sofort den frischen Kaffeeduft wahr. Sein Team kannte ihn sehr genau und wusste, dass er nach einer solchen Nacht als erstes Koffein brauchte, um seine grauen Zellen aufzuwecken. Es wunderte ihn nicht, dass seine Kollegen Nicole Sievers und Holger Tandler ebenfalls schon im Büro waren. Bernd Krüger hatte die beiden bereits grob über den Leichenfund unterrichtet.

Nach einer der Müdigkeit geschuldeten einsilbigen Begrüßung schenkte sich Ritter erstmal einen Kaffee ein und ließ sich seufzend auf seinen Schreibtischstuhl fallen. Dann nippte er genüsslich an dem frisch aufgebrühten Getränk. Prompt verbrannte er sich die Zunge.

»Vorsicht, heiß!«, warnte ihn Krüger überflüssigerweise und konnte sich ein Grinsen nicht verkneifen. Natürlich war der Kaffee so heiß wie immer und Ritter wusste das, aber trotzdem verbrannte er sich immer wieder den Mund daran.

»Schon gut, weiß ich doch. Die beiden sind informiert?« Er deutete auf Sievers und Tandler. Als sein Kollege nickte, fuhr er fort: »Und was ist mit deinem Arbeitseinsatz in den frühen Morgenstunden? Hast du irgendetwas über unsere Tote in Erfahrung bringen können?«

»Ja und Nein. Die Tote ist nicht in unserer Vermisstendatei, also habe ich vorhin eine bundesweite Anfrage rausgeschickt. Mal schauen, ob uns das was bringen wird.«

»Wenn sie hier umgebracht worden ist, muss sie sich auch in Hannover oder dem Umland aufgehalten haben.«

»Na ja, noch steht ja nicht fest, ob es ein Mord war. Doktor Leber hat von Herzversagen gesprochen – wenn sie eine Anhängerin von harten Sadomaso-Spielen war, könnte auch eine Session fürchterlich schief gegangen sein. Dann wäre es ein Unfall. Der Spielpartner bekommt Panik, ruft einen Freund an und gemeinsam versuchen sie die Leiche loszuwerden. Der Unfall muss nicht hier passiert sein, sondern es könnte auch in einer der Nachbarstädte gewesen sein, also Lehrte, Peine...«

»Dass mit dem Unfall klingt irgendwie komisch, finde ich. Selbst wenn der ‚Spielpartner‘, wie du ihn nennst, in Panik geraten wäre, würde er die Tote doch nicht einfach so verschwinden lassen wollen, oder? Davon abgesehen, dass dann früher oder später jemand die Frau als vermisst melden würde. Dazu kommt die Baugrube, die mit Sicherheit heute oder morgen mit Beton gefüllt werden sollte - woher könnte das jemand von außerhalb wissen? Auch das laut unserem Zeugen das Tor des Bauzauns mit einem Schlüssel geöffnet wurde, passt irgendwie nicht ins Bild. Nein, Bernd, das sind mir ein paar Zufälle zu viel.«

»Apropos Schloss, dazu habe ich auch Neuigkeiten. Ich habe mit den Kollegen des ersten Streifenwagens gesprochen, der vor Ort war. Die Beamten sagen, dass das Tor mit einem Schloss gesichert war, das bei ihrem Eintreffen unversehrt war. Sie haben sogar ein Beweisfoto angefertigt, es liegt auf deinem Tisch. Erst danach haben sie selber das Schloss aufgebrochen, damit die Spurensicherung und alle anderen auf das Gelände konnten.«

»Also hat unser Zeuge in diesem Punkt die Wahrheit gesagt?«

»Sieht ganz so aus, ja. Ich habe mich vorhin auch mal mit Harry Bauer beschäftigt, um seine Glaubwürdigkeit besser einschätzen zu können. Geboren wurde er in einem kleinen Ort bei Dresden, ging nach der Schulzeit zur Nationalen Volksarmee und wurde Berufssoldat. Nach der Wende lehnte ihn die Bundeswehr ab, aber der wollte er ohnehin nicht beitreten. Eine andere Arbeit hat er nicht gefunden, und das war der Beginn der üblichen Spirale: Frust, Suff, Eheprobleme. Seine Frau hat es irgendwann nicht mehr ausgehalten und sich 1993 umgebracht.«

Ritter unterbrach seinen Kollegen: »Gab es irgendwelche Zweifel daran, dass es Selbstmord war?«

»Nein, Harry Bauer war zu der Zeit bereits im Obdachlosenmilieu unterwegs. Als er nach einem Jahr dort aussteigen wollte und nach Hause zurückkehrte, erfuhr er vom Tod seiner Frau. Das hat ihm endgültig den Boden unter den Füßen weggezogen und er ist ein für alle Mal zum Obdachlosen geworden. Er ist wegen szenetypischer Taten vorbestraft, also Körperverletzung, Ladendiebstahl, Schlägereien und Einbruch in Gartenlauben, Bauwagen und Baucontainer.«

»Soviel dann zu seiner Aussage, dass er nur einen ruhigen Schlafplatz gesucht habe.«

»Ja, aber falls er die Container knacken wollte, muss er

gestört worden sein. Alle Schlösser an den Containern waren ja intakt, das hatte ich gestern Nacht noch überprüft.«

»Also haben wir eine Lüge und einmal die Wahrheit.»

»Er hat nur bei seinem Motiv gelogen, bei allem anderen scheint er die Wahrheit gesagt zu haben. Zum Beispiel in Bezug auf das Schloss. Für mich hat er trotz des Milieus, in dem er lebt, noch Ehre im Leib - immerhin hat er den Leichenfund gemeldet. Er hätte auch einfach verschwinden können, dann hätten wir weder etwas von einer Leiche noch von seinem dortigen Aufenthalt gewusst.«

»Oder er hatte Angst, dass die Bauarbeiter die Leiche finden, den Fund melden und wir während der Untersuchung auf seine Fingerabdrücke stoßen würden. Damit wäre er dann der Hauptverdächtige – in einer Mordermittlung!«

»Vielleicht, aber ich bezweifle, dass er eine Frau auf diese Weise umbringen würde. Das passt einfach nicht in sein Profil. Das ist ein Kleinkrimineller, der szenetypische Straftaten begeht. Aber Mord mit vorheriger Folterung? Warum sollte er so etwas machen? Nein, ich glaube nicht, dass er etwas anderes als ein zufälliger Zeuge ist – ein Mord passt nicht zu seinem Profil.«

»Manchmal entwickeln sich Täter weiter. Aber ich glaube ja auch nicht, dass er es war. Szenetypische Straftaten sind eine Sache, aber der Sprung zum Mord ohne eine langsame Steigerung der kriminellen Entwicklung wäre sehr, sehr ungewöhnlich. Gerade deshalb sollten wir uns jetzt mal mit dem Bauleiter unterhalten. Ich bin sehr gespannt, was er uns zum

Thema ‚Schlüssel für das Tor' zu sagen hat.«

Mit einem Blick auf Nicole und Holger fügte er hinzu: »Ihr unterrichtet uns sofort, wenn die Beschreibung einer vermissten Frau auf unsere Leiche zutrifft, okay?«

Die Angesprochenen nickten unisono.

Mittwoch, 19. April, 8:10 Uhr

Als sich die beiden Kommissare der Baustelle näherten, sahen sie schon von weitem drei Streifenwagen auf dem Gelände.

»Was soll das denn? Es braucht doch keine drei Streifen, um eine simple Baugrube zu bewachen«, wunderte sich Ritter.

Er hatte sich getäuscht, denn kaum waren er und sein Kollege ausgestiegen, als auch schon ein Mann von ungefähr Mitte Fünfzig wutschnaubend auf sie zugestürmt kam.

»Sind Sie dafür verantwortlich?« Der Mann zeigte auf das Absperrband und die Uniformierten. »Das hier ist eine Baustelle, wir müssen einen Zeitplan einhalten und...«

»Ihnen auch einen ‚Guten Morgen!'«, erwiderte Ritter scharf, »ja, ich habe das hier veranlasst, weil auf dieser Baustelle eine Leiche gefunden wurde. Und jetzt stellen Sie sich gefälligst erstmal vor!«

Sein Gegenüber lief vor Wut rot an. Es war ihm anzusehen, dass er sich nur äußerst mühsam beherrschen konnte. Er atmete tief durch, bevor er zwischen den zusammengebissenen Zähnen vor Zorn bebend hervorpresste: »Mein Name ist Richard Gerster. Ich bin hier der Bauleiter und damit der Verantwortliche für all das hier.« Mit einer vagen Handbewegung deutete er auf das Baustellengelände. »Wir hinken unserem Zeitplan ohnehin schon etliche Tage hinterher, da kann ich eine solche Unterbrechung absolut nicht gebrauchen. Schon gar nicht heute, denn in einer halben Stunde wird der Beton für die Fundamente und für die Grundplatte geliefert. Das Zeug muss dann rein, bevor es hart wird!«

Ritter wollte gerade zu einer scharfen Antwort ansetzen, aber sein Kollege kam ihm zuvor. Krüger hatte plötzlich einen mitfühlenden Gesichtsausdruck auf dem Gesicht und nickte: »Da haben Sie es verdammt schwer, das ist wirklich hart! Ein Onkel von mir war auch auf dem Bau und hat sich mir gegenüber oft genug über den Zeitdruck beschwert.«

»Na, dann wissen Sie ja in etwa, wie das ist und dass wir vorankommen müssen.«

»Ja, aber Sie müssen auch verstehen, dass wir mit unseren Ermittlungen ebenfalls vorankommen müssen.« Als Gerster wieder Rot anlief, fügte Krüger beschwichtigend hinzu: »Wir haben ja auch nur ein paar Fragen, danach sehen wir uns den Fundort bei Tageslicht nochmal an. Ich bin sicher, dass Sie und ihre Leute anschließend weiterarbeiten können. Aber wir haben leider unsere vorgeschriebenen Abläufe, an denen wir beim besten Willen nicht vorbeikommen. Wir werden uns aber beeilen, denn wir wollen Sie ja nicht unnötig aufhalten.«

»Ja, ja, schon gut«, wiegelte der zumindest oberflächlich besänftigte Bauleiter ab, »das Ganze ist ja eine verflucht unangenehme Geschichte.« Gleich darauf wurde sein Tonfall wieder etwas bissiger: »Also, was wollen Sie denn nun wissen?«

»Das Fundament soll heute gegossen werden?«, mischte sich jetzt Ritter ein.

»Ja, das sagte ich doch schon. Das Fundament und auch

die Grundplatte.«

»Seit wann steht dieser Termin fest?«

»Was?«

»Na, das heute das Fundament gegossen werden soll.«

»Schon länger.«

»Geht das auch etwas genauer?«

Der Bauleiter seufzte demonstrativ auf.

»Wir hatten den Beton eigentlich für Montag bestellt«, erläuterte er dann, »aber die Verschalungen sind nicht rechtzeitig fertig geworden. Wir müssen wegen der fehlenden Facharbeiter viel mit Hilfskräften machen, und da dauert manches eben länger. Man muss ja schon froh sein, wenn sie ihre Arbeit wenigstens richtig machen. Jedenfalls, die sind nicht rechtzeitig fertiggeworden, also mussten wir die Anlieferung des Betons verschieben. Das hat zum Glück noch geklappt, denn wenn die Mischer schon unterwegs gewesen wären, hätten wir das Zeug bezahlen müssen. Das hätte ich meinem Chef nie und nimmer erklären können. Na ja, also, am Montag sind wir dann endlich fertig geworden. Aber da waren die Wagen der Betonfabrik schon alle anderweitig gebucht, auch für den Dienstag. Ist ja auch logisch, denn die haben ja außer uns auch noch andere Kunden und Liefertermine, die sie einhalten müssen. Die Verzögerung war letztlich unsere Schuld, also mussten wir warten, bis man uns zwischenschieben konnte. Für heute haben wir Glück, deshalb kommen die Mischer gleich. Dadurch hängen wir zwar immer mehr im Zeitplan, aber ich bin froh, dass es heute endlich weitergeht.«

»Seit wann steht denn konkret fest, dass heute der Beton kommen wird?«, fragte Ritter nach.

Der Bauleiter überlegte einen Moment. »Seit gestern. Irgendwann im Laufe des Tages kam der Anruf. Wahrscheinlich haben sie uns irgendwo dazwischen gequetscht, weil wir gute Kunden sind.«

Ritter nickte verstehend.

Nun ergriff Krüger das Wort: »Sie bauen hier ein Logistikzentrum für die Firma Kescher?«

»Ja und Nein. Unser eigentlicher Auftraggeber ist die Immobilienfirma Schneider, der gehört das Grundstück und die bezahlt auch alle Rechnungen. Die Firma Kescher wird sich aber hier ansiedeln und bestimmt deshalb, wie die Bebauung aussehen soll. Wie die sich mit der Firma Schneider geeinigt haben, weiß ich nicht. Ist mir auch egal, denn das geht mich nichts an. Ich bin dafür zuständig, dass der Bau planmäßig vorankommt.«

»Aber das Schild am Eingang sagt doch, dass hier die Firma Kescher baut?«

»Na klar, das ist für die eine Art kostenlose Werbung. Die Immobilienfirma hat ja wohl schon einen Vertrag mit Kescher, kann also auf eigene Werbung verzichten. Die wiederum wollen natürlich schon auf ihr Logistikzentrum aufmerksam machen. Ist mir aber egal, die Werbefuzzis werden schon wissen, was sie tun.«

»Wer hat denn alles von der Verzögerung beim Gießen der Fundamente gewusst?«

»Na, alle hier auf der Baustelle! Dann natürlich alle in der Betonfabrik, die uns das Zeug liefern werden, also deren Fahrer, die Mitarbeiter der Kundenakquise und wohl auch der eine oder andere in der Buchhaltung. Dazu dann natürlich unsere Firmenleitung, unsere eigene Buchhaltung und wahrscheinlich auch die Chefs von den Firmen Kescher und Schneider. Also praktisch jeder, der in irgendeiner Weise davon betroffen ist.«

»Das sind dann eine ganze Menge Personen. Wer von denen hat denn alles einen Schlüssel für das Tor zur Baustelle?«

Gerster schaute die Kommissare verblüfft an.

»Den Torschlüssel? Den haben nur mein Polier und ich, sonst niemand. Wäre ja auch noch schöner, wenn hier jeder hereinspazieren könnte, wie es ihm gerade passt. Ich habe die Verantwortung und muss daher wissen, was los ist. Also auch, wer sich hier auf meiner Baustelle bewegt.«

»Wer ist denn ihr Polier?«

Der Bauleiter gab einem in der Nähe stehenden Mittdreißiger ein Zeichen. Sofort unterbrach der Angesprochene sein Gespräch mit zwei Arbeitern und näherte sich dem Bauleiter sowie den beiden Kommissaren.

»Was gibt's, Chef?«

Statt einer Antwort stellte Gerster den Beamten seinen Polier vor: »Das ist Arne Semmler, mein Polier. Ein absolut integrer Mann!« An Semmler gewandt erklärte er: »Es geht um die Schlüssel zum Tor. Die Beamten wollen wissen, wer alles einen hat, und das sind ja nur wir beide.«

Kommissar Ritter stellte sich und seinen Kollegen Krüger

kurz vor. Dann bat er: »Dürfen wir ihre Schlüssel einmal sehen?«

Die beiden Angesprochenen rollten zwar demonstrativ genervt mit den Augen, holten aber dennoch sofort jeder einen Schlüsselbund hervor und zeigten einen Schlüssel vor. Krüger holte das von der Streife in der Nacht aufgebrochene Schloss aus der Tasche und probierte nacheinander beide Schlüssel aus. Sie passten.

»Hat einer von Ihnen seinen Schlüssel in den letzten Tagen verliehen?«

Gerster schüttelte den Kopf: »Nein, außerdem hängt er am gleichen Schlüsselbund wie mein Haustürschlüssel.«

»Bei mir ebenfalls, dazu noch der Garagenschlüssel«, erklärte Semmler.

»Also hat keiner von ihnen seinen Schlüssel verliehen?«

»Nee, auf gar keinen Fall!«, gab Gerster zurück.

»Hm, ja, okay. Wie sieht es denn mit dem Verlust eines Schlüssels aus? Ich meine, auf so einer großen Baustelle geht es ja immer etwas hektisch zu, da kann schon mal ein Schlüssel verlorengehen – den dann wiederzufinden, wäre sicher ein Wunder. Ist also einem von ihnen in den letzten Tagen oder Wochen ein Torschlüssel abhandengekommen?«

Sowohl der Polier als auch sein Baustellenleiter schüttelten mit dem Kopf.

»Hat einer von Ihnen mal sein Schlüsselbund unbeaufsichtigt liegengelassen, sodass sich jemand einen Abdruck hätte machen können?«

Wieder schüttelten die Angesprochenen mit dem Kopf.

Bauleiter Gerster fügte noch hinzu: »Weder Arne noch ich lassen die Schlüssel aus den Augen! Immerhin hängen an dem Bund ja auch unsere privaten Schlüssel, und schon alleine deshalb achten wir ganz genau darauf.«

»Na gut«, nickte Ritter verstehend, »dann habe ich nur noch eine Routinefrage, die Sie sicher aus dem Fernsehen kennen: Wo waren Sie gestern zwischen Mitternacht und zwei Uhr morgens?«

»Zuhause natürlich«, schnaubte Gerster, »so eine Baustelle ist gefährlich und ein Bau teuer, da muss man immer hellwach sein. Wenn man hier den ganzen Tag mit Argusaugen herumläuft und alles überwacht, ist man abends total erschlagen. Glauben Sie mir, da will man nur noch schlafen!«

Die beiden Kommissare nickten mitfühlend.

»Kann das jemand bezeugen?«, hakte Krüger nach.

»Verdächtigen Sie etwa mich oder meinen Polier?«, brauste Gerster auf, »Das ist Zeitverschwendung! Sehen Sie lieber zu, dass wir hier weiterarbeiten können. Dahinten kommen schon die ersten Wagen mit dem frischen Beton!«

»Es ist alles nur Routine, kein Grund, um sich aufzuregen«, wiegelte Krüger beschwichtigend ab, »also noch einmal: Kann jemand Ihre Angabe bestätigen?«

»Meine Frau hat neben mir gelegen«, knurrte Gerster ungehalten.

Ritter wandte sich an den Polier: »Und Sie? Wie sieht es mit Ihnen aus?«

»Ich war auch im Bett und habe geschlafen. Als Polier hat man auch eine riesige Verantwortung auf so einer Baustelle. Und bevor Sie fragen: Ja, meine Frau hat neben mir geschlafen und kann das bezeugen.«

»Ja, gut, danke. Das war dann auch schon alles. Wir werden noch einen Blick auf den Fundort der Leiche werfen und dann entscheiden, ob wir das Gelände freigeben werden.«

Als sich die beiden Bauarbeiter zum Gehen wandten, drehte sich Krüger nochmal zu ihnen um: »Ach, eine Frage habe ich jetzt doch noch: Die Tote wurde mit Steinen abgedeckt, die neben dem Fundament herumlagen. Ich konnte gestern nirgendwo sonst beim Fundament solche Steinhaufen sehen. Was hat es damit eigentlich auf sich?«

Sichtlich genervt ergriff der Baustellenleiter das Wort: »Unsere Firma macht auch Sanierungsarbeiten, da fällt immer Bauschutt an. Das meiste davon fahren wir auf die Bauschuttdeponie, aber manchmal schütten wir Teile davon in so große Fundamente wie bei dieser Baustelle. Das gibt dem Fundament eine zusätzliche Stabilität. Die können wir gut gebrauchen angesichts der riesigen Hallen, die hier entstehen werden.«

»Und so ganz nebenbei sparen Sie einen Teil der Deponiegebühren«, grinste Krüger.

Gerster fauchte: »Die wir unseren Kunden von der Sanierungsmaßnahme aber nicht in Rechnung stellen, falls Sie das meinen sollten.«

Krüger hob beschwichtigend beide Arme. »Nein, nein, alles

gut! Ich wollte niemandem etwas unterstellen.«

»Warum lag der Steinhaufen eigentlich gestern Abend noch hier herum? An keiner anderen Stelle war so ein ähnlicher Haufen zu sehen?« fragte Ritter.

»Weil es gestern furchtbar heiß war und ich meine Leute bei Laune halten muss. Natürlich hätten gestern schon alle Steine im Fundament liegen sollen, aber die Jungs wollten bei der Hitze so schnell wie möglich nach Hause. Wenn wir irgendwann im Zeitplan noch mehr als jetzt hängen, müssen sie jede Menge Überstunden machen. Also komme ich ihnen bei Gelegenheiten wie der gestrigen Wärme etwas entgegen und lasse sie früher gehen. Dafür klotzen sie dann bei einer anderen Gelegenheit wie die Verrückten ran, wenn es noch enger werden sollte. Na ja, und die paar Steine können Sie heute auch noch reinwerfen, während der Beton dahinten gegossen wird.«

»Also ein gegenseitiges Geben und Nehmen«, nickte Krüger verständnisvoll.

»Genau. Man muss als Bauleiter immer schauen, wo man mal großzügig sein kann und wo man massenhaft Überstunden ansetzen muss.«

Die beiden Kommissare bedankten sich für die Auskünfte und gingen zum Fundort der Leiche. Nichts deutete mehr auf den makabren Fund hin, nur hier und da waren noch kleinere Pulverreste sichtbar, die die Spurensicherung hinterlassen hatte.

»Hier gibt es für uns nichts mehr zu sehen«, brummte Ritter

nach einer Weile. Er und Krüger wandten sich zum Gehen, als er plötzlich einen Streifenpolizisten ansteuerte: »Sag mal, Kollege, warum seid ihr eigentlich so zahlreich hier? Hätte nicht eine Wagenbesatzung zur Absicherung des Fundortes gereicht?«

»Natürlich hätte ein Wagen gereicht«, lautete die prompte Antwort, »aber der Bauleiter und sein Polier haben die erste Wagenbesatzung ziemlich wüst beschimpft, weil sie angeblich den Baufortschritt behindern würden. Das Ganze hätte rasch eskalieren können. Mit den beiden Figuren wären unsere Kollegen zwar spielend fertiggeworden, aber angesichts der zahlreichen Arbeiter, die ebenfalls sehr unfreundlich waren, hätte es letztlich doch ein ziemliches Problem werden können. Also hat die erste Streife sicherheitshalber Verstärkung angefordert.«

»Ah ja, das ist verständlich! Zum Glück ist alles ruhig geblieben. Aber jetzt ist hier alles erledigt, ihr könnt die Baustelle freigeben und abrücken. Schließlich wollen wir den ‚Baufortschritt' ja nicht über Gebühr behindern.«

Mit breitem Grinsen nickten sich der Kommissar und der Uniformierte zu.

Krüger und Ritter gingen zu ihrem Wagen zurück.

»Und was machen wir jetzt?«

»Jetzt fahren wir zurück ins Büro und hoffen, dass entweder Doktor Leber oder Nicole und Holger erste Ergebnisse für uns haben werden.«

Im Büro wurden die beiden Kommissare schon von Nicole Sievers erwartet: »Gut dass ihr endlich kommt! Der Chef will von euch umgehend einen Lagebericht haben – offensichtlich hat die Presse Wind von dem Mord bekommen und sich gemeldet. Jetzt will er Informationen für die Pressestelle, damit die den Reportern irgendetwas sagen kann. Er hat wohl Angst, dass Zeitungen einen reißerischen Artikel drucken und Panik erzeugen werden.«

»Diese Sorge teile ich!«, murmelte Ritter, bevor er an Nicole gewandt hinzufügte: »Ich werde mich gleich darum kümmern. Habt ihr auch etwas Relevantes zu unserer Toten?«

»Nicht direkt, aber Doktor Leber hat angerufen und gesagt, dass er ein paar Hinweise für euch habe. Nichts Spektakuläres, aber vielleicht dennoch hilfreich, hat er gemeint. Was immer das auch heißen mag.«

»Ja, das weiß man bei dem guten Doktor nie!«, erwiderte Ritter. »Na schön, teilen wir uns auf: Nicole, du fährst mit Bernd in die Rechtsmedizin und hörst dir an, was Doktor Leber zu sagen hat. Ich werde zum Chef gehen und ihn über den bisherigen Stand der Ermittlungen unterrichten. Holger, du hältst hier die Stellung - vielleicht kommt ja doch noch ein Hinweis über eine vermisste Person herein.«

Tandler rollte mit den Augen: »Du gibst die Hoffnung noch nicht auf, was?«

»Nein, natürlich nicht.« Nach einem kurzen Zögern fügte

Ritter hinzu: »Ich weiß, dass schon längst etwas gekommen wäre, wenn die Beschreibung unserer Toten irgendeiner vermissten Person ähneln würde. Aber wir haben in diesem Fall noch keinerlei Anhaltspunkte. Angesichts der Folterspuren an der Toten brauchen wir schnell irgendetwas Brauchbares, denn wenn schon die Presse ihre Witterung aufgenommen hat, könnte es für uns ungemütlich werden!«

»Du meinst wegen der Karriereambitionen von unserem strebsamen Staatsanwalt?«

»Nicht nur. Der wird natürlich auch Druck auf den Chef ausüben und der wiederum auf uns, aber viel schlimmer ist die Presse. Mit einer marktschreierischen Überschrift und einem entsprechenden Artikel könnte sie eine Menge Panik erzeugen – und ich möchte auf keinen Fall, dass wir dann als Doofmänner dastehen!« Nach einem kurzen Seitenblick auf Nicole Sievers ergänzte er: »Doofmänner und Dooffrau.«

Nicole grinste ihn an: »Schon gut, Frank, meinetwegen musst du nicht diese Gendersprache verwenden. Ich bin Postfeministin!«

»Muss ich wissen, was das heißt?«

»Nein, zerbrich dir darüber nicht den Kopf.«

»Okay!« Ritter lächelte seine Kollegin unsicher an.

Dann wandte er sich an sein Team: »Also machen wir uns an die Arbeit und hoffen, dass bald ein paar brauchbare Hinweise vom Himmel fallen.«

Für diese Worte erntete er ernste Blicke und leises Kopfnicken. Im nächsten Moment verließen alle bis auf Holger Tandler das Büro. Jedem von ihnen war klar, dass die Lösung dieses Falles äußerst schwierig werden würde – aber sie würden alles versuchen, um den Täter zu fassen!

Mittwoch, 19. April, 11:00 Uhr

Ritter eilte einen Flur entlang und überlegte dabei, wie er seinem Chef den Ermittlungsstand in hoffnungsfrohen Farben schildern könnte. Viel hatten sie nicht, im Grunde sogar gar nichts. Aber das würde sein Chef garantiert nicht hören wollen.

Vor dem Büro von Kriminalrat Kehlhahn hielt Ritter kurz inne und atmete tief durch. Dann riss er mit einem Ruck die Tür auf und rief der erschrocken zusammenzuckenden Sekretärin einen schwungvollen Morgengruß zu.

»Nicole sagte, dass der Chef mich sprechen wolle. Ist er in seinem Büro?«

Monika Schneider, die Sekretärin von Kriminalrat Kehlhahn, machte ein pikiertes Gesicht: »Zunächst einmal: Erschrecken Sie mich nicht immer so! Sie wissen ganz genau, dass ich das nicht mag!«

Natürlich wusste Ritter das, aber es machte ihm Spaß, der attraktiven Mittdreißigerin einen kleinen Schrecken einzujagen. Er wusste, dass sie seinen Scherz insgeheim genoss, denn er brachte etwas Abwechslung in ihr eintöniges Dasein als Sekretärin. Ihre Empörung verband sie daher immer mit einem Lächeln, das den Worten die Schärfe nahm.

»Was nun Ihre Frage angeht: Ja, er will Sie sprechen, und er wartet bereits ziemlich ungeduldig darauf, dass Sie endlich erscheinen.«

»Warum denn diese Ungeduld? Er weiß doch, dass wir in

den ersten Stunden nach einem Mord oder einem Leichenfund alle Hände voll zu tun haben und ihm im Laufe des Tages Bericht erstatten. Warum ist er denn diesmal so ungeduldig?«

»Na ja«, kam die gedehnte Antwort, während sich die Stimme auf ein vertrauliches Flüstern reduzierte, »genau weiß ich es natürlich nicht, was ihn so ungeduldig macht. Da aber die Staatsanwaltschaft schon zweimal angerufen und nach dem Stand der Ermittlungen gefragt hat, vermute ich da einen Zusammenhang. Die melden sich sonst nämlich nie so schnell. Warum das jetzt anders ist, kann ich nur vermuten.«

»Was vermuten Sie denn?«, flüsterte Ritter ebenso leise.

»Ich vermute, dass man bei denen wohl große Angst hat, dass die Presse das Thema ausschlachten wird. Sie wissen ja, dass im Moment Saure-Gurken-Zeit ist und die Zeitungen nichts Interessantes zu berichten haben. Da kommt natürlich ein Mord gerade recht, vor allem wenn auch noch Folter im Spiel ist. Wenn man dann noch den unbedingten Karrierewillen unseres Staatsanwalts dazu nimmt...« Sie warf dem Kommissar einen verschwörerischen Blick zu.

»Ja, schon, aber da wir erst am Anfang unserer Ermittlungen stehen, würde doch eine Pressemitteilung mit dürftigem Inhalt ausreichen – sofern überhaupt schon ein Journalist etwas von dem Mord gehört hat. Immerhin haben wir die Leiche ja erst vor ein paar Stunden gefunden und der Polizeibericht ist gerade fertig geworden. Warum dann schon zu einem so frühen Zeitpunkt diese Aufregung? Alles nur wegen der Karriere des Staatsanwalts?« Ritter blickte zweifelnd drein.

Frau Schneider zuckte mit den Schultern: »Keine Ahnung, aber auf jeden Fall kamen schon zwei Anrufe von der Staatsanwaltschaft. Nach dem zweiten Telefonat sollte ich gleich bei Ihnen anrufen und ausrichten, dass der Chef unverzüglich einen Sachstandsbericht haben will.«

»Na schön«, seufzte Ritter deutlich hörbar, »dann werde ich jetzt mal reingehen und berichten. Vielleicht kann ich ja nebenbei herausbekommen, was da läuft und diesen Aktionismus ausgelöst hat.«

»Viel Glück!«

»Danke!«

Mit einem freundlichen Lächeln wandte sich Ritter von der Sekretärin ab und betrat nach kurzem Klopfen das Büro von Kriminalrat Sven Kehlhahn. Dieser war gerade mit irgendwelchen Papieren beschäftigt und schaute nur kurz auf, als Ritter eintrat. Mit einer flüchtigen Handbewegung gab ihm sein Chef zu verstehen, dass er sich setzen solle. Dann legte Kehlhahn noch ein paar Papiere beiseite. Erst danach widmete er seine gesamte Aufmerksamkeit dem Hauptkommissar.

»Eine unangenehme Sache, dieser Fall, sehr unangenehm. Ich meine, eine Tote ist nie eine schöne Angelegenheit, aber ich habe etwas von Folterspuren gehört, und das ist höchst beunruhigend. Wie ist denn der aktuelle Stand der Ermittlungen?«

»Es gibt einen recht zuverlässigen Zeugen, der gesehen hat, wie die Leiche von zwei Personen zur Baugrube gebracht und hineingeworfen wurde. Seinen Beobachtungen zufolge war die Frau zu diesem Zeitpunkt bereits tot. Der Fundort ist also nicht der Tatort. Allerdings haben sich die Täter den Zugang zur Baustelle nicht mit Gewalt oder einem Trick verschafft, sondern das Schloss am Tor mit einem Schlüssel geöffnet. Das ist merkwürdig, zumal der Bauleiter und sein Polier behaupten, als einzige einen Schlüssel für das Tor zu haben. Beide konnten ihren Schlüssel vorweisen. Angeblich hat auch zuvor niemand einen Schlüssel verloren, sodass ein zufälliger Finder, der die Gunst der Stunde zur Leichenbeseitigung genutzt hat, ausscheiden würde.«

»Ein verlorener Schlüssel, ein zufälliger Finder, der auch rein zufällig eine Leiche zu entsorgen hat - das mag es im Film geben, aber in der Realität wäre das in der Tat vollkommen unwahrscheinlich«, nickte Kehlhahn, »aber was ist mit den Alibis der beiden?«

»Angeblich waren beide im Bett und haben geschlafen, was ihre Ehefrauen bestätigen können. Tandler überprüft gerade die Alibis, aber offen gesagt verspreche ich mir nicht viel davon. Die Frauen werden sicher alles bestätigen, was ihre Männer sagen. Das kennen wir ja schon.«

»Ja, das sich Ehepartner immer gegenseitig ein Alibi geben, ist gängige Routine. Ganz gleich, ob das Alibi stimmt oder nicht.« Der Kriminalrat schüttelte verständnislos mit dem Kopf. »Andererseits konnten die beiden ihre Schlüssel vorweisen, sagen Sie? Also sind es entweder die Täter oder sie sind tatsächlich unschuldig.«

Kehlhahn verharrte kurz und schien nachzudenken.

Frank Ritter ließ seinen Chef gewähren, aber innerlich war er voller Ungeduld. Er wollte endlich hier raus und die Ermittlung vorantreiben.

Es dauerte jedoch noch einen Moment, bevor der Kriminalrat wieder das Wort ergriff: »Nun ja, vielleicht gibt es noch andere Ermittlungsansätze. Was haben wir denn an Fakten? Gibt es irgendwelche Hinweise zur Identität der Frau, zu den Gerätschaften, mit denen sie gefoltert worden ist, zum Tatzeitpunkt oder wo der Tatort sein könnte?«

»Nein, leider haben wir derzeit nur die Tote und sonst nichts. Unsere Anfrage zu vermissten Personen läuft zwar noch, aber bislang scheint sie niemand als vermisst gemeldet zu haben. Zur Todesursache tappen wir auch noch im Dunkeln, weil Doktor Leber wegen der vielen Folterspuren auf den ersten Blick keine eindeutige Todesursache finden konnte - angesichts der vielen Verletzungen braucht das sicher etwas Zeit. Krüger und Sievers sind aber auf dem Weg in die Rechtsmedizin, weil der Doktor wohl ein paar Informationen für uns hat Was das für welche sind und ob sie uns weiterbringen werden, weiß ich noch nicht.«

»Es wäre gut, wenn wir den Fall möglichst schnell aufklären könnten. Staatsanwalt Zimmermann hat mich bereits angerufen und sich überaus besorgt gezeigt, dass die Presse den Vorfall als Beginn einer Mordserie hinstellen könnte.«

»Wie kommt er darauf, dass es eine ganze Serie geben könnte? Bislang haben wir zum Glück nur ein Opfer! Hat er irgendwelche Anhaltspunkte, die ihn zu dieser Vermutung führen?«

»Nein, aber derzeit ist in unserer Stadt nicht viel los, und Horrorszenarien verkaufen sich für die Medien immer gut. Er hat wohl Angst, dass ihm ein Serienmörder die Karriere beflecken könnte. Sie kennen ja seinen Ehrgeiz – und eine frühzeitig beendete Mordserie wäre für ihn ein gewaltiger Pluspunkt. Also tun Sie bitte alles, um den Fall schnellstmöglich aufzuklären, bevor mir ein karrieregeiler Staatsanwalt mit gegelten Haaren zusammen mit der Presse die Hölle heiß macht!«

»Wir tun, was wir können«, erwiderte Ritter. Er wusste, dass sein Chef den Staatsanwalt wegen seines Übereifers und geschönten Aussehens nicht ausstehen konnte. Tatsächlich war es ein offenes Geheimnis, dass Staatsanwalt Zimmermann seine Haare färbte, da es mit Anfang dreißig bereits graue Strähnen aufwies, was ihm peinlich war. Allerdings leugnete er hartnäckig das Färben.

»Nur kann leider keiner in meinem Team zaubern, mich inbegriffen. Bislang gibt es auch keinen Grund zu der Annahme, dass es der Auftakt zu einer Mordserie sein könnte. Vielleicht war es auch einfach nur ein aus dem Ruder gelaufenes Sexspiel gewesen – das können wir zum jetzigen Zeitpunkt noch nicht ausschließen.«

»Das mag ja sein, aber wenn zwei Personen die Leiche beseitigt haben, könnte es eine Menage à trois gewesen sein oder der Täter hat jemanden eingeweiht, der ihm bei der Beseitigung der Leiche geholfen hat.«

»Vielleicht, aber auf jeden Fall hat einer von den beiden von dem ausgehobenen Fundament gewusst und aus irgendeinem Grund Zugang zur Baustelle gehabt. Der problemfreie Zugang bereitet mir Kopfzerbrechen!«

»Und es haben nur der Bauleiter und sein Polier einen Schlüssel für das Tor? Sonst wirklich niemand?«

»Nach unserem jetzigen Ermittlungsstand haben nur die beiden einen Schlüssel, aber das beruht letztlich alles auf ihren Aussagen. Dass sie damit verdächtig sind, dürfte ihnen klar sein. Sollte also ein Dritter ebenfalls einen Schlüssel haben, wäre es in ihrem Interesse, uns den Namen zu nennen. Am einfachsten wäre es für die beiden aber gewesen, wenn sie einfach einen Schlüssel als verloren gemeldet hätten. Haben sie aber nicht.«

»Könnte es sein, dass sie jemanden decken wollen?«

»Und sich selber verdächtig machen? Gut, möglich wäre das schon, aber dann müsste mindestens einer der beiden Bescheid wissen. Vielleicht wäre er dann einer der beiden Männer, die in dem Fahrzeug gesessen haben – das würde das mit einem Schlüssel geöffnete Tor erklären.«

»Klingt logisch, aber wie könnte man herausbekommen, ob einer oder alle beide ihre Finger im Spiel haben?«

»Gar nicht, sofern ihre Ehefrauen die Alibis bestätigen.«

»Also eine Sackgasse«, seufzte Kehlhahn.

»Im Augenblick schon. Aber keine Sorge, wir suchen nach einem anderen Ansatz und werden bestimmt einen Weg finden!«

»Ja, sieht ganz so aus, als ob Sie und Ihre Leute mit dem

Bauleiter und seinem Polier nicht weiterkommen würden. Aber die Alibis der beiden überprüfen wir trotzdem. Wir sollten auch mal nachschauen, was wir über die Baufirma herausfinden können. Ich wünsche Ihnen viel Glück! Und bitte beeilen Sie sich mit Ihren Ermittlungen! Sie wissen ja, wie sehr die Staatsanwaltschaft an einer raschen Lösung des Falles interessiert ist!«

»Natürlich, wir geben unser Bestes. Wie immer, aber der Fall ist ziemlich vertrackt, da wir bislang kaum Fakten haben.«

Ritter erhob sich und wollte sich gerade zum Gehen anschicken, als er sich nochmal an den Kriminalrat wandte: »Was ist denn jetzt mit der Presse?«

Ein lautes Stöhnen quittierte die Frage.

»Ich habe die Presseabteilung gebeten, etwaige Anfragen erst einmal abzuwimmeln – Sie wissen schon: laufendes Verfahren, intensive Nachforschungen und so weiter. Damit können wir ein oder zwei Tage gewinnen, aber dann sollten wir zumindest ein paar Resultate liefern können.«

»Tja, das sagt sich immer so leicht, aber in der Praxis sieht das oftmals etwas anders aus.«

»Das weiß ich doch! Aber wir sind uns doch sicher beide darüber im Klaren, dass ein Verbrechen wie dieses die Fantasie der Leute anregt! Wenn dann reißerische Schlagzeilen auftauchen, kann das sehr schnell in Hysterie umschlagen. Leider sind nicht alle Zeitungen an Qualitätsjournalismus interessiert, sondern bevorzugen die marktschreierischen Überschriften zur Auflagensteigerung. Wenn wir dann ohne einen

Hauch von Ergebnissen dastehen, werden uns die Journalisten in der Luft zerfetzen! Wie Staatsanwalt Zimmermann darauf reagieren würde, können wir uns selber ausmalen.«

»Ja, ich weiß. Meine Leute und ich wollen den Fall aber auch so schnell wie möglich aufklären, also werden wir unser Bestes geben. Zunächst brauchen wir aber ein paar Fakten. Vielleicht können uns die Informationen von Doktor Leber weiterhelfen.«

»Hoffen wir es! Viel Glück!«

Mit einer Handbewegung war Hauptkommissar Ritter entlassen.

Mittwoch, 19. April, 11:25 Uhr

Inzwischen waren Bernd Krüger und seine Kollegin Sievers bei der Rechtsmedizin angekommen. Wie immer bei solchen Gelegenheiten hatten sie seinen Wagen genommen, obwohl Nicole der etwas rasante Fahrstil ihres Kollegen nicht behagte.

Nachdem sie den Wagen geparkt hatten, betraten die beiden das Gebäude. Die Gänge waren zwar etwas verwinkelt, aber sie kannten sich hier gut aus.

Es dauerte daher nicht lange, bis sie Doktor Leber fanden. Wie bei vielen vorangegangenen Fällen saß er auch heute in seinem kleinen Büro und schrieb an einem Autopsiebericht.

»Hallo, Herr Doktor«, grüßte Krüger jovial, »da sind wir. Sie sagten, dass Sie Informationen für uns haben?«

Der Rechtsmediziner sah auf.

»Ja, die Untersuchung von Ihrer Leiche ist abgeschlossen. Viel habe ich nicht entdecken können, aber ein paar Dinge könnten interessant sein. Kommen Sie mit.«

Doktor Leber griff nach einem Bericht und überflog ihn kurz, während sie zu den Kühlräumen gingen. Dort öffnete er ein Fach und zog die Frauenleiche hervor. Dann begann er: »Die Todesursache ist Herzversagen infolge einer enormen Belastung des Organismus, die schließlich zu einer Überlastung geführt hat. Ganz so wie bei einem Motor, der wegen zu hoher Beanspruchung heiß läuft und schließlich kaputtgeht.«

»Mit ,enormer Belastung' meinen sie sicher die Folterung?«

»Nun ja, die Frau ist zweifelsfrei bestialisch gequält worden, aber ob es wirklich eine Folter war, ist nicht so leicht zu sagen. Ihre Verletzungen sind wenig professionell, das würde man bei einer richtigen Folterung eher nicht erwarten. Wir haben in zahlreichen Wunden winzige Spuren von Holz gefunden, die auf einen Rohrstock hinweisen. Dazu kommen Spuren von Peitschenhieben, Klammern, Nadeln und anderen schmerzhaften Sachen, aber alles in allem nichts, was auf eine Folterung durch Profis hindeutet – die haben ganz andere Methoden drauf und brauchen einen Körper nicht derart zu beschädigen.«

»Tja, das ist ja schon mal ein interessanter Hinweis. Also ein Amateur, der sich, ich sage das jetzt einfach mal so deutlich, an seinem Opfer ‚ausgetobt' hat?«, vergewisserte sich Krüger.

Doktor Leber dachte kurz nach, bevor er bedächtig nickte: »Das könnte gut sein. Zumal ich in diesem Zusammenhang etwas Interessantes gefunden habe: Neben den Verletzungen, die ihr zweifelsfrei durch die Quälerei kurz vor ihrem Tod beigefügt wurden, weist der Körper noch diverse Spuren von früheren ‚Behandlungen' mit Peitschen und vermutlich Stöcken auf.« Dabei trat er an die Leiche heran und wies auf verschiedene Stellen des geschundenen Körpers. »Sehen Sie diese Stellen? Vernarbtes Gewebe, wie es von heftigen Schlägen mit Peitsche oder Rohrstock herrührt. Daneben hat sie diverse Hämatome, die an der Körperoberfläche nicht mehr sichtbar sind, aber unter der Haut konnte ich sie noch nachweisen. Die Tote wurde zu Lebzeiten mehrmals misshandelt, aber nichts davon scheint mir lebensgefährlich gewesen zu sein. Nur die letzte Folter war so heftig, dass ihr Herz irgendwann nicht mehr mitgemacht hat und sie daran gestorben ist.«

»Könnte ihr Tod also die Folge eines Sexspiels gewesen sein, das aus irgendeinem Grund aus dem Ruder gelaufen ist?«, fragte Sievers.

»Sie meinen, dass der aktive Part bei einem dieser Sadomaso-Spiele in einen Rausch geraten ist und die Kontrolle über sich verloren hat?«

Als die Kommissarin nickte, überlegte Doktor Leber etwas länger, ehe er sich nach einem Räuspern äußerte: »Man könnte durchaus auf diesen Gedanken kommen, aber die Anzahl an frischen Verletzungen ist sehr hoch und sie müssen sehr schmerzhaft gewesen sein. Die Stimmbänder der Frau weisen auf eine extreme Benutzung hin, sie hat sich im wahrsten Sinne des Wortes die Seele aus dem Leib geschrieen. Hätte sie das in einer Reihenhaussiedlung oder gar in einem Mehrfamilienhaus getan, hätte es jemand hören müssen. Wir haben an Mund und Rachenraum keine Spuren von einem Knebel finden können, sodass sie ungehindert und aus Leibeskräften schreien konnte.«

»Was ist mit Klebeband? Vielleicht hat man ihr damit den Mund verschlossen?«

»Ich habe natürlich auch diesen Aspekt in Erwägung gezogen, aber es finden sich keine noch so kleinen Hinweise auf ein Klebeband. Und glauben Sie mir, ein paar winzige Spuren bleiben immer hängen.«

Bernd Krüger warf ein: »Bei Sadomaso-Spielen benutzt man gerne Knebel, deshalb wäre Klebeband ohnehin ungewöhnlich.«

Nicole runzelte die Stirn: »Dann könnte es also kein Spiel, sondern Ernst gewesen sein? Eine Folterung, bei der das Opfer laut schreien durfte? Vielleicht hat das den Täter sogar angespornt, weiterzumachen?«

Doktor Leber wurde langsam ungeduldig: »Für Spekulationen bin ich nicht zuständig, und da Sie nicht die einzigen mit einer Leiche sind, habe ich sehr viel zu tun. Wenn ich also mit meinen Untersuchungsergebnissen fortfahren dürfte – für Interpretationen haben Sie dann ja in Ihrem Büro Zeit.«

»Ja, natürlich. Bitte entschuldigen Sie, Doktor. Was haben Sie noch für uns?«, beeilte sich Krüger zu fragen.

»Mehrere Sachen. Zunächst einmal der Todeszeitpunkt: Ich hatte ja am Fundort der Toten bereits gesagt, dass irgendetwas nicht stimmen würde.«

Natürlich erinnerte sich Krüger sofort an die Szene und nickte wissend.

»Also«, begann Doktor Leber gedehnt, »gefunden wurde die Tote am frühen Mittwochmorgen. Wie Sie sich erinnern werden, war es an den vorangegangenen Tagen sehr warm, weshalb die Temperaturen in der Nacht mehr als mild waren.«

Diesmal nickten Krüger und Sievers gleichzeitig.

»Wenn jemand gestorben ist, dann...«

»Äh, Doktor Leber«, intervenierte Krüger rasch, da er einen der ausufernden Monologe des Rechtsmediziners befürchtete,

»wir stehen mächtig unter Druck! Würde es deshalb vielleicht auch die Kurzfassung tun?« Als er den finsteren Blick des Arztes sah, fügte er schnell hinzu: »Natürlich sind Ihre Ausführungen immer hochinteressant, aber unser Chef will so schnell wie möglich alle Informationen auf seinem Tisch haben... Wir werden aber, sobald es etwas ruhiger ist, Ihren Bericht mit großem Interesse lesen. Versprochen!«

Nach einem deutlich hörbaren Seufzer der Missbilligung lieferte Doktor Leber die gewünschte Kurzform seiner Untersuchungsergebnisse: »Der Körper der Frau weist untrügliche Merkmale auf, die belegen, dass sie zum Zeitpunkt des Auffindens bereits ein paar Tage tot war. Ich habe ein paar äußerst komplizierte Untersuchungen vorgenommen und den Todeszeitpunkt auf den Nachmittag oder frühen Abend des Sonntags eingrenzen können. Das Merkwürdige ist nun, dass ihr Zustand dafür viel zu gut ist. Angesichts der Wärme der letzten Tage und Nächte müsste sie viel stärker derangiert sein. Das würde bedeuten, dass ihr Körper nach dem Tod an einem kühlen Ort gelagert wurde.«

Krüger runzelte die Stirn. »Sie meinen, dass die Leiche irgendwo zwischengelagert wurde? Warum hat man sie nicht gleich beseitigt, sondern erst irgendwo aufbewahrt?«

»Wahrscheinlich fühlte sich der Täter sicher, dass man sie nicht am Aufbewahrungsort finden würde, weshalb er keine Eile mit der Beseitigung hatte«, vermutete Sievers, »vielleicht konnte oder wollte er sie aber auch nicht sofort beseitigen – zum Beispiel weil er nach der Folterung zu erschöpft war, um sie wegzubringen oder er keine Möglichkeit zur Beseitigung hatte.«

»Das klingt gut«, mischte sich Doktor Leber ein, »aber wenn die Frau sich die Stimmbänder kaputt schreien konnte, ohne dass es jemand mitbekommen hat, hätte etwas Verwesungsgeruch sicher auch niemandem gestört. Aber wenn ich bitte fortfahren dürfte...«

»Ja, natürlich, bitte entschuldigen sie die erneute Unterbrechung!«

Der Rechtsmediziner warf den beiden Kommissaren einen finsteren Blick zu.

»Nun hören Sie schon auf, sich ständig zu entschuldigen, das klingt ja beinahe schon manisch. Aber zurück zur Toten: Ihr Alter schätze ich auf Anfang bis Mitte vierzig.« Mit einem kurzen Seitenblick auf Krüger fügte er hinzu: »Eine Schilderung der Methoden, die ich zur Altersbestimmung angewendet habe sowie die Details ihrer Anwendung erspare ich Ihnen mit Blick auf die Uhr. Sie können das alles ,später' in meinem Bericht nachlesen.«

Als keiner der beiden Kommissare Anstalten eines Widerspruchs zeigte, fuhr Doktor Leber seufzend fort: »Der Gesundheitszustand der Frau war zu Lebzeiten nicht mehr der Beste, sie hatte erhebliche Zahnprobleme, Bandscheibenvorfälle und diverse andere gesundheitliche Beeinträchtigungen, die ich jetzt nicht alle aufzählen will. Sie hatte über einen längeren Zeitraum ein akutes Drogenproblem, wie die untrüglichen Hinweise belegen. Zum Zeitpunkt ihres Todes hatte sie allerdings schon längere Zeit keine Drogen mehr konsumiert.«

»Ihr Drogenproblem ist erwiesen? Ich dachte, dass man das irgendwann nicht mehr nachweisen könnte.«

»Mein lieber Kommissar Krüger...«

»Verzeihung: Oberkommissar.«

»Wie auch immer. Natürlich kann so etwas nicht jeder Arzt feststellen. Es bedarf schon einer enormen Erfahrung und eines erheblichen Maßes an Können, um die entsprechenden Hinweise erkennen zu können. Sie haben das große Glück, dass ich mich mit so etwas ganz gut auskenne, und deshalb sage ich Ihnen: Die Frau hatte vor rund einem Jahrzehnt ein Drogenproblem – und es war kein kleines.«

Die beiden Kommissare waren beeindruckt. Weniger von Doktor Lebers Eigenlob, als vielmehr von seinen medizinischen Fähigkeiten. Auch wenn sein Sozialverhalten immer etwas gewöhnungsbedürftig war, so konnte man sich auf seine Untersuchungsergebnisse jederzeit verlassen. Niemand in Hannover konnte sich erinnern, dass Doktor Leber jemals ein Fehler unterlaufen wäre.

Der Eindruck seiner letzten Erkenntnis war dem Arzt nicht verborgen geblieben. Er machte eine kleine Kunstpause, bis er sicher war, wieder die Aufmerksamkeit der beiden Kommissare zu haben. Dann fuhr er fort: »Als nächstes habe ich die Herkunft der Toten bestimmt.«

»Wie, das geht?«

»Natürlich. Früher musste man dafür bei der DNA-Untersuchung die genetischen Informationen des Vaters und der Mutter getrennt untersuchen, aber heute kann man die Herkunft eines Menschen auch über DNA-Marker, die von beiden Eltern vererbt werden, herausbekommen. Hat man die entsprechenden Informationen über einen Menschen vorliegen, kann man in Datenbanken nachsehen und so Aussagen über die Herkunft aus einer bestimmten Region erhalten.«

»Das ist ja unglaublich! Sie haben tatsächlich Zugang zu solchen Datenbanken und die Untersuchung bereits abgeschlossen?«

»Lieber Oberkommissar Krüger, ich bin nicht irgendein Arzt, sondern Rechtsmediziner – wenn nicht ich, wer sollte dann wohl Zugang haben? Ausschließlich irgendwelche amateurhaften Familienforscher? Ich bitte Sie! Und: Ja, natürlich habe ich die Herkunft bereits ermittelt.«

»Ja, schon klar, aber ich bin überrascht, wie Sie so schnell so viel herausbekommen konnten.«

»Nun ja«, räumte Doktor Leber ein, »ich habe ein paar hochprofessionelle Assistenten, die schon viel von mir gelernt haben. Die sind mir natürlich zur Hand gegangen und haben beispielsweise die Suche in den Datenbanken durchgeführt.«

»Und mit welchem Ergebnis?«

»Die Tote stammt aus der westlichen Ukraine.«

»Sind Sie da ganz sicher?«

»Natürlich!« Der Doktor war sichtlich pikiert. »Aber wenn Sie Zweifel haben, können Sie die entsprechende Untersuchung gerne persönlich wiederholen. Vielleicht wollen Sie auch meine Autopsieergebnisse überprüfen und die Tote selber untersuchen?«

»Schon gut, schon gut, so war das nicht gemeint! Ich bin nur überrascht, wie detailliert diese Ergebnisse in der Kürze der Zeit sind. Das ist wirklich unglaublich!«

»Ja, der Fortschritt ist in den letzten Jahren sehr groß gewesen. Aber das war es nun auch schon fast mit den Ergebnissen. Ein letztes Resultat habe ich aber doch noch: Sowohl Vagina als auch Anus zeigen Merkmale von sehr häufigem Geschlechtsverkehr, und wenn ich ‚häufig' sage, dann meine ich damit Verkehr, der über die übliche häusliche Anzahl hinausgeht.«

»Sie meinen, unsere Tote war eine Prostituierte?«

»Nein, ich sage, dass sie die entsprechenden Merkmale von für einen Normalbürger ungewöhnlich häufigen Geschlechtsverkehr aufweist. Vielleicht war sie auch nur eine Hausfrau mit regem Bekanntenkreis. Allerdings heißt es immer, dass viele Prostituierte aus Ost- und Südosteuropa in Deutschland ‚arbeiten', sodass Sie für ihre eben geäußerte These schon zwei Indizien hätten. Ob sie richtig oder falsch ist, müssen Sie allerdings schon selber herausfinden, schließlich sind Sie der Komm…, äh, Verzeihung: der Oberkommissar. Ich bin nur Rechtsmediziner und kann Fakten feststellen, die Schlüsse daraus müssen Sie dann schon selber ziehen. Und wenn Sie mich jetzt bitte entschuldigen würden? Es warten noch zwei weitere Verstorbene auf mich. Sie finden alleine hinaus?«

»Ja, natürlich – und den Bericht bekommen wir wann?«

»Sobald ich ihn bis ins letzte Detail diktiert habe und meine

Sekretärin das Band abgeschrieben hat. Bevor Sie es sagen: Ja, ich weiß, dass es pressiert, und deshalb werde ich mich beeilen – wie immer. Die wichtigsten Informationen haben Sie aber nun bereits vorab erhalten. Der Rest meines Berichts wird aus der Darstellung von Untersuchungsmethoden, deren Verlauf und allerlei Nebensächlichkeiten bestehen, die für die Lösung Ihres Falles unwichtig sind, aber die Untersuchung gerichtsfest machen. Denn damit vor Gericht alles Bestand hat, muss ich mir die viele Arbeit machen, auch wenn kein Jurist die Darlegungen versteht. Hoffentlich fassen Sie den Täter, damit sich meine Mühen auch lohnen!«

Bevor einer der Kommissare etwas sagen konnte, hatte Doktor Leber bereits auf dem Absatz kehrtgemacht und den Raum verlassen.

Mittwoch, 19. April, 14:30 Uhr

Die Kommissare versammelten sich im Büro von Kriminalrat Kehlhahn. Angesichts der von Staatsanwalt Tobias Zimmermann gesehenen ‚äußersten Brisanz' des Falles hatte der Kriminalrat darauf bestanden, den Informationsaustausch in seinem Büro vorzunehmen, damit er zeitnah alle relevanten Informationen aus erster Hand bekam. Anschließend wollte er umgehend den Staatsanwalt informieren, denn dieser hatte unmissverständlich darauf bestanden.

»Zimmermann macht ziemlich Druck«, warb Kehlhahn gegenüber dem Ermittlerteam um Verständnis für sein Vorgehen, »da möchte ich nicht riskieren, durch einen Übermittlungsfehler etwas weiterzugeben, was wir hinterher nicht halten können. Das verstehen Sie doch sicher, nicht wahr!«

Das war keine Frage, sondern eine Feststellung. Daher nickten Ritter und seine Kollegen pflichtbewusst. Sie konnten sich sehr gut vorstellen, welchem Druck ihr Vorgesetzter ausgesetzt war. Zum Glück hielt die Presse bislang still – aus Erfahrung wusste jeder der Ermittler, dass es beim Erscheinen der ersten Schlagzeilen mit den ruhigen und besonnenen Ermittlungen vorbei sein würde. Natürlich ahnten sie aber auch, dass Kehlhahns Dienstbeflissenheit gegenüber dem Staatsanwalt durch den Wunsch ihres Chefs, Kriminaloberrat zu werden, verstärkt wurde.

Nachdem die Kommissare ihre Notizen geordnet hatten, eröffnete Ritter die Besprechung mit seiner obligatorischen

Frage: »Also, was haben wir?«

Als Erster ergriff Bernd Krüger das Wort. Er fasste die Erkenntnisse, die er zusammen mit Nicole Sievers von Doktor Leber bekommen hatte, zusammen: »Die Tote ist circa vierzig bis fünfundvierzig Jahre alt und stammt sehr wahrscheinlich aus der Ukraine. «

»Kann man das so genau feststellen?« Die Zweifel in der Stimme des Kriminalrats waren nicht zu überhören.

»Ja«, wurde er von Nicole Sievers beruhigt, »laut Doktor Leber kann man die Herkunft eines Menschen heutzutage mit wissenschaftlichen Methoden ziemlich genau feststellen.«

»Wie genau?«

»So genau, dass es gerichtsfest ist.«

»Okay, das genügt mir.« An Krüger gewandt sagte er: »Fahren Sie bitte fort.«

Das ließ sich der Angesprochene nicht zweimal sagen.

»Laut dem Untersuchungsbericht von Doktor Leber hat unsere Tote bis vor rund zehn Jahren ein massives Drogenproblem gehabt. Dazu kommt wohl auch noch ein extrem ausschweifendes Sexualleben, das die üblichen Bedürfnisse bei weitem übersteigt. Demnach kann nicht ausgeschlossen werden, dass es sich bei der Unbekannten um eine Prostituierte handelt oder gehandelt hat.«

»Eine Prostituierte? Das könnte sein, denn es würde erklären, warum sie bislang nicht als vermisst gemeldet wurde«, warf Tandler ein, »außerdem heißt es doch immer wieder, dass die Ukrainerinnen die schönsten Frauen der Welt seien.

Darüber kann man sicher geteilter Meinung sein, weil die Geschmäcker verschieden sind, aber es würde irgendwie ins Bild passen.«

»Mag sein«, erwiderte Ritter, »aber wir sollten keine voreiligen Schlüsse ziehen. Insbesondere die angebliche Schönheit der Ukrainerinnen ist eine reine Geschmacksfrage und für unseren Fall sicher nicht relevant. Zumal auch viele Frauen aus anderen osteuropäischen Ländern unter falschen Versprechungen hierher gelockt und dann zur Prostitution gezwungen werden.«

Die anderen Kommissare nickten zustimmend.

»Was ist mit den Fingerabdrücken?«

Wieder antwortete Tandler: »Negativ, keine Registrierung. Was bedeuten könnte, dass sie sich illegal im Land aufgehalten hat und bislang noch nicht strafrechtlich auffällig geworden ist.«

Ritter und Krüger seufzten zeitgleich.

»Das dürfte die Chance auf eine Identifizierung deutlich senken.«

»Ja«, meldete sich nun Nicole Sievers zu Wort, »aber wir haben noch mehr, was es vielleicht doch noch erleichtern könnte. Laut Doktor Leber wurde die Tote zwar zu Tode gefoltert, aber sie war bereits vorher, also deutlich vor ihrem Tod, misshandelt worden. Allerdings waren die dabei angerichteten Verletzungen bei weitem nicht so schlimm wie die, die man ihr jetzt zugefügt hat. Außerdem ist Doktor Leber davon überzeugt, dass die letzte und letztlich tödlich verlaufene Folterung von einem Amateur durchgeführt wurde. Wenn ich jetzt einfach mal hypothetisch annehme, dass wir es mit einer Prostituierten zu tun haben, die nicht auf ‚normalem‘ Wege angeschafft hat, sondern als devoter Part bei Sadomaso-Spielen gearbeitet hat, wäre das Suchgebiet eingegrenzt.«

»Stimmt, aber das ist eine ziemlich geschlossene Szene, da wird es sehr schwer sein, reinzukommen – und selbst dann bezweifle ich, dass man uns die Informationen geben wird, die wir brauchen.«

»Wir könnten es über die Kollegen von der Sitte versuchen«, schlug Ritter vor, »ich habe da einen Freund von früher, den könnte ich auf dem ‚kleinen Dienstweg‘ anzapfen. Auf diese Weise könnten wir die Frau vielleicht identifizieren und zudem Hintergrundinformationen bekommen. Ich werde mich darum kümmern. Aber erstmal weiter: Was haben wir noch?«

Krüger wirkte sehr ernst, als er fortfuhr: »Der Fundort der Leiche ist nicht der Tatort. Außerdem war die Frau schon mindestens zwei Tage tot, als man sie in die Baugrube warf. Beim Auffinden ihrer Leiche war sie aber recht frisch. Unser guter Doktor vermutet, dass sie nach dem Mord irgendwo kühl gelagert worden sein muss. Das wirft natürlich Fragen auf, nämlich als erstes die nach dem Tatort. Des Weiteren gilt es zu ermitteln, wo und wie man die Leiche aufbewahrt hat. Nicht zu vergessen das ‚Warum‘ man überhaupt mit der Beseitigung gewartet hat.«

Sievers ergänzte: »Und nicht zu vergessen, dass sie sich bei der Folterung die Stimmbänder heiser geschrien haben soll. Nach jetzigem Kenntnisstand gab es aber keine dazu passende Beschwerde wegen Ruhestörung oder häuslicher Gewalt. Also hat sich ganz offensichtlich nirgendwo ein Nachbar belästigt gefühlt und die Kollegen vom Streifendienst gerufen. Das könnte darauf hinweisen, dass der Tatort ein besonders gut schallisolierter Raum in einem Haus oder ein abgelegenes Gebäude sein muss. Das könnte für die Suche nach dem Tatort interessant sein.«

Kehlhahn hatte den Ausführungen seiner Kommissare interessiert zugehört. Nun mischte er sich ein: »Wenn ich Ihre Hypothese, Frau Sievers, aufgreifen würde, könnte der Tatort also auch ein Dominastudio sein. Davon dürften wir in Hannover und dem Umland nicht so viele haben, vielleicht könnte man die überprüfen?«

»Gute Idee«, stimmte Ritter zu, und an Tandler gewandt: »Holger, kümmerst du dich darum?«

»Geht klar.«

»Eines bereitet mir allerdings Kopfzerbrechen«, warf Krüger gedehnt ein, »wenn wir annehmen, dass die bislang geäußerten Vermutungen richtig sind, hätten wir es mit einem Mord im Umfeld von Prostitution zu tun, und das ist nur zu oft ein Geschäftsfeld der organisierten Kriminalität. Daneben hat die OK noch ganz andere, teilweise legale Bereiche, in denen sie aktiv ist. Mir geht die Aussage von unserem Zeugen nicht aus dem Kopf, nach der das Tor aufgeschlossen worden ist. Auch der zeitliche Zusammenhang mit der versuchten Entsorgung der Leiche in der Baugrube und dem zufällig genau an diesem

Morgen beginnenden Gießen des Fundaments bereitet mir ebenfalls Kopfzerbrechen. Dazu kommen auch noch die Steine, die man nur an einer Stelle nicht in das ausgehobene Fundament geworfen hat. Angeblich weil die Zeit des Feierabends da war und der Bauleiter seine Leute nicht überfordern wollte. Aber genau diese Steine wurden zum Abdecken der Leiche verwendet, ja eigentlich sogar benötigt. Denn irgendwie musste man die Tote ja aus dem Blickfeld schaffen um zu verhindern, dass jemand bei ihrem zufälligen Anblick im Fundament Alarm schlagen würde. Für meinen Geschmack stinkt das ganz gewaltig!«

»Hm, eigentlich sollte das Fundament am Montag gegossen werden, was sich aber bis Mittwoch verzögert hat.«

»Genau, die Verschalungen waren nicht rechtzeitig fertig geworden, deshalb konnte das Fundament nicht wie geplant am Montag gegossen werden. Sie haben den Beton also folgerichtig abbestellt. Als die Verschalungen am Montag endlich fertig waren, hätten sie am Dienstag das Fundament machen können, aber die Betonfirma hatte erst am Mittwoch freie Kapazitäten für die Lieferung. Und genau in der Nacht vorher wirft man die Tote in die Grube, die es bei Einhaltung des ursprünglichen Zeitplans an dem Tag nicht mehr gegeben hätte.«

»Laut Doktor Leber ist der Tod am Sonntag eingetreten«, ließ sich Sievers vernehmen, »wenn man also von Anfang an vorgehabt hat, die Leiche im Fundament einzubetonieren, hätte man sie angesichts der Verzögerung beim Gießen des

Fundaments bis dahin irgendwo aufbewahren müssen.«

»Moment, Moment«, ging Kehlhahn dazwischen, »das sind doch alles nur Spekulationen! Am Sonntag hat man doch bereits gewusst, dass das Fundament nicht am Montag gegossen werden konnte, warum also hat man die Frau dann trotzdem am Sonntag umgebracht und damit nicht noch gewartet?«

»Hm, gute Frage. Aber nehmen wir mal an, dass sie als Prostituierte im Sadomaso-Bereich eingesetzt worden ist und der Täter tatsächlich ein Amateur in Sachen Folterkunst war. Dann kann es doch gut sein, dass der Mörder ein Kunde war, mit dem man einen festen Termin vereinbart hatte. Auch wenn es in Hannover und Umgebung nicht viele Dominastudios gibt, ist die Konkurrenz ziemlich groß. Ein verärgerter Kunde könnte also schnell zur Konkurrenz wechseln.«

Tandler griff den Faden auf: »Vielleicht war ihr Tod aber auch gar nicht geplant gewesen. Wenn es ein normales und szeneübliches Spiel sein sollte, hätte es keinen Grund für eine Terminverschiebung gegeben. Das wäre erst dann der Fall gewesen, wenn das Spiel aus dem Ruder gelaufen wäre. Erst als die Frau tot war, musste man das ‚Problem' beseitigen.«

Kehlhahn wiegte bedächtig den Kopf. »Das klingt ja alles irgendwie logisch, aber dennoch sind das alles nur reine Spekulationen. Damit kann ich Staatsanwalt Zimmermann unmöglich kommen!«

»Wir sollten die Möglichkeit trotzdem nicht ausschließen«, meinte Ritter, »immerhin ist es bisher unsere einzige Spur.«

»Und wie soll es nun weitergehen?«

Darauf wusste Ritter nach einem Blick auf seine Uhr eine Antwort: »Bernd und ich werden morgen früh meinen alten Freund von der Sitte – äh, ich meine natürlich von der Kriminalfachinspektion 2 interviewen, vielleicht können uns seine Kenntnisse weiterbringen. Außerdem kann es sicher nicht schaden, wenn wir die Baufirma Holzer mal etwas genauer betrachten. Holger, machst du das?«

»Geht klar, Chef.«

»Die Sache mit dem aufgeschlossenen Tor geht mir auch nicht aus dem Kopf«, fuhr Ritter fort, »Nicole, versuch doch mal, ob du etwas über den Bauleiter Gerster und seinen Polier, diesen Semmler, herausbekommen kannst.« Nach einer kurzen Pause fügte er hinzu: »Und über den Auftraggeber der Firma Holzer, eine Firma namens Kescher.«

Nicole nickte und machte sich entsprechende Notizen in ihrem Block.

»Tja, Leute, damit haben wir die nächsten Schritte geplant. Für heute sollten wir es aber genug sein lassen, denn es war ein langer Tag. Ich schlage vor, dass wir für heute Schluss machen, um morgen ausgeruht loslegen zu können. Also dann: Schönen Feierabend!«

»Das gilt für Sie und Ihr Team, Ritter«, stöhnte Kriminalrat Kehlhahn, »aber nicht für mich: Ich muss ja noch unseren Staatsanwalt über den aktuellen Stand der Ermittlung unterrichten. Ich hatte ja gesagt, dass er über alles zeitnah auf dem Laufenden gehalten werden will. Ich finde das ja zu diesem

Zeitpunkt, wo wir noch ganz am Anfang stehen, reichlich über-trieben, aber er sagt, dass ihm die Presse gewaltig im Nacken sitze. Bislang könne er sie noch ruhig halten, aber wohl nicht mehr lange. Na ja, ich werde ihn schon zufriedenstellen. Schönen Feierabend und für morgen ganz, ganz viel Erfolg!« Während sich alle von ihren Plätzen erhoben, fügte er noch nachdenklich hinzu: »Allerdings sollte ich ihre Spekulationen in Sachen Organisierter Kriminalität und ihre Durchleuchtung der Baufirma wohl besser nicht erwähnen. Unser Staatsanwalt hat schon mächtig Fracksausen, dass wir am Anfang einer Mordserie stehen, da wäre nicht auszudenken, wie er auf eine mögliche Verwicklung der OK reagieren würde.«

Kehlhahn lachte leise, aber freudlos. Dann entließ er mit einer Handbewegung seine Kommissare in deren Feierabend.

Mittwoch, 19. April, 18:45 Uhr

Als Frank Ritter zu Hause ankam, wurde er bereits von seiner Frau erwartet. Wie immer während einer Ermittlung hatte sie ein Abendessen vorbereitet, das sich schnell aufwärmen ließ. Zwar hatte sie ihren Mann immer wieder gebeten, sie kurz anzurufen, wenn sich sein Feierabend ankündigte, aber natürlich vergaß er das immer in der Hektik. In den mehr als zwanzig Jahren ihrer Ehe hatte sie es irgendwann aufgegeben, sich darüber zu beschweren.

Als er nun endlich daheim ankam, fragte sie wie immer mitfühlend: »War dein Tag sehr anstrengend?«

»Es gab eine Leiche, aber wir haben kaum Anhaltspunkte.«

»Das klingt nach einer komplizierten Ermittlung.«

Ihr Mann seufzte nur als Antwort.

»Nun ja, jetzt hast du Feierabend, also denk nicht mehr an den Fall.«

»Als ob das so einfach wäre!«

»Ich weiß, aber es bringt nichts, wenn du den ganzen Abend über den Fall grübelst. Versuch dich zu entspannen, dann kannst du dich morgen ausgeruht in die Ermittlung stürzen.«

»Du hast ja Recht.« Dabei lächelte er seine Frau liebevoll an.

»So, und jetzt wird erstmal gegessen!«

Rasch tischte Elke das Essen auf.

»Nachher machen wir eine Flasche Wein auf und genießen das Leben«, flüsterte sie ihm zu.

Mittwoch, 19. April, 19:10 Uhr

Während Ritter ein selbstgekochtes Essen seiner Frau bekam, musste Bernd Krüger mit einer Pizza vorliebnehmen, die er und seine aktuelle Freundin bei einem Lieferdienst bestellt hatten. Noch auf dem Weg zum Ausgang der Polizeidirektion hatte er Svenja angerufen und sich mit ihr verabredet.

Gleich bei ihrer Ankunft in seiner Wohnung hatte sie ihn mit Fragen bestürmt. Sie kannte die Polizeiarbeit nur aus dem Fernsehen, aber nun war ihr Freund an einer richtigen Ermittlung beteiligt! Das empfand sie als überaus spannend.

»Nun erzähl doch schon: Um was geht es? Was werdet ihr jetzt machen? Hach, das ist ja alles so aufregend!«

Bernd hatte Mühe, den Redeschwall seiner Freundin zu stoppen.

»Nun erzähl doch schon!«, quengelte Svenja.

»Das geht nicht, weil die Ermittlungen immer vertraulich sind. Das verstehst du doch sicher.«

»Das sagen die im Fernsehen auch immer, aber nur zu den Verdächtigen.« Sie stutzte. »Hältst du mich für eine Verdächtige?«

»Nein, natürlich nicht, aber wir dürfen zu niemandem etwas sagen.«

»Du bist gemein!«, schmollte sie.

»Komm, lass uns nicht über den Fall sprechen, sondern es uns gemütlich machen«, versuchte er sie zu besänftigen.

Svenja schien von dieser Idee anfangs nicht sonderlich begeistert zu sein, denn sie verhielt sich deutlich reserviert. Bernd wusste jedoch ganz genau, wie er das Eis zwischen ihnen brechen konnte. Tatsächlich hellte sich ihre Stimmung rasch auf, sodass es für beide noch ein schöner Abend wurde.

Donnerstag, 20. April, 6:50 Uhr

Alle Kommissare hatten eine sehr unruhige Nacht hinter sich. Jeder von ihnen dachte immer wieder an die Tote und an die Möglichkeit, dass sich aus dem einzelnen Mord eine ganze Serie entwickeln könnte. Sie mussten den Täter so schnell wie möglich fassen, aber angesichts der dünnen Faktenlage würde das nicht einfach werden. Darum grübelte jeder, welche Möglichkeiten sie zum Voranbringen der Ermittlung haben könnten. Auf diese Weise war natürlich nicht an Schlaf zu denken, sodass sich die Ermittler ganz ohne Absprache wie von selbst früh im Büro einfanden.

Sofort wandte sich jeder seiner Aufgabe zu: Während Tandler zu Informationen über den Hintergrund der Firma Holzer recherchierte, widmete sich Sievers intensiv dem Bauleiter und dessen Polier.

Krüger durchforstete derweil die Dateien der vermissten Personen in der Hoffnung, dabei auf ihre Tote zu stoßen und ihr einen Namen geben zu können. Hohe Erwartungen auf einen Treffer hatte er nicht, aber es war derzeit ihre einzige Möglichkeit, etwas über die Frau in Erfahrung zu bringen.

Während sein Team mit den Recherchen beschäftigt war, ging Frank Ritter den Bericht der Rechtsmedizin durch. Immer wieder schüttelte er angewidert mit dem Kopf und fragte sich, wie jemand einem anderen Menschen solche Grausamkeiten antun konnte.

Schließlich blickte Ritter auf die Uhr. Die Zeiger zeigten 8:50

Uhr an - das hielt er für eine gute Zeit, um bei seinem alten Freund und Kollegen von der Kriminalfachinspektion 2 anrufen zu können. Angesichts ihrer Vermutung, dass es sich bei der Toten möglicherweise um eine Prostituierte handeln könnte, war es logisch, die dortigen Fachleute hinzuzuziehen, denn in deren Zuständigkeit fiel neben mehreren anderen Bereichen auch die Prostitution. Vielleicht kamen sie mit den Informationen der Kollegen weiter.

Kurzentschlossen wählte Ritter die Durchwahlnummer seines Freundes. Es dauerte nicht lange, bis am anderen Ende abgehoben wurde.

»Lehmann«, meldete sich eine männliche Stimme.

»Hallo Manfred, hier ist Frank.«

»Oh, hallo, das ist ja eine Überraschung! Wie geht es dir?«

»Ach, du weißt ja, die üblichen Probleme, die sich mit den Jahren so einstellen.«

Lehmann lachte: »Ja, das kenne ich auch! Vor allem die Waage ist morgens gemein zu mir.«

»Zu mir auch! Elke redet deshalb immer was von ‚gesundem Essen‘ und ‚Salat‘ – als ob man von ein paar Salatblättern satt werden könnte!«

»Das brauchst du mir nicht zu sagen, diese Diskussion führe ich auch schon sehr, sehr lange mit meiner Frau. Als ob man mitten in einer Ermittlung auf sein Essen achten könnte.«

»Das kenne ich auch zur Genüge. Apropos Ermittlung: Wir haben wieder einen neuen Fall auf dem Tisch. Eine Frau zwischen vierzig und fünfundvierzig Jahren wurde zu Tode gefoltert - wobei sie vorher auch schon misshandelt worden ist. Wir wissen nicht, wer sie ist oder was sie beruflich gemacht hat. Fest steht laut Rechtsmedizin, dass sie aus Osteuropa und da wohl speziell aus der Ukraine stammt. Nun ist die Vermutung aufgekommen, dass es sich um eine Prostituierte handeln könnte, und da habe ich sofort an dich gedacht.«

»Ach so, jetzt verstehe ich«, lachte Lehmann, »du hoffst auf Informationen – und ich habe gedacht, dass du dich unserer Freundschaft willen melden würdest.«

»Ja, nun, ich muss zugeben, dass der Anruf eher der Ermittlung geschuldet ist«, räumte Ritter mit zerknirschter Stimme ein, um gleich darauf lebhaft fortzufahren: »aber wir stehen gewaltig unter Druck. Staatsanwalt Zimmermann hat wohl Angst, dass es sich um den Beginn einer ganzen Mordserie handeln könnte und heizt unserem Chef mächtig ein. Der gibt die ganze Last natürlich postwendend an mich weiter.«

»Tja, so läuft das doch immer. Aber keine Sorge, wenn ich dir und deinem Team helfen kann, werde ich das natürlich machen.«

»Das ist prima! Soll ich dir die Informationen rüberschicken? Viel ist es allerdings nicht.«

»Ja, schick mir die relevanten Fakten zu, dann schaue ich mal, was wir in unseren Dateien so alles haben, das euch weiterhelfen könnte.«

»Super! Danke! Ich mache die Sachen gleich fertig!«

»Alles klar! Ich nehme sie mir sofort vor.«

In weiser Vorahnung hatte Ritter schon ein entsprechendes

Dossier zusammengestellt, sodass er nur die Enter-Taste betätigen musste. Danach konnte er nur noch abwarten.

Lange musste er jedoch nicht auf Antwort warten. Knapp eine Stunde nach seinem Telefonat klingelte bereits sein Dienstapparat.

»Ritter.«

»Lehmann. Hallo Frank. Ich bin jetzt alles durchgegangen. Ich denke, wir sollten uns mal zusammensetzen. Eure Vermutung, dass es sich um eine Prostituierte handeln könnte, teile ich. Allerdings ist das eine komplexere Angelegenheit, als es den ersten Anschein hat. Können wir uns treffen, damit ich euch ein paar Hintergrundinformationen geben kann?«

»Na klar, sehr gerne. Wann und wo?«

»Sagen wir 14 Uhr in meinem Büro? Ich werde auch meinen Kollegen Jan Stemke dazu bitten – wäre das für dich in Ordnung?«

»Natürlich! Ich wollte ohnehin den Bernd Krüger aus meinem Team mitbringen, denn vier Ohren können mehr aufnehmen als zwei.«

»Da ist was dran«, lachte Lehmann, »also dann: Bis nachher!«

Nachdenklich legte Ritter den Hörer auf die Gabel. Wenn es sich tatsächlich um eine Prostituierte handelte, könnte auch die organisierte Kriminalität drinhängen – womöglich mussten sie dann auch die Zentrale Kriminalinspektion einschalten, in deren Zuständigkeitsbereich die OK fiel.

Abrupt riss er sich von den Gedanken los. Noch waren sie

nicht soweit, um die Kollegen von der ZKI kontaktieren zu können. Das würde davon abhängen, was sein Freund Lehmann zu sagen hatte.

Ritter unterrichtete rasch sein Team über das Gespräch und gab den Termin an Krüger weiter.

Donnerstag, 20. April, 14:00 Uhr

Die Zeit bis zu dem Treffen verstrich quälend langsam. Frank Ritter wurde immer ungeduldiger, denn er wollte die Ermittlung so schnell wie möglich voranbringen.

Dann war es endlich soweit, und die beiden Kommissare hielt nichts mehr in ihrem Büro. Sie machten sich auf den Weg zu ihren Kollegen, und es war ihnen dabei egal, dass sie eine Viertelstunde zu früh dran waren.

Als die beiden das Büro von Manfred Lehmann betraten, erwartete dieser sie bereits. Er kannte Ritter und dessen Ungeduld von früher nur zu gut – die gleiche Ungeduld, die auch Lehmann immer verspürt hatte. Nur dass er im Laufe der Jahre ruhiger geworden war, während sich Frank Ritter diese Eigenart bewahrt hatte.

»Mensch, Frank«, begrüßte Lehmann seinen alten Freund, »schön, dich mal wieder zu sehen!«

»Ganz meinerseits, Manfred!« Die beiden Kommissare drückten sich die Hand und strahlten. Offensichtlich dachte jeder von ihnen gerade an die schönen Zeiten in ihrer Vergangenheit.

»Wie lange haben wir uns jetzt nicht gesehen?«, überlegte Lehmann.

»Das müssen jetzt um die fünf Jahre sein. Wir sollten unbedingt mal wieder etwas trinken gehen!«

»Unbedingt! Dann könnten wir in Erinnerungen...«

Ein leises, aber zugleich dringliches Hüsteln unterbrach das

Gespräch. Irritiert sahen sich die beiden Männer um.

Ritters Blick fiel auf seinen Kollegen Krüger, von dem das dezente Signal stammte.

»Ach ja, Manfred, das hier ist der Kollege Bernd Krüger aus meinem Team.«

»Angenehm!«

Die beiden Männer schüttelten sich die Hand.

»Ja, und das ist Jan Stemke«, fuhr Lehmann fort und deutete auf einen Mann, der sich bislang im Hintergrund gehalten hatte, »mein bester Mann und, wenn man so will, meine rechte Hand.«

Ritter und Krüger schauten in die angegebene Richtung und bemerkten erst jetzt einen schlaksigen Mann, der beinahe aufreizend lässig im Raum stand.

»Freut mich, Sie kennenzulernen«, begrüßten sie ihren Kollegen.

»Ganz meinerseits, aber lasst uns beim ‚Du' bleiben – wir sind ja schließlich Kollegen und ziehen am gleichen Strang.«

»Einverstanden!«

Nachdem noch ein paar höfliche Worte ausgetauscht worden waren, kam Lehmann auf den eigentlichen Grund des Treffens zu sprechen: »Ihr habt also eine unbekannte Leiche und vermutet, dass es eine Prostituierte sein könnte? Wie kommt ihr darauf?«

»Ja, also, das war so«, begann Ritter. Dann berichtete er von dem Leichenfund, dem Zustand der Toten und den Ergebnissen der Rechtsmedizin.

»All das hat die Vermutung aufkommen lassen, dass es sich um eine Prostituierte handeln könnte«, schloss er schließlich.

»Deshalb hast du dann sofort an mich und meine Leute gedacht?«

»Ganz genau. Wenn uns jemand weiterhelfen kann, dann seid ihr das.«

Lehmann und Stemke warfen sich verstohlene Blicke zu.

Ritter war der stumme Austausch zwischen seinen beiden Kollegen nicht entgangen.

»Wir haben auch ein Foto von der Toten dabei - vielleicht erkennt ihr sie ja?«

Lehmann nahm das Foto an sich und betrachtete es eine Zeitlang. Dann schüttelte er mit dem Kopf: »Nein, das Gesicht kommt mir nicht bekannt vor. Dir vielleicht?« Damit reichte er das Foto an Stemke weiter.

Dieser schaute es sich ebenfalls eingehend an, bevor er bedauernd mit dem Kopf schüttelte: »Nein, das Gesicht sagt mir leider auch nichts.«

»Schade!«

»Ich kann deine Enttäuschung verstehen, Frank, aber du musst das von unserer Warte aus sehen: Wir haben hier eine ganze Menge an Prostituierten. Die Hälfte von denen macht das freiwillig, während die andere Hälfte dazu gezwungen wird...«

»Donnerwetter, die Hälfte macht das wirklich freiwillig?«, unterbrach Ritter seinen Freund.

»Ja, das ist tatsächlich so. Die machen das meistens nebenbei, um sich das Studium zu finanzieren oder nebenher etwas dazuzuverdienen. Das ist natürlich nicht ungefährlich, denn sie machen damit den Zwangsprostituierten ziemlich Konkurrenz. Arbeiten sie ohne ‚Beschützer‘, können sie schnell Probleme mit den anderen Zuhältern bekommen. Aber wenn sie sich einen ‚Beschützer‘ nehmen, können sie nie sicher sein, ihre Arbeit weiterhin freiwillig machen zu können. Viele Zuhälter wollen, dass sich ihre Mädchen ausschließlich prostituieren, weil das mehr Gewinn bringt – von dem die Frauen kaum etwas haben. Sich freiwillig zu prostituieren hat also einen starken finanziellen Anreiz, beinhaltet aber auch enorme Risiken.«

»Und die Hälfte der Prostituierten geht dieses Risiko bewusst ein?«

»Ja«, seufzte Lehmann, »das schnelle Geld lockt eben und dieser Reiz überdeckt die Risiken.«

»Aber«, mischte sich jetzt Krüger ein, »wenn sich eine Frau freiwillig prostituiert und dann von einem Zuhälter in den ganzen Sumpf hineingezogen wird, hatte sie vorher ein ganz normales Leben?«

»Ja«, bestätigte Stemke, der sich nun auch in das Gespräch einbringen wollte, »das sind Studentinnen, die ganz normal ihre Vorlesungen besuchen und Freunde haben, Hausfrauen, die einen Kreis von Freundinnen haben, und so weiter.«

»Also alles Frauen, die man vermissen würde?«

»Ja, ihr Verschwinden würde ihrem Umfeld auffallen.«

»Hm, wenn jemand verschwunden ist, wird man ihn doch

sicher bei der Polizei als vermisst melden, oder?«

»Ja, das ist anzunehmen.«

»Wir haben alle Vermisstenmeldungen durchgesehen, aber keine passt zu unserer Toten. Also können wir von einer Zwangsprostituierten ausgehen?«

»Nicht unbedingt«, ergriff nun Lehmann das Wort, »Freiwillige, die dann doch von einem Zuhälter zur Prostitution gezwungen werden, können sich unter Umständen ihrem Umfeld über einen gewissen Zeitraum entfremden. Aber die Wahrscheinlichkeit, dass sie dann doch von irgendjemandem als vermisst gemeldet werden, ist recht hoch. Falls eure Tote also tatsächlich eine Prostituierte sein sollte, wäre es sehr wahrscheinlich, dass es sich um eine Zwangsprostituierte gehandelt hat.«

»Wie läuft das Ganze ab, gibt es da wiederkehrende Muster?«

»Bei diesem Personenkreis ist das tatsächlich der Fall. Die Frauen, die hier anschaffen, wechseln sehr häufig, sodass wir uns schlecht jedes Gesicht merken können. Außerdem sind wir ja mehr an den Zuhältern und den Hintermännern interessiert, weniger an den Prostituierten selber. Das sind ganz arme Teufel, überwiegend aus dem Ausland, die man mit falschen Versprechungen ins Land gelockt hat und dann ausbeutet. Sie hochzunehmen würde die Zwangsprostitution aber nicht beenden, denn man würde sie mit Sicherheit abschieben, aber dann nimmt rasch eine Neue ihren Platz ein. Der Nachschub an Frauen ist immer gewährleistet.«

Krüger hakte nach: »Haben die Frauen keine Stammkunden? Würden die ihre Lieblingsfrau nicht vermissen?«

»Ja, natürlich haben die Prostituierten Stammkunden, aber das kommt überwiegend in den gehobenen Preisklassen vor. Für die normal verdienenden Männer sind die Laufhäuser gedacht, und dort ist das eher selten. Ist eine Frau dann nicht mehr da, würde ein Stammkunde das sicher bedauern, sich aber sehr schnell mit einer anderen Prostituierten trösten. Damit entsteht dem Zuhälter also kein finanzieller Nachteil. Ganz im Gegenteil, der häufige Wechsel der Frauen hat für die Zuhälter eine Reihe von Vorteilen: Erstens verlangen fast alle Freier ständig nach Abwechslung, also nach neuen Gesichtern. Nicht, dass sie sich für die Frauen interessieren würden, aber die meisten finden es toll, es immer mit einer anderen treiben zu können. Ist wahrscheinlich so ein Psychoding: Daheim nur die Ehefrau, also muss nebenher ständig Abwechslung herrschen. Den Zuhältern kommt das entgegen, denn wenn sie ihre Frauen ständig austauschen, können sich die Prostituierten weder untereinander anfreunden noch zu einem Kunden Vertrauen oder gar freundschaftliche Kontakte aufbauen. Wenn sich die Frauen jedoch gegenseitig misstrauen, erschwert das etwaigen Widerstand, und ohne Kontakte zu Außenstehenden sind Fluchtversuche zum Scheitern verurteilt. Wenn eine dabei erwischt wird oder auch nur Widerworte hat, wird sie auf drakonische Art bestraft.«

»Zum Beispiel durch Folter?«

»Nein, eher nicht, weil das Spuren hinterlassen würde. Die

Freier wollen makellose Körper, also könnte eine gefolterte Frau tagelang nicht arbeiten. Das wäre nicht im Sinne ihres Zuhälters. Aber sie haben Methoden entwickelt, die verdammt schmerzhaft sind und keine Spuren hinterlassen.«

»Stimmt es eigentlich, dass die Kunden junge Prostituierte bevorzugen?«

»Ja«, nickte Lehmann, »natürlich wollen die Freier neben viel Abwechslung am liebsten junge Frauen, weil die als besonders knackig gelten. Das ist wie im normalen Leben auch: Je älter die Männer, desto jünger sollen die Gespielinnen sein. Da die Freier viel Geld für etwas Sex bezahlen, sorgen die Zuhälter für ein entsprechendes Angebot an Prostituierten. Je mehr Frauen anschaffen, desto wählerischer können die Freier sein.«

»Hm, aber wie passt dann unsere Tote da rein? Laut Doktor Leber war sie zwischen vierzig und fünfundvierzig Jahre alt und hatte gesundheitliche Probleme. Ist sie vielleicht doch keine Prostituierte gewesen?«

»Na ja«, kam es jetzt gedehnt zurück, »auch Prostituierte werden älter und damit krankheitsanfälliger. Junge Frauen sind manchmal etwas wild und aufsässig, also macht man sie nicht selten mit Drogen gefügig. Das hinterlässt natürlich Spuren, die in jungen Jahren nicht auffallen, aber mit zunehmendem Alter zu einem Problem werden können. Wenn die Frauen legal im Land sind und sie einen netten Zuhälter haben, lässt dieser sie vielleicht von einem Arzt behandeln. Bei Illegalen geht das nicht, weil sie dann auffliegen würden. Falls sie also einen netten Zuhälter haben sollte, würde dieser bestenfalls irgendeinen verschwiegenen Quacksalber ohne Lizenz an sie ranlassen. Wie auch immer, Fakt ist: Die Kosten für eine Unterkunft und die Verpflegung bleiben gleich, aber mit zunehmendem Alter kostet die Gesunderhaltung einer Prostituierte immer mehr. Gleichzeitig ist sie jedoch aufgrund ihres Alters und vielleicht auch der sichtbaren Spuren eines Drogenkonsums für die meisten Freier nicht mehr attraktiv, sodass sie weniger gebucht wird. Im Klartext heißt das: steigende Ausgaben bei sinkenden Einnahmen. Da kann eine Frau für ihren Zuhälter schnell zu einem Verlustgeschäft werden. Tritt das ein, steht er vor einem Dilemma: Was soll er mit der Frau machen? Freilassen kann er sie nicht, weil sie dann ja gegen ihn und etwaige Komplizen aussagen könnte. Also schickt man sie immer schneller von einem Ort zum anderen in der Hoffnung, dass sie anderswo als ‚Frischfleisch‘ gilt und noch ein paar Euro einbringt.«

»Du meinst, man versucht noch so viel Geld wie möglich mit den älteren Prostituieren zu machen?«

»Natürlich. Die Zwangsprostituierten sind wie eine Ware, mit der man den größtmöglichen Gewinn machen will. Freiwillige Prostituierte können aussteigen, aber die anderen nicht.«

»Das ist menschenverachtend!«

»Ja, das ist es. Deshalb versuchen wir ja, so viele Zuhälter wie möglich aus dem Verkehr zu ziehen. Natürlich auch deren Hintermänner, aber an die kommen wir leider nur ganz, ganz schwer ran.«

»Okay«, mischte sich Krüger ein, »bleiben wir mal bei den älteren Prostituierten. Die werden hin und her geschickt, um noch möglichst viel Geld einzubringen. Soweit ist das klar. Aber irgendwann dürfte das nicht mehr funktionieren - was passiert dann mit den Frauen?«

»Durch die ständigen Rotationen«, antwortete Stemke, »fällt es niemandem auf, wenn plötzlich eine der Frauen komplett von der Bildfläche verschwunden ist.«

»Was heißt das?«

»Sie ist weg. Den anderen Prostituierten erzählt man, dass sie in einer anderen Stadt arbeiten würde, aber tut sie das wirklich? Oder hat man sie in ihre Heimat zurückgebracht? Oder vielleicht ermordet? Niemand weiß es, und da keiner eine solche Frau als vermisst melden würde, ist sie einfach von der Bildfläche verschwunden.«

»Das ist – das ist ja unglaublich!«

»Stimmt, aber uns sind die Hände gebunden: Wenn keine Person als vermisst gemeldet wird, können wir sie nicht suchen.«

Man konnte deutlich sehen, wie es in Krüger arbeitete.

»Ihr könnt da rein gar nichts machen?«

»Nein, leider nicht. Aber selbst wenn wir gezielt nachforschen würden, hätten wir keine Chance. Der Zuhälter muss nur sagen, dass er sie freigelassen hat und sie zurück in ihre Heimat wollte. Wenn sie dort nicht ankommt, kann er immer sagen, dass er nicht wisse, wo sie abgeblieben sei.«

»Oh Mann, was für ein kranker Mist!«

»Das ist unser tägliches Brot – wir haben uns daran gewöhnt.«

»Das geht? Man kann sich an diesen Mist gewöhnen?«

»Entweder das, oder du drehst irgendwann durch. Aber wer hilft dann den Frauen und zieht die Zuhälter aus dem Verkehr?«

»Ihr seid um euren Job nicht zu beneiden!«

»Stimmt«, seufzte Stemke.

»Es verschwinden aber nicht alle Frauen von der Bildfläche«, mischte sich jetzt Lehmann ein, »manche Frauen schulen auch auf andere Sexpraktiken um. Da derzeit gerade wieder Sadomaso voll im Trend liegt, satteln manche älteren Prostituierten auf Domina um. Wer dafür nicht die nötige Ausstrahlung hat, kann bei einer Domina als Sklavin anheuern, muss dann aber noch sehr belastbar sein. Die Zuhälter finanzieren dann gewöhnlich ein Studio, das entweder für die normalen Gehaltsklassen in einem Bordell oder für die höheren Einkommensgruppen ein umfangreich ausgestattetes Studio sein kann.«

»Jetzt wird's interessant«, meinte Ritter und beugte sich gleichzeitig mit seinem Kollege Krüger gespannt vor, »Doktor Leber hat an unserer Toten diverse Spuren von früheren Misshandlungen festgestellt. Könnte sie daher als Sklavin in einem Dominastudio gearbeitet haben?«

»Hm, das wäre gut möglich.«

Lehmann überflog den Autopsiebericht.

»Hier steht, dass sie Bandscheibenprobleme hatte, möglicherweise auch Ärger mit dem Blinddarm, dazu Gallenprobleme und noch ein paar Sachen mehr – da dürfte es ihr nicht gut gegangen sein. Also nicht gerade die Person, die als Domina arbeiten würde. Aber als Sklavin wäre es denkbar, zumindest bis zu einem gewissen Grad. Was meinst du, Jan?«

Stemke überflog seinerseits den Autopsiebericht.

»Ja«, stimmte er dann zu, »das wäre durchaus möglich. Zwar nicht in einem Edelstudio, aber in den unteren Preisklassen.«

Ritter hakte nach: »Also wäre es denkbar, dass sie als Sklavin in einem Dominastudio gearbeitet und es ein Kunde übertrieben hat? Dass eine Sitzung aus dem Ruder gelaufen ist, was zu ihrem Tod geführt hat?«

Lehmann und Stemke sahen sich ernst an. Ritter bemerkte, dass sie wieder mit Blicken Zwiesprache hielten. Instinktiv spürte er, dass etwas in der Luft lag. Was es auch war - die Zurückhaltung seiner Kollegen verhieß nichts Gutes.

Schließlich räusperte sich Lehmann.

»Nun ja,«, begann er gedehnt, »das könnte zwar durchaus sein, allerdings gibt es bei dieser Vermutung ein paar Probleme.«

»Welche?«

»Tja, das ist so: In einem Dominastudio gibt es natürlich auch einen Sicherheitsdienst, gerade wenn das Studio Frauen als Sklavinnen an dominante Männer vermietet. Diese Sicherheitsleute sind im Grunde Aufpasser und halten sich ganz diskret im Hintergrund. Deshalb werden sie in der Regel von den Kunden nicht bemerkt. Aber sie sind da und achten darauf, dass sich die Kunden an die Abmachungen halten und nichts übertreiben. Die Frauen sind ja schließlich das Kapital für die Chefs der Aufpasser. Deshalb soll jede Frau noch möglichst vielen anderen Männern als Sklavin zur Verfügung stehen. Spuren wie beispielsweise Striemen oder blaue Flecken würden ihren Status als Sklavin unterstreichen, aber sie sollten sehr dezent sein. Jeder Freier möchte schließlich das Gefühl haben, dass die Frau ihm ganz alleine gehört, aber je mehr Spuren eine Sklavin aufweist, desto eher platzt diese Illusion. Als Folge könnte sich der Freier aus Enttäuschung ein anderes Studio suchen. Wenn nun also ein Kunde roher als vereinbart wäre und die Frau sogar umbringen würde, wäre das Kapital des Zuhälters vernichtet. Das würde dem natürlich nicht gefallen, weshalb er oder seine Leute so etwas nicht zulassen und rechtzeitig dazwischen gehen würden.«

»Und wenn es ein Unfall war, bei dem alles ganz schnell ging? Oder alles wie vereinbart gelaufen ist, aber die Frau es auf Grund ihres angegriffenen Gesundheitszustandes nicht durchgehalten hat?«

»Bei der Vielzahl von Verletzungen?«, widersprach Stemke, »Nein, das liegt jenseits von allem, was sich Kunden mit einer Sklavin erlauben dürfen. Bei den ersten Anzeichen von einer solchen Gewalttätigkeit wäre jeder Aufpasser sofort eingeschritten. Es sei denn...«

»Was?«, fragten Ritter und Krüger unisono.

Wieder tauschten Lehmann und Stemke Blicke aus. Schließlich war es Lehmann, der antwortete: »Es sei denn, der Tod der Frau war einkalkuliert, vielleicht sogar beabsichtigt.«

»Das ist jetzt nicht dein Ernst, oder?« Fassungslos starrte Ritter seinen alten Freund an.

Dieser seufzte laut. »Leider doch. Schau dir doch mal die Liste von Erkrankungen bei eurer Toten an. Zugegeben, das meiste ist organisch und nicht sichtbar, aber die Symptome werden dagewesen sein und sie bei ihrer ‚Arbeit' behindert haben. So etwas merkt früher oder später auch der Kunde. Mit anderen Worten: Die Frau war als normale Prostituierte nicht mehr einsetzbar, also hat man sie möglicherweise als Sklavin vermietet. Irgendwelche sadistischen Typen konnten sich dann für viel Geld mit ihr nach Gutdünken ‚amüsieren', und wenn sie dabei vor die Hunde geht, muss der Kunden einen Aufpreis bezahlen. Oder das Risiko ist bereits im Ursprungspreis enthalten. Dann wäre ihr Tod dem Zuhälter oder Aufpasser egal.«

»Du meinst, sie könnte zum Umbringen freigegeben worden sein? So etwas passiert tatsächlich?«

»Na klar, was denkst du denn! Wir erleben hier Dinge, die sich selbst Drehbuchschreiber beim Film nicht ausdenken könnten! Außerdem wäre es für die Zuhälter eine ökonomische Lösung: Eine kranke Prostituierte stirbt und verursacht damit keine Kosten mehr. Ihr Tod bringt ihrem Eigentümer aber noch eine hübsche Stange Geld ein, da der Kunde für ihren Foltertod einen hohen Aufpreis bezahlen muss. Gleichzeitig verringert sich mit ihrem Tod das Überangebot an

Sexarbeiterinnen in der Stadt, das ja in den letzten Jahren zu einem Preisverfall für alle Prostituierten geführt hat. Sinkt das Angebot, erhöhen sich wieder die Preise in den normalen Bordellen – Angebot und Nachfrage, also alles ganz ökonomisch.«

»Das klingt ja beinahe wie ein betriebswirtschaftlich geführtes Geschäft, nur dass die Ware Frauen sind! Das ist ungeheuerlich!«, empörte sich Ritter.

»Das ist tatsächlich ein Geschäft! Und: Ja, die Zuhälter von heute denken tatsächlich betriebswirtschaftlich. Dass die Ware Frauen sind, macht die Sache schlimm, aber das interessiert außer ein paar Gutmenschen niemanden.« Mit müder Stimme fügte er hinzu: »Die Welt ist kalt und grausam, das Leben zynisch. Und wir Menschen sind Bestien. Meine Leute und ich versuchen das Schlimmste zu verhindern, aber es ist ein Kampf gegen Windmühlen.«

Bevor Lehmann seine Trauer über den Zustand der Welt vertiefen konnte, mischte sich Krüger ein: »Du hast eben von einem ‚Überangebot' an Prostituierten gesprochen. War das eine ganz allgemeine Feststellung oder eine, die sich auf Hannover bezieht?«

Vor einer Antwort tauschten Lehmann und Stemke wieder Blicke aus.

Nach einer kurzen Pause ergriff Lehmann das Wort: »Erinnert ihr euch noch an die Expo?«

»Ja, natürlich, aber die war im Jahre 2000 und jetzt haben wir 2023. Warum?«

»Ganz einfach: Damals haben die Politiker davon geschwärmt, wie viele Besucher zur Expo kommen würden. Die kalkulierten Besucherzahlen waren extrem hoch und alle, insbesondere die Hoteliers und Gaststättenbetreiber, haben mit schwindelerregenden Gewinnen gerechnet. Aber nicht nur die, sondern auch die Zuhälter! Angesichts der von den Politikern in den Raum geworfenen und angeblich realistischen Besucherzahlen wurden Heerscharen von Prostituierten im In- und Ausland rekrutiert und nach Hannover gebracht. Die ortsansässigen Zuhälter hatten den hiesigen Markt untereinander aufgeteilt, sodass relative Ruhe herrschte. Hin und wieder eine Streitigkeit wegen des Überschreitens einer Grenze, aber alles in allem war es ruhig. Das hat sich im Vorfeld der Expo grundlegend geändert: Jetzt mussten sich die einheimischen Gruppen gegen die Banden aus anderen Städten wehren, sodass es hier ziemlich heftig zur Sache ging. Als der Markt dann endlich neu aufgeteilt war, sollte das große Abkassieren beginnen. Das Problem war nur, dass die Politiker viel zu euphorisch gewesen sind und mit Fantasiezahlen operiert haben. Die tatsächlichen Besucherzahlen kamen nicht mal annähernd in die Nähe der kalkulierten Zahlen, sodass die Verluste der Expo mit Steuergeldern aufgefangen werden mussten. Das war schon schlimm genug, aber die deutlich niedrigeren Besucherzahlen hatten noch eine andere Wirkung, die niemanden interessierte: Durch die geringeren Besucherströme waren auch deutlich weniger Männer in der Stadt, weshalb die Dienste der Prostituierten nicht annähernd so oft wie geplant beansprucht worden sind. Tja, und da wären wir dann wieder bei der Marktwirtschaft: Einem im Vorfeld der Expo stark gestiegenen Angebot an Prostituierten stand eine deutlich geringere Zahl von Freiern gegenüber! Das hat bereits während der Expo zu einem enormen Preisverfall bei den sexuellen Dienstleistungen geführt, aber nach der Expo wurde es noch schlimmer. Denn die Frauen waren ja da, nicht selten extra wegen der Expo zwangsrekrutiert – und sie hatten ihren Zuhältern noch nicht die Unkosten eingebracht. Deshalb hat man sie weiter anschaffen lassen, sodass das Überangebot weiter Bestand hatte. Gut für die Kunden, aber schlecht für die Zuhälter – die haben ja eigens zur Expo neue Frauen eingekauft und hergebracht, also investiert. Durch den Preisverfall sind ihre Gewinnmargen gesunken. Also haben sie nach der Expo angefangen, die Frauen auf andere Städte zu verteilen oder sie ins Ausland verkauft. Letztlich haben sie damit das Überangebot in Hannover nur geringfügig reduziert, es aber in anderen Städten neu geschaffen. Ein Teufelskreis, denn das eigentliche Problem hat es mit dem Überangebot immer noch gegeben – und das hält bis heute an.«

»Was? Die Expo ist doch inzwischen eine Ewigkeit her!«

»Stimmt, aber da die Freier junge Frauen bevorzugen, ist immer entsprechender Nachschub angekommen.«

»Über die vielen Jahre hinweg müsste sich das Überangebot aus der Expo-Zeit doch inzwischen trotz des Nachschubs von jungen Frauen aufgelöst haben?«

»Nun ja, mein lieber Frank, so einfach ist die Sache leider

nicht.«

»Wie ist sie denn dann?«

»Tja, seit der Expo sind die jungen, frischen Prostituierten von damals älter und damit auch kränker geworden. Sie bringen heute noch weniger ein als damals, dafür sind die Kosten für sie wegen ihres Gesundheitszustandes aber stark gestiegen. Also machen sie Billigangebote, womit sie den Markt auch für die jungen Frauen zerstören. Deshalb mussten andere Lösungen her. Eine war die ‚Umschulung von Frauen, die in einem normalen Bordell wenig bis gar nicht mehr belegt wurden, auf Domina oder Sklavin. Allerdings kann man nicht alle überzähligen Frauen umschulen, weil man dann diesen hochpreisigen Markt ebenfalls zerstören würde. Aber was wäre, wenn man die Möglichkeit zur Reduzierung des Überangebotes bei guter Bezahlung hätte? Das wäre für einen Zuhälter ein sehr lukratives Geschäft. Und da manche Menschen Folterfantasien haben und diese gerne ausleben würden... Könnten diese Typen dann noch jemanden zu Tode foltern, wäre es für sie zwar noch teurer, aber man würde ihnen ja nur eine Prostituierte geben, die für den Zuhälter wertlos wäre...«

Ritter und Krüger schauten sich fassungslos an. Stemke dagegen nickte bestätigend.

»Ich weiß«, merkte Lehmann mitfühlend an, »dass das für euch grausam und brutal klingen muss, aber das ist moderner Sklavenhandel, und der war schon immer menschenverachtend.«

»Wie können die Freier das mitmachen?«, fragte Ritter fassungslos.

Seine beiden Kollegen von der KFI 2 lachten, aber es war ein bitteres Lachen.

»Die Freier bekommen von den ganzen Unmenschlichkeiten im normalen Bordellbetrieb nichts mit. Die Frauen erzählen ihnen natürlich immer, dass sie alles freiwillig machen. Manche schwärmen sogar, wie toll ihre Arbeit sei. Bei den freiwilligen Prostituierten mag das vielleicht sogar sein, jedoch sieht das bei den Zwangsprostituierten ganz anders aus. Aber egal, zu welcher Gruppe die Frau auch gehört: Über die Schattenseiten darf keine Prostituierte jemals sprechen! Macht es doch mal eine, wird an ihr ein Exempel statuiert - als Warnung für alle anderen. Wer das einmal erlebt hat, schweigt, egal, wie dreckig es ihm geht. Für den normalen Sadomaso-Betrieb gilt das Gleiche.« Lehmann seufzte deutlich hörbar.

Da er keine Anstalten machte, weiterzureden, sprang Stemke ein: »Ja, und von den ganz schmutzigen Dingen, also der echten Folterung von Frauen, bekommt der normale Freier erst recht nichts mit. Da bewegt man sich in Preiskategorien, die sich ein durchschnittlicher Arbeitnehmer nicht leisten kann. Also sind die Kunden hochkarätige Leute mit dem entsprechend hohen Einkommen und dem Wunsch nach äußerster Diskretion!«

»Ja, gut, das mag ja sein«, erwiderte Krüger, »aber Leute mit hohem Einkommen sind doch nicht so kalt und bringen einen Menschen um! Dazu noch auf bestialische Weise wie in unserem Fall!«

»Wer kalt lächelnd tausend oder mehr Arbeitnehmer feuert, interessiert sich nicht für das Leid einer einzelnen Prostituierten«, hielt ihm Stemke ernst entgegen.

»Okay, nehmen wir mal rein hypothetisch an, dass du Recht hast. Dann hätte unsere Tote also als Sklavin verfügbar sein müssen. Nehmen wir weiter an, jemand hätte sie gegen Bezahlung zu Tode foltern dürfen – wo könnten wir dann den Tatort suchen und wo mit unserer Tätersuche beginnen?«

»Da sie sich heiser geschrieen hat, scheiden die diversen Rotlichtbezirke aus. Da gibt es zwar einzelne Dominas, aber das sind Bordelldominas, keine richtigen Studios. Außerdem ist die Bauweise der Gebäude nicht besonders gut, sodass eine richtige Folterung aufgefallen wäre. Es muss also ein Gebäude gewesen sein, dass irgendwo unauffällig liegt, sehr gut schallisoliert ist und von wo man ohne großes Risiko eine Leiche abtransportieren kann. Wir werden uns mal bei unseren Informanten in der Rotlichtszene umhören.«

Ritter kam plötzlich eine Idee: »Sind eigentlich schon häufiger Frauen aus Hannover verschwunden, denen ein ähnliches Schicksal wie das von unserer Toten widerfahren sein könnte?«

»Mein lieber Frank, wie ich vorhin schon gesagt habe: Die Rotation geht wahnsinnig schnell, da kommen wir nicht mit. Es verschwinden ständig Prostituierte von unseren Straßen oder aus unseren Bordellen, aber was aus ihnen geworden ist, erfahren wir nicht. Es kann also gut sein, dass man uns sagt, dass die Frau X jetzt in Frankfurt tätig sei, aber tatsächlich war sie ein zu großer Kostenfaktor geworden und ist umgebracht worden. Vielleicht, weil ein Kunde mal töten wollte, oder weil man ein Opfer für ein Exempel brauchte, um aufsässige Frauen von irgendwelchen Fluchtgedanken abzubringen oder ihnen Gehorsam beizubringen.«

Ritter schüttelte ungläubig den Kopf.

»Wie haltet ihr diesen Zynismus der Zuhälter bloß aus?«

»Widerwillig, aber wenn wir unseren Job nicht machen, würde nie irgendein Zuhälter zur Rechenschaft gezogen werden. Also versuchen wir, uns ein dickes Fell wachsen zu lassen und hin und wieder einen solchen Drecksack in den Knast zu bringen.«

Ritter nickte nachdenklich.

»Mordkommission ist schon ein hartes Geschäft, aber euren Job möchte ich nicht geschenkt haben.«

»Den will keiner haben. Zumal Prostitution ja gewöhnlich ein Geschäftszweig der organisierten Kriminalität ist – da weiß man nie, wen die alles auf der Lohnliste haben. Man muss also bei seinen Ermittlungen verdammt gut aufpassen, wem man was sagt – der ein oder andere könnte gekauft sein und Dienstgeheimnisse verraten. Das gilt für Polizisten genauso wie für Staatsanwälte oder Politiker. Man weiß daher nie so genau, wer Freund und wer Feind ist.«

Krüger seufzte.

»Das ist bei uns auch nicht immer klar: Je höhergestellter ein Verdächtiger, desto mehr Verbindungen hat er – und die lässt er spielen.«

»Tja, wie gesagt: Wir hören uns mal um, ob eure Tote irgendwem bekannt vorkommt. Außerdem werden wir mal den Sadomaso-Markt checken, ob es irgendwo ein Studio gibt, das für euch interessant sein könnte.«

Nach einigen Dankesbezeugungen und ein paar allgemeinen Worten verabschiedeten sich Ritter und Krüger von ihren beiden Kollegen. Dabei war ihnen die Erschütterung über das Gehörte deutlich anzusehen.

Als Lehmann seinem Freund Ritter zum Abschied die Hand drückte, raunte er ihm zu: »Pass auf dich auf, Frank, vielleicht stocherst du in einem Hornissennest herum!«

Ritter nickte mit ernster Miene.

Als er und Krüger schließlich wieder auf dem Flur standen, blieb Ritter in Gedanken versunken stehen.

»Was ist los?«, wandte sich Krüger an seinen Kollegen.

»Das war alles verdammt starker Tobak«, entgegnete Ritter flüsternd, »aber so unglaublich das auch alles klingen mag: Es hört sich verdammt logisch an. Dass Zuhälter brutal sind, wussten wir ja schon, aber das sie so skrupellos sind und Frauen für Geld zu Tode foltern lassen, ist ungeheuerlich! Aber die Kollegen haben schon recht: Es gibt immer Menschen mit kranken Fantasien – und wenn man dann skrupellos genug ist und genug Geld hat, können solche Gedanken schnell Realität werden. Dieses ganze Szenario passt erschreckend gut zu dem, was wir von unserer Toten wissen. Jedes Detail unserer Spekulationen passt ganz genau! Puh, was für eine Scheiße!«

»Mir geht noch etwas anderes durch den Kopf: Die Kollegen haben gesagt, dass solche Folterungen nur gut betuchte Leute bezahlen können. Dann würde ich meinen, dass die Frau von keinem kleinen Zuhälter an ihren Mörder geliefert worden ist, sondern dass wir es mit einer größeren Gruppe zu tun haben. Vielleicht sogar mit der organisierte Kriminalität – und dass die sogar bei uns Spitzel haben könnte.«

»Ja, daran habe ich auch schon gedacht. Du denkst in diesem Zusammenhang wohl an Staatsanwalt Zimmermann?« Ritter sah seinem Kollegen direkt in die Augen.

Dieser erwiderte den Blick. »Ganz genau. Bislang habe ich sein Interesse an unserem Ermittlungsstand für einen typischen Ausdruck seines Karrierestrebens gehalten. Was wäre aber, wenn mehr dahinter stecken würde?«

»Die Geschichte mit seiner Angst wegen eines Serienmörders habe ich ihm nie abgekauft, das war eine sehr dünne Behauptung.«

»Vielleicht will er jemanden decken?«

»Den Täter oder den Zuhälter?«

»Vielleicht beide?«

»Hm, könnte sein, aber hätte er sich dann keinen besseren Grund für sein Interesse einfallen lassen?«

»Vielleicht hatte er dafür keine Zeit. Denk doch mal nach, Frank: Wie groß ist die Wahrscheinlichkeit, dass die beiden Kerle dabei beobachtet werden, wie sie die Leiche in das Fundament werfen? Mit so einem Zufall konnten weder sie noch ihre Hintermänner rechnen. Aber es ist passiert: Die

Typen wurden beobachtet und unsre Maschinerie ist angelaufen. Davon bekommen Leute etwas mit, denen der Leichenfund ganz und gar nicht recht ist. Also wecken sie Zimmermann und der muss von einer Minute auf die andere losrennen um herauszubekommen, was wir wissen und wie nah wir dem Täter sind...«

»...und dabei hatte er nicht viel Zeit, um sich eine vernünftige Begründung auszudenken. Also greift er zur erstbesten Lüge, die ihm einfällt und die halbwegs plausibel klingt. Ja, das hört sich logisch an.« Nach einer Pause fügte Ritter hinzu: »Du weißt, was das bedeuten würde?«

Krügers Gesicht wirkte versteinert: »Wir sollten niemandem trauen.«

»Ganz genau – und wir sollten die Baufirma noch genauer als geplant unter die Lupe nehmen. Vor allem sollten wir rauskriegen, ob sie irgendwie mit der Organisierten Kriminalität in Verbindung zu bringen ist. Mir geht das aufgeschlossene und hinterher verriegelte Tor immer noch nicht aus dem Kopf.«

»Mir auch nicht«, erwiderte Krüger. »hoffentlich haben Nicole und Holger schon etwas für uns.« Nach einer Pause fügte er hinzu: »Wir sollten sie vor etwaigen Maulwürfen warnen. Oder glaubst du, dass einer von den beiden...«

»Nein, ausgeschlossen!« Ritter schüttelte vehement mit dem Kopf. »Für die beiden lege ich genauso meine Hand ins Feuer wie für dich.«

»Danke!«

Endlich setzten sich die beiden Kommissare in Bewegung

und gingen zu ihren Büros zurück. Während sie durch die Gänge wanderten, schwiegen die beiden Männer. Jeder von ihnen versuchte, die Informationen von Lehmann und Stemke zu verarbeiten. Das fiel ihnen nicht leicht, und so hing jeder seinen düsteren Gedanken nach.

Donnerstag, 20. April, 18:20 Uhr

Gleich nach ihrer Rückkehr rief Ritter sein Team zu sich. Dann informierten er und Krüger ihre beiden Kollegen über das Ergebnis ihrer Besprechung. Am Schluss gaben sie Lehmanns Warnung vor Maulwürfen weiter und ermahnten alle zu äußerster Diskretion und Vorsicht. In diesem Zusammenhang wiesen sie auch auf das auffällige Interesse von Staatsanwalt Zimmermann an den Ermittlungsergebnissen hin.

Gebannt und schockiert hatten Tandler und Sievers zugehört. Als der Bericht endete, machte sich im Büro minutenlang eine bleierne Stille breit.

Schließlich war es Ritter, der die Frage in den Raum warf: »Was meint ihr, sollen wir die Zentrale Kriminalinspektion hinzuziehen?«

»Du meinst, wegen der möglichen Verbindung zur Organisierten Kriminalität?«

»Ganz genau.«

Wieder breitete sich Stille im Raum aus.

Schließlich ergriff Nicole Sievers das Wort: »Ich sage es ja nur ungerne, aber ich finde, dass wir die Kollegen von der ZKI informieren sollten.«

»Na ja«, ließ sich Krüger gedehnt vernehmen, »noch haben wir keinen Beweis, dass die OK mit drinstecken könnte. Derzeit ist es nur ein Mord und deshalb sollten wir ohne die ZKI weitermachen. Sollten wir Hinweise auf die Organisierte Kriminalität finden, können wir sie immer noch hinzuziehen.«

Die Kommissare diskutierten noch eine geraume Weile über das Für und Wider der Hinzuziehung der Fachleute von der ZKI. Die Meinungen dazu waren gespalten, was die Entscheidungsfindung erschwerte.

Schließlich hob Frank Ritter beschwichtigend die Hand: »Okay, Leute, das reicht jetzt. Wir haben die Sache nun von allen Seiten betrachtet. Ich denke, dass wir alle den Fall nicht abgeben wollen, aber ich fürchte, dass wir die ZKI informieren müssen. Wenn die den Fall als einfachen Mord einstufen und die Übernahme ablehnen, sind wir auf der sicheren Seite. Wenn sie aber eine Verbindung zur OK sehen, sollen sie ihn übernehmen – dann sind die Ermittlungen dort bestimmt besser aufgehoben.«

»Aber was ist, wenn dort ein Maulwurf sitzt?«, warf Krüger ein, »Wo sonst wäre schließlich ein Spitzel wertvoller als im Zentrum der Ermittlungen gegen die OK?«

»Du hast ja recht, Bernd«, gab Ritter widerstrebend zu, »aber der Hinweis auf eine mögliche Beteiligung der OK ist nun mal auf dem Tisch, das können wir nicht ignorieren. Ich werde deshalb mit dem dortigen Leiter sprechen, der scheint seinem Ruf nach integer zu sein. Vielleicht finden wir ja eine Lösung.«

»Das finde ich riskant!«, wandte Krüger ein, »Wenn da etwas nicht stimmt, könnte alles ganz schnell im Sande verlaufen! Und ein guter Ruf ist doch das, worauf ein Maulwurf immer Wert legt!«

»Also«, ließ sich jetzt Holger Tandler vernehmen, »ich finde, dass wir jetzt nicht paranoid werden sollten. Die…«

»Du hältst mich für paranoid? Wegen meiner Sicherheitsbedenken?«, fauchte ihn Krüger an.

»Nein, Bernd, ich halte dich nicht für paranoid! Aber die Kollegen von der ZKI sind Polizisten wie wir, und deshalb sollten wir davon ausgehen, dass sie integer sind. Zumindest solange, bis wir Hinweise darauf haben, dass sie tatsächlich einen Maulwurf in ihren Reihen haben. Außerdem haben wir doch vorhin über das auffällige Verhalten von Staatsanwalt Zimmermann gesprochen – er wäre als Maulwurf für die OK viel wertvoller, weil bei ihm alle Ergebnisse zusammenlaufen und er schließlich die Anklage formuliert und belegt – oder eine Klage fallenlässt.«

»Aber…«

»Ist gut, Bernd!« Beschwichtigend hob Ritter die Arme. »Holger hat recht: Wir können in diesem Fall nicht jedem Polizisten misstrauen! Das Verhalten von Zimmermann ist auffällig, aber noch kein Beweis – vielleicht tun wir ihm auch Unrecht. Allerdings sollten wir ihm gegenüber vorsichtig sein! Bei den Kollegen der ZKI natürlich ebenfalls, aber ich denke, dass wir angesichts der Theorie einer Verwicklung der OK in den Fall mit denen sprechen müssen. Ich werde deshalb morgen deren Leiter informieren und dann sehen wir weiter. Für heute sollten wir Schluss machen – wir müssen viele unschöne Informationen verarbeiten. Also dann, Leute: Bis morgen!«

Zögernd zerstreute sich das Team.

Donnerstag, 20. April, 20:35 Uhr

Während sich Bernd Krüger am Abend mit seiner aktuellen Freundin traf und von dieser geradezu mit Fragen bestürmt wurde, hatte Ritter einen wesentlich geruhsameren Abend. Seine Frau Elke wusste aus langer Erfahrung, dass ihr Mann nicht über seine Arbeit sprechen würde, und das war für sie in Ordnung. So sehr sie auch innerlich mitfieberte und hoffte, dass die Verbrecher rasch gefasst werden würden, hielt sie sich mit Fragen zurück – zumal die Tatumstände sehr unschön sein konnten. Während ihrer langen Ehe hatte sie verstanden und akzeptiert, dass Frank gerade zu Beginn eines neuen Falles auch zu Hause viel nachdachte, geradezu grübelte. Elke gab ihm dafür den benötigten Freiraum.

Einmal mehr kam er zu spät zum Essen hei, und natürlich hatte er wie fast immer vergessen, ihr Bescheid zu geben. Nach all den Jahren hatte sich Elke daran gewöhnt und wärmte ihm das Essen auf. Allerdings konnte sie dabei einen Stoßseufzer nicht unterdrücken. Wie oft hatte sie ihn vergeblich gebeten, sie anzurufen, wenn es später werden würde, damit sie das Essen retten konnte. Irgendwann im Laufe der Jahre hatte sie die Aussichtslosigkeit ihres Ansinnens eingesehen und für sich nach einer Lösung gesucht. Seitdem kochte sie gerade zu Beginn einer neuen Ermittlung nur noch Gerichte, die sich notfalls rasch aufwärmen ließen. Ihr Mann hatte das vermutlich nicht bemerkt, zumindest kommentierte er es nicht.

Wieder seufzte Elke Ritter. Manchmal beneidete sie Bernd

Krüger, denn der hatte mal gesagt, dass er und seine Freundin sich bei seiner Rückkehr einfach etwas bei einem Bringdienst bestellen würden. Ihrem Frank konnte und wollte sie das jedoch nicht zumuten.

Auch an diesem Abend zeigte ihr Mann die für ihn typische Geistesabwesenheit. Er schien das Essen nicht zu schmecken, sondern schluckte offensichtlich nur. Der Fall schien ihn sehr stark zu beschäftigen.

Freitag, 21. April, 6:45 Uhr

Auch am kommenden Tag war das Ermittlerteam wieder frühzeitig im Büro. Jeder stürzte sich sofort in die Arbeit und recherchierte zu den diversen Fragestellungen.

Frank Ritter überlegte derweil, wann er wohl den Leiter der Zentralen Kriminalinspektion erreichen könnte. Inzwischen ging er nochmals alle Informationen durch, die sie zu dem Fall hatten. Viel war es nicht, wie er sich eingestehen musste - und um ein Haar hätten sie nicht mal gewusst, dass es überhaupt einen Fall gab!

»Da hat sich jemand sehr viel Mühe gegeben«, murmelte er vor sich hin, »und derjenige muss gute Kenntnisse von der Baustelle gehabt haben. Hoffentlich finden Holger und Nicole bei ihren Hintergrundrecherchen etwas heraus!«

Ungeduldig blickte Ritter zur Uhr. Den Namen und die Durchwahlnummer des Leiters der ZKI hatte er bereits herausgesucht.

Als er es nicht mehr aushielt, griff er zum Hörer. »Falls der Kollege noch nicht da sein sollte, versuche ich es eben später nochmal«, murmelte er.

Freitag, 21. April, 7:15 Uhr

Frank Ritter wollte nicht länger warten und wählte die Nummer vom Leiter der ZKI. Er hatte wenig Hoffnung, dass der Kollege schon im Dienst war, aber das Glück war auf seiner Seite. Schon nach dem zweiten Klingeln wurde am anderen Ende abgehoben.

»Weber«, kam es schnarrend aus dem Hörer.

»Ritter von der Fachinspektion 1. Ich...«

»Ich kenne eure Zuständigkeiten, also komm gleich zur Sache, Kollege.«

Angesichts dieser barschen Begrüßung musste Ritter erstmal schlucken. Er hatte sich das Gespräch etwas freundlicher vorgestellt.

»Wir ermitteln gerade in einem Mordfall«, begann er und berichtete dann von ihrem aktuellen Fall. Dabei wies er auf einen möglichen Bezug zur Prostitution und damit zur Organisierten Kriminalität hin.

Als er geendet hatte, war es am anderen Ende der Leitung still.

»Hallo, bist du noch da?«

»Ja, natürlich«, knurrte Weber, »ich habe mir nur eure Ermittlungsergebnisse durch den Kopf gehen lassen. Nicht jede Prostituierte wird von der OK dazu gezwungen, aber es ist schon richtig, dass die bei vielen Frauen und Etablissements ihre Finger im Spiel haben.«

Er machte wieder eine Pause.

124

Es dauerte etwas, bis sich Weber wieder vernehmen ließ: »Gibt es Hinweise auf andere Bereiche, zum Beispiel Drogenhandel?«

»Laut dem Obduktionsergebnis soll die Tote vor etlichen Jahren ein Drogenproblem gehabt haben.«

»Vor etlichen Jahren, sagst du? Das reicht mir nicht. Echte Abhängige bleiben es bis zum bitteren Ende.«

»Vielleicht hat sie gedealt?«

»Das glaube ich nicht. Nach dem, was ihr bisher habt, deutet nichts darauf hin – und glaub mir, wir haben unsere Erfahrungen und kennen die entsprechenden Zeichen.«

»Das glaube ich dir sofort! Für uns stellt sich die Frage, ob die Tote eventuell etwas mit der OK zu tun haben könnte und ihr den Fall übernehmen wollt. Falls nicht, würden wir weitermachen.«

»Es ist immer gut, wenn man sich austauscht, aber in diesem Fall sehe ich bislang keine Hinweise auf die OK. Das kann natürlich manchmal täuschen, aber im Augenblick würde ich das Ganze als einen normalen Mordfall einstufen. Angesichts der Folterung könnte der Fall eine Tendenz zu einem Serienmörder haben, aber das muss die Zukunft zeigen. Ich hoffe für euch, dass das ein einmaliger Vorfall bleiben wird!«

»Also übernehmt ihr nicht?«

Weber seufzte hörbar. »Nein, wir übernehmen den Fall nicht. Wir sind derzeit an einer größeren Sache dran und ich habe nicht genug Leute, um einen Mordfall zu übernehmen, der vielleicht mit der OK zu tun haben könnte. Tut mir leid,

Kollege!«

»Macht nichts, dann bleiben wir halt an dem Fall dran. Wir wollten euch nur nicht übergehen.«

»Das ist nett von dir. Ich wünsche viel Erfolg!«

Ohne weiteren Gruß legte Weber auf.

Ritter starrte ungläubig auf den Hörer. Das Gespräch hatte er sich anders vorgestellt, immerhin standen sie auf der gleichen Seite. Andererseits kannte er die überall herrschende Personalknappheit und konnte Weber verstehen. Dennoch: Etwas mehr Höflichkeit wäre gut gewesen. Seufzend wandte sich Ritter wieder den Unterlagen zu.

Freitag, 21. April, 7:30 Uhr

Nach dem Telefonat mit der Zentralen Kriminalinspektion rief Ritter das Team in sein Büro.

»Ich habe eben mit dem Leiter der ZKI gesprochen. Er sieht aufgrund unserer bisherigen Ergebnisse keine Verbindung zur OK.«

»Das heißt, dass sie den Fall nicht übernehmen werden?«, fragte Krüger.

»Ganz genau. Damit haben wir unsere Pflicht getan und die Kollegen informiert. Da sie nicht wollen, machen wir eben alleine weiter.«

»Nun ja«, meldete sich Tandler zu Wort, »dann wissen wir jetzt zumindest, dass der Leiter der ZKI kein Maulwurf ist, denn sonst hätte er sich die Gelegenheit nicht entgehen lassen, um den Fall an sich zu reißen.«

»Ja, schon gut«, blaffte Krüger barsch in Holgers Richtung, »aber das gilt nur für den Leiter der ZKI – von seinen Leuten kann dennoch einer ein faules Ei sein.«

»Jetzt reicht's!«, fuhr Ritter dazwischen, »Ja, wir müssen vorsichtig sein, aber wir sollten uns davor hüten, uns gegenseitig anzumachen!«

»Ja, schon gut«, gab Krüger zerknirscht von sich, »war nicht so gemeint.«

»Kein Problem, alles gut«, gab sich auch Tandler versöhnlich.

»Gut, also zurück zum Fall: Was haben wir? Gibt es neue

Hinweise?«

»Nein, wir haben leider nichts Neues«, erwiderte Sievers, »die Tote ist immer noch nicht identifiziert. Offensichtlich wird sie nirgendwo vermisst.«

»Das würde zu unserer Theorie passen, dass es sich um eine Prostituierte handeln könnte«, unterbrach Krüger.

Die übrigen Kommissare nickten nachdenklich.

Nach einer kurzen Pause fuhr Sievers fort: »Dafür haben wir jetzt aber eine Liste mit den Domina-Studios in Hannover und der näheren Umgebung angelegt. Allerdings wissen wir nicht, ob die Liste vollständig ist, denn viele Frauen bieten Sadomaso-Dienste auch in ihren Wohnungsbordellen an, ohne als Domina im eigentlichen Sinne zu gelten. Diese ‚Damen' haben wir der Vollständigkeit halber in unsere Liste aufgenommen, sie aber ganz nach hinten gesetzt, weil sie eher ohne Sklavin arbeiten. Das Problem bei dieser Form der Prostitution ist, dass die Mietverhältnisse relativ schnell beendet werden können und die Namen der Mieter ebenso wenig aussagekräftig sind wie die ‚Künstlernamen' der Frauen.«

»Also suchen wir im Grunde Phantome?«

»Ja, das trifft es gut.«

»Aber müssten nicht die Vermieter die Namen und vorherigen Adressen der Mieterinnen haben?«, wunderte sich Tandler.

»Im Grunde genommen schon«, seufzte Sievers, »aber die Frauen zahlen eine weit über dem Marktpreis liegende Miete, da nehmen es die Vermieter dann nicht so genau.«

»Wissen die denn, dass ihre Wohnung zu einer Art Bordell genutzt wird?«

»Manche ahnen es zumindest, andere wollen es nicht so genau wissen. Es gibt aber sicher auch Vermieter, die vollkommen ahnungslos sind.«

»Na schön«, unterbrach Ritter ungeduldig die Diskussion, »bringt uns die Wohnungsprostitution weiter?«

Erneut seufzte Sievers deutlich hörbar. »Holger und ich glauben, dass uns die Dominas in Privatwohnungen nicht weiterbringen werden, weil sie, wie schon gesagt, meistens ohne Sklavin arbeiten. Wenn doch jemand eine Sklavin hat, würde deren Verschwinden auffallen und den einen oder anderen Freier misstrauisch machen können. Nach unserer Einschätzung würde unser Täter so ein Risiko nicht eingehen.«

»Warum nicht?«

»Weil alles so geplant zu sein scheint, dass die Frau einfach so von der Bildfläche verschwinden kann. Das ist nach Einschätzung von Holger und mir alles perfekt geplant – dazu passt kein Risiko mit einer Sklavin aus einer Privatwohnung.«

Holger Tandler nickte bestätigend.

Sievers fuhr fort: »Wir haben sie aber der Vollständigkeit halber in unsere Liste aufgenommen, denn natürlich bleibt eine winzige Wahrscheinlichkeit, dass wir uns irren könnten.«

»Gut, und wie geht es weiter?«, warf Ritter ein.

Auf diese Frage war Sievers vorbereitet: »Wir müssen uns die einschlägigen Etablissements vornehmen, vielleicht mit Hilfe unserer uniformierten Kollegen. Wir müssen mit den anschaffenden Frauen und den ‚Betreibern' der Studios, aber auch der Wohnungsbordelle sprechen. Aber selbst wenn die Tote dort gearbeitet haben sollte, dürfte bei den Befragungen nichts herauskommen. In dem Milieu redet man nicht mit der Polizei.«

»Da bin ich ganz deiner Meinung, aber wir müssen es auf jeden Fall versuchen. Vielleicht haben wir ja Glück und eine der anderen Prostituierten gibt uns einen Tipp - vielleicht auch hinter dem Rücken ihres Zuhälters. So eine Art versteckter Tipp. Die Kollegen sollen ganz genau auf Zwischentöne achten!«

»Du bist ja sehr optimistisch«, warf Krüger ein.

»Du weißt doch, wie es immer heißt: Die Hoffnung stirbt zuletzt. Wir müssen uns an jeden Strohhalm klammern. Schließlich haben wir bislang keinen einzigen Anhaltspunkt, der uns auch nur eine Winzigkeit voranbringen würde.«

»Vielleicht doch«, unterbrach ihn Tandler, »der Sex-Markt scheint in unserer Stadt aufgeteilt zu sein. Dabei geht es weniger um räumliche Gebiete als vielmehr um Neigungen. Für den Markt mit Sadomaso-Sex hat ein gewisser Timo Wörsching das Sagen. Er betreibt gleich drei Domina-Studios: Ein Laden liegt genau im Rotlichtviertel, aber die beiden anderen in unscheinbaren Vororten. Ob er auch in Privatwohnungen seine Dominas sitzen hat, prüfen wir noch.«

»Also ist er eine große Nummer in unserer SM-Szene«, sinnierte Krüger, »haben wir etwas über den Mann, ist der Typ vielleicht aktenkundig?«

»Allerdings. Timo Wörsching, 68 Jahre alt, offiziell Ge-schäftsführer von der ‚Bordell GmbH‘, zu denen die drei Do-mina-Studios gehören. Sein Vorstrafenregister ist ellenlang: Angefangen hat er bereits in seiner Jugend mit Trunkenheit im Straßenverkehr und diversen Schlägereien, dann hat er sich gesteigert und wurde mehrmals wegen Körperverletzung an-gezeigt. Die Anzeigen wurden aber später alle zurückgenom-men und die Zeugen konnten sich alle plötzlich an nichts mehr erinnern. Auch die Opfer litten von einem Tag auf den anderen unter einem unerklärlichen Gedächtnisverlust.«

»Na, so ein Zufall aber auch«, knurrte Ritter sarkastisch.

»Ja, das muss für die Kollegen sehr frustrierend gewesen sein. Jedenfalls war Wörsching neben diesen ‚Aktivitäten‘ in ein paar Randalen und kleinere Überfälle verwickelt. Dazu kamen dann möglicherweise Drogengeschäfte, aber man konnte ihm nichts nachweisen. Er hat sich schließlich immer schneller gesteigert, über schwere Körperverletzung bis hin zu Mordversuch und Mord – nur konnte man ihm leider auch dazu nie etwas nachweisen. Abgesehen von ein paar Kleinig-keiten ist er bislang mit allem ungeschoren davongekommen, ausgenommen zwei kleinere Überfälle. Dafür hat er insgesamt fünf Jahre gesessen. Seit rund vierzig Jahren ist er nicht mehr verurteilt worden. Dafür ist er fast zur gleichen Zeit als Zuhäl-ter in die Prostitution eingestiegen und hat in diesem Milieu Karriere gemacht. Heute leitet er drei Dominastudios und dürf-te die Drecksarbeit anderen Schlägern überlassen.«

»Gut«, entschied Ritter, »macht diesen Wörsching ausfindig

und schickt mir die Adressen seiner Läden auf mein Handy. Bernd und ich werden uns persönlich um den Typ kümmern.«

»Geht klar, Frank. Ich schicke dir die Anschriften seiner Läden und auch gleich noch seine Privatadresse. Aber Vorsicht: Es heißt, dass um ihn immer ein paar ziemlich ruppige Schlägertypen herumscharwenzeln!«

»Alles andere hätte mich auch gewundert«, knurrte Ritter, »in der Branche braucht man ab einer gewissen Stellung seine Leibwache.«

»Ach, Chef«, fiel da Tandler plötzlich ein, »fast hätte ich es vergessen: Der Kriminalrat hat nach dem Ermittlungsstand gefragt. Er will morgen einen umfassenden Zwischenbericht von dir haben.«

Ritter murmelte etwas Unverständliches, das sowohl Zustimmung als auch ein böses Schimpfwort gewesen sein könnte.

»Ein Lagebericht?«, wunderte sich Krüger, »An einem Samstag?«

»Wahrscheinlich macht ihm Staatsanwalt Zimmermann Druck«, warf Ritter ein, »also muss er bei uns nachhaken, damit er dem Staatsanwalt berichten kann.«

Krüger kommentierte das mit einem Kopfschütteln.

»Egal. Los, Bernd, lass uns zum ersten von Wörschings Läden fahren.« Er wandte sich zum Gehen und fügte hinzu: »Jetzt am Abend ist es sehr wahrscheinlich, dass dieser Wörsching in einem seiner Schuppen ist – tagsüber müssen die Freier ja wohl arbeiten, aber nach Feierabend ist bei den Prostituierten immer viel Betrieb. Er dürfte also in einem seiner Läden sein.« An Sievers und Tandler gewandt fuhr er fort: »Ihr macht am besten für heute Feierabend. Es ist mal wieder spät geworden und morgen wird ein anstrengender Tag mit den ganzen Befragungen. Vielleicht kommen wir ja dann ein Stück weiter. Aber dieser Wörsching interessiert mich brennend, den will ich heute noch sprechen.«

Bernd Krüger war sofort Feuer und Flamme: »Einverstanden, aber der Typ hat drei Läden am Laufen. Wo wollen wir anfangen?«

»Am besten da, wo am meisten Probleme zu erwarten sind – im Rotlichtviertel. Da dürfte es neben Freiern auch nur so vor Aufpassern wimmeln – vielleicht ist ja auch der Chef persönlich anwesend. Wenn wir ihn dort nicht antreffen, klappern wir nacheinander die beiden anderen Läden ab. Die Adressen haben wir ja.«

»Klingt gut, aber dann werden ihn seine Leute aus dem ersten Schuppen mit Sicherheit gewarnt haben.«

»Damit hast du sehr wahrscheinlich Recht, aber wir wollen ihn ja nur befragen. Da können wir nicht gleichzeitig an allen drei Orten plus seiner Privatwohnung zuschlagen. Seine Anwälte würden uns das genüsslich um die Ohren hauen.«

Krüger nickte verstehend.

»Bevor sich jemand wie dieser Wörsching auf unser Kommissariat vorladen lässt, wird er sich in einem seiner Schuppen mit uns treffen wollen. Du weißt schon, der berühmte Heimvorteil, darauf legen solche Typen viel Wert. Aber dadurch können wir uns natürlich einen ersten Eindruck von den Örtlichkeiten verschaffen. Deshalb müssen wir riskieren, ihn nicht im ersten Laden anzutreffen, sodass er dann vorgewarnt ist. Aber wie gesagt: Wir wollen nur mit ihm als ‚Sachverständigen' in Sachen Sadomaso-Sex reden.«

Krüger grinste: »Klingt nach einem guten Plan. Also los!«

Freitag, 21. April, 19:45 Uhr

Ritter und Krüger begaben sich zu ihrem Wagen.

»Also dann: Auf zum Steintorviertel!«

»Glaubst du wirklich, dort etwas zu erfahren?«

»Nein, Bernd, da habe ich wenig Hoffnung. Aber wir müssen Präsenz zeigen: Wenn die Tote tatsächlich eine Prostituierte war, könnten ein paar Leute durch unser Erscheinen nervös werden. Und du weißt, wie es immer heißt...«

»Ja, wer nervös ist, macht Fehler«, lachte Krüger, »also probieren wir unser Glück. Hoffentlich haben wir Erfolg!«

»Vielleicht können wir auch das Foto von der Toten ein paar anderen Prostituierten zeigen. Es ist nicht ausgeschlossen, dass jemand von den anderen sie kennt.«

»Selbst wenn eine der Frauen sie erkennen würde: Glaubst du im Ernst, dass die dann mit uns reden würde?«

»Sicher nicht offiziell oder für jedermann gut sichtbar, aber vielleicht durch Zeichen oder Gesten. Wir müssen auf alles gefasst sein und unbedingt Augen und Ohren offenhalten. Jede Äußerung oder Geste könnte einen versteckten Hinweis enthalten.«

»Und das nach einem langen Tag...« Krüger ließ demonstrativ einen lauten Seufzer hören.

Ritter stellte trocken fest: »Ja, also im Grunde wie immer.«

Trotz der ernsten Situation lachten beide. Es war ein befreiendes Lachen, aber schon Sekunden später waren sie wieder todernst und mit ihren Gedanken ganz bei der Sache.

Obwohl der Berufsverkehr schon vorüber war, herrschte auf den Straßen immer noch dichtes Gedränge. Je näher sie der Innenstadt kamen, desto mehr nahm es zu.

»Hätte nicht gedacht, dass hier so viel los ist«, staunte Ritter.

»Na ja, es ist Freitagabend, da wollen sich die Leute amüsieren. Also zieht es die einen in die Altstadt, die anderen zum Steintor.«

»Mit dem Auto? Ich hatte vermutet, dass sie die Straßenbahn oder die U-Bahn nehmen würden.«

»Manche sind eben unverbesserlich. Andererseits freut es die Taxifahrer, denn wenn die Leute etwas getrunken haben, werden sie ihre Autos stehenlassen und sich ein Taxi rufen.«

»Sprichst du aus Erfahrung?«, lachte Ritter.

»Natürlich! Oder glaubst du, dass ich es riskiere, dass meine Freundin von irgendwelchen Typen in der Straßenbahn angeglotzt wird?«

»Bist du so eifersüchtig?«, neckte ihn sein Kollege.

»Nein, nur vorsichtig«, grinste Bernd zurück.

Wegen des starken Verkehrs dauerte es eine geraume Weile, bis die beiden Ermittler den eigentlich recht kurzen Weg von der Polizeidirektion in der Waterloostraße bis zum Steintor zurückgelegt hatten. Dort angekommen, brauchten sie noch eine geraume Weile für die Parkplatzsuche. Seitdem der große Parkplatz gleich neben dem Rotlichtviertel mit einem Gebäude überbaut worden war, erwies sich das als schwierig. Endlich aber fanden sie eine Lücke und stellten den Wagen ab.

»Wo müssen wir hin?«

»In einen Laden namens ‚T-Sex'.« Ritter deutete auf das Schild eines Etablissements. »Da vorne ist es schon.«

»T-Sex – ein komischer Name.«

Ritter zuckte mit den Schultern. »Du kannst ja einen Mitarbeiter nach der tieferen Bedeutung fragen.«

Dann hatten die beiden das Bordell von Timo Wörsching erreicht. Von außen sah es wie ein gewöhnliches Laufhaus aus, in dem die Prostituierten auf Stühlen vor ihrem Zimmer auf Kundschaft hofften und die durch die Flure streifenden Freier ansprachen.

Die beiden Kommissare verschafften sich einen kurzen Überblick. Sie wussten, dass es irgendwo einen Bereich gab, zu dem die Kunden keinen Zugang hatten. Dort überwachten die Aufpasser das Geschehen in ihrem Laden.

Es dauerte nicht lange, bis die beiden Ermittler einen Bereich fanden, der mittels einer rot-weißen Kette abgesperrt war. Daran hing ein Schild mit der Aufschrift ‚Privat – Kein Durchgang!'.

Ritter und Krüger ignorierten das Schild und stiegen einfach über die Kette hinweg. Sekunden später standen sie vor einer Tür. Ohne zu zögern hämmerte Ritter dagegen.

Nur Sekundenbruchteile später wurde die Tür aufgerissen und vor den beiden Kommissaren stand ein Muskelberg von Mann.

»Könnt ihr Spacken nicht lesen?«, bellte er die beiden Männer an, »Das hier ist Privatzone, für euch gibt es hier keine Mädchen!«

Wortlos hielten ihm die beiden Kommissare ihre Ausweise vor die Nase. Es dauerte einen Moment, aber dann dämmerte dem Aufpasser, dass er keine Freier vor sich hatte.

»Bullen?«, fragte er überflüssigerweise, »Was treibt euch denn her? ´Hier ist alles sauber – kein Koks, kein Gras, nur angemeldete Mädchen!«

»Glauben wir gerne«, erwiderte Ritter unbeeindruckt, »aber wir wollen nur mit deinem Chef sprechen, dem Timo Wörsching. Ist er da?«

Der Muskelberg überlegte ein paar Augenblicke, dann meinte er: »Nee, der ist nicht hier.«

»Welchen seiner beiden anderen Läden inspiziert er denn gerade?«

»Keine Ahnung!«

»Aber du hast doch sicher seine Nummer, oder?«

Der Muskelmann nickte verdattert.

»Dann ruf ihn gleich mal an und frag ihn, wo er sich gerade aufhält. Wie gesagt, wir haben nur ein paar Fragen in einem laufenden Fall, bei dem er uns vielleicht weiterhelfen kann. «

»Weiterhelfen? Euch? Warum sollte der Chef das denn tun wollen?«

»Weil es um einen Mord geht und es ziemlich blöd aussieht, wenn er uns dabei seine Hilfe verweigern würde. Dann müssten wir ihn nämlich ganz offiziell in die Polizeidirektion vorladen, und so etwas mag er sicher noch viel weniger.«

»Übt ihr Bullen euch jetzt in Diskretion? Ist doch sonst nicht eure Art«, grinste der Hüne.

Trocken erwiderte Krüger: »Dein Chef ist bestimmt ein guter Staatsbürger. Als solcher wird er uns ganz sicher helfen wollen.«

»Hä? Willst du mich verarschen?«

»Nicht doch, dazu habe ich viel zu viel Respekt vor Leuten wie euch.«

»He, komm 'mir nicht blöd, klar? Nur weil du ein Bulle bist, kannst du dir nicht alles rausnehmen! Nicht mit mir, Freundchen!«

Der Hüne baute sich drohend vor Krüger auf und ließ seine Muskeln spielen.

Während der Oberkommissar ungerührt blieb, wurde Ritter langsam ungeduldig. Deshalb griff er ein: »Ruf deinen Chef an und frag ihn, ob er in einem seiner Läden oder bei uns befragt werden will. Jetzt mach hin, wir wollen nicht die ganze Nacht hier herumstehen. Also geh schon telefonieren, wir warten hier.«

Der Aufpasser überlegte ein paar Sekunden, offensichtlich war er unschlüssig, was er tun sollte. Dann aber nickte er und meinte: »Wartet hier, ich rufe den Chef an.«

Damit verschwand er hinter der Tür, die er sorgfältig hinter sich verschloss. Entweder sollten die Kommissare sein Telefonat nicht mithören oder sie sollten nicht sehen, was von diesem Raum aus alles überwacht wurde.

Kaum hatte sich die Tür geschlossen, raunte Ritter seinem

Kollegen zu: »Hör dich mal bei den Frauen um und zeig ihnen das Foto von unserer Toten. Aber ganz diskret, hier gibt es garantiert überall Kameras und jemanden, der die Bildschirme überwacht. Ich bleibe inzwischen hier und warte auf den Gorilla.«

Sofort zog sich Krüger möglichst unauffällig von der Tür zurück und ging ein Stockwerk nach unten, wo er sich betont neugierig umsah.

Während er sich der ersten Dame näherte und so tat, als würde er sich für ihr Aussehen interessieren, flog oben die Tür des Privatbereichs auf.

»Ey«, blaffte der Aufpasser Hauptkommissar Ritter an, während er das Mobiltelefon an sein Ohr presste, »was treibt denn dein Kumpel da?«

Seufzend zuckte Ritter mit den Schultern: »Tja, was soll ich sagen – er mag hübsche Frauen und kann nie widerstehen, mit ihnen zu flirten oder sie anzugaffen. Hier fällt es ihm besonders schwer, nicht zum Voyeur zu werden, immerhin habt ihr hier viele attraktive Frauen in knappen Dessous. Kein Wunder, dass er wieder schwach wird.«

»Gratisnummer ist aber nicht, das wäre Beamtenbestechung!«, grinste der Aufpasser. Ganz offensichtlich fand er seinen Spruch witzig.

»Wird er auch nicht wollen, der will nur gaffen. Lassen wir ihm das Vergnügen.«

Der Gorilla schien von der Erklärung zwar nicht überzeugt, aber da am anderen Ende des Telefons offensichtlich jemand

Wichtiges sprach, konzentrierte er sich darauf und beeilte sich, wieder in den Privaträumen zu verschwinden. Nun stand der Kommissar wieder alleine im Flur und hoffte, dass sein Kollege Fortschritte machen würde.

Während Ritter im oberen Stockwerk wie auf glühenden Kohlen stand, wanderte Krüger durch die Flure und sprach die wartenden Frauen an. Da ihn diese zunächst für einen Freier hielten, sagten sie ihre üblichen Sprüche auf. Der Oberkommissar gab sich interessiert und ging auf das Spiel ein. Sein Instinkt ließ ihn aber bei nicht wenigen Damen rasch erkennen, dass von ihnen keine Informationen zu erwarten waren. Mehr noch, von ihnen war zu erwarten, dass sie ihn sofort auffliegen lassen würden.

Bei drei Frauen hatte Krüger dagegen ein besseres Gefühl. Verstohlen zeigte er ihnen das Foto. Dabei achtete er peinlich genau drauf, dass sein Körper den Blick der Überwachungskamera auf das Bild verdeckte.

Alle Prostituierten reagierten geschockt auf die Todesnachricht, hatten sich aber in den Bruchteilen einer Sekunde wieder fest im Griff.

Zwei der Frauen wollten die Tote nicht kennen. Sein Instinkt signalisierte dem Oberkommissar, dass sie nicht logen.

Bei der dritten Frau war das aber anders. Sie nannte sich ‚Tamara' und raunte ihm zu: »Die Frau ist älter, und vor einigen Wochen ist so eine nicht mehr zur Arbeit gekommen. Angeblich schafft sie jetzt in Frankfurt an. Aber ich habe nichts gesagt!«

»Natürlich nicht«, raunte ihr Krüger zu, »aber danke für die Info! Eines noch: Wie heißt die Frau?«

»Svetlana Pastirak, Ukrainerin. Aber jetzt komm mit auf mein Zimmer, wir haben zu lange geredet.«

»Aber ich kann doch nicht...«

»Bitte, es ist sonst zu auffällig!« Ohne auf eine Antwort zu warten, strahlte sie ihn glücklich an und zog den verblüfften Kommissar in ihr Zimmer.

»Macht 30 Euro. Gib mir das Geld, damit ich was vorweisen kann.«

Etwas widerstrebend holte Krüger das Geld aus der Tasche und gab es ihr.

»Wir haben nicht viel Zeit! Die Wachen prüfen, wie lange wir mit einem Freier auf dem Zimmer sind. Dauert es zu lange, bekommen wir richtig Ärger.«

»Gut, dann beeilen wir uns.« Misstrauisch blickte er sich im Zimmer um. »Gibt es hier Kameras?«

»Nein, die sind nur auf den Fluren. In den Zimmern gibt es versteckte Alarmknöpfe, aber keine Kameras –das könnte die Kunden verschrecken.«

»Auch keine versteckten Aufnahmegeräte?« Krüger war immer noch skeptisch.

»Nein, alles sauber.«

»Na gut. Was kannst du mir zu der Frau auf dem Foto sagen?«

»Frauen reden wenig untereinander, aber manche schon. Man sagt, dass einige ältere Frauen weg seien. Niemand weiß, wohin sie gekommen sind.«

»Waren die Verschwundenen lange in Hannover?«

»Unterschiedlich, wir werden ständig ausgetauscht, Männer in Häusern wie diesen wollen immer andere Frauen haben, nicht immer die gleichen.«

»Haben die verschwundenen Frauen etwas gemeinsam?«

»Ja, alle kommen aus Osteuropa und sind wegen der Expo nach Deutschland gekommen. Man hat ihnen genau wie uns falsche Versprechungen gemacht. Als sie hier waren, haben sie ihnen die Pässe abgenommen. Seitdem mussten sie anschaffen. Mit uns war es nicht anders, nur einige Jahre später.« Sie lachte bitter.

»Aber die Frauen aus Expo-Zeiten sind hier gewesen?«

»Ja, bis vor kurzem waren noch ein paar von denen hier. Sie sind jetzt alle ab vierzig Jahre aufwärts. Mehr weiß ich nicht.«

»Das ist mehr, als mein Kollege und ich uns erhofft haben! Vielen Dank für deine Offenheit!«

Damit wandte er sich zum Gehen. An der Tür winkte er Tamara zum Abschied kurz zu. Dann verließ er das Zimmer.

Auf dem Flur wurde er bereits von seinem Kollegen und dem Wachmann erwartet

»War es schön?«, grinste ihn der Aufpasser schmierig an.

»J-ja, ganz toll«, stammelte Krüger. Eine zarte Röte überzog dabei das Gesicht des sonst so schlagfertigen Oberkommissars.

»Hoffentlich hast du auch bezahlt!?«, brummte Ritter mit

gespielten Missmut.

»Natürlich«, stotterte sein Kollege und spielte die beleidigte Leberwurst, »schließlich war das rein privat, sozusagen eine Pause von der Arbeit.«

»Dann ist ja gut«, meinte Ritter und konnte sich nur mühsam ein Lachen verkneifen, »dann können wir ja jetzt den Herrn Wörsching besuchen. Arthur«, dabei deutete er mit einem Kopfnicken auf den Muskelberg, »hat für uns einen Termin klargemacht.«

»Prima! Dann nichts wie los.«

Mit einem knappen Kopfnicken in Richtung des Aufpassers zogen die beiden Kommissare ab.

Sie liefen zu ihrem Wagen zurück. Unterwegs fragte Ritter seinen Kollegen: »Was war das denn auf dem Zimmer? Hast du etwa wirklich…«

»Quatsch, aber diese Frau hatte Informationen für mich.« Mit knappen Worten klärte Krüger den Sachverhalt auf.

»Dann hat unsere Tote jetzt also ihren Namen zurück.«

Krüger nickte: »Das ist ein gutes Gefühl!«

Freitag, 21. April, 20:50 Uhr

Während Krüger seinen Kollegen auf dem Weg zum Auto über die Ergebnisse seiner Befragung informierte, wurde Tamara von einem Aufpasser in den Überwachungsraum geführt. Dort wartete bereits Arthur auf sie.

»Was wollte der Bulle?«

»Er hat Fragen gestellt nach einem Mädchen«, gestand Tamara, »sie haben eine Tote und glauben, dass es eine von uns sein könnte.«

»Und?«

»Nichts ‚Und‘, er hatte ein Foto von ihr dabei und es mir gezeigt. Ich kenne die Frau aber nicht. Das habe ich ihm gesagt und das war es auch schon.«

»Ach ja, das war es dann schon?«, blaffte Arthur die Frau an, »Dann erklär mir mal die Sache mit dem Fick!«

»Er wollte Fragen stellen, also war die Gelegenheit günstig, Geld zu verdienen – er war leicht zu verführen. Jetzt hat er zwar immer noch keine Antwort, aber ich dafür dreißig Euro!«

»Du wolltest ihn nur ausnehmen?«

»Ja, natürlich. Es war kinderleicht: Er dachte, er bekommt Informationen und hat nicht gemerkt, dass ich ihn bloß des Geldes wegen geködert habe.«

»Kennst du die Frau, wegen der die Bullen den Wirbel machen?«

»Nein, aber ich habe auch nicht so genau hingeschaut. Die Frauen in meinen Nachbarzimmern interessieren mich, weil die mir Kunden wegschnappen wollen. Aber sobald von denen eine weg ist, vergesse ich sie schnell.«

»Ganz sicher?«

Tamara hielt seinem prüfenden Blick stand.

»Ja, ganz sicher.«

Arthur wiegte bedächtig den Kopf, bevor er entschied: »Okay, dann beweg deinen Arsch wieder an die Arbeit.«

Als Tamara den Raum verließ, verfolgte er sie auf den Monitoren bis zu ihrem Zimmer. Hatte sie ihm wirklich die Wahrheit gesagt oder doch gelogen?

»Vielleicht sollte ich den Boss informieren«, knurrte er vor sich hin, »immerhin ist es ungewöhnlich, dass es ein Bulle mit einer Nutte treibt, während er hier zum Ermitteln ist.«

Andererseits müsste er seinem Boss dann erklären, warum einer der beiden Kommissare ohne Begleitung von einem Aufpasser im Bordell herumspazieren konnte. Das würde dem Boss überhaupt nicht gefallen, und er konnte sehr ungehalten werden.

Nachdenklich blieb Arthur vor dem Bildschirm sitzen und beobachtete Tamara, die sich gerade einen Freier angeln wollte.

»Na warte«, brummte er in Richtung des Bildschirms, »ich werde dich im Auge behalten. Wehe, wenn du mich angelogen hast!«

Freitag, 21. April, 21:10 Uhr

Währenddessen waren die Kommissare auf dem Weg zu der von Arthur genannten Adresse. Der Verkehr hatte inzwischen nachgelassen, sodass sie nach kurzer Fahrt ein Industriegebiet im Norden von Hannover erreicht hatten. Die ganze Gegend wirkte wie ausgestorben, nur hier und da brannte noch Licht in irgendwelchen Werkstätten. Hier, mitten zwischen den Firmenansiedlungen, gab es laut Arthur ein Bordell.

Das Haus, vor dem sie schließlich hielten, unterschied sich in nichts von den angrenzenden Firmengrundstücken. Abgesehen von den fehlenden Namensschildern konnte man nicht erkennen, dass es sich nicht um ein Firmengebäude, sondern um ein Bordell handelte. Erst recht nicht, dass es sich um ein Domina-Studio handeln könnte. Offensichtlich hatten hier Diskretion und Geheimhaltung einen sehr hohen Stellenwert.

»Bist du sicher, dass wir hier richtig sind?« Skeptisch beäugte Krüger das Gebäude. Kein Lichtstrahl drang nach außen, sodass alles leer und verlassen wirkte.

»Ich bin mir ganz sicher! Das ist die Adresse, die mir Arthur gegeben hat.«

Dennoch vergewisserte sich Ritter mit einem raschen Blick auf seinen Notizblock davon, dass sie wirklich am richtigen Gebäude waren.

»Vielleicht hat er dich aber auch verarscht?«

»Könnte natürlich auch sein«, murmelte Ritter, »also finden wir es heraus, indem wir einfach nachsehen.«

Die beiden Kommissare stiegen aus und näherten sich langsam dem Eingang. Dabei ließen sie ihre Blicke über jede Ecke des Gebäudes schweifen, ohne jedoch etwas Verdächtiges zu bemerken.

Bevor sie die Haustür erreicht hatten, kam Ritter eine Idee: »Bevor wir klingeln, sollten wir hinter dem Haus nach Fahrzeugen Ausschau halten und uns die Kennzeichen notieren.«

»Warum?«

»Ich weiß gerne, mit was für einem Umfeld ich es zu tun habe.«

»Das verstehe ich. Ist das aber rechtmäßig?«

»Autokennzeichen sind immer öffentlich, also sollte das unproblematisch sein. Erst, wenn wir sie für unsere Ermittlungen verwenden, könnte es kompliziert werden.«

Krüger nickte: »Na gut, dann mal los.«

Sie hatten gerade die Rückseite des Gebäudes erreicht und enttäuscht den leeren Hof registriert, als sie barsch angerufen wurden: »Ey, ihr zwei Komiker da, was glaubt ihr wohl, was ihr da macht?«

Die beiden Kommissare drehten sich um und sahen sich zwei Hünen gegenüber, von denen jeder einen Rottweiler an der Leine hielt. Die Tiere gaben keinen Laut von sich, fletschten aber unmissverständlich die Zähne.

»Die sind auf Kehle dressiert, also macht keinen Scheiß!«, warnte einer der Schläger überflüssigerweise.

»Ritter und Krüger von der Kripo Hannover!«, erwiderte Ritter barsch, »Wir wollen euren Chef sprechen, den Timo Wörsching – euer Kumpel Arthur aus dem ‚T-Sex' hat uns ange-kündigt.«

Der offensichtliche Anführer der beiden gab einen unverständlichen Laut von sich, dann bedeutete er den beiden Kommissaren mit einer Kopfbewegung, ihm zu folgen.

Beim Betreten des Hauses schauten sich die Kommissare verstohlen um. Die Eingangstür war schwer gesichert, die würde selbst das SEK nicht so einfach aufbrechen können. Die Türen zu den übrigen Räumen des Erdgeschosses waren geschlossen, aber nichts deutete auf einen Bordellbetrieb hin.

Einer der Wachmänner hatte die Führung übernommen und steuerte zielstrebig auf eine Tür zu. »Ihr wartet hier!«, befahl er, dann klopfte er an die Tür und verschwand dahinter.

Aus dem Raum waren keine Geräusche zu hören, offensichtlich war er schallisoliert. Ritter warf einen Blick zu seinem Kollegen hinüber, der unmerklich nickte – er hatte also den gleichen Gedanken.

Nach kurzer Zeit erschien der Wachmann wieder im Türrahmen und bedeutete mit einer Kopfbewegung, dass die beiden eintreten konnten.

Also betraten Ritter und Krüger das Büro des Geschäftsführers der ‚Bordell GmbH'. Neugierig betrachteten sie ihr Gegenüber: Timo Wörsching war knapp 1,70 Meter groß, aber überaus beleibt. Kaum zu glauben, dass dieser Typ jahrelang der Schrecken der Prostituierten und der konkurrierenden Zuhälter gewesen war.

»Meine Herren«, begrüßte Wörsching seine Besucher übertrieben freundlich, eilte auf sie zu und schüttelte ihnen die Hand. »Arthur, mein Adjutant im ‚T-Sex', hat mir Ihr Kommen bereits angekündigt. Es soll um Mord gehen, ist das wirklich wahr?« Wörsching machte ein übertrieben betroffenes Gesicht.

»Kommen wir gleich zur Sache. Es geht um diese Frau«, begann Ritter und zeigte dem Geschäftsführer das Foto der Toten. »Kennen Sie die Frau?«

Wörsching schaute auf das Foto, nahm es dann dem Kommissar aus der Hand und betrachtete es sehr lange mit gerunzelter Stirn. Schließlich meinte er: »Bedaure, meine Herren, aber diese Dame kenne ich nicht. Aber sie sieht auf dem Foto schrecklich aus, da war ja ein richtig perverses Schwein am Werk!«

Dann ging er zu dem Wachmann, der an der Tür lehnte und die Kommissare nicht aus den Augen ließ.

»Bruno, kennst du diese Frau?«

Der Angesprochene warf einen Blick auf das Bild und meinte ohne eine Regung des Bedauerns: »Nein, nie gesehen.«

»Bist du sicher?«, hakte Wörsching nach, »Vielleicht war sie ja früher mal bei uns?«

»Nee, Chef, ich vergesse kein Gesicht, und die da hat nie für uns gearbeitet.«

»Tja, Sie sehen, meine Herren Kommissare, dass wir Ihnen nicht weiterhelfen können.«

»Das ist schade«, erwiderte Ritter, »wir hatten gehofft, dass Sie die Dame kennen würden.«

»Wie kommen Sie darauf, dass sie als Gunstgewerblerin arbeiten würde?«

»Als was?«

»Gunstgewerblerin - das klingt doch viel netter als Nutte, nicht wahr?«

»Das hier ist ein Domina-Studio?«, mischte sich Krüger ein und wechselte das Thema, »Von außen sieht man davon nichts, keine Werbung oder sonstigen Hinweise. Auch mit Kunden sieht es mau aus, oder?«

Wörsching lachte laut auf. »Diskretion ist das oberste Gebot in dieser Branche, und das hier ist eine erlesene Adresse. Wir machen keine Schilder an die Tür, weil wir weder Gaffer vor dem Eingang noch Proleten in unserem Domizil haben wollen. Die können ins Rotlichtviertel gehen und sich dort austoben! Hier dagegen legen wir Wert auf Ambiente. Tja, und die Nachfrage ist nicht mau, wie Sie gerade vermutet haben, sondern sehr gut – alle Zimmer und Dominas sind belegt.«

»Warum sieht und hört man dann nichts?«

»Die Behandlungsräume sind ganz stilgerecht im Keller und selbstverständlich schallisoliert.«

»Wenn Ihr Laden so brummt, würde mich interessieren, wie die Kunden herkommen – doch wohl nicht mit der Straßenbahn oder einem Taxi?«

Wieder ließ der Geschäftsführer sein schmieriges Lachen hören: »Die Kundschaft reist natürlich bequem im Auto an.«

»Ach ja? Und wo sind diese Fahrzeuge? Der Hof ist leer!«

»Wie ich schon sagte: Diskretion ist in diesem Beruf Ehrensache. Deshalb stellen wir unseren Kunden Stellplätze zur Verfügung. Vielleicht haben sie die Schuppen am Rand des Hofes gesehen – in jedem von ihnen steht das Fahrzeug eines Kunden.«

»Und wer sind Ihre Kunden?«

»Nur honorige Herrschaften, keine Proleten oder irgendwelcher Pöbel von der Straße. Für die ist unser Haus im Rotlichtviertel gut genug – und vom Preis her für diese Gestalten auch erschwinglich. Hier dagegen würden sie schon Probleme haben, ein Getränk zu bezahlen, geschweige denn die Dienste unserer Damen.«

»Können wir die... wie haben Sie doch gleich die Zimmer genannt? Behandlungsräume? Könnten wir mal einen Blick hineinwerfen?«

»Tut mir leid, aber da alle Räume belegt sind und ich keine Session stören darf, geht das leider nicht. Aber vielleicht möchten Sie einen Termin?« Jetzt schaute er Krüger direkt ins Gesicht. »Immerhin scheinen Sie schönen Dingen nicht abgeneigt zu sein, wie ich hörte. Wie wäre es mit einer Sitzung bei einer Domina? Ich mache Ihnen auch einen Sonderpreis, um die Ermittlungen zu unterstützen und Ihr Budget zu schonen!«

»Nein, danke«, wehrte Krüger ab, »aber da wir gerade beim Thema sind: Haben Sie außer Dominas auch Frauen hier, die als Sklavin arbeiten?«

Wörsching lachte leise: »Dominas, Ärztinnen, Gefängniswärterinnen – die aktiven Damen übernehmen jede Rolle. Und wir haben natürlich auch passive Damen hier, die je nach Kundenwunsch Sklavin, Zofe, Schulmädchen, Haremsdame oder was auch immer sind. Je nachdem, was der Kunde wünscht und zu zahlen bereit ist.«

»Sind die ‚Behandlungen' der passiven Damen mit Peitschen oder anderen Foltergeräten lediglich angedeutet oder finden die Instrumente echte Anwendung?«

»Wir haben passive Damen, die echte Schläge lieben, andere lieben auch echte Folterungen. Natürlich alles nach vorheriger Absprache zwischen dem Kunden und der Dame, wobei bleibende Schäden verboten sind – ich hänge an meinem Personal.« Sein Grinsen wurde immer breiter. »Alles andere ist eine Frage des Preises – Striemen von einem Rohrstock können tagelang sichtbar sein, aber nicht jeder Kunde mag einen gezeichneten Arsch schlagen. Dementsprechend erhöht sich der Preis um den Verdienstausfall der kommenden Tage, aber die Kunden in diesem Haus können sich das locker leisten.«

»Auch in Ihrem Etablissement, das Sie Villa nennen?«

»Natürlich! Die Villa Treibs-Gut und hier, das Schloß Sinnlichkeit, gehören zur obersten Preiskategorie.«

»Hm, na gut, aber Sie sind nicht der einzige in der SM-Branche, oder?«, hakte Ritter ein.

»Nein, es gibt viele Mitbewerber, aber wir sind in Hannover Branchenprimus!« Wörsching schien darauf sichtlich stolz zu sein.

»Na gut, okay, dann war es das für heute«, erklärte Ritter und wandte sich zum Gehen. Gleich darauf machte er jedoch abrupt kehrt: »Sie sind ganz sicher, die Tote nicht zu kennen?«

»Ganz sicher, sozusagen todsicher!« Wieder ertönte sein schmieriges Lachen.

Der Wachmann mit dem Namen Bruno begleitete die Kommissare zur Tür. Als sie wieder im Freien waren, atmeten beide tief durch.

»Der hat uns doch nach Strich und Faden verarscht!«, schimpfte Krüger.

»Das Gefühl habe ich auch«, bestätigte Ritter, »aber wir können ihm nichts nachweisen.«

»Ob wirklich alle Räume belegt waren? Vielleicht sollten wir hier einfach mal warten und schauen, wie viele Fahrzeuge vom Hof rollen. Bei der Gelegenheit könnten wir auch die Nummernschilder notieren und dann Halterabfragen machen – was meinst du?«

»Eine sehr gute Idee, aber wir sollten uns einen diskreteren Platz zum Warten suchen. Und vorher prüfen, ob das Grundstück eine weitere Zufahrt hat.«

Krüger nickte und startete den Motor. Gleich darauf umkreisten sie das Grundstück. Es war genau wie das Gebäude deutlich größer als es auf den ersten Blick gewirkt hatte. Doch trotz intensiver Ausschau konnten sie keine zweite Zufahrt entdecken.

Schließlich bezogen sie in der Einfahrt einer gegenüberliegenden Schlosserei Stellung und beobachteten abwechselnd die Zufahrt zum Bordell mit dem hochtrabenden Namen

Schloß Sinnlichkeit. Es dauerte sehr lange, bis endlich ein Fahrzeug vom Hof rollte. Ritter machte rasch mit seinem Mobiltelefon mehrere Fotos in der Hoffnung, dass mittels Vergrößerung das Kennzeichen lesbar sein würde.

Bis vier Uhr morgens verließen insgesamt fünf Fahrzeuge den Hof, danach tat sich nichts mehr.

»Lass uns abbrechen«, schlug Ritter schließlich vor, »wir fahren kurz nach Hause, um ein oder zwei Stunden zu schlafen. Dann treffen wir uns im Büro mit den anderen.«

Wortlos startete Krüger den Motor.

Samstag, 22. April, 7:30 Uhr

Am nächsten Morgen hatte sich das Ermittlerteam erneut im Büro von Hauptkommissar Ritter versammelt.

»Dann legt mal los«, begann dieser die Lagebesprechung, »immerhin muss ich am Montag unserem Kriminalrat irgendwelche Ergebnisse präsentieren. Wahrscheinlich macht ihm Staatsanwalt Zimmermann wieder die Hölle heiß und damit der Kriminalrat mir.«, seufzte Ritter resignierend, »Also nochmal: Was haben wir derzeit?«

Nicole Sievers ergriff das Wort: »Ich habe inzwischen den Bauleiter Gerster und seinen Polier Semmler durch unser System gejagt.«

»Und?«

»Gerster ist vor acht Jahren bei einer Trunkenheitsfahrt erwischt worden, mehr liegt gegen ihn nicht vor.«

»Und dieser Arne Semmler?«

»Der war in seiner Jugend in ein paar Schlägereien verwickelt, wurde aber eher als Mitläufer denn als Haupttäter und schon gar nicht als Anstifter angesehen. Danach hat er drei Trunkenheitsfahrten unternommen, die letzte vor drei Jahren. Seitdem gibt es über ihn keine weiteren Einträge.«

»Die Trunkenheitsfahrten klingen für mich nach ‚branchenüblichen Vergehen‘, denn bei dem Alkoholkonsum auf dem Bau verwundern sie mich nicht«, spottete Krüger, »aber ich sehe keinen Hinweis auf einen Mord.«

»Stimmt, das sehe ich auch so«, nickte Ritter, »von Jugendsünden über Trunkenheitsfahrten zu Mord wäre ein enorm großer Schritt. Aber für die Beseitigung der Leiche kommen sie nach wie vor in Betracht. Prüf doch bitte mal die finanziellen Verhältnisse von den beiden. Ach ja: Gab es bei einer der Trunkenheitsfahrten irgendwelche Personenschäden?«

»Nein, Chef, nur Blechschäden – an den Wagen unserer Verdächtigen sowie zweimal an einer Verkehrsinsel. Außerdem hat einmal eine Laterne dran glauben müssen und bei einer anderen Fahrt wurde ein parkendes Auto gerammt. Also Fehlanzeige mit Personenschäden.«

»Okay, und wie sieht es mit der Firma Holzer aus?«

Jetzt ergriff Oberkommissar Tandler das Wort: »Das ist etwas kompliziert, weil die Firma Teil einer anderen Firma ist, in gewisser Weise ein selbständiger Bestandteil eines Firmenimperiums. Dabei handelt es sich um die Beteiligungsgesellschaft GmbH mit Sitz in Hamburg.«

»Okay. Solche Firmengeflechte sind ja heutzutage nichts Neues. Was gehört denn noch zu diesem Imperium?«

»Diverse Gewerbebetriebe wie Großhandel für Obst und Gemüse, Bäckereizubehör und ähnliches. Die zur Holding gehörenden Firmen sind in ganz Deutschland verstreut.«

»Eine sehr ungewöhnliche Mischung an Geschäftsfeldern, oder? Ich kann da beim besten Willen keine Zusammenhänge zwischen den Branchen erkennen.«

»Die sind dabei auch nicht unbedingt nötig«, warf Tandler ein, »normalerweise stellt sich eine Holding breit auf. Dazu gehört es dann, unterschiedliche Branchen im Portfolio zu haben. Auf diese Weise wird das Risiko gestreut und eventuelle Verluste in einer Sparte können durch Gewinne in den übrigen Bereichen ausgeglichen werden. Ist man nur in einer Branche vertreten, kann es im Falle von Verlusten für die gesamte Holding gefährlich werden.«

»Also ist die breite Palette an Firmen Absicht und dem betriebswirtschaftlichen Denken geschuldet? Keine weiteren Hintergedanken wie Synergieeffekte und ähnliches?«

»Soweit ich das sehe, dient das breite Portfolio nur der Absicherung im Falle von Verlusten.«

»Okay, meinetwegen. Hat die Firma Holzer ihren Sitz hier in Hannover?«

»Ja, die genaue Adresse habe ich schon rausgesucht.«

»Gut«, sinnierte Ritter, »vielleicht statten wir mal dem Geschäftsführer einen Besuch ab.« In die entstandene Pause fragte er hinein: »Was ist mit dem Auftraggeber der Firma Holzer – die bauen doch ein Logistikzentrum für eine Firma namens Kescher?«

»Richtig«, antwortete Tandler, »die Firma Kescher ist ein reines Logistikunternehmen, deren Lkws laut Internetseite quer durch ganz Europa fahren.«

»Wem gehört die Firma?«, fragte Ritter aus einem Bauchgefühl heraus.

»Na ja, das ist wie bei der Firma Holzer kompliziert«, seufzte Tandler, »Kescher gehört ebenfalls einer Holding, allerdings einer mit dem Namen Klammer GmbH. Die hat ihren Sitz in München. Zu deren Beteiligungen gehören unter anderem

Firmen für Nutzfahrzeuge, Gebrauchtwagenhändler und ein paar Sanitätshäuser.«

»Sanitätshäuser? Bei den Nutzfahrzeugen und Gebrauchtwagenhändlern kann ich mir mit viel Fantasie eine Verbindung vorstellen, aber nicht zu Sanitätshäusern.«

Tandler seufzte. »Das ist das gleiche Prinzip wie bei der Beteiligungsgesellschaft GmbH: breites Portfolio als Absicherung vor Verlusten.«

»Ja, okay, das verstehe ich ja jetzt. Aber trotzdem: Sanitätshäuser?«

»Das ist eine lukrative Branche mit hohem Zukunftspotential. Immerhin werden die einzelnen Menschen immer älter, dazu nähern sich die geburtenstarken Jahrgänge den höheren Altersklassen. In den nächsten Jahren wird der Bedarf an Hilfsmitteln und so banalen Dingen wie Erwachsenenwindeln enorm steigen.«

»Hm«, brummte Krüger, »also macht diese Mischung aus wirtschaftlicher Sicht Sinn?«

»Auf jeden Fall.«

»Na gut, belassen wir es dabei. Diese beiden Holdings haben also weit verstreute Engagements«, stellte Krüger fest, »aber lohnt sich das denn? Der Verwaltungsaufwand für die Kontrolle muss doch immens sein!«

Tandler zuckte nur mit den Schultern.

»Okay«, griff Ritter ein, »ich sehe nicht, wie uns das in unserem Mordfall weiterbringen könnte – oder gibt es Verbindungen zur organisierten Kriminalität?«

»Auf den ersten Blick nicht, aber die Anfrage bei den Kollegen von der OK läuft noch. Vielleicht ist ja bereits eine der Firmen in deren Visier geraten.«

»Gut!« Ritter wandte sich an Nicole Sievers: »Ich habe dir eben ein paar Fotos von Fahrzeugen geschickt. Sei doch bitte so gut und mach die entsprechenden Halterabfragen.« Als er die überraschten Blicke von Sievers und Tandler sah, fügte er hinzu: »Das sind Kunden von einem Domina-Studio des Timo Wörsching, mit dem wir gestern gesprochen haben.« Dann lieferte er den beiden einen Bericht über ihre Aktivitäten in zwei der drei Etablissements und ihrem Gespräch mit dem Geschäftsführer Wörsching. »Um zu wissen, in welchen Kreisen sich unsere Ermittlungen bewegen könnten, sollten wir die Halternamen in Erfahrung bringen«, fügte er als Erklärung hinzu.

Tandler hatte inzwischen einen Blick auf die Fotos geworfen. »Ziemlich teure Wagen, also mit Sicherheit gutbetuchte Leute.« Unvermittelt warf er die Frage auf: »Wie wird jemand wie dieser Wörsching eigentlich Geschäftsführer von so einem noblen Schuppen?«

»Geschäftsführer von drei Studios!«, ergänzte Krüger.

»Genau – von seinem Lebenslauf her qualifiziert ihn eigentlich nichts dafür, außer dass er als Zuhälter brutal und skrupellos war.«

»Gute Frage«, stimmte Ritter zu, »durchleuchtet seine Finanzen und die Eigentumsverhältnisse von seinen drei Schuppen. Wer weiß, vielleicht hat er ja Hintermänner und fungiert nur als Strohmann. Übernimmst du das, Holger?«

»Geht klar, Chef!«

»Haben wir sonst noch was?«

»Nun ja«, kam es von Nicole Sievers gedehnt, »der Zeuge, dieser Harald Bauer, ist noch nicht hier gewesen, um seine Aussage zu Protokoll zu geben.«

»Verdammt!«, entfuhr es Ritter, »Schafft mir den Typ her, so schnell wie möglich! Wir brauchen seine Aussage, schon alleine wegen seines Hinweises auf das Öffnen des Tores mit einem Schlüssel!«

»Ihn zu finden dürfte schwierig werden, Frank, immerhin ist er obdachlos und ständig unterwegs.«

»Dann schreibt ihn zur Fahndung aus, irgendwo wird er schon auftauchen.«

Sievers und Tandler nickten dienstbeflissen.

Ritter lehnte sich mit hochrotem Kopf in seinem Stuhl zurück. »Gibt es sonst noch was?«

Als die anderen drei mit dem Kopf schüttelten, beendete er die Lagebesprechung.

Nachdem er allein in seinem Büro war, musste sich Frank Ritter zunächst sammeln. Es war ein schwerer Fehler gewesen, den Zeugen nicht sofort mit zur Polizeidirektion genommen zu haben, aber in der Hektik hatte er darauf vertraut, dass Bauer von alleine kommen würde, da er den Leichenfund aus freien Stücken gemeldet hatte und ihn Ritter deshalb für vertrauenswürdig gehalten hatte. Sollte er sich so getäuscht haben? War Bauer damit grundsätzlich als Zeuge unzuverlässig geworden?

Resigniert schüttelte Ritter den Kopf.

Samstag, 22. April, 11:10 Uhr

Nachdem seine Kollegen das Büro verlassen hatten und er sich wieder etwas beruhigt hatte, wählte Ritter die Nummer seines alten Freundes Lehmann bei der Kriminalfachinspektion 2.

Wie er richtig vermutet hatte, war sein Freund trotz des Wochenendes im Büro. Bereits nach dem zweiten Klingeln wurde abgehoben.

»Lehmann«, schnarrte es aus dem Hörer.

»Hallo Manfred, ich bin's, Frank«, begann Ritter das Telefonat, »du, wir haben uns gestern mal ein wenig im Studio des Timo Wörsching im Rotlichtviertel umgehört. Dabei haben wir einen Tipp bekommen, wonach unsere Tote eine Ukrainerin namens Svetlana Pastirak sein könnte. Ursprünglich zur Expo angeheuert und hier zur Prostitution gezwungen.«

»Also der Klassiker«, warf Lehmann trocken ein.

»Ja, scheint so. Habt ihr etwas über diese Pastirak?«

»Moment, ich schaue mal eben in unserem System nach.« Ein paar Minuten blieb es in der Leitung still, nur ganz entfernt war das Klacken von Computertasten zu hören. Schließlich erklang wieder Lehmanns Stimme. »Frank, bist du noch dran? Also, wir haben nichts über diese Svetlana Pastirak. Von wem habt ihr denn diese Information?«

»Von einer Prostituierten namens Tamara.«

»Tamara – und weiter?«

»Keine Ahnung. Das Studio heißt ‚T-Sex' und gehört Wörsching. Tamara hat ihr Zimmer auf der zweiten Etage.«

»Ist sie vertrauenswürdig?«

»Ich hoffe es!«

»Okay, ich werde mich gleich darum kümmern. Wenn nämlich einer von den Aufpassern etwas von eurer Befragung oder ihrer Antwort mitbekommen hat, könnte es für die Frau verdammt ungemütlich werden.«

»Du meinst...«

»Ich hoffe, dass es kein weiteres Opfer geben wird!«

»Kann ich mir nicht vorstellen, mein Kollege war sehr diskret – er hat sich sogar auf eine fingierte Nummer eingelassen, um heimlich mit ihr reden zu können.«

»Das ist gut, aber andererseits ist es vollkommen egal, ob die Aufpasser der Frau eine Kollaboration mit euch beweisen können oder nicht. Bei diesen Typen genügt bereits ein kleiner Verdacht und - ZACK – verschwindet jemand von der Bildfläche! Einfach so, auf Nimmerwiedersehen!«

»Du glaubst, dass die Frau in Gefahr ist?«

»Ich hoffe nicht! Wenn doch, habt ihr eine Zeugin weniger.«

»Verdammte Scheiße!!!«

»Ich werde mich gleich darum kümmern und melde mich wieder bei dir!«

Damit legte Lehmann den Hörer auf und ließ einen erstarrten Ritter am anderen Ende der Leitung zurück.

Samstag, 22. April, 11:30 Uhr

Hauptkommissar Lehmann legte kopfschüttelnd den Hörer auf. Er schätzte seinen Freund Ritter sehr, aber in diesem Falle hatte er sich ziemlich anfängerhaft verhalten und eine mögliche Zeugin in große Gefahr gebracht. Hoffentlich hatte keiner der Aufpasser Lunte gerochen!

Mit Sorgenfalten im Gesicht nahm Lehmann ein Prepaid-Telefon aus seiner Tasche und wählte die Nummer eines seiner Informanten. Zwar hatte das KFI 2 eine Reihe von Spitzeln im Milieu, aber deren Zuverlässigkeit war nicht immer gesichert. Deshalb hatte er es sich schon früh zur Gewohnheit gemacht, ein eigenes Netz an Informanten aufzubauen – mit großem Erfolg.

Schon nach dem ersten Klingeln wurde am anderen Ende abgenommen: »Ja?«, meldete sich eine barsche Männerstimme.

Lehmann blieb unbeeindruckt. Er wusste, dass sich der Angerufene szenetypisch verhalten musste und sehr wahrscheinlich nicht alleine war. Selbst wenn er gerade mit einer Geliebten im Bett wäre, müsste er seinem Image treu bleiben, da jede Kleinigkeit sofort weitergegeben werden konnte. Man durfte im Milieu niemandem trauen, selbst nicht der Geliebten oder dem Ehepartner.

»Ich bin's«, antwortete Lehmann. Er wusste, dass sein Informant die Nummer erkannt hatte und sofort wusste, wer dran war, »Ich brauche dringend eine Info! Im T-Sex, einem

Schuppen von Wörsching, soll im zweiten Stock eine Tamara aus der Ukraine arbeiten. Überzeug dich doch bitte in den nächsten Tagen immer mal wieder, ob sie noch da ist.«

»Worum geht's denn?«

»Brauchst du nicht zu wissen – je weniger du weißt, desto besser für alle.«

»Geht klar! Bezahlung wie üblich!«

Dann legte der Informant auf.

»Wer braucht was nicht zu wissen?«

Erschrocken fuhr Lehmann auf seinem Stuhl herum. Sein Kollege Stemke hatte unbemerkt das Büro betreten und offensichtlich das Ende des Telefonats mitbekommen. Oder vielleicht doch etwas mehr?

Lehmann vertraute seinem Kollegen, aber er wollte ihn dennoch nicht einweihen.

»Es geht um die tote Prostituierte. Ich habe jetzt selber mal herumgefragt – Ritter ist ein alter Freund von mir, da macht man das schon mal. Aber die Jungs vom Außendienst müssen ja nicht alles wissen.« Er zeigte ein schiefes Grinsen.

»Ach so«, war alles, was Stemke dazu sagte.

Samstag, 22. April, 11:55 Uhr

Währenddessen fiel Hauptkommissar Ritter siedendheiß ein, dass der Kriminalrat ja schon für heute eine Lagemitteilung eingefordert hatte. Zwar hatte er überhaupt keine Lust dazu und würde sich viel lieber in die Ermittlungen stürzen, aber er wusste auch, dass man einen solchen ‚Wunsch' nicht einfach ignorieren konnte.

Seufzend erhob sich Ritter von seinem Stuhl und machte sich auf den Weg.

Im Vorzimmer musste er kurz warten, weil der Kriminalrat noch ein Telefonat führte. Als das beendet war, ließ die Vertreterin seiner Sekretärin den Kommissar zu ihrem Chef durchgehen.

Kriminalrat Kehlhahn winkte dem Kommissar zu und hieß ihn mit einer fahrigen Handbewegung Platz zu nehmen. Dann kam er ohne Umschweife zur Sache: »Was haben Sie, Ritter? Sie haben doch schon etwas, oder? Zimmermann macht mächtig Druck!«

»Glaubt der Staatsanwalt immer noch an den Auftakt zu einer ganzen Mordserie?«

»Ich weiß nicht, was er glaubt, aber er will rasch Ergebnisse sehen. Nach seiner Einschätzung greifen die Reporter wegen der Nachrichtenflaute nach jeder Schlagzeile, die sich irgendwie vermarkten lässt – und ein Mord mit vorangegangener Folterung ist genau das, was die jetzt suchen. So etwas zieht schließlich immer und steigert den Umsatz.«

»Sagt das der Staatsanwalt?«

Kehlhahn nickte.

»Okay«, begann Ritter, »dann will ich Sie über den Stand der Ermittlungen aufklären.« In der nächsten halben Stunde erläuterte er dem Kriminalrat die bekannten Fakten und Vermutungen. Dabei wiederholte er manches mit anderen Formulierungen, damit der Sachstand umfangreicher wirkte und besser aussah als er tatsächlich war. Immerhin konnten er und sein Team dank der Zeugin aus dem Bordell davon ausgehen, dass es sich bei der Toten ebenfalls um eine Prostituierte gehandelt hat.

»Ich weiß nicht«, zweifelnd bewegte Kehlhahn seinen Kopf, »eine Zeugin aus dem Milieu? Ich habe da so meine Zweifel hinsichtlich ihrer Vertrauenswürdigkeit.«

»Immerhin ist es eine Spur, der wir nachgehen müssen! Es könnte auch hilfreich sein, die beiden Bordelle namens Schloß Sinnlichkeit und Villa Treibs-Gut von Timo Wörsching zu durchsuchen – die ‚Behandlungsräume‘ im Keller sind laut seiner eigenen Aussage schallisoliert, da könnte also theoretisch der Mord passiert sein.«

»Theoretisch, ja«, stimmte Kehlhahn zu, »aber praktisch? Irgendwer müsste dann ja von dort die Leiche weggeschafft haben, was viel zu riskant wäre.«

»Nicht wirklich. Die beiden Etablissements liegen in Gewerbegebieten, da ist nachts niemand unterwegs. Es wäre also durchaus möglich, eine Leiche von dort abzutransportieren. Es wäre daher einen Versuch wert, denn als möglichen Tatort ausschließen können wir die beiden Bordelle derzeit nicht.«

»Und wenn keiner der beiden Orte der Tatort ist? Dann wird uns Wörsching enorm einheizen! Er ist der Geschäftsführer von zwei Nobelschuppen, also dürften seine Kunden gut betucht und damit einflussreich sein. Wenn er uns die auf den Hals hetzen sollte, weiß ich nicht, ob ich Sie dann decken könnte.«

»Wir sollten es trotzdem riskieren, und sei es nur, um die beiden Studios als Tatorte auszuschließen – und Wörsching zu entlasten. Das wäre ja auch in seinem Interesse. Man müsste es ihm nur entsprechend verkaufen.«

Kehlhahn seufzte. »Na gut, ich werde mit dem Staatsanwalt reden.«

»Danke! Eine Durchsuchung würde uns enorm weiterhelfen!«

»Was ist mit dem dritten Laden direkt im Rotlichtbereich?«

Ritter schüttelte den Kopf: »Nein, das ist da alles ziemlich hellhörig und es dürften dort auch während der ganzen Nacht Kunden unterwegs sein. Zugegeben, mal mehr, mal weniger, aber halt potentielle Zeugen. Das Bordellstudio würde ich deshalb als Tatort ausschließen. Bislang wissen wir nur, dass unser Opfer dort gearbeitet hat.«

Kehlhahn nickte. »Na gut, aber ich würde es dennoch mit auf die Liste setzen. Vielleicht finden wir dort ja Hinweise oder zumindest jemanden, der heimlich Informationen preisgeben will. Versprechen kann ich natürlich nicht, dass es mit den Durchsuchungsbeschlüssen klappen wird! Ich werde aber sehen, was ich bei unserem Staatsanwalt erreichen kann. Schließlich soll man mir nicht nachsagen, dass wir nicht alles versucht hätten!«

Mit einer Handbewegung gab er Ritter zu verstehen, dass die Besprechung beendet war.

Samstag, 22. April, 15:20 Uhr

Im Büro von Kommissar Lehmann klingelte das Telefon. Er hob ab und meldete sich.

»Ich bin's«, vernahm er die Stimme seines Informanten, »die Nutte schafft an, wie sich das gehört.« Dann wurde aufgelegt. Wie immer hatte sein Mann seine Rolle perfekt gespielt. Selbst ein zufälliger Ohrenzeuge könnte aus den wenigen Worten keine Rückschlüsse ziehen.

Erleichtert seufzte Lehmann auf. Dann griff er zum Telefon und rief seinen Freund Ritter an: »Alles in Ordnung, Frank, eure Zeugin lebt. Sie ist ganz normal bei der ‚Arbeit', einer meiner Informanten hat sie dort vor wenigen Minuten gesehen.«

Es war deutlich spürbar, wie erleichtert sein Freund war: »Super, das ist eine gute Nachricht. Meinst du, dass wir sie dort rausholen können?«

»Das wäre das Beste, aber du kannst es gleich wieder vergessen. Bei dem dürftigen Informationsgehalt hat sie keine Chance, ins Zeugenschutzprogramm zu kommen.«

»Daran habe ich auch nicht gedacht. Eher an Schutzhaft.«

»Dann wird man ihr drohen, ihrer Familie in der Ukraine etwas anzutun. Du würdest riskieren, dass sie schweigt oder ihre Aussage zurücknimmt. Wenn ihr den Mörder von der Pastirak habt, könnt ihr sie als Zeugin vorladen, aber da ihre Aussage alleine nicht reichen wird, solltet ihr sie nach Möglichkeit außen vor lassen.«

»Wir können also nichts für sie tun?«

»Einer meiner Informanten schaut immer mal wieder nach ihr. Wenn es gefährlich werden sollte, hole ich sie mit meinen Leuten unter einem Vorwand da raus.«

»Das würde funktionieren?«

»In der Vergangenheit hat es das – nicht immer, aber manchmal.«

»Das ist nicht gerade ermutigend.«

»So ist die Realität. Das Milieu ist knallhart, verzeiht keine Fehler und geht mit äußerster Brutalität vor. Sei froh, dass sie überhaupt etwas gesagt hat!«

»Dann hoffe ich mal, dass uns das einen Schritt näher an den Mörder bringen wird.«

»Das hoffe ich auch. Viel Glück!«

Die beiden legten fast gleichzeitig auf. Anschließend hing jeder von ihnen noch eine geraume Zeit seinen Gedanken nach.

Samstag, 22. April, 15:40 Uhr

Die Nachricht von Tamaras Sichtung im Bordell gab Ritter natürlich sofort an seine Kollegen weiter. Allen war die Erleichterung anzumerken.

Nachdem alle aufgeatmet hatten, legte Ritter aber schon wieder los: »Der Kriminalrat kümmert sich um die Durchsuchungsbeschlüsse für alle drei Läden von Timo Wörsching. Mal schauen, ob uns das bei der Tatortsuche weiterbringen wird. Was habt ihr inzwischen herausgefunden?«

»Eigentlich nichts Neues«, stöhnte Tandler, »die Firmen sind dermaßen ineinander verschachtelt, dass es verdammt schwierig ist, überhaupt etwas herauszubekommen. Aber ich bleibe am Ball!«

»Dafür habe ich die Halter der Fahrzeuge, von denen ihr Fotos gemacht habt«, ergriff Nicole Sievers das Wort. »Es handelt sich um einen Bankier, einen Baulöwen, einen Architekten, einen Wirtschaftswissenschaftler und einen Arzt.« Als sie die erwartungsvollen Blicke ihrer Kollegen spürte, fügte sie hinzu: »Er ist Zahnarzt.«

»Schade«, ließ sich Krüger vernehmen, »das passt nicht so gut. Alle anderen Arztgruppen hätten von Interesse sein können, denn irgendwer muss die Prostituierten ja schließlich medizinisch betreuen, damit sie schnell wieder anschaffen können.«

Ritter nickte. »Manchmal hat man Glück und etwas passt zusammen, dann wieder hat man Pech. So wie in diesem

Falle bei uns.« Nach einem Blick auf die Uhr fügte er hinzu: »Okay, Leute, machen wir für heute Schluss. Wir treffen uns am Montag um 10 Uhr in meinem Büro zur Lagebesprechung. Bis dahin haben wir hoffentlich grünes Licht für die Durchsuchungen. Und wer weiß, vielleicht ergibt sich bis dahin ja noch etwas.«

»Hoffst du auf einen Geistesblitz bei dir oder bei einem von uns?«, fragte Krüger halb spöttisch, halb ernst.

»Du weißt doch: Man soll die Hoffnung nie aufgeben!«

»Na dann: Gehen wir nach Hause und warten auf den Geistesblitz!«

»Ich werde noch etwas bleiben, um das Firmengeflecht weiter zu entwirren«, verkündete Tandler, »das Durcheinander bei den Eigentumsverhältnissen lässt mir einfach keine Ruhe!«

Ritter und Krüger nickten zeitgleich. Sie kannten diese Unruhe aus eigenem Erleben nur zu gut von früheren Ermittlungen.

»Pass nur auf, dass du keinen Ärger mit deiner Frau bekommst«, wurde Holger von Nicole Sievers gewarnt.

»Keine Sorge! Sie weiß, wie wichtig bei unseren Fällen rasche Recherchen sind und hat dafür vollstes Verständnis!«, beruhigte er sie. »Aber danke, dass du dir deswegen Sorgen machst!«

Samstag, 22. April, 17:00 Uhr

Auf dem Heimweg verspürte Ritter eine bleierne Müdigkeit. Die letzten Tage waren nicht nur lang, sondern auch arbeitsintensiv gewesen. Er musste jederzeit hellwach sein, damit ihm nicht das kleinste Detail entging. Das kostete jedoch unglaublich viel Kraft.

»So langsam wird der Job anstrengend«, murmelte er im Auto vor sich hin. Seine Frau Elke sagte ihm das schon seit längerer Zeit. Allerdings schob sie seine Erschöpfung während einer Ermittlung nicht nur auf den beruflichen Stress, sondern auch auf sein Übergewicht. Davon wollte ihr Mann aber nichts hören.

Er wusste natürlich, dass es Elke nur gut mit ihm meinte, aber wenn er sich auf einen Fall fokussierte, wollte er nicht durch solche Nebensächlichkeiten abgelenkt werden. Allerdings reagierte seine Frau immer ziemlich sauer, wenn er ihre Bedenken ziemlich schnell beiseite wischte.

Als er endlich zu Hause ankam, wurde er bereits erwartet.

»Wann musst du wieder los?«, lautete ihre erste Frage.

»Am Montag, morgen habe wir alle frei, um den Kopf freizubekommen.«

»Richtig so, ihr müsst euch alle mal ausruhen. Vor allem du, denn die anderen sind viel jünger und stecken den Stress besser weg!«

»Lass gut sein, Elke«, murmelte er schwach, »die letzten Tage waren verdammt hart. Lass uns also keine fruchtlosen

Diskussionen führen.«

Elke kannte ihren Frank ganz genau und wusste, dass er in diesem Augenblick seine Ruhe haben wollte. Sie gönnte ihm die Entspannung und schwieg. Wie schon so oft. Aber insgeheim wurden die Sorgen um ihren Frank größer.

Sonntag, 23. April, gegen 3:30 Uhr

Der Abend war ruhig gewesen. Wie immer, wenn es bei der Ermittlung eine Pause gab, überfiel Frank Ritter eine große Müdigkeit. Deshalb hatte er sich früh zu Bett begeben. Dort lag er dann stocksteif und konnte nicht einschlafen. Seine Gedanken schweiften immer wieder zu ihrem Fall, aber ohne neue Erkenntnisse oder Impulse für neue Ermittlungsansätze zu bringen. Anfangs hatte er sich noch hin und her gewälzt, bis seine Frau energisch wurde. Natürlich versetzte sie sich in die Lage ihres Mannes und tolerierte vieles, aber irgendwann war für sie Schluss. Seitdem versuchte er, ruhig zu liegen und sich still zu verhalten. Weil ihm das nicht gelang, erhob er sich schließlich und ging ins Wohnzimmer.

Dort saß er bereits eine ganze Weile im Dunkeln, als plötzlich das Klingeln des Telefons die Stille durchschnitt. Im ersten Moment war Ritter so erschrocken, dass er vor Schreck erstarrte, aber dann beeilte er sich, den Anruf anzunehmen.

»Ja?«, bellte er missmutig in den Hörer.

»Polizeidirektion Hannover, hallo und guten Morgen, Herr Hauptkommissar«, meldete sich sein merkwürdig gut gelaunter Gesprächsteilnehmer.

Sofort war Ritter hellwach: »Was ist passiert?«

Am anderen Leitungsende herrschte einen Moment lang verblüfftes Schweigen. Dann ließ sich sein Kollege wieder vernehmen: »Woher wissen Sie, dass etwas passiert ist? Hat man Sie schon informiert?«

»Mich hat noch keiner über irgendetwas informiert. Aber Sie würden sicher nicht mitten in der Nacht anrufen, wenn nichts passiert wäre, oder?«

»Ja, äh, ganz recht...«

»Also, was ist passiert?«

»Man hat vor einer halben Stunde in der Eilenriede eine Leiche gefunden. Nach den ersten Untersuchungsergebnissen war die Leiche zu Lebzeiten männlich und hieß Harald Bauer.«

»Donnerwetter, der Bauer ist tot? Verdammt!«

»Man hatte mir gesagt, dass er etwas mit Ihrem laufenden Fall zu tun habe, deshalb sollte ich Sie informieren. Übernehmen Sie oder soll ich einen anderen Kollegen damit betrauen?«

»Bauer gehört zu unserem Fall, deshalb übernehmen wir. Ich fahre sofort los!«

Während sich Ritter in rasender Geschwindigkeit ankleidete, informierte er Bernd Krüger über den Leichenfund.

Sonntag, 23. April, 4:10 Uhr

Ritter und Krüger trafen zeitgleich in der Eilenriede ein. Den genauen Ort des Geschehens konnten sie schon von weitem anhand der Einsatzfahrzeige erkennen.

Sie begrüßten sich mit einem ernsten Kopfnicken, dann eilten sie zum Tatort.

Dr. Leber war offensichtlich bereits fertig mit der ersten Untersuchung der Leiche, denn er packte beim Eintreffen der beiden Kommissare gerade seine Sachen zusammen.

Als er Ritter und Krüger bemerkte, hielt er inne: »Ah, da sind Sie ja endlich. Na gut, dann kann ich Sie ja schon hier in Kenntnis setzen.«

»Prima, Herr Doktor, was haben Sie denn für uns?«

»Eine Leiche, männlich, Alter circa Ende fünfzig, Anfang sechzig. Er wurde verbrannt.«

»Verbrannt?«

»Ja, seine Kleidung wurde mit Benzin getränkt, aber sehr ungleichmäßig. Er muss sich gewehrt haben, denn ein Zeuge hat Hilferufe gehört und kurz danach ein Feuer bemerkt. Als er ankam, stand der Mann bereits in Flammen. Der Zeuge hat ihm die brennende Kleidung heruntergerissen, was nur zum Teil gelungen ist. Dem armen Teufel war aber trotz allem nicht mehr zu helfen.«

»Er hat um Hilfe gerufen? Also hat man ihn lebendig angezündet?«

»Ja, ganz genau. Weitere Informationen hat dazu dann die

Kriminaltechnik.« Er deutete hinter die beiden Kommissare.

Als sich diese umdrehten, sahen sie Ewald Danner vor sich, den Leiter der Kriminaltechnik. »Wir haben in der Tat etwas für euch«, begann dieser, »zum einen ist durch das rasche und beherzte Eingreifen des Zeugen ein Teil der Kleidung nicht verbrannt. In einer Seitentasche haben wir einen alten DDR-Ausweis gefunden, der auf den Namen Harald Bauer lautet. War das nicht der Name von dem Mann, der neulich auf der Baustelle die Frauenleiche gefunden hat?«

»Ja, ganz genau. Ohne ihn würden wir nicht einmal wissen, dass es einen Mord gegeben hat«, brummte Ritter frustriert, »hast du sonst noch was?«

»Ja, in unmittelbarer Nähe des Toten haben wir einen Zettel an einem Baum gefunden. Hier ist er.«

Damit reichte Danner den beiden Kommissaren eine Plastik-tüte, in der sich ein Blatt Papier befand. Neugierig starrten sie auf die Schrift und zuckten zusammen: Auf dem Papier stand: 'Tod allen Schmarotzern!' Darunter prangte ein Hakenkreuz.

»Scheiße!«, schimpfte Ritter, »Warum machen jetzt Neona-zis Jagd auf Obdachlose? Und warum mussten sie unbedingt unseren Zeugen erwischen!«

»Mensch, Frank, komm runter«, versuchte Krüger seinen Kollegen zu beruhigen, »woher wissen wir denn, dass es wirk-lich Neonazis waren?«

Sein Kollege starrte ihn verwundert an: »Hast du die Scheißbotschaft nicht gelesen?«, fragte er in etwas ruhigerem Tonfall.

»Doch, aber das kommt mir komisch vor.«

»Und warum?«

»Schau dir mal das Hakenkreuz etwas genauer an.«

Ritter starrte auf das Blatt Papier. Plötzlich begriff er: »Das Hakenkreuz – es ist falsch herum!«

»Ganz genau! Echte Neonazis würden ja wohl wissen, wie das Hakenkreuz auszusehen hat. Das hier scheint jemand gemacht zu haben, der keine Ahnung von den Feinheiten hat.«

»Und damit ist der ganze ‚Bekennerbrief‘ sehr wahrscheinlich eine falsche Fährte, auf die man uns führen will!«

»Ganz genau. Aber wer hat dann Bauer ermordet?«

»Du vermutest einen Zusammenhang mit unserem Mordfall?«

Krüger überlegte, bevor er antwortete: »Ich weiß von keinem anderen Mord an einem Obdachlosen in Hannover und Umgebung, also warum jetzt und dann ausgerechnet Bauer? Dazu das offensichtlich gefälschte Bekennerschreiben. Für meinen Geschmack stinkt das alles zum Himmel!«

Ritter hatte bereits sein Telefon in der Hand und Nicole Sievers angerufen. Mit knappen Worten informierte er sie über den neuen Mord und fügte hinzu: »Ich will eine Liste aller Übergriffe auf Obdachlose in den letzten sechs Monaten! Sag außerdem Holger Bescheid, wir treffen uns gleich in meinem Büro.« Dann wandte er sich wieder seinem Kollegen zu: »Warum haben sie ihn verbrannt? Ihn zu erstechen wäre doch viel unauffälliger gewesen.«

»Stimmt, aber in manchen Großstädten werden tatsächlich Obdachlose angezündet, einfach so. Stand neulich erst wieder in der Zeitung – vielleicht hat sich jemand davon inspirieren lassen.«

»Waren das andernorts tatsächlich Rechtsradikale?«

»Teilweise, manchmal aber auch gelangweilte Jugendliche – zumindest in den Fällen, bei denen man einen Täter ermitteln konnte. Das ist aber selten, im Regelfall gibt es keine Zeugen und keine Ermittlungserfolge. Wir kümmern uns am besten im Büro etwas detaillierter darum.«

Ritter ließ ein Brummen hören, das wohl Zustimmung ausdrücken sollte. Dann fügte er resigniert hinzu: »Hier können wir ja leider ohnehin nichts mehr ausrichten.«

»Lass uns noch mit dem Zeugen sprechen, der Bauer helfen wollte. Vielleicht hat er die Täter gesehen und kann uns eine Beschreibung geben.«

Ritter nickte und fragte einen uniformierten Kollegen nach dem Zeugen. Der wies die Kommissare zu einem älteren Herrn, der etwas abseits stand.

Sofort gingen sie zu dem Mann und stellten sich vor. Dann kamen sie gleich zur Sache: »Was können Sie uns zu dem Vorgang sagen?«

»Der Ricky, also mein Hund, wollte unbedingt nochmal raus.« Dabei deutete der Zeuge auf eine kleine Promenadenmischung, die sich hinter seinen Beinen versteckte. Ganz offensichtlich war ihm der ganze Menschenauflauf nicht geheuer. »Na ja, und dann habe ich plötzlich Hilferufe gehört. Ich wusste nicht gleich, aus welcher Richtung sie kamen, aber dann habe ich den Lichtschein gesehen. Natürlich bin ich sofort hin, aber es war schon eine ziemlich große Flamme.«

Der Gedanke an das Gesehene ließ den Mann erschauern. Ritter gab ihm einen Moment, um sich wieder zu fassen. Dann fragte er: »Wie ging es dann weiter?«

»Ich hatte nichts, um die Flammen zu ersticken. Also wollte ich, dass er sich auf dem Boden wälzte, um sie dadurch zu löschen – das habe ich mal im Fernsehen gesehen.«

Die Kommissare nickten schweigend.

»Er hat wohl nicht verstanden, was ich ihm zugerufen habe. Na ja, also habe ich ihm die brennende Kleidung vom Leib gerissen, soweit das möglich war. Aber es hat nichts gebracht. Als ich sah, dass ich nichts mehr ausrichten konnte, habe ich die Polizei gerufen. Einen Krankenwagen hat er ja nicht mehr gebraucht. Armer Kerl!«

»Haben Sie die Täter gesehen?«

»Nein, ich habe nur zwei Schatten bemerkt – vielleicht war es auch nur ein Schatten, ich weiß es nicht so genau. Ich habe mich ja voll und ganz auf den brennenden Mann konzentriert. Dieser Anblick - schrecklich, einfach nur schrecklich!«

Die beiden Kommissare setzten die Befragung noch kurz fort, sahen dann aber ein, dass der Zeuge keine weiteren Informationen bezüglich der Täter hatte. Festzustehen schien nur, dass es mindestens einer, vielleicht auch zwei Angreifer gewesen waren.

»Zwei Täter macht Sinn«, grübelte Krüger laut, »denn Bauer war für einen Obdachlosen relativ gut in Form. Ein Täter hätte sich bestimmt nicht alleine an ihn herangetraut.«

»Ja, das denke ich auch. Aber Rechtsextreme? Wohl eher nicht. Nur: Wo zum Teufel hat Bauer die ganze Zeit gesteckt, wir haben doch nach ihm gesucht!?«

Sonntag, 23. April, 5:35 Uhr

Das gesamte Ermittlerteam hatte sich in Ritters Büro versammelt. Man konnte allen ansehen, wie erschüttert sie noch immer von der Grausamkeit waren, mit der die Täter vorgegangen waren. Daran, dass es mehrere Täter gewesen sein mussten, zweifelte niemand, denn für einen Obdachlosen schien Bauer vergleichsweise gut trainiert gewesen zu sein.

Ritter saß gedankenversunken an seinem Schreibtisch. Der ganze Fall ging ihm gewaltig an die Nieren. Schließlich aber straffte er sich. »Also, Leute, wenn der Staatsanwalt schon bei unserem ersten Mord so heftig reagiert hat, dürfte er nun wohl noch viel mehr Druck machen. Immerhin haben wir jetzt zwei Morde innerhalb von wenigen Tagen – und sie könnten beide zusammenhängen. Seine große Sorge vor einer Mordserie scheint also wahr zu werden. Bei seinen Karriereambitionen wird er uns die Hölle heiß machen. Darauf müssen wir uns einstellen!« Ritter legte eine kurze Pause ein, bevor er fortfuhr: »Also lasst uns anfangen – je eher wir Ergebnisse vorweisen können, desto besser für uns. Wie sieht es aus, gibt es schon Informationen?«

»Ja«, antwortete Tandler, »ich habe mir alle Vorgänge aus den letzten sechs Monaten angesehen, bei denen Obdachlose angegriffen worden sind. Das meiste waren Schlägereien unter den Obdachlosen, dazu kommen rund dreißig Angriffe von Personen, die nicht zur Szene gehören.«

»Was waren das für Leute?«

»Passanten und Kneipengänger, die sich von den Obdachlosen bedrängt gefühlt haben«, antwortete Tandler, »vor allem Kneipengänger, und da alle Beteiligten viel Alkohol im Blut hatten, wurde der Ton von beiden Seiten schnell rauer, bis es schließlich zu Handgreiflichkeiten kam.«

»Waren zu irgendeinem Zeitpunkt irgendwelche Rechten oder Neonazis beteiligt?«

»Nein, die Obdachlosen wissen, dass diese Typen gefährlich sind und gehen ihnen aus dem Weg, wo immer sie können.«

»Vielleicht konnte Harald Bauer ihnen nicht ausweichen«, warf Sievers ein.

»Unwahrscheinlich«, erwiderte Krüger, »Bauer war ein gerissener Hund, der hätte seinen Schlafplatz gut getarnt. So ein Versteck mitten in der Nacht in der Eilenriede zu finden ist verdammt schwer. Deshalb glaube ich nicht, dass er sich so offen zum Schlafen hingelegt hätte. Ich würde eher vermuten, dass er sich dort mit jemandem treffen wollte. Warum auch immer, aber das ist nach meiner Einschätzung eine Kernfrage.«

»Aber dann hätten ihn diese Typen kontaktieren und dazu zuerst einmal finden müssen! Gehen wir mal davon aus, dass sie es geschafft haben. Dann stellt sich doch die Frage, wie ihnen das gelingen konnte?«

»Möglicherweise durch einen Zufall. Danach könnten sie ihn beobachtet haben.«

»Könnte sein, aber warum haben sie dann nicht sofort zuge

schlagen?«

»Tja, das ist eine gute Frage«, gestand Krüger.

»Was ist mit angezündeten Obdachlosen?«, wechselte Ritter das Thema.

»Es gab solche Fälle in Hamburg, Berlin und Köln«, antwortete Tandler, »aber nicht bei uns oder in unserer weiteren Umgebung.«

»Also entweder ein neues Phänomen bei uns oder eben doch ein gezielter Anschlag auf Bauer mit einer absichtlich für uns gelegten falschen Fährte«, dachte Ritter laut.

»Wir sollten herausfinden, wo Bauer die letzten Tage gewesen ist und warum wir ihn trotz Fahndung nicht zu fassen bekommen haben«, schlug Krüger vor.

»In Ordnung«, ordnete Ritter an und wandte sich an Tandler und Sievers: »kümmert euch darum! Klappert alle Obdachlosenunterkünfte ab und sprecht mit den Leuten aus der Szene. Vielleicht hat ja einer von denen etwas gesehen oder gehört. Gebt auch allen Sozialarbeitern Bescheid, die sollen sich ebenfalls umhören – mit denen sprechen die Obdachlosen wahrscheinlich eher als mit Polizisten.«

»Meinst du, dass das was bringen wird? Die uniformierten Kollegen haben doch schon an allen einschlägigen Plätzen nachgeschaut und alle Obdachlosenunterkünfte überprüft. Alles ohne Erfolg.«

»Vielleicht war die Suche erfolglos, gerade weil es Uniformierte waren«, erwiderte Ritter, »die Obdachlosen haben zu oft schlechte Erfahrungen mit unseren Leuten in Uniform gemacht, weshalb sie wohl nicht mit denen reden wollen. Versucht es über die Sozialarbeiter, die haben einen ganz anderen Zugang zu diesem speziellen Personenkreis.«

»Also gut, einen Versuch ist es wert«, erklärte Tandler. Gleich darauf machten er und Nicole sich an die Arbeit. Es gab in ganz Hannover viele Sozialarbeiter, die ausfindig gemacht und angesprochen werden mussten. Kein leichtes Unterfangen, schon gar nicht an einem Sonntag.

Montag, 24. April, 11:45 Uhr

Nachdem Sievers und Tandler am Sonntag stundenlang Tele-
fonate geführt hatten, gingen im Laufe des Montagvormittags
verschiedene Hinweise ein. Nachdem sie alles ausgewertet
hatten, riefen sie das Team zusammen.

»Habt ihr etwas?«, fiel Ritter gleich beim Betreten des Büros
mit der Tür ins Haus.

»Nicht viel, aber immerhin haben die Sozialarbeiter einige
Informationen zusammengetragen. Holger und ich haben alles
aufgenommen und gesichtet. Dabei haben wir versucht, die
Zeit seit Bauers Weggang vom Fundort der Frauenleiche zu
rekonstruieren«, begann Sievers.

»Und, habt ihr etwas herausgefunden?« Ritter standen Ungeduld und Anspannung mehr als deutlich ins Gesicht geschrieben.

»Ja, wir haben tatsächlich ein paar Informationen herausfil-
tern können. Also: Harald Bauer hat sich in den letzten Tagen
in verschiedenen Obdachlosenunterkünften aufgehalten. Dabei ist auffällig, dass er laut Zeugenaussagen die Einrichtung
während seines Aufenthaltes nicht verlassen und das Maxi-
mum der jeweiligen Aufenthaltsdauer von ein bis zwei Tagen
voll ausgeschöpft hat.«

»Er war nicht draußen?«, fragte Krüger verblüfft, »Das ist in
der Tat ungewöhnlich, denn er hätte doch beim Sozialamt
seinen Tagessatz abholen müssen.«

»Oder sich wie sonst üblich durch Betteln oder kleinere

Diebstähle etwas ‚hinzuverdienen' können«, nickte Sievers.

»Also ein merkwürdiges Verhalten – oder war das für ihn typisch?«

»Nein, das war es nicht«, antwortete Sivers, »laut den Sozialarbeitern, die mit den anderen Obdachlosen gesprochen haben, war Bauer vor dem Auffinden der Leiche tagsüber und immer auch mal wieder nachts in der Stadt unterwegs. Er hat sich den szenetypischen Beschäftigungen gewidmet, also Betteln, Flaschen sammeln und kleinere Diebstähle. Aber in der letzten Woche hat er auf all das verzichtet.«

»Das klingt, als ob er Angst gehabt hätte.«

»Gut möglich«, meinte Ritter, »der Mann war nicht dumm. Dass er als Obdachloser geendet ist, beruhte auf einer Verkettung unglücklicher Umstände, aber er hatte einen scharfen Verstand. Immerhin war er Offizier bei der Nationalen Volksarmee der DDR, und die haben nicht jeden soweit befördert.«

»Du meinst, dass er geahnt hat, in etwas Größeres reingeraten zu sein?«, fragte Tandler.

Ritter nickte: »Ja, das vermute ich. Aber warum hat er sich nicht abgesetzt, zum Beispiel nach Süddeutschland?«

»Na ja«, räusperte sich Krüger, »hier kannte er sich aus und hatte wahrscheinlich auch den einen oder anderen Kontakt, aber schon in einer der Nachbarstädte wie Braunschweig oder Hildesheim hätte er die nicht mehr gehabt.«

»Hinzu kam unsere Fahndung«, ergänzte Tandler, »er war ja zu Fuß unterwegs und beim Verlassen der Stadt hätte ihn zwischen zwei Orten jederzeit eine Streife überraschen können.«

»Okay«, fasste Ritter zusammen, »Harald Bauer hatte also Angst, sich auf der Straße blicken zu lassen. Offensichtlich hat er sich aus einem Sicherheitsbedürfnis heraus in Obdachlosenunterkünften verkrochen und sein bisheriges Verhalten aufgegeben. Aber warum ist er dann in die Eilenriede gegangen? Warum ist er nicht zu uns gekommen? Er wusste doch, dass wir seine Aussage noch zu Protokoll nehmen mussten!«

Jetzt räusperte sich Nicole Sievers, bevor sie dazu ausführte: »In seiner letzten Unterkunft musste er raus, weil die Höchstdauer des Aufenthaltes erreicht war. Vielleicht hat er auf die Schnelle keine andere Bleibe gefunden und sich dann in die Eilenriede begeben.«

»Das klingt gut, hat aber einen Haken«, warf Krüger ein, »warum war er nachts in der Eilenriede unterwegs? Aus der Unterkunft musste er doch sicher am Morgen raus, also hätte er genug Zeit gehabt, sich eine andere Bleibe zu suchen. Wo hat er tagsüber gesteckt und warum ist er nicht einfach in eine neue Unterkunft gegangen? In Hannover gibt es viele solcher Einrichtungen, da hätte er doch leicht etwas finden können.«

»Ja, gut«, räumte Nicole ein, »das ist schon merkwürdig.«

»Und warum war er nicht bei uns?« Der maulende Unterton ließ erahnen, wie sehr Ritter das fehlende Protokoll mit Bauers Aussage wurmte.

»Laut den Angaben eines Sozialarbeiters soll ihm ein Obdachloser namens ‚Eddy' anvertraut haben, dass Bauer der Polizei nicht getraut habe. Er hielt uns alle für korrupt und wollte sich nicht in die ‚Höhle des Löwen' begeben – das soll ein Originalzitat von Bauer sein«, erklärte Tandler.

»Hat er das wirklich so gesagt?«

Tandler zuckte mit den Schultern. »Na ja, so hat laut Sozialarbeiter der besoffene Eddy den besoffenen Bauer verstanden.«

»Also hat Bauer befürchtet, in eine große Sache geraten zu sein. Wenn er uns für korrupt hielt, kann ich verstehen, weshalb er nicht gekommen ist. Ganz offensichtlich hat er befürchtet, dass wir ihm den Mord anhängen würden oder dass ihm hier etwas zustoßen könnte«, fasste Ritter zusammen. Sein Ärger war Nachdenklichkeit gewichen. »Aber wie lange wollte er sich denn noch versteckt halten? Hatte er gehofft, dass wir ihn nach ein oder zwei Wochen vergessen hätten?«

»Könnte sein«, vermutete Krüger, »denn er hielt uns ja wohl alle für korrupt. Wie du schon sagtest: Er könnte vermutet haben, dass wir nicht ernsthaft ermitteln und ihm die Sache einfach anhängen würden. Wenn wir ihn als Täter darstellen und festnehmen würden, könnte er jedoch im Prozess aussagen, was er tatsächlich gesehen hat – und der Richter könnte ihm sogar glauben. Es wäre für uns also ein Risiko, ihn vor Gericht zu bringen. Wenn wir ihn aber als Tatverdächtigen hinstellen und er wäre flüchtig, könnten wir alles im Sande verlaufen lassen. Das wäre aus seiner Sicht ganz im Sinne der Leute, die uns seiner Meinung nach schmieren. Deshalb könnte er tatsächlich angenommen haben, dass wir der Form halber die Suche nach ihm ein paar Tage betreiben und dann einstellen würden.«

»Nach dieser Logik«, ergänzte Sievers, »hätte er sich nur eine gewisse Zeitlang verstecken müssen, um ganz sicher zu sein, dass wir ihn nicht doch pro forma weitersuchen würden. Danach hätte er auf Nimmerwiedersehen verschwinden können.«

»Okay«, ließ sich Ritter vernehmen, »gehen wir mal davon aus, dass sein Misstrauen in unsere Integrität der Grund dafür war, weshalb er nicht bei uns erschienen ist. Nehmen wir weiter an, dass er sich mit der maximalen Aufenthaltsdauer in der Obdachlosenunterkunft geirrt hatte und deswegen dort früher als von ihm erwartet raus musste. Er geht notgedrungen in die Eilenriede und sucht sich dort einen Schlafplatz. Dabei begegnet er seinen Mördern, die wegen des Hakenkreuzes möglicherweise Rechte waren. Irgendwie gefällt mir das nicht.«

»Vielleicht«, spekulierte Sievers, »sollte es aber auch nur so aussehen, denn die Rechten wissen doch wohl, wie ein richtiges Hakenkreuz aussieht. Die würden das doch nicht falsch zeichnen und dann am Tatort zurücklassen, oder?«

Krüger stimmte zu: »Der Text wurde mit einem Computer geschrieben, wohl um eine Identifizierung mittels Handschriftenprobe zu verhindern. Das Hakenkreuz dagegen ist aufgemalt. Kein Spontantäter schleppt einen Computer nebst Drucker mit sich herum, weshalb es in meinen Augen eine geplante Tat war.«

»Richtig«, stimmte Ritter ihm zu, »es deutet alles auf eine gewisse Planung hin. Zumal sie ja auch die brennbare Flüssigkeit dabei hatten. Aber galt der Angriff gezielt Harald Bauer oder war eine Attacke auf einen beliebigen Obdachlosen geplant, bei dem Bauer nur zufällig zum Opfer wurde?«

»Wenn die Tat geplant war«, mischte sich Tandler ein, »hätten die Täter in Ruhe zu Hause das Hakenkreuz zeichnen können. Dann wäre es aber extrem unwahrscheinlich, dass sie es nicht richtig gezeichnet hätten.«

»Genau, aber das würde bedeuten, dass der Angriff schnell erfolgen musste und ganz gezielt Harald Bauer gegolten hätte. Woher aber sollen die Täter gewusst haben, wen sie suchen mussten? Daneben stellt sich auch die Frage, wie sie ihn haben finden können.«

Krüger war nachdenklich geworden. Schließlich sagte er mit ernstem Gesicht: »Frank, du weißt doch, was dein Kollege von der Fachinspektion 2 gesagt hat: Prostitution ist ein großes Geschäft, und da mischen viele Leute mit.« Nach einer Pause fügte er leise hinzu: »Er hat uns auch vor Maulwürfen in den Reihen der Polizei gewarnt!«

»Meinst du etwa uns?«, empörten sich Tandler und Sievers unisono.

»Quatsch!«, wiegelte Krüger ab, »Wir sind doch nicht die einzigen, die von Bauer gewusst haben! Neben dem Kriminalrat und dem Staatsanwalt wusste so ziemlich jeder uniformierte Kollege Bescheid! Wir hatten Bauer ja schließlich zur Fahndung ausgeschrieben. Wenn es also ein Leck in unserer Direktion geben sollte, könnte es überall sein.«

»Ja, es wussten viele von ihm, aber keiner, warum wir ihn

wirklich gesucht haben! Wir dagegen kannten seine Aussage über das aufgeschlossene Tor, die ziemlich brisant ist. Sind wir deshalb für dich verdächtig?« Wütend funkelte Sievers ihren Kollegen an.

»Von der Aussage wussten viele«, versuchte Krüger die Wogen zu glätten, »der Kriminalrat, der Staatsanwalt, selbst der Bauleiter und sein Polier. Wenn sowohl Bauleiter Gerster als auch Polier Semmler zur Organisation gehören sollten, dann hat durch sie bestimmt auch Svetlanas Mörder davon erfahren.«

»Von welcher ,Organisation' redest du denn da?«

»Wenn eine Prostituierte auf eine solch brutale Weise umgebracht wird, muss ihr Zuhälter beteiligt sein. Womit wir wieder bei Timo Wörsching wären, in dessen Laden das Opfer zuletzt gearbeitet hat. Bei einem so weit gefassten Kreis von Mitwissern kann man doch von einer Organisation sprechen. Wer weiß, wen die noch alles auf ihrer Lohnliste haben.«

Jetzt nickten Tandler und Sievers verstehend.

»Der Schlüssel!«, entfuhr es plötzlich Ritter. Als er die erstaunten Blicke der anderen bemerkte, konkretisierte er: »Warum sollte man Bauer umbringen? Aus Rache, weil er den Leichenfund gemeldet und Ermittlungen losgetreten hat? Wohl kaum! Aber er hat uns berichtet, dass das Tor aufgeschlossen wurde! Damit müssen zumindest die beiden Männer, die die Leiche in das Fundament geworfen haben, in irgendeiner Verbindung zur Baufirma stehen. Ohne schriftliches Protokoll ist es aber nur eine Behauptung, für die es keinen Beweis gibt.

Sogar ein nur mäßig begabter Anwalt würde uns das sofort um die Ohren hauen. Vielleicht musste er deshalb sterben, damit er diesen Teil seiner Aussage nicht in einem offiziellen Protokoll wiederholen konnte.«

»Wie kommst du darauf?«

»Weil Gerster und Semmler ausgesagt haben, dass sie ihre Schlüssel nicht verliehen hätten. Auch sei nach ihrer Aussage kein Schlüssel verloren gegangen. Da das Tor dennoch aufgeschlossen worden ist, muss jemand aus der Baufirma seine Finger im Spiel gehabt haben. Vielleicht hatte da jemand Angst, dass Bauer bei einer Gegenüberstellung zumindest einen der beiden Männer von der Baufirma erkennen könnte. Vielleicht musste er deshalb sterben. Sozusagen als Vorsichtsmaßnahme.«

»Klingt logisch«, stimmte Krüger zu, »und da wir nach Bauers Meinung von dem Mörder oder dessen Hintermännern geschmiert werden, hat er sich nicht hierher getraut. Wahrscheinlich hat er bei uns tatsächlich eine Falle gewittert.«

Ritter wiegte zweifelnd den Kopf. »Aber hätten wir ihn dann nicht sofort vom Tatort mitgenommen?«

»Nicht unbedingt«, konterte Krüger, »denn wir wären ja sicher nicht in alle Aktivitäten der Organisation, ich nenne sie jetzt einfach mal so, eingeweiht gewesen. Vielleicht dachte er, dass man uns erst später über diesen Zusammenhang aufgeklärt hätte. Immerhin war das Auffinden der Leiche nicht geplant.«

»Ja, das klingt plausibel. Also wollte man mit dem Mord an

Bauer eine gerichtsverwertbare Aussage wegen des Tor-schlüssels vermeiden?«

»Ganz genau! Allerdings bleibt dann noch die Frage, woher seine Mörder gewusst haben, dass Bauer in dieser Nacht in der Eilenriede sein würde.«

»Wissen wir denn inzwischen, in welcher Unterkunft er sich zuletzt aufgehalten hat?«

Sievers nickte: »Ja, die kennen wir.« Um gleich darauf einzuräumen: »Zumindest sind wir uns ziemlich sicher, welche es war. Ganz genau wissen wir es aber nicht.«

»Dann müssen wir sofort hinfahren und alle Obdachlosen befragen, die in der Zeit von Bauers dortigem Aufenthalt eben-falls dort gewesen sind. Seine Mörder müssen von dort einen Tipp bekommen haben!«

»Du meinst, dass ihn einer von den anderen Obdachlosen ans Messer geliefert hat?« Krüger ließ sich den Gedanken durch den Kopf gehen, bevor er zustimmend nickte.

»Allerdings dürfte eine Befragung ziemlich schwierig wer-den«, wandte Tandler ein, »die meisten von den Leuten wer-den inzwischen weitergezogen sein. Vor allem der etwaige Informant dürfte abgehauen sein – immerhin wäre er ein Mit-wisser, der nach Bauers Ermordung sofort kapiert haben dürf-te, was er angerichtet hat.«

»Da bin ich mir nicht so sicher. Den meisten hat doch der jahrelange hohe Alkoholkonsum schon so das Gehirn verne-belt, dass die wohl kaum noch einem komplexen Gedanken-gang folgen können.«

»Wenn doch, wäre eine rasche Flucht eine Möglichkeit zum Überleben, anderenfalls könnte es einen weiteren Toten geben. Also los«, kommandierte Ritter, der plötzlich von innerer Unruhe ergriffen wurde, »wir müssen den Informanten finden! Bernd und ich fahren in die Obdachlosenunterkunft, in der Bauer zuletzt war. Nicole, schick mir die Adresse! Dann wirst du mit Holger«, dabei blickte er Sievers und Tandler ernst an, »alle Sozialarbeiter und sonstigen Personen anrufen, die während Bauers Aufenthalt in der Einrichtung gearbeitet haben. Vielleicht ist irgendjemandem etwas aufgefallen! Jedes Detail ist hilfreich!«

Sofort machten sich alle an die Arbeit.

Montag, 24. April, 13:45 Uhr

Obwohl sich Ritter und Krüger sofort auf den Weg machten, kamen sie nur langsam voran.

»Woher kommt nur der viele Verkehr?«, wunderte sich Ritter, »Das kann doch unmöglich Berufsverkehr sein, dafür ist es doch noch viel zu früh.«

»Im Gegenteil, das ist der Feierabendverkehr der Halbtagskräfte.«

Sein Kollege seufzte demonstrativ.

»Halbtags arbeiten – das wünsche ich mir auch manchmal.«

»Tja, in unserem Beruf ist das leider nicht so einfach.«

»Stimmt. Dabei würde es Elke bestimmt gut gefallen, wenn ich öfter zu Hause wäre. Dann könnten wir auch in Ruhe etwas unternehmen – die letzten beiden Theaterbesuche sind leider geplatzt, weil ich zu Leichen musste.«

»Ist Elke dann alleine gegangen?«

»Nein, sie hat kurzfristig eine Freundin überreden können mitzukommen. Aber weil es extrem kurzfristig war, ist die bestimmt nur deshalb mitgegangen, um Elke zu trösten oder damit die beiden über mich und meinen Beruf lästern konnten.«

»Ja, das kenne ich. Meine Freundin jammert auch ständig, dass ich erst so spät von der Arbeit komme und dann plötzlich wieder los muss. Am Anfang fand sie das spannend, aber inzwischen glaubt sie wohl, dass ich eine Affäre habe.«

Ritter grinste ihn an. »Was denn, noch eine Affäre? Dafür

hättest du doch gar keine Zeit.«

Jetzt lachte auch Krüger, aber schnell wurde er wieder ernst.

»Unsere Arbeitszeiten sind aber auch schwer zu vermitteln.«

»Nun ja, sieben Tage die Woche rund um die Uhr – das kennen nur die wenigsten Menschen. Aber irgendjemand muss diese Arbeit machen.«

Krüger nickte. Dann hingen die beiden ihren Gedanken nach.

Den Rest der Fahrt legten sie schweigend zurück. Sie dauerte aber auch nicht mehr lange, und sie hielten in der Nähe ihres Zieles.

Die Obdachlosenunterkunft war in einem unscheinbaren Gebäude untergebracht. Auf den ersten Blick wirkte es relativ klein, aber nach dem Betreten merkten sie rasch, dass es sich sehr weit nach hinten erstreckte.

Kaum hatten sie den Eingangsbereich betreten, wurden sie von drei Obdachlosen misstrauisch beäugt. Als sich Ritter ihnen nähern wollte, verschwanden sie blitzartig.

»Donnerwetter, ich will doch nur mit euch reden!«, rief er in die Richtung, in der die Männer verschwunden waren.

»Nehmen Sie es ihnen nicht übel«, erklang hinter ihm eine Stimme.

Als sich Ritter umdrehte, stand ein Mann von Anfang sechzig mit schütterem Haar vor ihm.

Bevor der Kommissar oder sein Kollege etwas sagen konnten, stellte sich der Mann als Thomas Seefeld vor. »Ich leite hier die Einrichtung. Die drei da eben«, damit deutete er in die

Richtung, in der die Obdachlosen fluchtartig verschwunden waren, »haben sofort gemerkt, dass Sie von der Polizei sind.« Als er Ritters erstaunten Blick wahrnahm, fügte er mit einem leisen Lachen hinzu: »Unsere Kunden haben schon so oft unangenehme Erfahrungen mit der Polizei gemacht, dass sie jeden Beamten sofort erkennen, auch wenn er in Zivil ist. Nun ja, und wegen der schlechten Erfahrungen hauen sie lieber ab.«

»Das ist schade, denn wir wollten mit ihnen reden.«

»Bestimmt wegen Harald Bauer, richtig?«

»Ganz genau. Wir suchen die Bewohner, die zur gleichen Zeit mit ihm hier in dieser Einrichtung waren.«

»Das habe ich mir schon gedacht. Aber sehen Sie: Kaum war die Nachricht von Bauers Tod bekannt, haben alle Bewohner sofort Reißaus genommen.«

»Warum das denn?«

»Na, ist doch klar: Nach dem Mord würden Sie und ihre Kollegen hier auftauchen, und Fragen stellen. Unsere Kunden wollen aber keinen Kontakt mit Ihnen, also sind sie gegangen.«

»Aber es geht doch um den brutalen Mord an einen von ihnen – ist denen das egal?«

»Nein, natürlich nicht. Aber sehen Sie, diese Menschen haben alle schwere Schicksalsschläge erlitten. Keiner von denen ist freiwillig auf der Straße, sondern ist da irgendwie hingeraten. Im Laufe der Zeit haben sie gelernt, dass die Straße für sie gefährlich ist, also haben sie einen ausgeprägten Fluchtinstinkt entwickelt. Der ist oftmals hilfreich, manchmal sogar lebensrettend – aber in einer Situation wie dieser natürlich fehl am Platz. Wir wollen alle, dass die Mörder schnellstmöglich gefasst werden.«

»Ja, das wollen wir auch! Also ist kein Bewohner mehr da, der mit Bauer zusammen in dieser Einrichtung war?«

»Nein, leider nicht.«

»Na schön, dann müssen wir das so hinnehmen. Können Sie uns etwas über Harald Bauer sagen? Was war er für ein Mensch?«

»Er war sehr intelligent, aber auch irgendwie verloren. Ich kenne seine Lebensgeschichte nur ansatzweise, aber er hat – Verzeihung, hatte – nur so in den Tag hinein gelebt.«

»Sind noch Sachen von ihm hier?«

»Nein, er muss alles mitgenommen haben. Das ist nichts Ungewöhnliches, denn in den Kreisen unserer Kunden bestehlen die sich auch schon mal gegenseitig. Wir unterbinden das und greifen gegebenenfalls durch – dann bekommt der Dieb Hausverbot für ein Jahr.«

»Nicht lebenslänglich?«

»Nein, wir wollen den Menschen ja helfen, und solche Diebstähle geschehen meistens aus einer Notlage heraus. Also wegen einer besonderen Verschärfung der ohnehin bestehenden Notlage. Wir wollen den Menschen wegen eines Fehltritts nicht dauerhaft die Hilfe verweigern, aber sie müssen wissen, dass Fehlverhalten zu Konsequenzen führt. Deshalb das einjährige Hausverbot.«

»Also hat Bauer seine Habseligkeiten mitgenommen?«, hakte Krüger nach.

»Ja, ganz genau. Wie jeder andere auch. Das machen die aber überall, nicht nur in dieser Einrichtung.«

»Na gut«, meinte Ritter leicht resignierend, »aber vielleicht können Sie uns die Namen von den Leuten geben, die sich zeitgleich mit Bauer hier aufgehalten haben.«

Jetzt seufzte Seefeld laut auf. »Sehen Sie, ich würde Ihnen ja gerne helfen, aber die Namen kann ich Ihnen leider nicht geben.«

»Mann, wir ermitteln in einem Mordfall! Einer Ihrer Kunden wurde ermordet, und das auch noch auf eine verdammt brutale Art! Also kommen Sie mir bitte nicht mit dem Datenschutz.«

»Das habe ich auch nicht vor. Es ist nur so: Wir erfassen die Namen unserer Kunden nicht. Zwar fragen wir sie, aber dann nennen sie uns ihren Vornamen oder ihren Spitznamen. Das genügt uns.«

»Im Ernst? Sie lassen sich nicht den Namen nennen?«

»Doch, natürlich!« Seefeld wirkte jetzt leicht pikiert. »Ich hatte Ihnen doch schon gesagt, dass unsere Klientel sehr, sehr misstrauisch ist – jede Frage wird sehr vorsichtig aufgenommen. Würden wir auf dem vollen Namen bestehen, hätten die Leute Sorge, dass wir ihnen damit einen Strick drehen. Gegen den einen oder anderen besteht sicher ein Haftbefehl wegen irgendeines Diebstahls oder Einbruchs, weshalb sie ungerne ihren Namen nennen aus Sorge, dass wir mit der Polizei zusammenarbeiten. Deshalb muss hier auch keinen seinen Personalausweis zeigen, sondern uns nur seinen Namen sagen. Sollte der nicht stimmen...« Er ließ den Satz offen.

»Verstehe«, nickte Ritter, »das ist dann sozusagen eine vertrauensbildende Maßnahme?«

Seefelds Gesicht hellte sich wieder auf. »Ganz genau, Herr Kommissar. Dadurch kommen sie zu uns und können zwei Nächte in Ruhe und in Sicherheit verbringen. Duschen und Frühstück inbegriffen.«

»Wie finanzieren Sie ihre Unterkunft eigentlich?«

»Durch Zuschüsse von der Stadt, dem Land und manchmal auch dem Bund. Wir müssen jedes Jahr aufs Neue schauen, wo es welche Förderung gibt und diese dann beantragen. Daneben bekommen wir auch Spenden, aber deren Summe liegt deutlich unter den kommunalen und sonstigen staatlichen Zuschüssen.«

»Okay, kommen wir nochmal auf die Namen zurück. Können Sie uns wenigstens die Vornamen oder Spitznamen geben? Hat sich Bauer mit einem von denen gut verstanden?«

Seefeld zuckte mit den Schultern. »Das kann ich Ihnen leider nicht aus dem Stehgreif sagen, da ich in den letzten Tagen fast ausschließlich im Büro war, um die Verwendungsnachweise für das letzte Jahr fertigzustellen. Jede staatliche Stelle, die uns einen Zuschuss gibt, will im Gegenzug umfangreiche Tätigkeitsberichte und Verwendungsnachweise haben. Die müssen wir natürlich fristgerecht liefern, denn anderenfalls riskieren wir, im nächsten Jahr kein Geld mehr zu bekommen.

Das wäre das ‚Aus' für unsere Einrichtung, also hat diese Arbeit absoluten Vorrang für mich. Aber meine Mitarbeiter kümmern sich vorbildlich um die Kunden!«

»Können Sie uns dann wenigstens die Namen der Mitarbeiter geben? Vor allem die von denjenigen, die während Bauers Aufenthalt Dienst hatten.«

»Natürlich, kein Problem. Die Mitarbeiterliste mache ich gleich fertig. Inzwischen können Sie ja vorab einen Blick auf den Dienstplan werfen. Folgen Sie mir bitte.«

Während Seefeld die beiden Kommissare in sein Büro führte, fragte Krüger beiläufig: »Für wie viele Personen ist denn Ihre Unterkunft ausgerichtet?«

»Achtunddreißig«, lautete die Antwort, »wir haben drei Vierbettzimmer, der Rest sind Doppelzimmer. Dazu kommen mehrere Duschräume und Toiletten sowie zwei Aufenthaltsräume.«

»Ist die Einrichtung denn immer ausgelastet?«

»Ja, normalerweise schon.« Wieder seufzte Seefeld, »Aber seit Bauers Tod wohnen nur sieben Leute hier, die heute eingezogen sind. Sie wussten nichts von dem Todesfall, sonst hätten sie uns wohl auch gemieden.«

»Unseretwegen?«

»Nehmen Sie das bitte nicht persönlich, aber: Ja, wegen der Polizei.«

Inzwischen hatten sie das Büro von Seefeld erreicht. Dieser zeigte auf einen Plan an der Wand, der die Dienste und die dafür eingeteilten Mitarbeiter zeigte. Während Krüger mit seinem Smartphone ein Foto davon machte, suchte Seefeld die Adressen der vier in Betracht kommenden Mitarbeiter heraus.

»Haben Sie sonst noch Fragen?«

Die Kommissare tauschten einen raschen Blick, dann verneinte Ritter die Frage.

»Gut, denn ich müsste jetzt unbedingt mit den Verwendungsnachweisen weitermachen«, entschuldigte sich Seefeld.

»Kein Problem, wir haben alles, was wir brauchen. Machen Sie ruhig mit Ihrer Arbeit weiter, wir finden alleine hinaus.«

Damit verließen die Kommissare die Obdachlosenunterkunft. Kaum waren sie draußen, hatte Ritter schon sein Mobiltelefon in der Hand. Am anderen Ende meldete sich Nicole Sievers.

»Hallo Nicole, hier ist Frank. Wir haben zwar keine Namen von den Mitbewohnern von Bauer bekommen, aber die Namen und Adressen von vier Mitarbeitern. Der Leiter der Einrichtung will nur in seinem Büro gewesen sein, aber vielleicht können wir über die Mitarbeiter etwas in Erfahrung bringen. Bernd schickt dir gleich die Daten, er fotografiert sie gerade ab.«

»Ja«, erwiderte Sievers, »ich habe sie gerade eben bekommen Ich kümmere mich darum.«

»Sehr gut! Wir kommen jetzt wieder rein, also bis gleich.«

Montag, 24. April, 15:35 Uhr

Sofort nach ihrer Rückkehr in die Polizeidirektion berief Ritter eine Besprechung ein. »Also«, begann er, »Bernd und ich haben mit dem Leiter der Obdachlosenunterkunft gesprochen, einem gewissen Thomas Seefeld. Viel war von ihm nicht zu erfahren. Ebenso wenig von den Obdachlosen, denn die haben bei unserem Erscheinen Reißaus genommen – zu viele schlechte Erfahrungen mit der Polizei, hat Seefeld gesagt. Da kommen wir also nicht weiter.« Es klang resigniert, aber gleich darauf wandte er sich hoffnungsvoll an Sievers und Tandler: »Hoffentlich habt ihr bessere Ergebnisse!«

»Könnte sein«, verbreitete Sievers einen Hoffnungsschimmer, »aber alles, was wir herausgefunden haben, ist sehr, sehr vage und die Summe von dem, was uns die vier Mitarbeiter gesagt haben. Ihr wisst schon: Die seinerzeit Dienst gehabt haben und von denen ihr mir die Adressen geschickt habt!«

Ritter und Krüger nickten ungeduldig.

»Also«, fuhr Nicole fort, »angeblich war am Vorabend des Auszugs von Bauer ein Mann namens Franz ebenfalls in der Obdachlosenunterkunft. Als Bauer in der Nacht seiner Ermordung die Einrichtung verlassen hatte, verfügte dieser Franz plötzlich über sehr teuren Schnaps. Vielleicht hat er Bauer verraten und der Alkohol oder das Geld dafür war der Lohn?«

»Haben wir einen Nachnamen? Wo ist dieser Franz jetzt?«, fragte Ritter gespannt.

»Leider haben wir weder einen Nachnamen noch eine aussagekräftige Personenbeschreibung. Er soll gleich am frühen Morgen die Einrichtung mit unbekanntem Ziel verlassen haben.«

Ritter fasste zusammen: »Also hat ein Mann namens Franz plötzlich Geld für teuren Schnaps gehabt – ist das gesichert?«

»Ja«, erwiderte Sievers, »das ist sicher. Er wollte nämlich nicht mit den anderen teilen. Deshalb hatte er einen heftigen Streit mit ein paar anderen Obdachlosen. Als es zu heftig wurde, ist die Aufsicht dazwischen gegangen und hat einen Blick auf die Flaschen werfen können. Von dem Zeug kostet eine Flasche im Supermarkt fast zehn Euro, was sich kein normaler Obdachloser leisten könnte oder würde. Die kaufen lieber billigen Fusel, weil sie dann für wenig Geld mehr Schnaps bekommen.«

»Das könnte darauf hindeuten, dass dieser Franz mit Geld, Schnaps oder beidem geködert wurde, um Bauers Aufenthaltsort zu verraten. Dann hat man ihn verfolgt und gezielt umgebracht.«

»Gut kombiniert, Bernd«, stimmte Ritter zu, »nur leider haben wir keinen Beweis. Daher ist das alles nur Spekulation. Aber es würde passen und bedeuten, dass tatsächlich irgendwer unseren Zeugen aus dem Weg räumen wollte.«

»Wegen seiner Aussage zum Schlüssel, mit dem das Tor geöffnet wurde?«

»Das vermute ich, ja. Wenn jemand eine bessere Idee hat, dann sollte er sie jetzt rauslassen.«

Als alle schwiegen, fasste Ritter zusammen: »Wir können es

zwar nicht beweisen, aber allem Anschein nach war es ein gezielter Anschlag auf unseren Zeugen. Weil er uns allen misstraut hat, ist er in Lebensgefahr geraten und darin umgekommen. Verdammt!« Wütend hieb er mit der Faust auf den Tisch.

»Also vergessen wir die Spur mit den Rechten«, bemerkte Krüger trocken, »denn immer mehr deutet auf eine falsche Fährte hin, also auf eine ‚False-Flag-Aktion‘.«

»Richtig.«

»Aber«, warf Tandler zögernd ein, »woher wussten sie, nach wem sie suchen sollten? Und wie konnten sie diesen Franz ködern?«

»Wenn sie wussten, dass der Zeuge ein Obdachloser ist«, bemerkte Krüger, »mussten sie in dem entsprechenden Milieu suchen. Da die Obdachlosen für etwas Geld und Schnaps alles machen würden, dürfte es leicht gewesen sein, einen Spitzel anzuheuern.«

»Vielleicht hat man auch mehrere auf die Suche nach Bauer geschickt«, warf Sievers ein, »und dieser Franz ist fündig geworden.«

»Falls es noch mehr angeheuerte Spitzel gab, werden wir die wohl nie finden. Aber dieser Franz reicht uns ja schon – wenn wir ihn finden, können wir erfahren, wer ihn wann und wo angeheuert hat«, meinte Ritter.

»Dann hoffen wir mal, dass wir ihn möglichst schnell und vor allem lebend finden werden!«

»Ja, das hoffe ich auch!«, stöhnte Ritter, »Wenn es noch

eine weitere Leiche gibt, dreht unser Staatsanwalt durch.«

»Apropos Staatsanwalt: Wir wissen immer noch nicht, woher Bauers Mörder wussten, dass sie im Obdachlosenmilieu nach unserem Zeugen suchen mussten«, ließ sich Krüger vernehmen.

»Stimmt«, sinnierte Sievers, »aber vielleicht hat man auf einen Obdachlosen gesetzt.«

»Warum?«

»Weil sich sonst niemand mitten in der Nacht in einem Gewerbegebiet aufhält. Außer eben Obdachlosen und potentiellen Einbrechern. Und letztere hätten mit Sicherheit nicht die Polizei gerufen.«

»Ja, so könnte es gewesen sein. Aber für meinen Geschmack ist das zu einfach. Gut, der Zeuge kam aus dem Obdachlosenmilieu, also haben seine Mörder richtig vermutet. Aber was, wenn sie sich geirrt hätten und es doch ein Passant gewesen wäre, der seinen Hund ausgeführt hat? Dann hätten sie riskiert, in den falschen Kreisen zu suchen. Bislang wirkt das auf mich so, als ob die Täter nichts dem Zufall überlassen würden. Außerdem deutet für mich alles auf eine Organisation hin, die mit Sicherheit gut vernetzt ist und wichtige Kontakte hat.«

»Du denkst wieder an eine undichte Stelle bei uns?«

»Nicht bei uns im Team«, verteidigte sich Krüger, »aber hier irgendwo im Direktionsgebäude. Oder bei der Staatsanwaltschaft.«

»Nun ja«, mischte sich jetzt Ritter ein, »die Suche im Obdachlosenmilieu ist schon komisch, zumal die Täter damit ja auch richtig lagen. Was einen möglichen Maulwurf bei uns oder bei der Staatsanwaltschaft angeht, müssen wir mit solchen Vermutungen vorsichtig sein, um niemanden zu vergrätzen. Aber wir müssen auch extrem vorsichtig sein bei allem, was wir machen und irgendwo sagen.«

Nach diesen Worten herrschte betretenes Schweigen im Raum

Montag, 24. April, 17:20 Uhr

Noch während das Ermittlerteam die weitere Vorgehensweise beriet, klingelte Ritters Telefon. Auf dem Display erkannte er die Nummer seines Freundes Manfred Lehmann von der Kriminalfachinspektion 2.

»Hallo Manfred«, begrüßte Ritter seinen Freund jovial, »was verschafft mir die Ehre?«

Im nächsten Moment wurde er blass: »Was sagst du da?«

Angestrengt lauschte er seinem Freund und Kollegen. Auf seiner Stirn erschienen immer mehr Sorgenfalten, während der Rest des Teams versuchte, sich aus den wenigen aufgeschnappten Bruchstücken einen Reim auf das Gesagte zu machen. Da das aber wegen Ritters Einsilbigkeit ein Ding der Unmöglichkeit war, warteten alle ungeduldig auf das Ende des Telefonates. Allen im Team war klar, dass es keine guten Informationen sein würden, denn das Verhalten ihres Chefs ließ nichts Gutes erwarten.

Endlich beendete er das Telefonat. Danach starrte Frank Ritter noch minutenlang auf den Telefonhörer, bevor er ihn endlich auf die Gabel legte. Nach einer weiteren gefühlten Ewigkeit wandte er sich seinem Team zu und murmelte gepresst: »Das war Kollege Lehmann von der KFI 2«, begann er, »er hatte uns ja zugesagt, dass einer seiner Informanten ein diskretes Auge auf Tamara werfen würde, unsere Zeugin aus dem Bordell mit dem Namen T-Sex.«

»Ist ihr etwas passiert?«, unterbrach ihn Krüger aufgeregt.

»Das wusste Manfred, also Kollege Lehmann, nicht, aber«, Ritters Gesicht wurde ernst, »er hat mir eben gesagt, dass sein Informant heute Nacht Opfer eines Verkehrsunfalls geworden sei. Der Fahrer hat Fahrerflucht begangen.«

»Scheiße!«, entfuhr es Krüger, aber er hatte sich rasch wieder gefasst: »Wie geht es dem Informanten?«

Tonlos gab Ritter Auskunft: »Er ist tot.«

»Verdammt! Wann war denn der Unfall? Ich habe davon nichts mitbekommen, aber unsere Inspektion wäre ja zuständig.«

»Es ist in der Nacht von Samstag auf Sonntag passiert, gegen Mitternacht. Beim Überqueren der Straße hat ihn ein Auto mit vollem Tempo erwischt.«

»Mit vollem Tempo? Also kein Bremsversuch?«

»Kein Bremsversuch.«

»Dann war es ein gezielter Mordanschlag! Warum wissen wir nichts davon?«

»Weil er als Verkehrsunfall behandelt wird. Deshalb sind Kollegen aus unserer Fachinspektion mit der Klärung betraut. Niemand ahnt, dass es eine Verbindung zu unserem ersten Mord an Svetlana Pastirak gibt. Kollege Lehmann hat selber eben erst davon erfahren – die Streifenpolizisten, die den Unfall aufgenommen haben, wussten nicht, dass der Tote ein Informant von ihm war. Das haben sie erst jetzt bei Durchsicht der Sachen des Toten gemerkt, weil sie bei ihm eine Telefonnummer gefunden haben, unter der sich Manfred gemeldet hat.«

»Erst Bauer, jetzt der Informant der Inspektion 2«, murmelte Tandler geschockt, »verdammt, das kann kein Zufall sein!«

»Das glaube ich auch nicht«, nuschelte Ritter. Dann wandte er sich an Sievers: »Nicole, fordere sofort die Unterlagen zum Unfall an! Vielleicht bringt uns das weiter.«

»Geht klar!« Sofort griff sie zum Telefonhörer.

Krüger hatte sich wieder gefangen: »Das ist alles kein Zufall! Also ist Tamara mit Sicherheit auch in Gefahr! Wir müssen sofort hin und sie dort rausholen!«

»Bleib ruhig!«, beschwichtigte Ritter, »Die Frauen arbeiten in dem Bordell, wohnen dort aber nicht. Lehmann glaubt zu wissen, wo sie wohnen und lässt den Laden gerade hochgehen. Das Bordell durchsuchen sie auch schon, insbesondere Tamaras Zimmer. Vielleicht treffen sie die Frau ja an oder finden zumindest irgendwelche Hinweise auf ihren Aufenthaltsort. Wenn es tatsächlich ein tragischer Verkehrsunfall war, wäre sie nicht in unmittelbarer Gefahr.«

»Glaubst du wirklich an einen Zufall? Dass es ausgerechnet Lehmanns Informanten erwischt, der auf Tamara aufpassen sollte?«

»Nein, an einen solchen Zufall glaube ich nicht. Manfred – also Lehmann und sein Kollege Stemke – tun das auch nicht. Niemand, der den Fall Pastirak kennt, tut das.« Nach einer kurzen Pause fügte er hinzu: »Manfred ist mit seinen Leuten schon unterwegs. Vordergründig geht es um eine normale Kontrolle im Rotlichtmilieu, aber tatsächlich will er Tamara für uns rausholen. Hoffentlich hat er Erfolg!«

Tandler nickte, bevor er beinahe zaghaft die Frage aufwarf: »Weiß man denn irgendetwas über Tamaras Aktivitäten in der Zeit, als der Informant starb?«

»Nein«, antwortete Ritter, »aber wenn Manfred sie nicht findet, werden seine Leute jeden Stein umdrehen – das hat er mir versprochen. Und Manfred hält seine Versprechen!«

»Das sollte leicht herauszubekommen sein«, warf Krüger plötzlich ein, »in den Fluren von dem Bordell hängen doch überall Überwachungskameras! Die sollten uns also einen guten Überblick geben. Forderst du die Aufnahmen von deinem Freund Lehmann an?«

»Sie kümmern sich bereits darum«, nickte Ritter, »aber ich werde die Bänder trotzdem auch für uns anfordern. Normalerweise entgeht denen nichts, aber in diesem Falle bin ich mir nicht mehr so sicher. Wir haben ja schon über eine undichte Stelle gesprochen, aber das erklärt nicht, wie die Mörder von Lehmanns Informanten und dessen Auftrag wissen konnten. Es sei denn, es gibt zwei undichte Stellen!«

Alle sahen sich betroffen an.

In diesem Moment klingelte erneut Ritters Telefon. Nach einem kurzen Gespräch legte er auf und wandte sich an sein Team: »Das war Kriminalrat Kehlhahn. Er und Staatsanwalt Zimmermann haben von dem toten Harald Bauer und den gerade laufenden Durchsuchungen im Rotlichtbereich durch die Kollegen der KFI 2 gehört. Wie nicht anders zu erwarten war, will der Chef einen umfassenden Lagebericht haben. Er will, dass wir ihn morgen um acht Uhr auf den neuesten Er-

mittlungsstand bringen und etwas zur weiteren Vorgehensweise sagen. Bis dahin hat der Kollege Lehmann hoffentlich
Tamara gefunden!«

Ritter blickte in ernste und zugleich bleiche Gesichter.

Montag, 24. April, 18:10 Uhr

Während sich sein Team noch sichtlich geschockt von der aktuellen Entwicklung den eigenen Ermittlungen widmete, saß Frank Ritter alleine in seinem Büro und dachte über den Fall nach. Die ganze Sache schien immer größer zu werden. Neben Svetlana Pastirak waren nun mit Harald Bauer und dem Informanten der Fachinspektion 2 insgesamt drei Menschen gestorben. Alle drei standen irgendwie in einer Verbindung zueinander. Natürlich konnten die beiden letzten Todesfälle auch unglückliche Zufälle sein, die in keinem Zusammenhang mit dem ersten Mord standen, aber Ritter glaubte es nicht. Dafür häuften sich die Zufälle zu sehr.

Mitten in seine Gedankengänge mischte sich der penetrante Klingelton seines Telefons. Es dauerte etwas, bis er aus seiner Gedankenwelt aufgestiegen war und zum Hörer griff.

Am anderen Ende meldete sich sein Freund Lehmann: »Hallo Frank, ich bin's, Manfred. Leider habe ich keine guten Nachrichten für dich.«

»Tamara?«

»Ja – sie ist verschwunden. Arthur, der Chef der Aufpasser, behauptet, dass sie gekündigt habe – als ob so etwas in dieser Branche möglich wäre!«

Ritter war alarmiert: »Wann soll sie denn gekündigt haben?«

»Angeblich am Samstag, nach ihrer Spätschicht.«

»Das wäre dann wann gewesen?«

»Laut Arthurs Aussage zwischen Mitternacht und 1 Uhr

morgens. Angeblich kann er sich nicht mehr so genau erinnern, weil er nicht auf die Uhr geschaut haben will.«

»Das wäre dann die Zeit, in der dein Informant umgebracht worden ist!«

»Ganz genau – und mit seiner Aussage hat sich Arthur ein Alibi verschafft. Andererseits sind am Wochenende viele Besoffene unterwegs, da wäre es logisch, dass er im Bordell aufpasst, falls jemand randalieren oder ausfallend werden sollte.«

»Zumal der Mörder im Auto auf deinen Mann gewartet haben muss, was zeitaufwändig gewesen sein dürfte«, wandte Ritter ein.

»Ganz genau! Das hätte Arthur mit seinem Job nicht unter einen Hut bringen können. Aber er muss es ja auch nicht selber gewesen sein – er kennt bestimmt genug Typen, die das für ihn erledigt haben könnten. Wobei ich nicht glaube, dass er den Auftrag erteilt hat.«

»Du meinst, dass da jemand über ihm steht, der die Befehle erteilt?«

»Ganz genau.«

»Ja, so etwas vermuten wir auch. Auf mich hat er den Eindruck eines Typen gemacht, der Befehle ausführt, aber selber keine Pläne entwickelt und diese dann umsetzt.«

»Arthur und die anderen Aufpasser sind nur ganz kleine Räder in der großen Maschinerie«, seufzte Lehmann, »die könnten wir schnell drankriegen. Die Hintermänner sind die Schlimmen, aber die sind sehr schwer greifbar.«

»Wie geht es jetzt in Sachen Tamara weiter?«

»Wir befragen die Prostituierten und die Aufpasser, außerdem durchsuchen wir die ‚Arbeitszimmer‘ im Bordell und im Haus, in dem sie gelebt hat, wenn sie nicht im Bordell war.«

»Habt ihr schon irgendwelche Hinweise gefunden?«

»Bislang leider noch nicht.«

»Was ist mit den Überwachungskameras?«

»Die waren eingeschaltet. Wir haben die Aufnahmen beschlagnahmt und meine Kollegen werten sie gerade aus.«

»Dann hoffen wir mal, dass ihr darauf Hinweise zu Tamara finden werdet!«

»Wir tun unser Bestes! Ich melde mich, wenn es etwas Neues gibt!«

Damit legte er auf. Ritter verspürte plötzlich eine große innere Unruhe.

Montag, 24. April, 19:15 Uhr

Sofort informierte Ritter sein Team über den aktuellen Sachstand. Alle waren zutiefst betroffen. Auch wenn es keiner aussprach, so befürchtete jeder, dass Tamara das nächste Opfer in dieser Mordserie sein dürfte.

Noch während sie versuchten, die Situation und ihre Bedeutung einzuschätzen, klingelte schon wieder Ritters Telefon. Auf dem Display erkannte er sofort die Nummer von Manfred Lehmann.

»Hoffentlich hast du dieses Mal gute Nachrichten für mich?«, begann er das Gespräch.

»Leider nein. Die Kollegen sind mit der Sichtung der Aufnahmen von den Überwachungskameras fertig.«

»Donnerwetter, das ging aber schnell!«

»Ja, leider.«

»Was meinst du?«

»Auf den Bildern der Überwachungskamera im Flur ist Tamara deutlich zu sehen. Sie sitzt vor ihrem Zimmer und spricht Kunden an, ist also bei der Arbeit. Ganz, wie Arthur es gesagt hat. Die Bilder belegen auch, dass mein Informant gegen 23:30 Uhr im T-Sex gewesen ist. Allerdings sieht man ihn nur kurz und auch nicht auf der Etage, auf der Tamara gearbeitet hat. Da er gut vernetzt ist, kann es sein, dass er sich auf Umwegen nach ihr erkundigt hat.«

»Das wäre aber verdammt riskant!«

»Wenn er sie ständig aufsucht, wäre das noch viel auffälliger gewesen! Die Aufpasser kannten ihn und hielten ihn für einen der ihren. Wenn er jetzt aber ständig zu Tamara gegangen wäre, hätten sie entweder einen Zusammenhang zu euren Ermittlungen hergestellt oder den Verdacht bekommen, dass er sie abwerben wolle. In jedem Fall hätten sie etwas unternommen, was für Tamara gefährlich geworden wäre. Die von ihm offensichtlich eingeschlagenen Umwege waren da der bessere und sichere Weg.«

»Ja, okay. Tut mir leid, ich bin gerade etwas dünnhäutig.«

»Schon gut, das geht mir und Stemke auch so.«

»Was ist mit dem Rest der Aufnahmen?«

»Darauf sieht man Tamara zuletzt um 23:45 Uhr, wie sie auf Kundschaft wartet. Tja, und dann brechen die Aufnahmen plötzlich ab – auf allen Etagen!«

»Was soll das heißen, sie brechen ab?«

»Bildausfall«, kam die trockene Antwort, »laut Arthur ist ganz plötzlich die gesamte Kameraelektronik ausgefallen.«

»Das darf doch nicht wahr sein! Wurde sie möglicherweise absichtlich abgeschaltet oder ihr Ausfall künstlich herbeigeführt?«

»Gute Frage, aber ich habe keine Antwort darauf. Fest steht: Es gibt nach 23:45 Uhr keine Aufnahmen mehr von den Überwachungskameras im T-Sex.«

»Verdammt!« Wütend schlug Ritter mit der Faust auf den Tisch.

Lehmann blieb von dem Ausbruch seines Freundes unbeeindruckt: »Es gibt somit keinen Hinweis, wann und wie Tamara das Bordell verlassen hat. Laut Arthur hat sie gekündigt und ist gegangen, was dann freiwillig gewesen wäre. Aber das glaube ich nicht. Wie ich schon sagte, kann man in dieser Branche nicht einfach kündigen. Deshalb kann es auch gut sein, dass man sie verschleppt hat. Aber wer das gemacht haben könnte, weiß ich leider nicht. Auch nicht, wohin man sie gebracht haben könnte. Die zum T-Sex gehörenden Wohnungen der Frauen in der Innenstadt haben wir schon durchsucht. Natürlich auch die Keller und alle sonstigen Räume. Es gibt keine Hinweise, dass sie dort sein könnte.«

»Ihr habt ihre Wohnung gefunden? Was ist mit ihren Sachen?«

»Alles weg. Wenn wir es durch die Adresse von Arthur und den Aussagen der anderen dort wohnenden Frauen nicht besser wüssten, könnte man meinen, dass sie nie dort war.«

»Oder es soll den Eindruck verstärken, dass sie freiwillig gekündigt hat und weggegangen ist.«

»Ganz genau.«

»Verdammt!«

»Da pflichte ich dir bei.« Lehmanns Stimme klang plötzlich sehr müde.

»Na gut, die Lage ist beschissen, aber wir müssen mit den Fakten leben. Wie geht es jetzt weiter?«

»Für uns ist Tamara eine weitere Prostituierte, die einfach so verschwunden ist. Da wir keine Hinweise haben, wo sie jetzt anschaffen geht, können wir auch keine Kollegen in anderen Städten um Unterstützung bitten. Damit ist der Fall für

uns erledigt, weil unsere Möglichkeiten und Befugnisse ausgeschöpft sind. Jetzt bist du mit deinen Leuten am Zuge!«

»Kannst du nicht noch irgendetwas machen?«

»Hör zu, Frank: Mit der Durchsuchung habe ich mich schon
ziemlich weit aus dem Fenster gelehnt, mehr geht wirklich
nicht! Natürlich will ich auch wissen, was aus Tamara geworden ist und wer meinen Informanten umgebracht hat! Allerdings liegen die dafür erforderlichen Ermittlungen jenseits
meiner Befugnisse. Staatsanwalt Zimmermann hat mich schon
wissen lassen, dass ich meine Kompetenzen bis zum Anschlag ausgedehnt habe – noch einen Schritt, und ich würde
sie überschreiten und mächtig Ärger bekommen.«

»Also hat er dich unter Druck gesetzt?«

»Irgendwie schon, ja. Aber er hat ja Recht, und ich weiß das
selber. Wenn er wollte, könnte er mir schon jetzt wegen Kom-
petenzüberschreitung die Hölle heiß machen. Er hat signali-
siert, dass er das nicht tun will – sofern ich ab sofort Ruhe
gebe. Ich darf also nichts mehr riskieren. Tut mir leid, Frank!«

»Schon gut, Manfred, du hast ohnehin schon verdammt viel
gemacht! Wir übernehmen jetzt und werden hoffentlich Tamara und den Mörder deines Informanten finden! Die Akte über
den angeblichen Verkehrsunfall haben wir schon angefordert.«

»Gut. Lass mich wissen, wenn du Neuigkeiten hast.«

»Geht klar, Manfred.«

»Pass auf dich und auf deine Leute auf«, warnte Lehmann,
»in diesem Fall wird sehr schnell gestorben und man kann

niemandem wirklich trauen!«

»Wir werden vorsichtig sein«, versprach Ritter. Dann legten beide gleichzeitig auf.

Dienstag, 25. April, 8:00 Uhr

Pünktlich um 8 Uhr war dann das Ermittlerteam im Büro von Frank Ritter versammelt. Auch Kriminalrat Kehlhahn und Staatsanwalt Zimmermann waren dazugestoßen.

»Gut«, begann Ritter das Gespräch, »wir sind vollzählig, also fangen wir an.«

Sofort ließ sich Zimmermann vernehmen: »Wir haben also zwei Morde und einen Verkehrstoten, die in einem Zusammenhang stehen könnten. Wie ist zum jetzigen Zeitpunkt der genaue Stand der Ermittlung? Die Presse wird immer unruhiger, wir brauchen Resultate! Lange kann ich die Meute nicht mehr hinhalten.« Er machte eine kurze Pause. »Wenn ich der Presse keine Informationen liefere, die sie zufriedenstellt, werden die Journalisten anfangen, ihre eigenen Geschichten zu schreiben. Das war in der Vergangenheit für uns nicht sehr schmeichelhaft und zudem in der Sache nicht hilfreich. Im Gegenteil, die Presse erzeugt höchstens Panik in der Bevölkerung. Die übt dann wiederum mit ihren Leserbriefen Druck auf uns aus, was die Presse sofort aufgreifen wird. Was das bedeutet, wissen wir alle. Ebenso, dass wir so etwas überhaupt nicht gebrauchen können. Also, wie ist der Stand der Ermittlungen?«

»In unseren Augen hängen die drei Todesfälle zusammen. Wir arbeiten mit Hochdruck an der Lösung«, versuchte Ritter zu beschwichtigen. Dann begann er mit der Darstellung des Falles und der bisherigen Ermittlungsergebnisse: »Wir haben die Leiche einer Frau, die Svetlana Pastirak heißt und aus der Ukraine stammt. Sie kam nach unseren Informationen im Jahre 2000 nach Deutschland und wurde zur Prostitution gezwungen. Wegen der Expo 2000 ist sie damals nach Hannover gebracht worden. Hier wurde sie nun vor gut einer Woche zu Tode gefoltert. Ihre Leiche sollte im Fundament eines Logistikzentrums verschwinden, was dank eines aufmerksamen Zeugen nicht geklappt hat. Von diesem Zeugen wissen wir, dass die Täter das Tor von der Baustelle aufgeschlossen haben, um an die Baugrube zu kommen. Angeblich haben aber nur der Bauleiter Gerster und sein Polier Semmler jeweils einen Schlüssel, aber keiner will ihn aus der Hand gegeben haben. Laut den beiden ist auch kein Schlüssel verlorengegangen.«

»Ist das mit dem Schlüssel sicher? Haben die beiden Schlüsselinhaber ein Alibi?«, unterbrach Zimmermann die Ausführungen.

»Es gibt keinen Grund, an der Aussage des Zeugen zu zweifeln, zumal die Kriminaltechnik keine Aufbruchspuren am Schloss hat feststellen können. Sowohl Gerster als auch Semmler haben ein Alibi, aber ein recht schwaches: Sie wollen zur Tatzeit mit ihren Frauen zu Hause gewesen sein - was die Frauen natürlich bestätigt haben.«

»Natürlich, was auch sonst«, murmelte Kriminalrat Kehlhahn.

Ritter fuhr ungerührt fort: »Laut Rechtsmedizin wurde Svetlana Pastirak brutal gefoltert – alle Verletzungen sowie die Art der Vorgehensweise deuten auf ein Sadomaso-Spiel hin – nur dass es in diesem Falle kein Spiel, sondern eine echte Tortur war.«

»Die Frau ist also zu Tode gefoltert worden?«, hakte Zimmermann nach.

»Ja, sie ist solange gequält worden, bis sie an Herzversagen gestorben ist.«

»Warum sollten Zuhälter das zulassen? Sie zerstören doch damit, brutal ausgedrückt, ihre Geldanlage«, grübelte Zimmermann.

»Svetlana und viele andere Frauen sind wegen der Expo nach Deutschland geholt und hier in Hannover zum Anschaffen gezwungen worden. Jetzt, mehr als zwanzig Jahre später, sind sie gealtert und bringen kaum noch Geld ein. Dafür ist ihre Gesundheit so stark angegriffen, dass sie Medikamente oder gar ärztlicher Behandlung bedürfen. Beides ist teuer, und zudem sind die meisten von den Frauen illegal im Land.«

Jetzt mischte sich Kriminalrat Kehlhahn ein und ergänzte: »Damit wäre jeder Arztbesuch ein Außenkontakt und damit ein Risiko, weil sich die Frauen dem Arzt anvertrauen und um Hilfe bitten könnten. Außerdem würde die Gefahr bestehen, dass der Arzt die Polizei einschaltet. Das Risiko wäre für die Zuhälter einfach zu groß.«

Zimmermann nickte verstehend, bevor er einwandte: »Das Milieu hat doch aber sicher eigene Ärzte, die garantiert nicht die Polizei rufen würden, oder?«

»Natürlich, aber die verlangen auch Geld für die Behandlungen. Allerdings werden die Gebrechen mit zunehmendem Alter und angesichts der Leidensgeschichte der Frauen immer komplizierter, was die Behandlungskosten enorm steigert.«

»Also«, fuhr Ritter fort, »schult man die normalen Prostituierten auf Domina oder Sklavin um. In dieser Sexvariante kommt es gerade bei den Sklavinnen weniger auf das Aussehen als vielmehr auf die Leidensfähigkeit an. Wenn dann jemand eine von ihnen zu Tode foltern will und dafür entsprechend gut bezahlt, wäre das für die Zuhälter ein lukratives Geschäft: Sie verringern auf diese Weise das Überangebot an Prostituierten, erhalten zudem eine sicher beträchtliche Menge Geld für die Erlaubnis des Tötens und die betroffene Frau fällt wegen zukünftig entfallender ärztlicher Behandlung als Kostenfaktor weg.« In seinem Inneren dankte Ritter seinem Freund Lehmann inständig für die Informationen, die er jetzt gut gebrauchen konnte.

»Könnte der Tod von dieser Pastirak auch ein Unfall gewesen sein? Vielleicht ein aus dem Ruder gelaufenes Spiel der besonders perversen Art?«

Ritter schüttelte energisch den Kopf: »Nein, alle Indizien sprechen für eine absichtliche Tötung durch Folter. Denken Sie nur an die versuchte Entsorgung der Leiche – das war alles genau geplant!«

»Hatten Sie nicht mal eine Zwischenlagerung der Leiche erwähnt?«, warf Zimmermann ein und machte sich nicht die Mühe, seine Zweifel daran zu verbergen.

»Ja, nach den Untersuchungen der Rechtsmedizin muss

Svetlana am Sonntag gestorben sein. Doktor Leber ist sich dessen ganz sicher. Gefunden wurde sie am Mittwoch, als man ihre Leiche in die Baugrube geworfen hat – wenige Stunden, bevor das Fundament gegossen und ihr Körper für immer verschwunden gewesen wäre. Eigentlich sollte das Fundament bereits am Montag gegossen werden, aber es hat Lieferschwierigkeiten gegeben, sodass diese Arbeit auf Mittwoch verschoben wurde. Ganz offensichtlich war das Fundament des geplanten Logistikzentrums von Anfang an als ihr Grab vorgesehen. Da sich das Gießen des Fundaments verschoben hat, musste man die Leiche irgendwo zwischenlagern.«

Wieder nickte Zimmermann: »Verstehe. Fahren Sie bitte fort!« Er ließ sich nicht anmerken, ob ihn diese Ausführungen überzeugt hatten.

»Die Leiche wurde irgendwo zwischengelagert, das heißt, man hat sie mit größerer zeitlicher Verzögerung zwischen der Tat und dem Einwerfen in die Baugrube verwahren müssen. Wir haben daraufhin sowohl die Baufirma als auch ihren Auftraggeber unter die Lupe genommen, aber die Hintergrundrecherchen gestalten sich schwierig.«

»Warum?«, fragte Staatsanwalt Zimmermann.

»Holger, das kannst du besser erklären«, übergab Ritter das Wort.

»Ja, danke, Frank. Also, das ist so: Die Baufirma Holzer baut für die Firma Kescher ein Logistikzentrum. Die Eigentumsverhältnisse der beiden Firmen sind kompliziert, weil sie beide zu unterschiedlichen Holdings gehören, die wiederum anderen Holdings gehören. Die Verschachtelung macht es schwierig, etwaige Zusammenhänge zu erkennen.«

»Verstehe.«

Jetzt übernahm wieder Hauptkommissar Ritter: »Wir haben angesichts der Folterung die Sadomaso-Szene von Hannover unter die Lupe genommen. Dabei sind wir auf Timo Wörsching gestoßen, der drei Etablissements betreibt. Darunter ist ein Bordell namens T-Sex, in dem auch Sadomaso-Spiele angeboten werden. In diesem Etablissement hat Svetlana gearbeitet.«

»Woher wissen Sie das?«

»Von einer Zeugin, die Svetlana kannte und ebenfalls dort als Prostituierte gearbeitet hat. Der Chef der Aufpasser im Bordell, ein Mann namens Arthur, will sie dagegen nicht gekannt haben.«

Jetzt übernahm Krüger die weiteren Ausführungen: »Daneben betreibt Wörsching zwei Edel-Schuppen, in denen ebenfalls Sadomaso-Spiele angeboten werden. Beide Einrichtungen sind hochpreisig und verfügen über entsprechende schallisolierte Räumlichkeiten im Keller. Diese Studios tragen die Namen Villa Treibs-Gut und Schloß Sinnlichkeit. Timo Wörsching hat jedoch ebenfalls geleugnet, Svetlana zu kennen. Auch sein dortiger Sicherheitschef namens Bruno will sie noch nie gesehen haben. Soweit zum eigentlichen Fall, der jetzt eine Zuspitzung erfahren hat...«

»Sie meinen den toten Obdachlosen?«, fragte Zimmermann.

»Ja, ganz genau. Harald Bauer war der Zeuge, der uns wegen der Leiche in der Baugrube informiert und uns das Detail mit dem Schlüssel berichtet hat.«

»Ein Obdachloser? So ein richtiger Penner? Dem haben Sie geglaubt?« Der Staatsanwalt schüttelte demonstrativ mit dem Kopf. »Das sind doch alles notorische Säufer! Die bilden sich viel ein, wenn sie im Suff sind.«

»Die Leiche war immerhin echt und das Schloss am Tor ist nicht gewaltsam geöffnet worden. Das hat die Kriminaltechnik bestätigt. Und die Streife, die als erste vor Ort war, hat bestätigt, dass das Tor verschlossen war. Sie mussten es aufbrechen, um auf das Gelände zu kommen«, erwiderte Ritter kalt.

Zimmermann starrte ihn wortlos an. Begleitet von einer unwirschen Handbewegung zischte er: »Meinetwegen, machen Sie weiter.«

»Unser Zeuge hat sich danach in Obdachlosenunterkünften im Stadtgebiet aufgehalten. Es gibt Hinweise, dass er Angst gehabt hat. Möglicherweise hat ein anderer Obdachloser namens Franz den Aufenthaltsort unseres Zeugen verraten, der wenig später in der Eilenriede angezündet worden ist. Wie Sie wissen, hat er diesen Anschlag nicht überlebt.«

»Dann schnappen Sie sich diesen Franz und nehmen ihn gehörig in die Mangel!«

»Das geht leider nicht, denn er ist verschwunden. Mehr als seinen Vornamen kennen wir nicht, und da seine Beschreibung unzureichend ist, werden wir ihn wohl nie finden.«

Staatsanwalt Zimmermann rollte demonstrativ mit den Augen.

»Die Prostituierte, die uns Svetlanas Namen verraten hat, heißt Tamara. Sie ist seit Samstagnacht spurlos verschwunden. Die Überwachungskameras im Bordell sind merkwürdigerweise genau für den Zeitraum ausgefallen, in dem Tamara verschwunden ist. Angeblich hat sie zum Schichtende gekündigt, aber dafür haben wir nur die Aussage des Aufpassers. Ein Informant der KFI 2, der ein Auge auf sie haben sollte, wurde fast zur gleichen Zeit Opfer eines Verkehrsunfalls mit Fahrerflucht – er ist tot.«

»Donnerwetter, in diesem Fall gibt es verdammt viele Leichen!«, stöhnte Zimmermann gequält, »Wenn die Presse die Zusammenhänge erfährt, zerreißen sie uns in der Luft!«

»Aber nur, wenn wir keine Ergebnisse vorweisen können! Um die zu bekommen, brauchen wir Sie!« Ritter heftete seinen Blick auf den Staatsanwalt und sah ihm fest in die Augen. »Wir wissen nicht, wo Svetlana umgebracht worden ist. Die beiden Edelschuppen Villa Treibs-Gut und Schloß Sinnlichkeit wären beide gleichermaßen geeignet, weil sie abgelegen genug sind, um eine Leiche aus dem Haus und in ein Auto bringen zu können. Außerdem gibt es dort laut Wörsching schallisolierte Zimmer. Tatort könnte aber auch genauso gut das Bordell im Rotlichtviertel oder Wörschings Villa am Stadtrand sein. Jetzt, wo Tamara verschwunden ist, kann es sein, dass man ihr das gleiche Ende wie Svetlana zugedacht hat. Wir müssen daher alle vier Objekte durchsuchen und brauchen dafür die entsprechenden Beschlüsse!«

Sofort dämpfte Zimmermann die Erwartungen: »Gemach,

gemach, Ritter! Glauben Sie im Ernst, dass ich mich angesichts dieser dünnen Informationslage um Durchsuchungsbeschlüsse bemühen werde? Diese Svetlana könnte genauso gut von irgendeinem Perversen oder einem von Wörschings Konkurrenten ermordet worden sein!«

»Einen Perversen können wir ausschließen«, ließ sich nun wieder Krüger vernehmen, »wie soll so jemand denn an eine Prostituierte herankommen, geschweige denn sie entführen können? Da sind doch immer Zuhälter und Aufpasser bei den Frauen. Glauben Sie mir, die würden mit so einem Typen kurzen Prozess machen! Nein, es muss eine Organisation dahinterstecken!«

»Wenn es ein Konkurrent von Wörsching wäre«, ergänzte Ritter, »würde er das mit Sicherheit wissen und sein Wissen mit uns teilen – nehmen wir nämlich seinen Konkurrenten hoch, kommt Bewegung in den Markt und Wörsching könnte seinen Anteil am Kuchen problemlos vergrößern.«

»Hm, ja, das klingt plausibel«, lenkte der Staatsanwalt ein, »und ich verstehe ja Ihre Beweggründe, glauben Sie mir! Aber trotzdem muss alles nach den Buchstaben des Gesetzes ablaufen, sonst haut uns das ein Anwalt der Spitzenklasse sofort um die Ohren und wir stehen mit leeren Händen da! Und glauben Sie mir: Typen wie dieser Wörsching kommen nicht mit einem Superanwalt daher, sondern gleich mit einer ganzen Gruppe von denen! Deshalb muss alles hieb- und stichfest sein!«

»Das ist ganz in unserem Sinne!«, bestätigte Ritter, bevor er hinzufügte: »Sie kennen jetzt also unseren Vorschlag. Wie sollen wir vorgehen?«

Der Staatanwalt überlegte lange, bevor er schließlich mit erkennbaren Widerwillen einen Kompromiss vorschlug: »Also, das Bordell im Rotlichtviertel muss außen vor bleiben! Zum einen sagen Sie ja selber, dass die Räumlichkeiten dort für einen Mord durch Folterung ungeeignet seien, zum anderen hat die KFI 2 dort erst alles auf den Kopf gestellt. Da dürfte nichts zu finden sein, weil es sonst Ihre Kollegen gefunden hätten. Aber dann wären Sie bestimmt schon darüber informiert worden.«

Ritter wiegte skeptisch den Kopf.

»Im Rotlichtviertel könnten sich wichtige Unterlagen finden lassen, die Rückschlüsse auf den Verbleib der verschwundenen Prostituierten geben könnten. Dass dort gefoltert und auch gemordet wurde, glaube ich nicht, aber jedes Beweismittel über die Struktur der Organisation ist von großer Bedeutung! Danach haben die Kollegen sicher nicht gesucht, weil die Aktion dem Schutz unserer Zeugin diente. Deshalb würde ich das Bordell auch durchsuchen lassen.«

Zimmermann atmete tief durch.

»Glauben Sie wirklich, dass sich dort etwas finden lässt?«

»Wer weiß, manchmal haben wir ja Glück. Außerdem werden wir ja sicher ein paar Leute vom ‚Personal‘ in den Räumlichkeiten antreffen. Bei deren Vernehmung könnte sich ja auch der eine oder andere Hinweis ergeben.«

»Ich bin da sehr skeptisch«, erwiderte Zimmermann.

»Was haben wir zu verlieren? Wenn wir Hinweise finden sollten, war die Entscheidung zur Durchsuchung richtig. Sollten wir dagegen nichts finden, haben wir es zumindest versucht und die Presse kann uns nicht Untätigkeit vorwerfen oder uns daraus einen Strick drehen.«

Man sah deutlich, dass der Staatsanwalt bei der Erwähnung der Presse ins Grübeln geraten war.

»Na gut, meinetwegen auch das Bordell im Rotlichtviertel. Eine Durchsuchung von Villa Treibs-Gut und Schloß Sinnlichkeit ist ebenfalls in Ordnung. Ich werde mich sofort darum kümmern. Gerade einer der schallisolierten Räume, von denen Sie gesprochen haben, könnte als Tatort in Frage kommen und für uns interessant sein. Ein vielversprechender Ansatz!«

Alle Anwesenden nickten zustimmend.

»Was die Privaträume von Wörsching angeht – nein, so dumm wird er nicht sein, dass er in seinem eigenen Haus einen Mord dulden würde. Das halte ich für sehr unwahrscheinlich, zumal in seinen beiden Etablissements alles vorhanden ist, was für eine Folterung im Sadomaso-Bereich gebraucht wird. Deshalb: Kein Durchsuchungsbeschluss für Wörschings Privathaus.«

»Aber...«, Krüger setzte zu einem heftigen Protest an.

Eine Handbewegung von Zimmermann ließ ihn jedoch verstummen: »Nein, keine Diskussionen! Für die drei anderen Objekte werde ich jetzt gleich den diensthabenden Richter konsultieren.«

»Vielleicht würden wir in Wörschings Haus Indizien für seine Verstrickungen in die Prostitution und den Menschenhandel finden?«

»Tut mir leid, aber mehr ist nicht drin«, beharrte Staatsanwalt Zimmermann und wandte sich zum Gehen. Kurz vor der Tür drehte er sich noch einmal um: »Ziehen Sie das SEK hinzu! Diese Jungs wissen, wie man solche Gebäude schnell und für unsere Leute sicher einnehmen kann!«

Damit verließ er die Besprechung.

»Unerhört!«, schimpfte Krüger, »Der Mord kann sehr wohl in Wörschings Privathaus passiert sein! Er hat sich dort doch sicher fühlen können, weil offensichtlich alles bis hin zur Entsorgung der Leiche bestens arrangiert war. Mit einem Einbrecher auf dem Baugelände, der dann auch noch die Polizei ruft, konnte niemand rechnen, selbst Wörsching nicht!«

Jetzt mischte sich auch Holger Tandler ein: »Ganz genau, Bernd, da hast du vollkommen Recht. Aber habt ihr auch das Gefühl, dass der Staatsanwalt diesen Wörsching ziemlich in Schutz genommen hat?«

»Also bitte, meine Herren!«, ergriff Kriminalrat Kehlhahn das Wort, »Keine wilden Spekulationen, wenn ich bitten darf! Dem Staatsanwalt sitzt die Presse im Nacken, da ist er etwas nervös – und das die Rotlichtgrößen genug Geld in ihrer Kriegskasse haben, um beim geringsten Fehler von uns eine riesige Medienkampagne gegen die Staatsanwaltschaft und den gesamten Polizeiapparat lostreten zu können, ist doch ein offenes Geheimnis. Von den Kontakten der Rotlichtgrößen zur

Politik einmal ganz zu schweigen!«

»Schon gut«, versuchte Ritter die erhitzten Gemüter zu beruhigen, »kümmern wir uns um die Vorbereitungen für die Durchsuchungen. Nicole, sprich alles mit dem Einsatzleiter der Bereitschaftspolizei ab, ich kümmere mich um das SEK. Aber...«, er wurde sehr ernst, »wahrt strikte Geheimhaltung! Sprecht nur mit den Leuten, mit denen ihr unbedingt reden müsst. Vermeidet so lange wie möglich die Nennung unserer Ziele! Je weniger von unserer Aktion etwas wissen, umso besser!«

Während alle Umstehenden wissend nickten, fragte Kehlhahn erstaunt: »Warum diese Ermahnung? Befürchten Sie etwa ein Leck? Hier bei uns, in unseren eigenen Reihen?«

»Ich bin nur vorsichtig und will die Aktion durch nichts gefährdet wissen«, kam Ritters diplomatische Antwort.

»Sie können offen mit mir reden, Ritter! Wenn Sie einen Verdacht haben, will und muss ich das wissen!«

»So, wie sich der Fall derzeit darlegt, scheinen wir da in eine größere Sache hineingeraten zu sein. Uns macht stutzig, dass die Gegenseite von Bauer erfahren hat, obwohl wir weder seinen Namen noch seine Obdachlosigkeit gegenüber Außenstehenden erwähnt haben. Das Gleiche gilt für die Zeugin Tamara und den Informanten, den der Kollege Lehmann mit ihrem Schutz beauftragt hat. Bauer und der Informant sind tot, Tamara verschwunden – aber nur Personen aus dem Umfeld der Polizei und der Staatsanwaltschaft wussten von ihnen und ihrer Bedeutung für uns. Für mich reicht das aus, um gegenüber allen misstrauisch zu sein, mit denen ich nicht schon seit Jahren zusammenarbeite.«

Als Kriminalrat Kehlhahn die Bedeutung dieser Worte erfasste, wurde er blass.

»Ein Maulwurf – das wäre das Schlimmste, was uns passiere könnte!«

»Ganz genau!«

»Also gut, Ritter: Halten Sie die Augen offen und sobald Ihnen jemand verdächtig vorkommt, geben Sie mir Bescheid!« Er wandte sich zum Gehen, drehte sich aber an der Tür nochmals um: »Und vielen Dank für Ihre Offenheit!«

Mittwoch, 26. April, 4:30 Uhr

In der Stadt waren zu dieser morgendlichen Stunde nur sehr wenige Menschen unterwegs: Für den eigentlichen Berufsverkehr war es noch zu früh und selbst für die allerletzten Nachtschwärmer zu spät. Niemand nahm von den Fahrzeugen Notiz, die sich langsam aus unterschiedlichen Richtungen dem Steintorviertel näherten. Beinahe zeitgleich hielten auch in den Nebenstraßen unweit der beiden Edelbordelle Polizeifahrzeuge und Zivilwagen.

Hauptkommissar Ritter leitete die Aktion am Schloß, während sein Kollege Krüger der Durchsuchung in der Villa vorstand. Das Kommando beim T-Sex am Steintor teilten sich Tandler und Sievers.

Um 4:40 Uhr bauten Ritter und sein Team den Funkkreis auf. Sie wollten verhindern, dass jemand den Polizeifunk abhören und vorzeitig von ihrer Aktion Kenntnis erlangen könnte.

»Wie schaut es bei euch aus?«, fragte Ritter in die Runde.

»Alles bereit«, antwortete Krüger.

»Klar zum Loslegen«, bestätigte Sievers.

Ritter atmete tief durch, um seinen plötzlich rasenden Puls zu beruhigen. Nach ein paar Atemzügen bellte er ins Funkgerät: »Also dann – los!« Gleichzeitig gab er dem Kommandanten des ihm zugeteilten SEK-Kommandos per Handzeichen den Einsatzbefehl.

Die vereinzelten Passanten, meistens Hundeausführer, erschraken nicht schlecht, als plötzlich von allen Seiten Polizisten und die maskierten Uniformierten des SEK auf ihr jeweiliges Zielobjekt zustürmten. In Sekundenschnelle hatten die Spezialisten vom SEK die Türen aufgebrochen und drangen mit ihren Kollegen in die Gebäude ein. Dort begannen sie sofort mit der Sicherung der Räume.

Ritter atmete erleichtert auf, als die Tür zum Schloß in Windeseile aufging. Er hatte sich wegen der starken Sicherung große Sorgen gemacht, aber die Männer des SEK beherrschten ihre Arbeit einwandfrei.

Kurz nach dem Sturm der SEK-Kommandos und der Sicherung der Gebäude rückten die uniformierten Polizisten bei allen drei Objekten vor und übernahmen die Kontrolle. Sie begannen auch sofort mit der Durchsuchung.

Um 4:50 Uhr erstattete der Kommandeur des am Schloß eingesetzten SEK-Kommandos bei Ritter Bericht: »Alles gesichert, zwei Personen in Gewahrsam genommen. Offensichtlich sind das Wachmänner des Studiobetreibers.«

»Was ist mit dem Geschäftsführer?«

»Nicht angetroffen«, kam die knappe Antwort.

Ritter bedankte sich und informierte seine Kollegen: »Am Schloß Sinnlichkeit alles gesichert, zwei Personen in Gewahrsam, aber nicht Timo Wörsching. Wie schaut es bei euch aus?«

»T-Sex ebenfalls gesichert. Hier wurden auch zwei Personen in Gewahrsam genommen. Einer davon ist Arthur«, antwortete postwendend Tandler.

»Okay, und was ist mit der Villa? Bernd, wie schaut es bei

240

euch aus?«

Es dauerte etwas, bis sich sein Kollege meldete: »Objekt gesichert, vier Personen in Gewahrsam.«

»Vier Personen? Hier im Schloß und am Steintor waren es immer nur zwei Personen. Das dürften wohl Wachleute sein.«

»Keine Ahnung, wie es bei euch aussieht«, erwiderte Krüger, »aber hier haben wir zwei Aufpasser und zwei Frauen. Nach dem ersten Anschein arbeiten die hier nicht nur, sondern wohnen auch im Studio.«

»Okay, alle sofort ins Kommissariat zur Vernehmung«, ordnete Ritter an, »außerdem will ich, dass alles penibel durchsucht wird. Die Kriminaltechnik soll sich gründlich umschauen und vor allem nach versteckten Tresoren oder anderen Geheimverstecken Ausschau halten. Jeder Datenträger, jedes Mobiltelefon und jedes Blatt Papier soll sofort zur Auswertung in die Kriminaltechnik.«

Tandler und Krüger bestätigten die Anweisung.

Gegen 5:45 Uhr erschien Timo Wörsching in Begleitung von zwei Leibwächtern am Schloß. »Ich will den Verantwortlichen sprechen! Jetzt sofort!«, schrie er die Beamten an, die ihn erfolgreich am Betreten des Gebäudes hinderten.

Angesichts der Verbindungen von Rotlichtgrößen zur Politik wollte Hauptkommissar Ritter lieber deeskalieren und verließ das Gebäude. Draußen schaute er sich kurz um und konnte Wörsching bereits hören, bevor er ihn sah.

Rasch trat er auf den Mann zu. »Guten Morgen, Herr Wörsching«, grüßte Ritter kurz.

»Was soll…«

»Erst lesen, dann reden«, schlug Ritter vor und hielt dem Geschäftsführer der Bordell GmbH den Durchsuchungsbeschluss vor die Nase. »Die Bordelle Villa und T-Sex werden übrigens auch gerade durchsucht.«

»Wer gibt Ihnen das Recht…«

»Der Richter, der den Durchsuchungsbeschluss unterschrieben hat«, erwiderte Ritter kühl.

»Und was glauben Sie hier zu finden?«, bellte Wörsching mit vor Wut hochrotem Kopf.

Für einen kurzen Augenblick machte sich Ritter Sorgen um den Gesundheitszustand seines Gegenübers. So, wie der sich gerade aufregte, hielt er einen Schlaganfall für durchaus möglich. Laut sagte er aber: »Es geht um Mord, und ohne Sie läuft in Hannover im Sadomaso-Bereich nichts.«

»Ich habe Ihnen doch schon gesagt, dass ich die Tote nicht kenne. Von meinen Leuten kennt sie auch keiner.«

»Kann sein, kann aber auch nicht sein. Wir wollen nur sichergehen, dass sie nicht hier ermordet worden ist.«

»Hier? Schwachsinn! Warum sollte sie irgendjemand hier ermordet haben?«

»Ich sage nur: schallisolierte Kellerräume.«

»Und wie soll jemand in die Räume kommen? Meine Leute lassen nur autorisierte Personen rein!«

»Vielleicht war das ja eine solche Person.« Als Wörsching wieder rot vor Wut anlief, fügte Ritter hinzu: »Wenn Sie die Wahrheit sagen und das Opfer nicht hier ermordet worden ist, können wir Ihre Dominastudios ausschließen – das wäre doch sicher ganz in Ihrem Sinne?«

»Was? Wie? Ja, schon, aber...«

»Prima, dann sind wir uns ja einig. Wenn Sie mich jetzt bitte entschuldigen würden – Sie sehen ja, was hier los ist! Ich habe noch viel zu tun.«

Damit wandte sich Ritter abrupt ab.

Wörsching brauchte einen Moment, um sich von der Verblüffung zu erholen. Es hatte noch nie jemand gewagt, so mit ihm zu reden – es wäre demjenigen auch sehr schlecht bekommen. Aber er musste einsehen, dass Ritter am längeren Hebel saß.

Nachdem sich der Studiochef wieder halbwegs im Griff hatte, rief er dem Kommissar hinterher: »Und was wird mit meinen Studios? Um 13 Uhr öffnen wir!«

»Heute nicht!«, kam es lakonisch zurück. Damit ließ er den wutentbrannten Wörsching endgültig stehen.

Die Durchsuchung der drei Gebäude durch die Kriminaltechniker dauerte fast den ganzen Tag. Währenddessen hielten die Kommissare an ihrem jeweiligen Objekt die Stellung und überwachten das Prozedere.

Ritter blieb ebenfalls noch einige Zeit im Schloß und durchstreifte die Räume. Vor allem die Kellerräume weckten sein Interesse. Jeder einzelne Raum war recht groß und mit einer Vielzahl von Möbeln wie Pranger, Andreaskreuz, Strafbock, Käfigen und vielem mehr ausgestattet. Dadurch wirkte der Raum beinahe etwas beengt, zugleich aber auch furchteinflößend. Die an den Wänden befestigte unglaubliche Anzahl an Schlaginstrumenten und anderen Gegenständen, von denen der Kommissar nicht immer wusste, wofür sie dienten, ließ in ihm ein mulmiges Gefühl aufsteigen.

Nachdem er sich alles genau angesehen hatte, fragte er den für sein Objekt zuständigen Leiter der Kriminaltechnik nach einem vorläufigen Ergebnis.

»Bislang keine Blutspuren, die auf einen Mord hinweisen«, lautete die knappe Antwort.

»Wie sieht es mit Datenträgern, Telefonen und Papieren aus?«

»An technischen Geräten gibt es einige und von Papieren ganze Ordner. Wir nehmen alles mit, aber auf den ersten Blick scheint es die Buchhaltung zu sein.«

»Okay, danke!«

Schließlich ging Ritter zu seinem Wagen und griff zum Funkgerät: »Bislang keine Hinweise darauf, dass der Mord hier geschehen ist. Wie sieht es bei euch aus, irgendwelche Spuren?«

»Negativ«, antworte Krüger, »aber wir haben etliche Ordner mit Dokumenten sichergestellt. Auf den ersten Blick sieht es nach Terminplänen und der Kundenkartei aus, aber Genaueres kann ich jetzt noch nicht sagen. Das Material ist schon auf dem Weg in die KTU.«

»Hier bislang auch keine Spuren, die auf den Mord hinweisen könnten«, ließ sich Nicole Sievers vernehmen, »außerdem gibt es hier nur sehr wenige Dokumente. Dabei handelt es sich wohl um die Verteilung der Prostituierten auf die einzelnen Zimmer, also wohl ein Belegungsplan. Die Listen sind ebenfalls schon auf dem Weg in die KTU.«

»Okay«, meinte Ritter, »dann lassen wir die Kollegen von der Kriminaltechnik jetzt ihre Arbeit alleine machen und treffen uns gleich im Büro. Wir sollten die in Gewahrsam genommenen Personen verhören. Hoffentlich erfahren wir von denen etwas.« Resigniert fügte er hinzu: »Viel verspreche ich mir allerdings nicht davon, aber wir müssen es wenigstens versuchen.«

»Genau, das sehe ich auch so«, ließ sich Krüger vernehmen, »diese Typen sind wahrscheinlich schon unzählige Male von der Polizei verhört worden, sodass sie genau wissen, wie der Hase läuft. Aber du hast Recht, Frank: Wir müssen es versuchen! Also bis gleich!«

Mittwoch, 26. April, 13:35 Uhr

Zurück in der Waterloostraße tauschten sich die Kommissare kurz aus.

»Die Aufpasser waren unbewaffnet«, begann Tandler, »aber in ihrem Überwachungsraum haben wir Schusswaffen gefunden.«

Ritter und Krüger nickten. Auch in ihren Objekten wurden Waffen gefunden.

»In der Branche geht es hart zu«, suchte Krüger nach einer Erklärung, »da muss man immer damit rechnen, dass ein Konkurrent den Laden überfällt – und sei es nur, um die Kunden zu verängstigen, damit sie künftig wegbleiben.«

»Ja, und vielleicht zur Einschüchterung der Prostituierten«, sinnierte Sievers.

»Kaum«, widersprach Krüger, »die sind so eingeschüchtert und schwach, dass die Androhung einer Tracht Prügel reichen dürfte. Um die Frauen in Schach zu halten, brauchen die Aufpasser keine Waffen.«

»Okay, aber Wörsching ist im Sadomaso-Bereich der unbestrittene Pate in dieser Stadt. Vor wem sollte er Angst haben?«

»Vor niemandem, aber Respekt. Wären seine Leute unbewaffnet, könnten das andere als Schwäche auslegen und aktiv werden.«

»Welche anderen?«

»Bereits in dem Bereich tätige Gruppen oder Neueinsteiger.

Wäre ja nicht das erste Mal, dass ein Neuankömmling oder jemand aus der zweiten Reihe an die Spitze will.«

»Okay«, unterbrach Ritter die Diskussion, »lasst uns mit den Befragungen beginnen.«

Mittwoch, 26. April, 14:05 Uhr

Für die Befragung der acht in Gewahrsam genommenen Personen teilte sich das Team in Zweiergruppen auf. Sie hatten beschlossen, zunächst mit den Personen zu beginnen, von denen sie sich die wenigsten Hinweise erhofften, um die Zahl der festgehaltenen Personen möglichst schnell reduzieren zu können. Es war allen klar, dass beim Staatsanwalt in Kürze eine Beschwerde von Wörsching gegen die Durchsuchungen und die vorläufige Festnahme seines Personals eingehen würde. Niemand aus dem Ermittlerteam wusste, wie Zimmermann darauf reagieren würde.

Während sich Krüger und Sievers mit den beiden Prostituierten aus dem Villa genannten Studio befassten, befragten Ritter und Tandler einen Mann namens Sven Iljatow.

»Sie arbeiten als Aufpasser im T-Sex«, begann Ritter.

Als sein Gegenüber nicht antwortete, fragte er nach: »Haben Sie meine Frage verstanden? Brauchen Sie einen Dolmetscher?«

Iljatow lehnte sich zurück und warf den Kommissaren ein dreckiges Grinsen zu.

»Also?«, bohrte Ritter weiter.

Nun endlich bequemte sich der Angesprochene zu einer Antwort: »Ich bin kein Aufpasser, ich bin Security-Mann.«

»Und was ist Ihre Aufgabe als ‚Security-Mann‘?«

»Die Damen vor gewalttätigen Freiern oder Zechprellern zu beschützen.«

»Überwachen Sie die Kontakte zu den Freiern?«

»Na klar. Auf den Fluren gibt es Überwachungskameras und in den Zimmern haben alle einen Alarmknopf. Außerdem überwachen wir die Aufenthaltsdauer der Freier auf den Zimmern und schauen nach, wenn es zu lange dauern sollte. Könnte ja sein, dass es eine Dame in einer Notsituation nicht schafft, den Alarm auszulösen.«

»Sorgen Sie denn auch dafür, dass keine der Frauen eine Beziehung zu einem Freier aufbaut?«

»Was? Bullshit, Mann! Die Damen sind nur auf Kohle aus, von denen will keine eine Beziehung zu einem von den Loosern, die in den Puff kommen!«

»Sie reden aber nicht gerade freundlich über Ihre Kundschaft! Immerhin sichert die doch Ihr Gehalt.«

»Scheiß auf die Typen! Alles Looser!«

»Wie ist Ihr Verhältnis zu Arthur Kowalski, Ihrem ‚Kollegen‘ bei der ‚Security‘?«

»Arthur ist mein Boss. Er sagt, wo's langgeht und was gemacht werden soll.«

»Und was er sagt, machen Sie dann auch?«

»Klar, ist doch mein Job. Und einer muss das Sagen haben.«

Das Gespräch ging noch zwanzig Minuten weiter, aber es war klar, dass man aus Iljatow nichts weiter herausbekommen würde.

»Eine Frage hätte ich noch«, sagte Ritter zum Abschluss, »wo waren Sie in der Nacht vom 22. auf den 23. April, so zwischen Mitternacht und drei Uhr morgens?« Er dachte dabei an die Ermordung von Bauer.

»Na, wo schon, natürlich bei der Arbeit! Ist immer viel los bei uns, der letzte Freier geht oftmals erst gegen 3 Uhr früh. Danach warten wir, bis die Frauen ihre Zimmer aufgeräumt haben und eskortieren sie dann nach Hause.«

»Ist das denn nötig?«, zweifelte Tandler.

»Na klar, wir sind ein gutes Haus mit erstklassigen Mädels, so etwas spricht sich schnell herum. Manche von den Loosern glauben dann, dass sie noch eine kostenlose Zugabe bekommen könnten und warten draußen auf die Damen. Dort werden sie dann schon mal zudringlich. Vor allem, wenn sie besoffen oder mit irgendwelchen Scheißdrogen zugedröhnt sind. Deshalb legt der Chef, der Herr Wörsching, großen Wert darauf, dass wir die Frauen so gut wie möglich beschützen. Also eskortieren wir sie nach Hause.«

Tandler und Ritter warfen sich einen vielsagenden Blick zu. Sie waren sich einig, dass der vermeintliche Schutz eher eine Bewachung der Frauen war.

»Gibt es Zeugen, die Sie bei der Arbeit gesehen haben?«

»Wir haben selten Ärger. Die Typen wissen, dass sie nett zu unseren Damen sein müssen, denn sonst gibt es von uns auf die Fre... - äh, ich meine, weil es sonst mächtig Ärger gibt. Das hat sich auch rumgesprochen, weshalb wir nur selten eingreifen müssen. Aber natürlich müssen wir anwesend sein. Arthur, mein Boss, kann bezeugen, dass ich im Kontrollzentrum war.«

»Okay, und was ist mit der Nacht vom 23. auf den 24. April? Wo waren Sie da um Mitternacht?« Vielleicht konnten Sie ja etwas über den angeblichen Unfalltod von Lehmanns Informanten herausbekommen.

»Na, wo schon«, maulte Iljatow, »natürlich auch bei der Arbeit. Bei uns ist es immer voll, aber am Wochenende tobt die Hölle, da sind so viele Freier da, dass die Damen fast nicht zum Pinkeln kommen.«

»Und?«

»Na, was wohl – da müssen wir besonders wachsam sein! Auch wenn die Looser Respekt vor uns haben, müssen wir ihnen zeigen, dass wir da sind. Machen wir das nicht, werden die Typen frech und pöbeln unsere Damen an. Das geht gar nicht! Also habe ich im Kontrollzentrum gesessen und darauf geachtet, dass den Damen nichts passiert und kein Freier eine Dame um ihr hart erarbeitetes Geld prellt.«

»Gibt es für Ihre Anwesenheit im Kontrollzentrum Zeugen?«

»Klar, Arthur war auch da.«

»Und weder Sie noch Arthur haben den Raum verlassen? Auch nicht für einen Toilettengang?«

»Mann, das Klo ist hinter dem Kontrollraum. Man kommt vom Flur erst ins Kontrollzentrum, muss da durch und kann dann auf der anderen Seite aufs Klo gehen. Wer vom Klo kommt, muss durch den Kontrollraum, um auf den Flur zu gelangen.«

»Gibt es einen Notausstieg für die Toilette für den Fall, dass es mal brennen sollte?«

Iljatow rollte genervt mit den Augen. »Nein, so etwas gibt es nicht und haben wir bislang auch nicht gebraucht.«

»Na gut, dann wären wir durch. Das heißt: Kennen Sie diese Frau?« Damit legte er ein Foto von der toten Svetlana vor dem Wachmann auf den Tisch.

Der warf nur einen kurzen Blick darauf und antwortete: »Nee, nie gesehen.«

»Okay«, seufzte Ritter, »Sie können gehen, aber halten Sie sich zu unserer Verfügung.«

»Ja, ja, meinetwegen.«

Als Iljatow den Raum verlassen hatte, meinte Ritter zu seinem Kollegen: »Das ist nur ein kleiner Fisch, ein Handlanger.«

»Sein Alibi ist nichts wert, weil es nur von Arthur bestätigt wird.«

»Ja, und umgekehrt ist Iljatow das Alibi für Arthur, aber was diese Art von Alibis wert ist, wissen wir ja zur Genüge.«

»Also befragen wir den nächsten Handlanger?«

»Ja, das wäre Mark Zawanowitsch, ein Aufpasser aus der Villa. Ich fürchte nur, dass das Gespräch mit ihm genauso wie das mit Iljatow verlaufen wird«, vermutete Ritter.

Er sollte Recht behalten.

Mittwoch, 26. April, 19:38 Uhr

Die ersten Befragungen waren wie befürchtet ohne Ergebnis geblieben. Zur Überraschung der Kommissare hatte sich bislang aber auch noch kein Anwalt blicken lassen, um die Interessenvertretung der in Gewahrsam genommenen Personen zu beanspruchen.

Bei einem Becher Kaffee verglichen die beiden Befragungsteams die Ergebnisse.

»Die Befragung der beiden Prostituierten«, begann Krüger, »hat wie erwartet nichts gebracht. Sie wohnen zwar in der Villa Treibs-Gut, wollen sich aber nur um ihre Kunden und deren Bedürfnisse gekümmert haben. Von Aktivitäten in der Nacht, als Svetlana zur Baugrube gefahren wurde, oder in den Tagen und Nächten zuvor wollen sie nichts wissen. Auch von den Abläufen des Geschäftsbetriebs wollen sie keine Ahnung haben. Das kann auch gut sein, denn sie sind ja die Ware. Die geschäftlichen Dinge werden andere besprechen, ebenso die Entscheidungen treffen. Wir haben sie gehen lassen.«

»Was ist mit ihren Alibis?«

»Haben wir pro forma erfragt, aber beide haben erst ihre ,Arbeit' gemacht und sind dann angeblich in ihre Zimmer gegangen, wo sie sich wegen ihrer Erschöpfung nach der harten Arbeit sofort hingelegt haben. Sie wollen tief und fest geschlafen haben. Alleine, wie sie sagen.«

»Nutzen sie die Chance zum Ausstieg?«, fragte Tandler, »Wenn sie jetzt aussagen, wären sie frei.«

»Nein«, Krüger und Sievers schüttelten gleichzeitig den Kopf, »dafür haben sie viel zu viel Angst – um sich, aber mehr noch um ihre Familien. Sie wissen, wozu diese Verbrecher fähig sind und dass sie ein weitgesponnenes Netz von Handlangern haben. Immerhin gibt es in den Heimatländern der Frauen Leute, die sie anwerben. Dann wird es auch welche geben, die gegebenenfalls an einer Familie ein Exempel statuieren.«

»Ja, leider«, nickte Ritter, »konzentrieren wir uns also auf die ‚Securityleute‘.« Anschließend berichtete er von den Befragungen der beiden Aufpasser Iljatow und Zawanowitsch. »Nach unserer Einschätzung sind das nur Handlanger, die das machen, was ihr jeweiliger Chef ihnen sagt. Das wären dann Arthur und Bruno.«

»Das ist bei Adrian Kastnog auch nicht anders«, ergänzte Krüger, »das ist der Aufpasser im Schloß und entspricht auch dem Typ Handlanger. Sein dortiger Vorgesetzter ist der uns schon bekannte Bruno Kasparow.«

»Stimmt, den kennen Bernd und ich von unserem ersten Gespräch mit Timo Wörsching«, nickte Ritter, »aber immerhin haben wir jetzt eine erkennbare Struktur: In jeder Einrichtung gibt es einen Aufpasser und einen Handlanger.«

Krüger schaltete sofort: »Arthur Kowalski hat im T-Sex das Sagen, während Sven Iljatow sein Handlanger ist. Beide behaupten, Svetlana Pastirak nicht zu kennen, obwohl diese dort gearbeitet haben soll.«

»Tja«, ließ sich nun Sievers vernehmen, »im Schloss hat

254

demnach Bruno Kasparow das Sagen, wenn Frank und Holger den Kastnog für einen Handlanger halten.«

»Genau, und in der Villa wären dann Mark Zawanowitsch und sein Chef Dieter Krämer unsere Hauptpersonen.«

Ritter nickte. »Diese Erkenntnis hilft uns doch schon weiter. Dann lasst uns vor diesem Hintergrund mit den drei Herren sprechen.«

»Du meinst also auch, dass die Sicherheitschefs der einzelnen Studios die Schlüsselfiguren sind?«, fragte Sievers.

»Ja, das glaube ich. Die wissen mehr, als sie uns sagen. Von Iljatow wissen wir, dass die Wachleute die Frauen zu ihrer Unterkunft bringen. Da Svetlana im T-Sex gearbeitet hat, muss sie ebenfalls von den Wachen in ihre Unterkunft gebracht worden sein. Ohne deren Wissen kann also keine Frau einfach so aus den Fängen der Zuhälter verschwinden. Damit müssen sie ihre Finger im Spiel haben, das mit einem Mord endete.«

»Klingt logisch«, ließ sich Krüger vernehmen, »aber wir wissen nur von der inzwischen verschwundenen Tamara, dass Svetlana dort gearbeitet hat. Wenn sie sich geirrt hat, könnte das erklären, weshalb Arthur und Iljatow behaupten, unser Opfer nicht zu kennen.«

»Du hast ja Recht, dass wir nichts beweisen können. Natürlich kann sich Tamara auch geirrt haben. Aber zum einen glaube ich eher einer Prostituierten als ein paar Zuhältern, zum anderen verleihen Tamaras Verschwinden und der Tod ihres Aufpassers und Informanten von der KFI 2 ihrer Aussage enormes Gewicht.«

»Falls die Ereignisse zusammenhängen!«

»Richtig. Knöpfen wir uns also die drei Sicherheitschefs vor! Vielleicht erfahren wir ja von denen etwas – und sei es nur durch einen kleinen Versprecher.«

Die Kommissare tranken ihren Kaffee aus und machten sich wieder an die Arbeit.

Mittwoch, 26. April, 20:10 Uhr

Die beiden Befragungsteams kehrten in ihren Verhörraum zurück. Während sich Ritter und Tandler mit Arthur Kowalski befassten, wurde Bruno Kasparow von ihren Kollegen Krüger und Sievers befragt.

»Also«, begann Krüger das Gespräch, »wie läuft das so in Schloß Sinnlichkeit?«

»Was willste denn wissen?«

»Wie kommen die Kunden zu euch und wie läuft das ab, wenn sie bei euch klingeln?«

»Warum willsten das wissen, haste Interesse?«, grinste ihn Bruno frech an.

»Ich will nur verstehen, wie das bei euch abläuft.«

»Frag den Boss, der kümmert sich um alles. Ich bin nur der Sicherheitschef und passe auf, dass nichts passiert. Für alles andere ist der Boss zuständig.«

»Der Boss ist Timo Wörsching?«, hakte Krüger nach.

»Jau, haste gut erkannt!«

Der Rest des Gespräches verlief recht einseitig, da Bruno immer wieder auf Wörsching verwies. Seine eigene Rolle beschränkte er ebenfalls auf den Schutz der Frauen vor übergriffigen Kunden oder Zechprellern.

Schließlich seufzte Krüger: »Okay, dann noch eine andere Frage: Wo waren sie in der Nacht vom 18. auf den 19. April zwischen Mitternacht und 3 Uhr morgens?« In dieser Zeit wurde laut ihrem ermordeten Zeugen die Leiche von Svetlana in die Baugrube geworfen.

»Erst bei der Arbeit im Schloss, danach im Bett – ebenfalls im Schloß. Und bevor du fragst: Alleine! Hätte ich geahnt, dass ich ein Alibi brauche, hätte ich mir eine Schnitte ins Bett geholt. Aber ich konnte ja nicht ahnen, dass ich eins brauchen würde.« Er ließ ein dreckiges Lachen hören.

»Na schön, und wie sieht es mit der gleichen Zeit in der Nacht vom 23. auf den 24. April aus? «

»Na, wie schon – genau das gleiche! Nur weil ich in einem Bordell arbeite, heißt das nicht, dass ich immer eine der Frauen im Bett habe. Das wäre unprofessionell! Ich mache meinen Job und trenne Privates und Beruf!«

»Okay«, erwiderte Krüger und legte ein Foto von Svetlana vor ihm auf den Tisch. »schon mal gesehen?«

»Nö, habe ich dir und dem anderen ‚Herrn Polizist‘ doch schon neulich gesagt. Die war nie bei uns im Schloß.«

»Okay, dann noch eine letzte Frage: Sie sagten, dass Sie in den beiden fraglichen Zeiträumen gearbeitet hätten.«

»Richtig. Wir sind ja ein Nobelschuppen, da hat man einen Ruf zu verlieren.«

»Ah ja«, nickte Sievers, unterließ aber eine spitze Bemerkung, »was ist mit Zeugen?«

»Na klar doch, mein Kollege«, kam postwendend die Antwort.

Nach einem kurzen Seitenblick zu Sievers nickte Krüger: »Okay, Sie können dann gehen, aber halten Sie sich zu unserer Verfügung!«

»Natürlich, jederzeit, wo es doch um so einen scheußlichen Mord geht!« Er grinste die beiden Kommissare schmierig an.

Kaum hatte Bruno Kasparow den Raum verlassen, drohte Sievers zu explodieren: »Der verarscht uns! Die letzte Bemerkung war doch reiner Hohn!«

»Die verarschen uns alle«, entgegnete Krüger, »und ich möchte wetten, dass die mehr wissen, als sie zugeben.«

»Dann müssen wir sie knacken!«

»Natürlich, fragt sich nur, wie wir das anstellen sollen.«

»Stimmt, das sind alles harte Nüsse. Im Grunde hat keiner von denen ein Alibi, aber da nur zwei Männer auf der Baustelle gesehen wurden, wird es schwer, die beiden zu finden – wenn sie denn überhaupt zu unserem Kreis von Verdächtigen gehören. Gleiches gilt für den Tod des Informanten - verdammt, von dem kennen wir nicht mal den Namen! Wörsching hat bestimmt noch mehr Leute fürs Grobe, die wir alle nicht kennen.«

Krüger ließ einen tiefen Seufzer hören: »Scheißjob«, murmelte er dann, »na ja, komm, vielleicht haben die anderen mehr Erfolg gehabt.«

»Glaubst du das wirklich?«

»Nein, aber die Hoffnung stirbt ja bekanntlich zuletzt.«

Mittwoch, 26. April, 23:20 Uhr

Nachdem sie alle Befragungen abgeschlossen hatten, versammelte sich das Ermittlerteam in Ritters Büro. Dieser begann die Besprechung mit seiner Standardfrage: »Was haben wir?«

»Nach meinem Eindruck«, begann Bernd Krüger, »wissen die beiden von Nicole und mir befragten Prostituierten nichts. Vielleicht schweigen sie auch aus Angst, aber falls das so sein sollte, haben sie sich nichts anmerken lassen.«

»Das war wohl auch nicht anders zu erwarten«, warf Holger Tandler ein.

»Stimmt«, bestätigte Krüger, »kommen wir also zu Adrian Kastnog, einem Aufpasser aus dem Schloß Sinnlichkeit. Nach unserer Einschätzung ist er nur der Gehilfe des anderen Aufsehers, dieses Bruno Kasparow.«

»Den habt ihr auch befragt, richtig?«

»Ja«, nickte Krüger, »der Typ macht einen auf obercool, aber er scheint auch nur ein Befehlsempfänger zu sein. Trotzdem trauen wir ihm alles zu – und wenn man Adrian Kastnog entsprechende Anweisungen gibt, würde der mit Sicherheit alles machen, was man ihm befiehlt – also auch einen Mord begehen. Als Alibi geben beide an, gearbeitet zu haben – und als Zeugen benennt jeder den jeweils anderen, sodass beide Alibis auf ziemlich wackeligen Füßen stehen.«

Frank Ritter nickte: »Eure Ergebnisse decken sich mit denen von Holger und mir: Arthur Kowalski ist nach unserer Einschätzung der Chef der Security des Ladens am Steintor, während Sven Iljatow der Handlanger ist. Der aber mit Sicherheit auch alles macht, was man ihm sagt. Die gleiche Konstellation sehen wir bei der Villa Treibs-Gut: Dieter Krämer ist der Chef und Mark Zawanowitsch der Gehilfe. Wobei die Handlanger im Falle eines Falles genauso brutal wie ihre Vorgesetzten sein können, sodass man sie auf keinen Fall unterschätzen darf! Bei den Alibis ist es wie bei euch gewesen: Sie geben sich gegenseitig eines. Wie du schon gesagt hast, Bernd: Die stehen alle auf tönernen Füßen! Aber dennoch kommen wir daran derzeit nicht vorbei. Wir müssten also einen der Lüge überführen, dann hätten wir seinen Partner ebenfalls am Wickel.«

»Das dürfte sehr, sehr schwer werden«, murmelten Krüger und Tandler gleichzeitig. Letzterer fügte beinahe resignierend hinzu:»Die halten alle wie Pech und Schwefel zusammen.«

Nicole Sievers hatte sich die Berichte ihrer Kollegen ruhig angehört. Jetzt sprach sie das Ergebnis der Durchsuchungsaktionen aus, das alle dachten:»Wir haben also nichts.«

Ritter schaute sie nachdenklich an. Doch dann widersprach er ihr:»Nein, mit ganz leeren Händen stehen wir nicht da. Okay, die Befragungen haben nichts ergeben, aber die Ergebnisse der Spurensicherung von den Räumen stehen noch aus. Ebenso die Auswertung der sichergestellten Datenträger und Dokumente!«

»Wenn da etwas zu finden gewesen wäre, hätten die doch spätestens bei Bekanntwerden des Leichenfunds sofort alle

Spuren beseitigt«, warf Tandler ein.

»Unterschätzt nicht die Kollegen von der Kriminaltechnik«, meinte Krüger, »wenn es dort irgendwo Blut gegeben hat, werden sie Spuren davon finden. Da kann man noch so gut putzen, aber Ewald Danner und seine Truppe finden dank ihrer supertollen Ausrüstung immer noch Reste davon. Es gibt also noch Hoffnung.«

»Außerdem«, ließ sich Frank Ritter vernehmen, »dürfte in allen Etablissements nichts in der Größenordnung von Folter und Mord ohne die Zustimmung von Timo Wörsching passieren. Wenn, dann hätte er die Anweisungen gegeben und irgendwer von seinen Leuten hätte sie ausgeführt.«

»Es sei denn, er hat seinen Laden nicht im Griff und jemand hat hinter seinem Rücken agiert.«

Ritter wiegte zweifelnd den Kopf: »Das wäre sicher theoretisch denkbar, aber spätestens seit wir ermitteln, würde er Bescheid wissen und hätte bereits Konsequenzen gezogen.«

»Stimmt, aber sind die Aufpasser, die wir kennen, auch die aus der Zeit vor der Entdeckung der Leiche?«, zweifelte Krüger, »Das sollten wir unbedingt überprüfen!«

»Sie haben als Alibi ihre Arbeit angegeben«, warf Nicole Sievers ein.

»Das könnte eine Lüge sein«, konterte Krüger, »wir sollten das überprüfen.«

»Aber wie?«

Ritter hob beschwichtigend die Hand: »Okay, Leute, ich werde mal wieder meinen Freund Lehmann anrufen. Er und seine Leute werden die Aufpasser in den drei Läden kennen und wissen, ob es da kürzlich einen oder mehrere Wechsel gegeben hat.«

»Gute Idee«, stimmte Sievers zu, »wahrscheinlich werden es die gleichen Wachmänner sein, aber wir hätten dann zumindest in diesem Punkt Gewissheit.«

»Gut«, meinte Ritter, »dann wäre das also geklärt. Da wir mit den Aufpassern nicht weitergekommen sind, müssen wir die Ergebnisse der KTU abwarten. Je nachdem, wie die ausschauen werden, müssen wir weitersehen. Bis dahin sollten wir die sichergestellten Unterlagen sichten. Außerdem sollten die Eigentumsverhältnisse der Baufirma und der Logistikfirma weiter untersucht werden. Das ist wegen der Durchsuchungen etwas ins Hintertreffen geraten, aber vielleicht ergeben sich daraus ja neue Erkenntnisse. Dabei sollten wir auch prüfen, wie es mit den Eigentumsverhältnissen der drei Bordelle aussieht – ich kann mir nicht vorstellen, dass die Timo Wörsching gehören.« Er dachte kurz nach, dann fuhr er fort: »Holger, du kümmerst dich um die Hintergrundrecherchen zu den Firmen und Bordellen! Wir drei anderen sichten währenddessen die sichergestellten Unterlagen. Irgendwelche Einwände oder andere Vorschläge?«

Als sich niemand meldete, fügte er hinzu: »Okay, dann lasst uns für heute Schluss machen. Morgen früh geht es dann weiter - wir brauchen schnellstens Ergebnisse, die Spur wird mit jedem Tag kälter.«

Donnerstag, 27. April, 0:15 Uhr

Als Frank Ritter nach Hause kam, schlief seine Frau bereits. Angesichts der Uhrzeit wunderte ihn das nicht – die Zeiten, in denen sie auf ihn gewartet hatte, waren schon lange vorbei.

Er schlüpfte möglichst leise unter die Bettdecke, um wenigstens ein paar Stunden Schlaf zu ergattern. Seine Frau wurde davon nicht wie sonst üblich wach, sondern gab nur ein paar unwirsche Laute von sich.

Zu seinem Erstaunen konnte Ritter trotz des langen Tages nicht einschlafen. Immer wieder spukten die Ereignisse der letzten Tage in seinem Kopf herum. Aus Erfahrung wusste er, dass der Durchbruch bald kommen musste, denn sonst würde sich die Spur verlieren. Hatte er gerade ‚Spur‘ gedacht? Im Grunde hatten sie nichts, was diesen Namen verdienen würde. Bislang kannten sie nicht einmal den Tatort. Der aber könnte wichtige Hinweise liefern, nur wo sollten sie suchen? Hannover war groß, und die naheliegenden Orte, nämlich Villa Treibs-Gut und Schloß Sinnlichkeit hatten sie danach durchsucht. Hoffentlich ergaben die Auswertungen der KTU und der sichergestellten Unterlagen etwas, denn anderenfalls würde ihnen Staatsanwalt Zimmermann die Hölle heiß machen.

Endlich fiel Ritter doch noch in einen kurzen und unruhigen Schlaf.

Donnerstag, 27. April, 7:00 Uhr

Am anderen Morgen fanden sich Frank Ritter und sein Team wieder sehr früh im Büro ein. Keiner von ihnen hatte in der Nacht gut geschlafen, weil sie der Fall zu sehr aufwühlte. Während sich Holger Tandler sofort den Eigentumsverhältnissen der in dem Fall aufgetauchten Firmen widmete, teilten die drei anderen die sichergestellten Unterlagen untereinander auf und machten sich sofort an die Arbeit.

Zwischendurch fragte Ritter noch bei seinem Freund Lehmann in der KFI 2 nach, welche Aufpasser für die drei Etablissements dort bekannt waren.

Lehmann hatte die Namen nicht sofort griffbereit, sicherte aber zu, sich schnellstens zu melden.

Den gesamten Vormittag wühlte sich das Team durch die sichergestellten Unterlagen oder sichtete die ebenfalls sichergestellten Aufnahmen von den Überwachungskameras in den drei Bordellen.

Gegen Mittag bestätigte Hauptkommissar Lehmann, dass die Aufpasser in den drei Einrichtungen nicht ausgetauscht worden waren. Damit hatte das Ermittlerteam zumindest in diesem Punkt Gewissheit.

»Allerdings gab es da mal einen Igor Trawanow«, fuhr Lehmann fort, »der war aber nur recht kurz im Studio T-Sex, wohl als eine Art Aushilfe für die Aufpasser. Wo er sich jetzt aufhält, weiß ich nicht.«

»Wann war er dort beschäftigt?«

265

»Moment«, Ritter konnte das Rascheln von Papier hören. Zwar arbeitete auch die Polizei seit langem digital, aber sein Freund bevorzugte immer noch Papier.

Nach kurzer Zeit war sein Kollege wieder in der Leitung: »Er hat vor ungefähr acht Monaten dort angefangen und war nach knapp zwei Monaten verschwunden.«

»Ist das üblich, dass man Aushilfen für kurze Zeiträume anheuert?«

»Nein«, versicherte Lehmann, »das ist eher ungewöhnlich. Normalerweise werden die Aufpasser eine Zeitlang geprüft, damit sie nicht einer Frau zur Flucht verhelfen, wenn sie ihm schöne Augen macht. Außerdem müssen sie natürlich auch beweisen, dass sie die Prostituierten bei Bedarf mit Gewalt zur Räson bringen können und es auch tun werden. Zumindest war das bei den anderen Aufpassern so, nicht nur bei denen in Wörschings Häusern. Trawanow fällt dagegen mit seiner kurzen Zeit im T-Sex aus dem Rahmen.«

»Könnte er sich andernorts einen entsprechenden Ruf erworben haben?«

»Natürlich, aber wir haben damals nichts mehr über ihn gefunden. Er war laut seinen Papieren erst ein Jahr zuvor nach Deutschland eingereist. Aber selbst wenn er einen entsprechenden Ruf gehabt hätte, würde man ihn dort langfristig beschäftigen. Es ist also seltsam, dass wir nichts mehr von ihm gehört haben.«

»Könnte er versagt haben und deshalb entfernt worden sein?«

»Vielleicht, aber eigentlich hätte er dann schon bei den vorangegangenen Tests auffallen müssen. Diese Leute sind Profis, da kann man sich nicht einfach so bewerben und durch die Tests mogeln. Falls es für Trawanow aber tatsächlich nicht so gut gelaufen sein sollte, dürfte er jetzt tot sein.«

»Oder in seiner Heimat?«

»Nein, die lassen keine Zeugen laufen. Er hat kleinere Einblicke in die Gruppe bekommen und damit wäre Risiko viel zu hoch, dass er irgendwann reden könnte. Vielleicht nicht mal absichtlich, aber ein unbedachtes Wort im Suff in irgendeiner Kneipe, und es könnte sich für die Organisation ein Problem auftürmen. Falls er also tatsächlich wieder in seiner Heimat sein sollte, dann als Leiche.«

»Okay«, meinte Ritter und atmete tief durch, »dann werden wir mal versuchen, etwas über den Verbleib von Trawanow herauszufinden. Kannst du mir ein Foto von ihm schicken?«

»Na klar, kein Problem. Seine Fingerabdrücke haben wir auch, da er mal in seiner Anfangszeit einen betrunkenen Freier etwas unsanft vor die Tür gesetzt hat. Der hat ihn wegen Körperverletzung angezeigt, aber später alles zurückgezogen. Da hatten wir Trawanow aber schon erkennungsdienstlich behandelt.«

»Gut zu wissen! Das war es dann für heute von meiner Seite. Vielen Dank für deine Hilfe, Manfred!«

»Gerne, jederzeit wieder. Und, Frank, nochmals: Ihr stochert in einem Wespennest herum! Passt gut auf euch auf!"«

»Machen wir, versprochen!«

Damit beendete Ritter das Telefonat. Anschließend informierte er umgehend seine Kollegen und hielt sie an, in den Unterlagen darauf zu achten, ob irgendwo der Name Igor Trawanow auftauchte.

Den gesamten Vormittag sichtete das Team mit Ausnahme von Holger Tandler das sichergestellte Material. Letztlich ergaben sich aber keine Hinweise auf den Mord oder einen möglichen Tatort.

Währenddessen arbeitete sich Tandler mit der Präzision einer gut geölten Maschine durch das Firmengeflecht. Inzwischen hatte er bereits einige Erkenntnisse gewonnen, die es ihm mehr und mehr erleichterten, das Dickicht zu durchdringen. Sein Optimismus wuchs, demnächst Ergebnisse präsentieren zu können.

Gegen Mittag machte das Team eine Pause. Hungrig und müde gestanden sich alle ein, dass sie keinen Schritt weiter als am Vortag waren. Als dann auch noch Ewald Danner von der Spurensicherung anrief und mitteilte, dass es in keiner der drei Räumlichkeiten Spuren von Blut, geschweige denn von einem Mord gab, war die Enttäuschung riesengroß und drohte in Frust umzuschlagen.

Ritter erkannte die Notwendigkeit, sein Team zumindest ein wenig mit der Welt zu versöhnen.

»Ich habe Hunger«, begann er, »wer noch?«

Die anderen murmelten etwas, das als Zustimmung verstanden werden konnte. Insgeheim befürchteten sie aber, wegen der frustrierenden Ermittlungsergebnisse keinen Bissen hinunterzubekommen.

»Pizza?«

Wieder kam nur Gemurmel.

»Also Pizza«, entschied Ritter. Dann gab er bei einem Bringdienst die Bestellung auf.

»Bis das Essen da ist, reden wir nicht mehr von dem Fall«, schlug er vor, »und nach dem Essen schauen wir, wie wir weiter vorgehen können.«

»Vielleicht habe ich schon etwas«, ließ sich Tandler vernehmen, »bei dem Firmengeflecht bin ich auf ein paar Dinge gestoßen, die interessant sein könnten.« Als er die Hoffnung in den Blicken seiner Kollegen sah, beeilte er sich hinzuzufügen: »Natürlich ist das alles sehr spekulativ, aber immerhin etwas, wo sich ein genauerer Blick lohnen könnte.«

»Prima«, kommentierte Ritter diese Ankündigung, »aber jetzt lasst uns einen Kaffee trinken und für ein paar Minuten nicht mehr an den Fall denken.«

Für diesen Vorschlag erntete er zustimmendes Gemurmel. Auch wenn keinem aus dem Team der Kaffee aus dem Automaten schmeckte, waren sie dennoch dankbar dafür.

Als dreißig Minuten später die Pizza geliefert wurde, stürzten sich alle drauf und schlangen in Windeseile das Essen hinunter. Der Gedanke an einen Anhaltspunkt hatte die Resignation vertrieben. Sie wollten den Fall lösen, und die Aussicht auf Hintergrundinformationen wirkte sich belebend aus. Holger Tandler sah in die hoffnungsfrohen Gesichter seiner Kollegen und bemerkte ihre hohe Erwartungshaltung an seine Ergebnisse. Langsam kamen ihm Zweifel, ob er diesen Hoffnungen gerecht werden konnte. Er verdrängte diesen Gedanken jedoch rasch und widmete sich seiner Pizza.

Donnerstag, 27. April, 14:30 Uhr

Kaum waren alle mit dem Essen fertig, richteten sie die Blicke auf Tandler. Dieser schluckte rasch das letzte Stück Pizza hinunter, dann sah er seinen Chef fragend an: »Soll ich loslegen?«

»Ja, unbedingt!«

»Okay, also dann«, hob er an und trat an das Whiteboard, »wir haben es mit einer Vielzahl von kleinen und mittelständischen Betrieben unterschiedlichster Art zu tun. Das sind beispielsweise Großhändler für Obst und Gemüse, Gebrauchtwagenhändler, Produzenten von Bäckereizubehör und so weiter. Diese vielen Firmen gehören ganz oder teilweise unterschiedlichen Gesellschaften, die wiederum anderen Gesellschaften gehören.«

Er fing an, seine Worte für alle sichtbar auf das Board zu schreiben.

»So ähnlich wie ein Schneeballsystem?«

»Genau, nach oben verengt sich alles.«

»Wie passen unsere Beteiligten da ins Bild?«

»Dazu komme ich jetzt«, gab Tandler bekannt, »also: Da haben wir zunächst die Baufirma Holzer aus Hannover, auf deren Baustelle wir die Leiche gefunden haben. Holzer gehört zur Beteiligungs GmbH mit Sitz in Hamburg. Diese Beteiligungsgesellschaft GmbH wiederum gehört einer Firma mit Namen Innovations Holding, die ihren Sitz in Frankfurt am Main hat. Diese Holding wiederum gehört zur Feinwein GmbH mit Sitz in Berlin. Soweit alles klar?«

»Also gehört die Baufirma Holzer letztlich einer Gesellschaft in Berlin?«

»Ganz genau.«

»Okay«, ließ sich Ritter vernehmen, »soweit ist das klar. Was ist mit dieser Logistikfirma, für die Holzer baut? Hast du zu der auch was«

»Ja, das ist die Firma Kescher. Die hat ihren Sitz in Nürnberg und gehört zu einer Holding namens Klammer GmbH mit Sitz in München.«

»Stimmt, das hattest du neulich schon gesagt«, bestätigte Sievers nach einem Blick in ihre Notizen.

»Richtig! Aber nun wissen wir, dass die Klammer GmbH ebenfalls der Innovations GmbH und damit der Feinwein GmbH gehört. Man könnte also vereinfacht sagen, dass über die verschiedenen Holdings in gewisser Weise eine Firma für sich selber baut.«

»Na klar«, ließ sich jetzt Bernd Krüger vernehmen, »auf diese Weise kann die Baufirma überhöhte Rechnungen ausstellen und sich sicher sein, dass der Bauherr zahlen wird – weil die Gewinne der Holding zufließen.«

Sievers wandte ein: »Dann bleibt doch aber das Logistikunternehmen auf den Kosten sitzen!«

»Nicht unbedingt – wenn die Fahrzeuge des Logistikunternehmens für die Großhändler fahren, die ja auch zum Firmenkonstrukt gehören, können sie die Kosten an diese weitergeben, die sie dann an die Einzelhändler durchreichen. Ob die dann weiterhin Umsatz machen oder Kunden verlieren, interessiert die Holding nicht, weil sie keine Einzelhändler im Sortiment hat.«

»Also könnte ein Einzelhändler das nur umgehen, indem er den Großhändler wechselt?«

»Oder auch nicht«, erwiderte Tandler, »aber das ergibt sich, wenn ihr mir weiter zuhört.«

»Okay«, brummte Ritter, »mir raucht zwar jetzt schon der Kopf, aber lass hören, was du noch hast.«

»Als nächstes habe ich mich mit Timo Wörsching und seinen drei Läden beschäftigt. Alle drei gehören einer Beteiligungsgesellschaft mit Namen Hygiene GmbH mit Sitz in Schwerin. Diese Gesellschaft ist an etlichen Bordellen und Escort-Services im gesamten Bundesgebiet beteiligt. Und jetzt passt auf: Die Hygiene GmbH gehört einer Firma namens Sinneslust GmbH mit Sitz in Dortmund und diese gehört – der Feinwein GmbH in Berlin.«

»Donnerwetter!«, entfuhr es Krüger, »Alle Fäden führen zur Feinwein GmbH, das kann kein Zufall sein.«

»Es wird noch besser!«, versprach Tandler und fuhr fort: »Ich habe ebenso wenig an einen Zufall geglaubt wie du, Bernd, und weiter nachgeforscht. Zur Sinneslust GmbH gehört eine weitere Holding namens Laufschritt GmbH, die an etlichen Firmen beteiligt ist, die im Internet Datingseiten, Porno-Seiten und Glücksspiel anbieten. Natürlich alles gerade noch im Rahmen der Legalität, aber dennoch ist das ein riesiges Geschäft.«

»Damit sind alle unsere Beteiligten in irgendeiner Form mit der Feinwein GmbH verbunden. Wissen wir etwas über diese Firma?«

»Nach meinen Recherchen ist alleiniger Gesellschafter ein Mann namens Dr. Bruno Feinwein. Laut den Internetauskünften ein Menschenfreund, der gerne und reichlich für soziale Zwecke spendet. Aber es kommt noch besser!«

»Was denn noch?«, fragten alle wie aus einem Munde.

»Gerade weil es so viele Verbindungen zur Feinwein GmbH gibt, habe ich sie mir genauer angesehen. Tatsächlich hat sie noch einen weiteren Beteiligungsstrang. Die Firma heißt Zukunfts GmbH mit Sitz in Stuttgart und besitzt zwei andere Gesellschaften: Die Aufbau GmbH mit Sitz in Magdeburg, der Schlachthäuser, Elektronikläden, Restaurants und einiges mehr gehören. Des Weiteren handelt es sich um die Fortschritts GmbH mit Sitz in Leipzig, der unter anderem Blumenläden, Spielhallen und, jetzt haltet euch fest, ein Bestattungsunternehmen gehört.« Erwartungsvoll schweifte sein Blick durch die Runde.

»Und?«, fragte Krüger ungeduldig.

»Versteht ihr nicht?«

»Holger, mach es nicht so spannend!«, murrte Ritter.

»Na schön«, resignierte Tandler, »wenn Firmen von zwei der drei Beteiligungsgesellschaften der Feinwein GmbH in diesem Fall beteiligt sind, warum dann nicht auch welche von der dritten Gesellschaft? Beim Bestattungsunternehmen bin ich hellhörig geworden – unsere Leiche wurde ja laut Rechtsmedizin mehrere Tage zwischengelagert und gekühlt. Bestattungsunternehmen haben einen eigenen Kühlraum. Dort würde eine Tote nicht auffallen und niemand würde da nach einer Prostituierten suchen, die zudem keiner als vermisst gemeldet hat.«

»Klingt logisch, aber auch sehr vage.«

Tandler ließ sich nicht beirren: »Der Bestatter hat seinen Sitz in Hannover.« Sofort hatte er wieder die Aufmerksamkeit aller Kollegen.

» Außerdem fehlt uns noch der Tatort. Die Aufbau GmbH ist an drei Schlachthöfen beteiligt, die in Hannover beziehungsweise hier in der Region liegen.«

»Ich verstehe«, dachte Krüger laut, »du meinst, jemand foltert die Frau in einem alten Schlachthof und lässt die Leiche dann durch den Bestatter entsorgen – nur: Wie soll das passiert sein?«

»Es wäre nicht das erste Mal, dass zwei Tote in einem Sarg liegen«, brummte Ritter verdrossen.

»Wenn das alles soweit stimmen sollte«, mischte sich Nicole Sievers ein, »dann wäre der Sarg begraben worden und fertig. Warum dann eine Zwischenlagerung?«

»Vielleicht eine Feuerbestattung«, triumphierte Tandler, »dann wären alle Beweise vernichtet. Tja, Leute, was soll ich sagen – das hiesige Krematorium konnte genau in der fraglichen Zeit nicht arbeiten! Es gab einen Defekt am Ofen, dessen Reparatur sich in die Länge gezogen hat. Deshalb mussten eine ganze Reihe von Feuerbestattungen verschoben werden!«

»Also«, fuhr Krüger fort, »hat man die Leiche zuerst in den Kühlraum des Bestattungsinstituts gepackt und als sich die Reparatur hinzog, hat man die Tote in die Baugrube geworfen?«

»Ganz genau! So oder so ähnlich stelle ich mir das vor!«

»Nur haben wir keine Beweise«, murrte Ritter.

»Stimmt«, nickte Sievers, »aber jede Menge neuer Anhaltspunkte. Wir könnten dem Bestattungsunternehmen auf den Zahn fühlen und uns im Krematorium umhören. Sehr wahrscheinlich sind es dort nur ein oder zwei Mitarbeiter, die beteiligt sind – sofern an der Sache etwas dran sein sollte«, fügte sie eilig hinzu. Sie hatte genau registriert, dass Ritter Luft holte, um diesen Einwand vorzubringen.

»Außerdem können wir uns die Schlachthöfe ansehen«, nahm Krüger den Faden auf.

»Die Aufbau GmbH ist an drei Schlachthöfen beteiligt, von denen einer stillgelegt sein soll«, ergänzte Tandler, »was für mich der ideale Ort wäre. Schlachthöfe sind immer sehr gut schallisoliert, recht weitläufig und nicht für jedermann zugänglich. Außerdem kann man alle Spuren wie Blut schnell wegspülen, weil diese Gebäude ja darauf ausgerichtet sind, wenngleich man beim Bau an tierisches Blut gedacht hatte. In einem laufenden Betrieb mit regelmäßigen Schlachtungen könnte es Komplikationen geben, aber so ein stillgelegter Gebäudekomplex wäre aus meiner Sicht ideal für einen Mord mit vorangegangener Folter.«

Die Miene von Frank Ritter hatte sich bei dieser Ausführung immer weiter aufgehellt: »Das ist zwar alles noch Spekulation, aber eine, die für mich logisch klingt! Über den Bestatter werden wir wohl erstmal nicht weiterkommen, also konzentrieren wir uns auf den Schlachthof als möglichen Tatort und die Frage, ob in der Zeit des Ausfalls des Krematoriums dieser Bestatter Verstorbene zum Einäschern angemeldet hatte.« Dann wandte er sich an seine Kommissare: »Holger und Nicole, ihr kümmert euch um das Krematorium. Sprecht mit dem Leiter und auch dem Personal, vielleicht ergeben sich ja gegen eine oder mehrere Personen Verdachtsmomente. Bernd und ich statten dem Schlachthof einen Besuch ab.«

»Was ist, wenn der Geschäftsführer des Krematoriums mit drin hängt?«

»Das müssen wir riskieren. Wenn der Schlachthof ein Volltreffer sein sollte und es zeitnah zum Mord Termine des Bestatters zur Einäscherung gab, können wir uns den Bestatter vornehmen. Ohne eine solche Verbindung wird Zimmermann, so wie ich unseren Staatsanwalt bislang erlebt habe, sicher nicht mitspielen.«

Sievers sah auf die Uhr: »Es ist jetzt 15:15 Uhr - ich weiß nicht, ob wir um diese Zeit noch jemandem im Krematorium antreffen werden.«

»Versucht es! Ruft an und kündigt euer sofortiges Kommen an. Sagt aber nicht, worum es geht. Wenn der Schlachthof unser Tatort ist und wir dort gesehen werden, könnte das schnell die Runde machen und überall Beweismaterial verschwinden. Holger, schick mir die Adresse von dem Schlachthof auf mein Smartphone. Und jetzt los, lasst uns fahren!« Dann wandte er sich direkt an Tandler: »Verdammt gute Arbeit, Holger! Wie schnell du das herausgefunden hast – Respekt!«

»Halb so wild! Ich sitze doch schon seit Tagen an der Entwirrung des Firmengeflechts. Auf der Grundlage der bisherigen Ergebnisse bin ich jetzt schneller vorangekommen.«

»Genau zum richtigen Zeitpunkt!«, lobte Ritter.

Dann machten sich die Kommissare auf den Weg. Die neuen Spuren setzten in ihnen ungeahnte Energie frei. Waren sie eben noch niedergeschlagen und frustriert gewesen, so war das nun alles frischem Tatendrang gewichen!

Donnerstag, 27. April, 15:55 Uhr

Der Leiter des Krematoriums mit Namen Rogler war nicht erfreut, dass die beiden Kommissare seinen wohlverdienten Feierabend hinauszögerten. Da sie sich am Telefon über den Grund ihres Besuches sehr bedeckt gehalten hatten, war er aber umso interessierter zu erfahren, um was es gehen würde.

Nach einer kurzen Begrüßung kam Tandler gleich zur Sache: »Herr Rogler, wir interessieren uns für die Abläufe von Einäscherungsvorgängen. Wie läuft das hier bei Ihnen ab?«

»Könnten Sie mir vielleicht erstmal verraten, worum es eigentlich geht?«

»Später, bei uns drängt die Zeit. Also, wie läuft das Ganze hier ab?«

»Vereinfacht gesagt: Ein Bestattungsunternehmen meldet sich, wir geben ihm einen Termin für die Anlieferung des Verstorbenen und dann erfolgt die Einäscherung. Anschließend wird die Asche in die vom Bestatter mitgebrachte Urne gefüllt und ihm für die Beisetzung übergeben.«

»Wie werden die Verstorbenen angeliefert, in einem Sarg?«

»Ja, selbstverständlich.«

»Was passiert dann bei der Einäscherung? Wird der Tote aus dem Sarg genommen?«

»Nein, die Einäscherung erfolgt mit dem Sarg.«

»Wirft vorher noch jemand einen Blick in das Sarginnere?«

»Nein, natürlich nicht! Das wäre sehr pietätlos. Natürlich gibt es bestimmte Kleidungsstoffe und Beigaben, die nicht im Sarg sein dürfen, aber darum kümmert sich der Bestatter.«

»Beigaben?«, staunte Sievers, »was denn für Beigaben?«

»Sie glauben gar nicht, auf was für Ideen die Hinterbliebenen kommen!«, stöhnte Rogler, »Derzeit ist es ‚modern‘, einem jüngeren Verstorbenen dessen Smartphone mitgeben zu wollen. Wenn das passieren würde, würde angesichts der Temperaturen im Ofen der Akku in Sekundenschnelle explodieren und unsere Anlage schlimmstenfalls für mehrere Tage stillliegen.«

»Also schauen Sie sicherheitshalber nach? Vielleicht nur inoffiziell?«

»Nein, wir arbeiten mit jedem Bestattungsunternehmen schon sehr lange zusammen, denen können wir blind vertrauen.«

»Also keine Kontrolle?«

»Nein. Nur bei ganz neuen Firmen kontrollieren wir in der Anfangszeit die Einhaltung der Vorschriften, aber nicht bei alteingesessenen Bestattungsunternehmen.« Rogler wirkte jetzt indigniert.

»Okay«, beschwichtigte Tandler, »dann wäre das ja geklärt. Nun zu etwas anderem: Kennen Sie das Bestattungsunternehmen Olbrich & Söhne?«

»Ja, natürlich, das ist ein alteingesessenes Unternehmen. Allerdings ist Olbrich junior vor zwei oder drei Jahren in den Ruhestand gegangen. Er hat sein Bestattungsunternehmen an einen gewissen Tobias Lehmbauer verkauft.«

»Ah ja. Und hatte Herr Lehmbauer oder besser sein Unternehmen am 17. oder 18. April einen Termin bei Ihnen gehabt?«

»Das weiß ich nicht aus dem Kopf, da müsste ich nachschauen.«

»Bitte«, Tandler machte eine auffordernde Geste, »es ist für uns sehr wichtig.«

Rogler schaute etwas säuerlich drein, wandte sich dann aber seinem Computer zu. Es dauerte eine Weile, bis er sich durch verschiedene Programme geklickt hatte, aber endlich hatte er die richtige Seite aufgerufen: »Ja, da steht es: Termin am 17. April um 8 Uhr. Also gleich der erste Termin.«

»Wie viele Särge hat er angemeldet?«

»Einen«, lautete die prompte Antwort.

»Würde es auffallen, wenn in einem Sarg zwei Personen liegen würden?«

Rogler schaute die beiden Kommissare entsetzt an: »Zwei Tote in einem Sarg? Du meine Güte! Nein, das geht überhaupt nicht!«

»Auch nicht inoffiziell?«

»Nein, natürlich nicht! Was glauben Sie denn von uns!« Roglers Entrüstung schwoll immer mehr an.

»Aber Sie haben doch eben gesagt, dass hier niemand den Sarginhalt kontrolliert, oder?«

»Ja, schon«, kam es jetzt etwas kleinlauter zurück, »Kontrollen führen wir hier keine mehr durch, weil wir den Bestattungsunternehmen vertrauen. Diese wiederum haben einen

Ruf zu verlieren, von denen würde niemand so etwas machen!«

»Aber es wäre möglich?«

Rogler atmete tief durch: »Ja, also, genau genommen«, druckste er herum, gab sich dann aber einen Ruck: »na ja, also, rein theoretisch – ich betone: rein theoretisch - wäre es wohl irgendwie denkbar.«

»Es würde also niemandem das Gewicht eines doppelt belegten Sarges auffallen?«

»Wie denn? Der Sarg wird vom Bestatter auf einem Rollwagen hereingebracht und von unseren Leuten übernommen. Damit wird der Sarg zum Ofen gefahren. Später erhält das Unternehmen den Rollwagen mit der befüllten Urne zurück.«

»Und am Ofen?«

»Vor dem Ofen wird der Sarg mit einer automatischen Hebevorrichtung auf ein Förderband gezogen, das ihn in den Ofen transportiert. Heutzutage gibt es keine Träger mehr in unserem Bereich. Damit fasst auch keiner meiner Mitarbeiter einen Sarg an.«

»Gut, das hilft uns weiter. Vielen Dank für Ihre Zeit.« Tandler wandte sich schon zum Gehen, als Nicole Sievers nachfragte: »Was ist eigentlich aus der abgesagten Einäscherung geworden? Wurde sie nachgeholt?«

Rogler warf einen Blick in seinen Computer. Wieder dauerte es einen Moment, bis er antwortete: »Der Termin war für eine Frau Winkler – ja, da ist sie wieder. Ihr Sarg ist eine Woche später eingeäschert worden, da wir wegen der Reparatur des

Ofens einen ziemlichen, nun ja, äh – Rückstau hatten.«

»Verständlich«, meinte Tandler mitfühlend, »nochmals vielen Dank!«

Donnerstag, 27. April, 16:10 Uhr

Die Adresse des stillgelegten Schlachthofes lag in einem Au-
ßenbezirk von Hannover. Wegen des einsetzenden Berufs-
verkehrs hatte der Weg dorthin etwas länger gedauert als es
die beiden erwartet hatten.

Aber schließlich hatten sie ihr Ziel erreicht und etwas abseits
vom Eingangstor geparkt. Jetzt standen sie vor einem Tor,
das mit einem gewaltigen Schloss ausgestattet war. Die Zufahrt war die einzige Öffnung in einer rund zwei Meter hohen
Mauer, die den gesamten Komplex umgab. Insgesamt zählte
Ritter drei Gebäude, von denen eines mehr als die Hälfte des
Grundstücks einnahm.

»Dort ist ein ziemlich großes Gebäude.«

Wie so oft hatte Krüger eine Antwort parat: »Wahrscheinlich
wurden die Tiere an einem Ende hineingebracht und gekeult.
Dann kamen sie in die Zerlegungshalle und wurden von dort
auf verschiedene Bereiche zur Weiterverarbeitung verteilt. Aus
wirtschaftlichen Gründen läuft das alles in einem Gebäude
hintereinander ab. Das hat den Vorteil, dass die Wege kurz
sind und damit die Gefahr einer Verunreinigung des Fleisches
geringer ist. Dazu gibt es dann noch Kühlräume und die
Dusch- und Umkleideräume für die Metzger.«

»Das sind viele Räume – und mit Ausnahme der Dusch- und
Umkleideräume bestimmt alle schallisoliert.«

»Auch mit einer guten Lüftung ausgestattet, weil das Fleisch
empfindlich ist.«

»Okay, dann schauen wir uns den Laden mal etwas genauer an.«

»Fragt sich nur, wie wir reinkommen sollen - das Schloss sieht stabil aus und die Mauer ist relativ hoch.«

»Schauen wir mal«, meinte Ritter und trat an das Tor heran. Vorsichtig drückte er gegen den riesigen Griff – leise öffnete sich der Torflügel ein Stück.

»Donnerwetter«, staunte Ritter, »das überrascht mich jetzt!«

»Manchmal hat man Glück«, murmelte sein Kollege.

»Ja, aber dafür, dass hier alles schon länger außer Betrieb ist, war das Tor eben verdammt leise. Es muss entweder von hervorragender Qualität sein – oder jemand hat es erst kürzlich geölt. Also dann, schauen wir uns mal etwas um.«

Vorsichtig betraten sie das Grundstück und orientierten sich sofort in Richtung des großen Gebäudes, in dem sie die Schlachthalle vermuteten. Ein erster Blick durch die stark verschmutzten Fensterscheiben brachte keine Erkenntnisse.

»Schauen wir mal, ob wir eine offene Tür finden«, raunte Ritter seinem Kollegen zu.

Sofort huschte Krüger zu einer kleinen Seitentür und drückte vorsichtig die Klinke. Die Tür war fest verschlossen.

»Das war zu erwarten.«

»Wir können ja nicht immer Glück haben. Lass uns das Gebäude umrunden und nach einem anderen Eingang suchen.«

Vorsichtig bewegten sich die beiden um das Gebäude herum. An der hinteren Giebelseite sahen sie plötzlich ein Fahrzeug stehen.

»Hier scheint sich jemand aufzuhalten«, raunte Krüger seinem Kollegen zu.

»Fragt sich nur, wer das ist und was er hier will.«

»Finden wir es heraus.«

Vorsichtig schlichen sie zur Tür. Bevor sie diese öffneten, machte Krüger von dem Fahrzeug und dessen Kennzeichen ein Foto und schickte es an die Einsatzzentrale zwecks Halterabfrage.

Die Antwort ließ nicht lange auf sich warten: »Das Fahrzeug gehört einem Gebrauchtwagenhändler und ist uns nicht als gestohlen gemeldet.«

»Alles klar. Danke, Kollege!«

»Ein Gebrauchtwagenhändler?«, fragte Ritter, der die Antwort interessiert zur Kenntnis genommen hatte, »Bei einer der vielen Beteiligungsgesellschaften gab es doch so ein Unternehmen. Sollte das auch wieder ein Zufall sein?«

»Das glaube ich nicht! Mir waren das schon vorher mehr als genug Zufälle«, erwiderte sein Kollege, »lass uns reingehen und nachsehen, was da vor sich geht. Nach einem Besuch von einem Sicherheitsdienst sieht mir das nämlich nicht aus.«

Ritter öffnete die Tür ganz behutsam einen Spaltbreit und huschte hinein. Krüger folgte ihm dichtauf.

Das Gebäudeinnere war recht kühl. Die beiden Kommissare konnten nicht sagen, ob die Klimaanlage lief oder ob das die Grundtemperatur des Gebäudes war. Angesichts des ursprünglichen Zweckes als Schlachthof war aber eine normale Kühle anzunehmen.

Vorsichtig schlichen sie durch das Gebäude. Offensichtlich waren sie in dem Gebäudeteil hereingekommen, in dem die Tiere getötet worden waren. Da es in dem Raum so gut wie kein Inventar gab, konnten die beiden alles schnell überblicken. Deshalb durchquerten sie rasch den Raum und kamen in die ehemalige Zerlegungshalle. Vorsichtig schlichen sie vorwärts.

Als sie den Durchbruch zum nächsten Raum erreicht hatten, sahen sie rechter Hand mehrere Türen. Unschlüssig, welchen Raum sie sich als nächsten vornehmen sollten, hielten sie kurze Zwiesprache. Dann war die Entscheidung gefallen.

Vorsichtig schlichen sie zu der ausgewählten Tür hinüber. Davor verharrten sie kurz und beide griffen unwillkürlich nach ihren Dienstwaffen.

»Auf Drei!«

Krüger nickte und machte sich bereit.

Ritter zählte den Countdown leise herunter. Dann riss er mit einem Ruck die Tür auf und war mit einem Satz im Raum, dicht gefolgt von seinem Kollegen. Sie standen nun in einem hell erleuchteten Raum.

»Polizei!«, bellte Ritter in den Raum. Zu spät erkannte er, dass niemand darin war. Dafür erstarrte er genau wie sein Kollege beim Anblick der vielfältigen Foltergeräte. Für beide gab es keinen Zweifel, dass dies der Ort war, an dem Svetlana Pastirak ihr schreckliches Ende gefunden hatte.

Gerade als sie den Raum verließen, glaubten sie ein Geräusch aus der Richtung zu hören, in der sie das Gebäude betreten hatten.

»Verdammt, da haut wer ab!«, schrie Krüger und sprintete sofort los. Ritter folgte ihm, aber er war deutlich langsamer als sein Kollege. In solchen Situationen verfluchte Ritter seine überzähligen Pfunde.

Als er endlich den Ausgang erreicht hatte, sah er seinen wütenden Kollegen, der dem davonrasenden Auto wilde Flüche hinterherschickte.

Sofort griff Ritter zu seinem Mobiltelefon und gab eine Fahndung nach dem Fahrzeug heraus. Krüger schickte das Foto des Wagens mit dem gut erkennbaren Kennzeichen hinterher

»Den kriegen wir«, nickte Ritter grimmig.

»Hoffentlich!«

»Konntest du erkennen, wer das war?«

»Nein, aber es war definitiv ein Mann. Mehr weiß ich nicht.«

»Verdammt! Fast hätten wir den Kerl gehabt!«

»Weit kommt er nicht«, prophezeite Krüger, »die Fahndung läuft ja schon auf Hochtouren.«

»Ja, es sei denn, dass er den Wagen gleich irgendwo abstellt. Ohne Personenbeschreibung könnte er zu Fuß entkommen.«

»Mal nicht den Teufel an die Wand!«

Aber Ritter hörte ihm nicht mehr zu. Er hatte bereits zu seinem Mobiltelefon gegriffen und informierte sowohl Sievers und Tandler als auch die Kriminaltechnik.

Wenige Minuten später wimmelte es auf dem verlassenen

Grundstück von Polizisten, die das gesamte Areal nach Spuren absuchten. Ewald Danner und seine Leute von der KTU waren ebenfalls rasch zur Stelle und nahmen ihre Arbeit auf.

»Ein ziemlich großer Komplex«, meinte Danner zu Ritter und Krüger, »das wird eine ganze Weile dauern. Ich melde mich, sobald wir erste Ergebnisse haben.«

»Okay, danke, Ewald!« An seinen Kollegen gewandt meinte Ritter mit leicht resignierter Stimme: »Lass uns in die Waterloostraße zurückfahren, hier können wir ohnehin nichts mehr machen. Wir treffen uns dort mit Nicole und Holger zum Informationsaustausch.«

»Vielleich bringen unsere uniformierten Kollegen ja auch den Fahrer des Wagens vorbei.«

»Ja, vielleicht, aber das bringt mich auf eine Idee: Der Wagen ist doch auf einen Gebrauchtwagenhändler zugelassen - vielleicht erscheint dessen Name ja in dem Firmengeflecht. Das soll sich Holger nachher unbedingt mal ansehen! Vielleicht kommen wir über diesen Weg an den Fahrer heran.«

»Es geht nichts über einen ‚Plan B‘«, schmunzelte Krüger, »aber wir haben sehr wahrscheinlich den Tatort gefunden und eine neue Spur. Auch wenn der Typ entkommen ist, haben wir endlich einen Erfolg vorzuweisen.«

»Wir hätten einkalkulieren müssen, dass jemand anwesend sein könnte.«

»Warum? Zum einen war ja nicht sicher, ob wir hier überhaupt richtig sein würden! Zum anderen sehe ich keinen Grund, warum jemand hier sein sollte. Es sei denn«, sein Blick wurde nachdenklich, »dass man alles für eine weitere Folterung herrichten wollte.«

Mit versteinertem Gesicht zog Ritter sein Telefon hervor und unterrichtete Danner von ihrer Vermutung. Er und seine Leute sollten gezielt Ausschau nach Hinweisen für eine bevorstehende Straftat halten.

»Denkst du auch, was ich denke?«, durchbrach Krüger die aufkommende Stille.

»Möglicherweise Tamara, weil sie uns einen Hinweis gegeben hat.«

»Ja, an die habe ich auch gerade gedacht.«

»Los, lass uns fahren und mit den anderen die nächsten Schritte besprechen. Ich habe das ungute Gefühl, dass gerade ein Stein ins Rollen gekommen ist!«

Donnerstag, 27. April, 18:55 Uhr

Als Ritter und Krüger in der Polizeidirektion eintrafen, waren die beiden anderen Kommissare bereits da. Sievers erkannte sofort, dass ihre Kollegen innerlich sehr aufgewühlt waren und reichte jedem wortlos einen Kaffee.

»Ganz frisch«, fügte sie hinzu

»Genau das brauche ich jetzt«, nickte Ritter anerkennend, und auch Krüger konnte man seine Freude ansehen. Das änderte sich auch nicht, als er sich im nächsten Moment an dem heißen Getränk die Zunge verbrannte.

Gleich darauf versammelten sich alle wie selbstverständlich in Ritters Büro. Für einen Moment herrschte Stille, jeder hing seinen Gedanken nach und versuchte, die Informationen zu ordnen.

Nach einer Weile ergriff Ritter das Wort: »Also gut, fangen wir an. Die Spur zum alten Schlachthof war goldrichtig! Wir haben darin ein Folterstudio gefunden und ich fresse einen Besen, wenn das nicht unser Tatort ist. Es war sogar ein Verdächtiger vor Ort, der uns aber dummerweise entkommen ist. Wir kennen sein Fahrzeug und die Fahndung ist raus. Mit etwas Glück schnappen wir ihn, ansonsten müssen wir es über den Halter versuchen, den Gebrauchtwagenhändler Reuter. Der Wagen...«

»Reuter?«, unterbrach Tandler sofort, »etwa Gebrauchtwagen-Reuter?«

Ritter und Krüger nickten gleichzeitig.

»Das ist ein Unternehmen, das der Klammer GmbH gehört, einer Beteiligungsgesellschaft, die über die Innovations Holding zum Imperium von diesem Bruno Feinwein gehört!«

»Schon wieder eine Feinwein-Firma, das kann kein Zufall sein«, merkte Sievers an.

»Das glauben wir auch nicht«, nickte Ritter, bevor er fortfuhr: »Wie gesagt, der Wagen gehört einem Gebrauchtwagenhändler und ist nicht als gestohlen gemeldet worden.«

»Das stimmt leider nicht«, widersprach Sievers, »kurz nach Herausgabe der Fahndung hat der Autohändler Anzeige gegen Unbekannt erstattet. Die Meldung kam vorhin rein. Angeblich ist der Wagen von seinem Betriebsgelände gestohlen worden, wo er mindestens zwei Tage unbenutzt herumgestanden haben soll. Da der Wagen angeblich ziemlich weit vom Verwaltungsgebäude entfernt abgestellt war, will er erst jetzt das Verschwinden bemerkt haben.«

»Komischer Zufall, kaum wird nach dem Wagen gefahndet, schon kommt die Diebstahlsanzeige rein.«

»Du meinst, der Fahrer hat von unterwegs angerufen und seine Enttarnung gemeldet?«

»Wäre doch denkbar, denn der zeitliche Zusammenhang ist mehr als verdächtig. Nur können wir mit der Diebstahlsanzeige keine Zusammenarbeit zwischen Autohändler und dem Flüchtigen nachweisen.«

»Allerdings«, nickten alle zustimmend. Betretene Stille breitete sich aus. Jeder ahnte, dass sie der Lösung des Falles ganz nah waren, aber es fehlten noch ein paar Verbindungsstücke und die konkreten Beweise.

Tandler fing sich als erster wieder und räusperte sich. Dann berichtete er von dem Treffen mit dem Leiter des Krematoriums. »Alles in allem könnte es sein, dass ein dortiger Mitarbeiter in die Sache verwickelt ist, aber Nicole und ich glauben das eher nicht. Es wäre ein Mitwisser mehr, für dessen Einweihung es angesichts der Abläufe im Krematorium keinen Grund gibt. Da man dort der Seriosität der Bestattungsunternehmen voll und ganz vertraut, sollten wir bei denen ansetzen. Angesichts der vielen Zufälle könnte es gut sein, dass beim Bestatter Olbrich & Söhne die Leiche von Svetlana zu einem anderen Toten in einen Sarg gelegt und mit diesem zusammen verbrannt werden sollte.«

»Dann sollten wir unbedingt mit dem Chef des Bestattungsunternehmens sprechen.«

»Der Inhaber heißt Tobias Lehmbauer. Er hat das Unternehmen vor drei Jahren übernommen. Die Angaben vom Leiter des Krematoriums sind korrekt, das haben wir schon überprüft.«

»Gut, das klingt alles vielversprechend!«, meinte Ritter und wandte sich an Sievers und Tandler: »Macht mal einen Hintergrundcheck vom Gebrauchtwagenhandel Reuter und von dem Bestattungsunternehmen. Dem Bestatter sollten wir so schnell wie möglich einen Besuch abstatten.«

»Was ist mit den Ergebnissen vom Schlachthof?«

»Das ist ein ziemlich großer Gebäudekomplex. Das kann lange dauern, fürchte ich. Wenn sie aber im Folterstudio angefangen haben, könnte es zumindest bald Zwischenergebnisse geben. Ich rufe mal Danner an und frage nach.«

Damit griff Ritter zum Telefon und wählte die Nummer des Leiters der KTU. Es dauerte etwas, bis am anderen Ende abgehoben wurde. Offensichtlich hatte Ewald Danner die Nummer erkannt und ahnte, was Ritter wollte. »Nein, ich habe noch keine Ergebnisse für euch«, knurrte er statt einer Begrüßung unwirsch ins Telefon.

»Das wissen wir«, versuchte ihn Ritter zu beruhigen, »wir wollen auch nur wissen, ob es Hoffnung auf Spuren gibt.«

»Hier gibt es im ganzen Gebäude Unmengen an Spuren, sowohl mehr oder weniger gute Fingerabdrücke als auch Blutspuren. Aber da das ein Schlachthof war, überrascht mich das nicht.«

»Was ist mit dem Folterstudio?«

»Da hat jemand gründlich saubergemacht, aber wir konnten trotzdem Blutspuren nachweisen. Ob das aber menschliches Blut ist, muss noch geprüft werden. Auch, ob es von eurem Opfer stammt - wie gesagt Das war früher ein Schlachthof und da hat sich bestimmt mehr als einmal ein Metzger bei der Arbeit verletzt.«

»Ja, schon klar, aber das wären ein paar Zufälle zuviel.«

»Ich halte mich an die Fakten, und davon habe ich derzeit keine für euch.« Nach einer kurzen Pause fuhr Danner fort: »Dafür haben wir aber ein paar interessante Entdeckungen gemacht, die nicht zu einem Schlachthof passen.«

Sofort war Ritter elektrisiert: »Mach es nicht so spannend,

Ewald, was habt ihr gefunden?«

Die anderen Kommissare verfolgten sehr aufmerksam das Gespräch und rückten bei den letzten Worten näher heran.

»In dem Raum mit den Foltergeräten haben wir versteckte Kameras gefunden. Die Dinger sind modernste Technik und höchstens seit einem Jahr auf dem Markt. Der Schlachthof ist aber schon seit mehreren Jahren geschlossen, also dürfte ein Zusammenhang zur Folterkammer bestehen.«

»Die Folterung wurden gefilmt?«

»Ja, und wir haben auch den Technikraum gefunden, in dem die Aufnahmen offensichtlich gespeichert worden sind. Wir müssen das aber alles noch ganz genau auswerten. Aber: Im Technikraum haben wir Fingerabdrücke sichergestellt, die wir noch durch den Computer schicken müssen. Vielleicht ist derjenige ja bereits in unserem System erfasst.«

»Das wäre zu schön, um wahr zu sein!«

»Ich weiß«, bestätigte Danner, »aber das wird alles dauern. Wir konzentrieren uns derzeit auf die Folterkammer, den Technikraum und die diese beiden Räume verbindenden Flure. Das ist aber immer noch eine gewaltige Menge an Arbeit, für die wir noch etliche Stunden brauchen werden. Dazu die Auswertungen – das wird sich auch lange hinziehen. Mit ein bisschen Glück kann ich euch vielleicht morgen Abend ein paar Fakten an die Hand geben, aber vorher wird das garantiert nichts. Am besten macht ihr Feierabend – und meine Leute und ich eine Nachtschicht.«

Damit verabschiedeten sich die beiden Männer und beendeten das Gespräch. Dabei blickte Ritter auf die Uhr und wandte sich an sein Team: »Ewald hat Recht, heute können wir nichts mehr bewirken. Es ist ja schon weit nach 20 Uhr. Also lasst uns etwas schlafen, um einen klaren Kopf zu bekommen. Morgen können wir dann ausgeruht weitermachen.«

»Die Hintergrundrecherchen könnte ich…«, begann Tandler, wurde aber sofort von Ritter unterbrochen: »Lass es für heute gut sein, Holger. Es war ein langer Tag, und wenn man müde ist, kann man schnell ein winziges Detail übersehen, das für die Lösung von enormer Wichtigkeit sein könnte. Bernd und ich kümmern uns morgen als erstes um den Bestatter, während du zusammen mit Nicole die Recherchen zu Reuter und Lehmbauer machst. Wenn wir dann alles, was wir haben, mit den hoffentlich wirklich morgen Abend hereinkommenden Ergebnissen von Danner und seinen Leuten zusammenfügen, sehen wir bestimmt klarer.«

»Wobei mir gerade die gefundene Technik Kopfzerbrechen bereitet«, ließ sich Krüger vernehmen, »gesetzt den Fall, dass ein zahlungskräftiger Kunde Svetlana zu Tode gefoltert hat und dabei gefilmt worden ist – dann könnte auch noch Erpressung im Spiel sein! Das wäre neben Prostitution und Mord dann ein drittes schweres Delikt!«

»Richtig, das sollten wir bedenken. Aber nicht mehr heute!«

Damit komplimentierte Ritter seine Leute aus dem Büro. Als sie sich auf den Heimweg machten, spürte jeder von ihnen erst, wie erschöpft sie alle waren. Aber sie fühlten auch alle ein gewisses Maß an Euphorie – sie waren sich sicher, dem

Mörder dicht auf den Fersen zu sein. Aber noch ergaben die Fakten kein klares Bild. Vor allem die neue Möglichkeit, dass auch noch eine Erpressung stattgefunden haben könnte, bereitete ihnen Sorgen. Der Fall schien immer weitere Kreise zu ziehen.

Freitag, 28. April, 7:00 Uhr

Am nächsten Tag waren die Ermittler nach einer viel zu kurzen Nacht schon wieder sehr früh in ihren Büros. Keinen von ihnen hielt es zu Hause, auch wenn sie nur sehr wenig geschlafen hatten.

Während sich Tandler und Sievers sofort daran machten, Hintergrundinformationen über das Bestattungsunternehmen Olbrich & Söhne sowie den Gebrauchtwagenhandel Reuter zusammenzutragen, gingen Ritter und Krüger alle bisherigen Fakten durch. Dabei warteten sie ungeduldig darauf, dass es 9 Uhr werden würde – dann würde das Bestattungsunternehmen öffnen und sie konnten ihm einen Besuch abstatten.

Die Sichtung der Unterlagen sowie die Besprechung möglicher Szenarien half ihnen, die Wartezeit zu überbrücken. Natürlich hatten sie die Hoffnung, dabei ein zuvor übersehenes Detail zu entdecken, aber sie fanden nichts.

Die Zeit verstrich quälend langsam, aber endlich konnten sie aufbrechen.

Freitag, 28. April, 9:10 Uhr

Der Weg zum Bestattungsunternehmen Olbrich & Söhne führte die beiden Kommissare quer durch Hannover. Am Zielort angekommen, erwies sich die Parkplatzsuche als gar nicht so schlimm wie sie es erwartet hatten. Vielleicht lag es daran, dass die meisten Geschäfte erst um 10 Uhr öffneten und der Einkaufsverkehr noch nicht im Gange war.

Als Ritter und Krüger das Bestattungsunternehmen betraten, kam aus dem Hintergrund sofort eine Gestalt mit gemessenen Schritten und in würdevoller Haltung auf sie zu.

»Guten Morgen, meine Herren. Treten Sie ohne Scheu ein und schauen sich in aller Ruhe um. Der Tod ist etwas vollkommen Normales, nur verdrängen wir ihn immer aus unserem Leben.«

»Nun, wir sind nicht hier, um uns umzusehen...«, begann Ritter.

» Ah, ich verstehe! Sie haben bereits genaue Vorstellungen?«, wurde er unterbrochen.

»Ganz genau! Ritter, Kriminalpolizei, und das ist mein Kollege Krüger.«

»Kriminalpolizei?«

»Allerdings, und wer sind sie?«

»Rolf Lehrmann, ich arbeite hier.«

»Ist Ihr Chef auch da?«

»Herr Lehmbauer? Ja, er ist hinten im Büro. Kommen Sie, ich führe Sie zu ihm.«

Kurz darauf standen die beiden Kommissare vor einem hageren Mann, den sie auf Mitte Fünfzig schätzten. Er reichte den beiden seine knochige Hand, bevor er ihnen einen Platz anbot.

»Polizei in meinem Laden, das ist ungewöhnlich«, begann Lehmbauer, »und dann auch noch die Kripo. Was ist denn los?«

»Sie nutzen das hiesige Krematorium für Einäscherungen?«, kam Ritter sofort auf den Grund ihres Besuches zu sprechen.

»Ja, immer mehr Kunden ziehen diese Art der Bestattung den bisherigen Körpergräbern vor.«

»Wie läuft das denn alles ab? Wer ruft Sie an, um ihnen von einem Verstorbenen zu berichten?«

»Oje, das ist so unterschiedlich wie vielfältig.« Lehmbauer kratzte sich gedankenverloren am Kopf. »Manche Menschen machen sich bereits zu Lebzeiten Gedanken über ihr Begräbnis und schließen mit uns einen entsprechenden Vertrag ab. Verstirbt dann der Betreffende tatsächlich irgendwann, informieren uns die Erben oder der jeweilige Hausarzt, da die in der Regel von dem Vertrag wissen. Die meisten Menschen sind aber nicht so vorausschauend, weshalb wir darauf angewiesen sind, dass wir von irgendjemandem informiert werden. Da unser Haus auch dank seiner Vorgänger einen ausgezeichneten Ruf genießt, sind die Hinterbliebenen eher geneigt, uns zu rufen und nicht einen anderen Bestatter.«

»Sie führen dieses Institut noch nicht sehr lange, richtig?«

»Ja, das stimmt. Ich habe das Unternehmen vor drei Jahren vom vorherigen Eigentümer übernommen. Thomas Olbrich junior war siebzig Jahre alt geworden und wollte in den Ruhestand gehen.«

»Warum Olbrich junior?«

»Weil sein Vater auch Thomas Olbrich hieß und dieses Institut aufgebaut hat. Sein Sohn hat es später übernommen.«

»Als Olbrich junior in den Ruhestand gegangen ist, hat er Ihnen das Geschäft überschrieben?«

»Ganz genau. Ich habe den Namen Olbrich für das Institut beibehalten, da es unter diesem Namen einen ausgezeichneten Ruf besitzt. Das ist in meiner Branche eine sehr gute Werbung. Das mag jetzt pietätlos klingen, aber die Konkurrenz ist groß und auch wir unterliegen den Gesetzen der Marktwirtschaft. Das ist nicht immer würdevoll, aber so sind nun mal die Regeln.«

»Also gut, Sie erfahren von einem Verstorbenen. Wie geht es dann weiter?«

»Ich fahre hin und kläre die Details der Bestattung. Danach nehmen meine Mitarbeiter und ich den Verstorbenen mit und bereiten ihn für die Beerdigung vor. Nebenbei kümmere ich mich um den Totenschein, die Grabstätte und bei Bedarf um einen Termin für die Einäscherung.«

»Das machen Sie alles mit ihrem Mitarbeiter, dem Herrn – äh - Lehrmann?«

»Ich habe zwei Mitarbeiter, den Herrn Rolf Lehrmann, den sie vorhin kennengelernt haben, und den Herrn Ole Zerbst.«

»Gibt es hier noch weitere Mitarbeiter?«

»Nein, nur ein paar Männer, die ich bei Bedarf als Sargträger beschäftige – bei Urnenbegräbnissen brauche ich sie dagegen nicht.«

»Wer macht denn bei Ihnen die Buchhaltung?«

»Die Rechnungsschreibung und Überwachung der Geldeingänge mache ich selber, um alles andere kümmert sich mein Steuerberater.«

»Das ist sicher viel Papierkram, den Sie zu erledigen haben. Wann kümmern Sie sich denn dann um den Verstorbenen?«

»Das machen meine Mitarbeiter, sie sind sehr gut ausgebildet.«

»Ich nehme an, dass es auch eine Trauerfeier für den Verstorbenen geben wird?«

»Wenn er es gewünscht hat oder die Angehörigen es wünschen, arrangieren wir das natürlich auch. Wir bieten einen umfassenden Service an.«

»Wie geht es mit dem Verstobenen weiter?«

»Nun, er kommt mit seinem Sarg in unseren Keller und verbleibt dort bei niedriger Temperatur, bis entweder die Trauerfeier samt Begräbnis oder der Einäscherungstermin ansteht. Das ist immer von den jeweiligen Wünschen der Hinterbliebenen oder des Verblichenen abhängig.«

»Neben dem kühlen Keller haben Sie sicher auch einen Kühlraum?«

»Selbstverständlich, da wir manchmal Verstorbene ein paar Tage beherbergen müssen.«

»Wann wäre das der Fall?«

»Oh, das kann viele Gründe haben. Die beiden wichtigsten sind, dass jemand im Krankenhaus verstirbt und wir ihn von dort übernehmen, weil die dortigen Lagerkapazitäten sehr begrenzt sind. Manchmal scheidet auch jemand ganz plötzlich dahin, sodass ihre Kollegen die Umstände klären müssen. Auch die Planung der Bestattung erfordert dann ihre Zeit. Sie verstehen sicher, dass gerade bei plötzlichen Todesfällen die Hinterbliebenen geschockt und in besonders tiefer Trauer sind! Wir beherbergen dann den Entschlafenen in angemessener Weise, bis seine Angehörigen in der Lage sind, sich mit den Fragen der Bestattung zu befassen.«

»Ja, ich verstehe. Wenn nun jemand eingeäschert werden soll, muss er ja zu gegebener Zeit ins Krematorium gebracht werden. Wer bringt den Verstorbenen dorthin?«

»Einer von meinen Mitarbeitern, entweder Lehrmann oder Zerbst.«

»Nur eine Person?«

»Nun, wir sind nicht mehr am Anfang des 20. Jahrhunderts, wo noch alles per Hand gemacht werden musste. Wir haben eine hydraulische Hebevorrichtung, mit der wir einen Sarg auf einen Rollwagen heben und von dort bequem in unser Transportfahrzeug schieben können.«

»Transportfahrzeug?«, fragte Krüger irritiert nach.

»Ja, das klingt pietätvoller als die frühere Bezeichnung ,Leichenwagen'.«

»Verstehe«, nickte Ritter, »und im Krematorium wird der

Sarg mittels eines Rollwagens zum Ofen gefahren. Dort wird der Sarg samt Verstorbenen verbrannt und die Asche in die mitgebrachte Urne gefüllt?«

»Ganz recht.«

»Wird der Sarg vor der Einäscherung geöffnet? Beispielsweise um sicherzugehen, dass keine unerlaubten Beigaben oder verbotenen Textilien darin enthalten sind?«

»Nein«, Lehmbauer schüttelte bedächtig den Kopf, »natürlich können die dortigen Mitarbeiter nachschauen, das Recht haben sie. Aber ich habe ein seriöses Unternehmen und das weiß man dort.«

»Es ist also noch nie kontrolliert worden?«

»Soweit ich weiß, ist das noch nicht vorgekommen. Weder bei mir noch bei meinem Vorgänger.«

»Ihr Institut hatte am 17. April einen Termin für eine Einäscherung?«

»Hm, das kann ich so spontan nicht sagen. Aber ich schaue gerne nach. Könnten sie mir aber so langsam erklären, worum es eigentlich geht?«

»Schauen sie erstmal nach dem Termin.« Dabei zeigte Ritter einladend auf den Computer, der auf dem Schreibtisch des Bestatters stand.

»Natürlich, sofort«, murmelte Lehmbauer und drückte mehrere Tasten rasch hintereinander. Nach kurzer Zeit war er offensichtlich fündig geworden: »Sie haben recht, eine Frau Winkler war die betroffene Verstorbene. Aber leider gab es im Krematorium einen technischen Defekt, sodass die Einäscherung um eine Woche verschoben werden musste.«

»Wer hat den Sarg zum ursprünglichen Termin ins Krematorium fahren sollen?«

»Das war – ja, das war der Herr Zerbst.«

»Können wir mit ihm sprechen?«

»Leider nein, er ist heute nicht hier. Er hat sich gestern Abend krank gemeldet, wohl eine Magen-Darm-Geschichte.«

Ritter sah Lehmbauer scharf an: »Könnte es sein, dass auch mal zwei Leichen in einem Sarg liegen?«

Für einen kurzen Moment schien es, als ob die Fassade von Lehmbauer vor Entsetzen einen Riss bekommen würde, aber dieser Moment war in Sekundenbruchteilen vorüber.

»Zwei Verstobene in einem Sarg? Das wäre weder pietätvoll noch rechtmäßig!«, erwiderte er steif, »Davon abgesehen dass es aus wirtschaftlicher Sicht Unfug wäre, zwei Bestattungen zum Preis von einer vorzunehmen!«

»Ja, da haben Sie natürlich Recht«, erwiderte Ritter jovial, »aber ich bitte um Verständnis, dass wir diese Fragen stellen müssen.«

»Natürlich werden Sie ihre Gründe haben, aber nochmals – worum geht es eigentlich?«

»Ich bedaure, aber aus ermittlungstaktischen Gründen dürfen wir dazu nichts sagen. Aber Sie haben uns mit Ihren Informationen sehr geholfen! Vielen Dank, Herr Lehmbauer!«

Ritter hatte sich bereits zum Gehen gewandt, aber plötzlich drehte er sich abrupt um: »Eine Frage hätte ich noch – wer hat alles einen Schlüssel für Ihr Institut?«

»Nun, meine beiden Mitarbeiter und ich natürlich.«

»Jeder Ihrer Mitarbeiter hat einen eigenen Schlüssel?«

»Natürlich«, entgegnete Lehmbauer pikiert, »wir müssen rund um die Uhr erreichbar sein, da wir ja nie wissen, wann ein Todesfall eintritt. Also hat außerhalb der Geschäftszeiten immer einer meiner Leute Bereitschaft für den Fall, dass wir einen Verstorbenen abholen müssen. Meine Mitarbeiter kümmern sich dann gewöhnlich um den Leichnam, während ich im Laufe des Tages oder auch am nächsten Tag mit den Angehörigen das Geschäftliche bespreche.«

»Ja, das klingt einleuchtend. Nun wollen wir Ihnen aber keine weitere Zeit stehlen. Vielen Dank nochmals!«

Nachdem die beiden Kommissare das Institut verlassen hatten, fragte Krüger: »Was hältst du davon?«

»Er hat erst sehr spät wissen wollen, worum es geht. Fast schien es mir, als wenn er den Grund wusste und nur pro forma gefragt hat – und das so spät, als ob es ihm erst noch eingefallen wäre.«

»Traust du ihm?«

»Schwer zu sagen. Wenn der Laden wirklich so gut läuft, wie er es hat anklingen lassen, könnte er tatsächlich mit den Formalitäten schwer beschäftigt sein. Seine beiden Mitarbeiter hätten dann freie Hand, die sie aber ohnehin zu haben scheinen. Mit ihrem Schlüssel könnte jeder von ihnen eine zusätzliche Leiche ins Institut schaffen.«

»Es könnten auch alle drei unter einer Decke stecken, das wäre am risikolosesten!«

»Stimmt, aber das zu beweisen, dürfte schwierig werden. Außerdem würde der Kreis der Mitwisser größer werden. Aber jetzt ist erstmal dieser Ole Zerbst unser wichtigster Mann, denn ihm hätte ein doppelt befüllter Sarg am ehesten auffallen können. Nicole soll ihn für uns schon mal durchleuchten.«

»Geht klar.« Damit griff Krüger zum Mobiltelefon und gab den Auftrag weiter. Dabei erfuhr er gleich etwas Neues: »Frank, wir haben den Fluchtwagen vom Schlachthof!«

»Dann auf ins Büro! Ole Zerbst muss noch warten.«

Freitag, 28. April, 11:30 Uhr

Kaum waren Ritter und Krüger zurück in der Polizeidirektion angekommen, wurden sie auch schon auf dem Flur mit Neuigkeiten überhäuft.

»Eine Streife hat den Wagen gefunden, der vor euch vom Schlachthof geflüchtet ist«, berichtete Nicole Sievers, »aber leider war der Wagen leer.«

»Das war zu erwarten«, knurrte Ritter.

»Ja, aber man hofft ja immer, etwas Glück zu haben.«

»Dieses Mal hatten wir es also nicht.«

»Nein, leider nicht. Die Kriminaltechnik ist aber bereits dran – vielleicht finden sie etwas, dass den Fahrer identifizieren könnte.«

»Wo wurde der Wagen gefunden?«

»Auf einem Parkplatz beim Schützenplatz.«

»Gibt es dort Videoüberwachung?«

»Nein, leider nicht.«

»Okay, dann müssen wir also abwarten, ob die KTU etwas finden wird.«

»Ja, aber das ist noch nicht alles«, fuhr Sievers fort, »wie ihr ja wisst, haben Danner und seine Leute von der Kriminaltechnik Fingerabdrücke im sogenannten Technikraum gefunden. Sie gehören zu zwei Personen, aber nur eine ist bei uns im System, nämlich Igor Trawanow. Ihr erinnert euch bestimmt, dass die Kollegen von der KFI 2 gesagt haben, dass sie ihn damals erkennungsdienstlich behandelt haben. Immerhin stand er im Verdacht der Zuhälterei und Körperverletzung. Man konnte ihm aber nichts nachweisen, da das Opfer, ein betrunkener Freier, die Anzeige zurückgezogen und behauptet hat, dass alles nur ein ‚Missverständnis' gewesen sei.«

»Na ja, das kennen wir ja zur Genüge«, meinte Krüger sarkastisch, »aber seitdem ist er im System?«

»Ja, weil wir ja bei Körperverletzung von Amts wegen ermitteln und er damals tatverdächtig war. Seitdem sich der Zeuge an nichts mehr erinnern kann, ruht der Fall. In Ermangelung anderer Beweise ist es nicht zur Anklage gekommen, aber immerhin sind seine Fingerabdrücke seit diesem Vorfall im System. Für uns ein ungeheurer Glücksfall!«

»Stimmt! Also hat uns das Glück doch noch nicht verlassen. Wir können jetzt davon ausgehen, dass sehr wahrscheinlich Trawanow und eine noch unbekannte Person im Technikraum gewesen sind und die Folterung sowie den Tod von Svetlana Pastirak gefilmt haben – mit Sicherheit auch ihren Mörder!« Plötzlich spürte Ritter einen enormen Energieschub.

»Na ja«, wandte Krüger ein, »das klingt logisch – immerhin musste bis zum Beginn der Folterung jemand auf die Frau aufpassen, damit sie nicht entkommt. Während also einer die Frau bewacht, kann die andere Person den ‚Freier' in Empfang genommen haben. Danach geht der ‚Freier' mit Svetlana in die Folterkammer und Trawanow mit seinem Komplizen in den Technikraum. Nach Svetlanas Tod könnten sich die beiden um die Leiche gekümmert haben, während der Mörder gegangen ist. Es wird nur schwer werden, diesem Trawanow etwas nachzuweisen, denn außer seinen Fingerabdrücken im Technikraum haben wir nichts. Außerdem war er lange nach dem Mord im Schlachthof, sodass seine Fingerabdrücke bei dieser Gelegenheit dort hingekommen sein könnten.«

»Die Beweisführung ist immer das Problem«, knurrte Ritter, »das kennen wir doch. Aber immerhin haben wir endlich einen Anhaltspunkt. Haben wir die Adresse von diesem Kerl?«

»Nein, er galt als untergetaucht. Die Fahndung ist aber bereits raus.«

»Gut«, nickte Ritter, »dann besorgt mir einen Durchsuchungsbeschluss für diesen Gebrauchtwagenhandel! Ich wette, dass der Kerl dort gearbeitet und gewohnt hat. Falls das der Fall ist, dürfte es von seinen Fingerabdrücken dort nur so wimmeln und wir hätten einen weiteren Anhaltspunkt.«

»Vielleicht ist er auch wieder dort«, hoffte Krüger.

»Das glaube ich nicht, denn er wird wissen, dass wir den Halter seines Fluchtwagens schnell ermittelt haben und dort auftauchen werden. Wo könnte er aber dann hin? Denkt nach, Leute! Ach ja: Und wir brauchen einen Durchsuchungsbeschluss für Wörschings Privatwohnung, denn wir müssen den Film mit der Folterung im Schlachthof finden! Ich kann mir nicht vorstellen, dass den irgendwelche Handlanger aufbewahren.«

Sievers nickte und griff zum Telefon.

»Du glaubst immer noch nicht daran, dass jemand auf eigene Kappe gefilmt hat?«

»Nein, davon hätte Wörsching längst erfahren und Tra-

wanow wäre tot. Nein, so dumm, den großen Boss zu hinter-
gehen, ist keiner!«

»Also steckt Wörsching mit drin?«

»So sehe ich das – aber wie immer fehlen uns die Beweise.
Na gut, Bernd, fahren wir zum Gebrauchtwagenhändler!«

Gerade als sich die beiden zum Gehen wandten, hielt sie
Tandler zurück:»Moment, da ist noch etwas, Leute! Gebrauchtwagen-Reuter ist kein unbeschriebenes Blatt! Der Inhaber, Wolfgang Reuter, hat ein ellenlanges Vorstrafenregister, angefangen von Ladendiebstahl, Autoaufbrüchen, Einbruch bis hin zu Körperverletzung. Seit ein paar Jahren ist er
aber absolut sauber. Nicht mal ein Bußgeld wegen zu schnellen Fahrens hat er in letzter Zeit bekommen. Allerdings sind
die Kollegen vom Betrug an ihm interessiert, denn er soll für
schrottreife Wagen niedrige Einkaufspreise zahlen, aber die
gleichen Wagen recht schnell wieder sehr teuer verkaufen.
Selbst wenn sich der Aufwand der Reparatur und Herrichtung
lohnen würde, was nur in den wenigsten Fällen wirtschaftlich
wäre, soll die abgerechnete Zeit für die umfangreichen Arbeiten nach Ansicht unserer Leute viel zu kurz sein. Sie vermuten
dahinter Versicherungsbetrug. Aber was wäre, wenn er Geld
aus der Prostitution waschen würde? Immerhin gehören die
Bordelle und der Gebrauchtwagenhandel über diverse Beteiligungsgesellschaften letztlich der Berliner Feinwein GmbH von
diesem Doktor Bruno Feinwein!«

»Ein interessanter Gedanke! Den werden wir auf jeden Fall
im Hinterkopf haben, wenn wir mit diesem Reuter sprechen.

Weiß er, dass die Jungs vom Betrug an ihm dran sind?«

»Vermutlich ja, denn zwei Razzien waren völlige Fehlschläge.«

»Könnte er gewarnt worden sein?«

»Das wäre eine Riesenschweinerei, weil es nur einer von unseren Leuten gewesen sein könnte! Aber – ja, ausschließen kann man es nicht!«

»Hat die Interne ermittelt?«

»Natürlich! Aber ohne Ergebnis, nicht mal einen Verdachtsmoment gegen irgendjemanden haben sie gefunden.«

»Okay, aber dann weiß dieser Reuter, dass die Kollegen ihn im Visier haben. Vermutlich hat ihn auch Trawanow informiert, dass wir ihn um ein Haar geschnappt hätten und das Kennzeichen seines Fluchtwagens kennen. Reuter wird also wissen, dass wir kommen. Na gut, dann können wir uns lange Erklärungen schenken und sofort recht offen mit ihm reden. Schick Danner und die KTU vorbei, am besten mit uniformierten Kollegen. Man weiß ja nie, ob so ein Typ Ärger macht. Bis die anderen vor Ort sind und den Laden auf den Kopf stellen, werden wir mit Reuter sprechen. Versucht inzwischen etwas mehr über diesen Bruno Feinwein herauszubekommen.«

»Ich setze mich gleich ran«, versprach Tandler, »aber meine bisherigen Bemühungen haben nicht viel ergeben. Er scheint die Öffentlichkeit zu meiden, abgesehen von Jubelveranstaltungen zu seiner Menschenfreundlichkeit.«

»Bleib trotzdem dran!«

Mit einer Armbewegung signalisierte Holger, dass er ver-

standen hatte. Aber da war er schon auf dem Weg in sein
Büro.

»Also dann: Auf zu Gebrauchtwagen-Reuter!«

Freitag, 28. April, 13:10 Uhr

Nach einer kurzen Fahrt kamen die beiden Kommissare beim Gebrauchtwagenhandel von Wolfgang Reuter an. Das Gebäude machte von außen einen ziemlich heruntergekommenen Eindruck, und auch die Fahrzeuge in seinem Fuhrpark ließen kein Vertrauen in ihre Fahrtüchtigkeit aufkommen.

»Eigentlich hatte ich mir einen seriös wirkenden und auf Hochglanz getrimmten Autohandel vorgestellt, aber das hier ist nichts als ein besserer Schrottplatz«, staunte Krüger.

»Stimmt, vor allem, wenn man die hohen Umsätze bedenkt, die hier erzielt werden. Ich würde hier jedenfalls keinen Wagen kaufen!«

Kaum hatten die beiden den Hof betreten, als auch schon ein stämmiger Mittvierziger aus einer Werkstatt auf sie zukam. Während er sich noch die ölverschmierten Hände an einem alten Lumpen abwischte, grinste er die beiden breit an: »Na, habt ihr meinen Wagen schon gefunden?«

»Ja, allerdings, und jetzt suchen wir den Fahrer. Übrigens: Mein Name ist Ritter, das ist mein Kollege Krüger.«

»Dachte ich mir doch, dass ihr Bul- äh, Polizisten seid.«

»Wie kommen Sie denn da drauf?«

»Ihr habt so eine Ausstrahlung. Mit etwas Gespür merkt man das gleich.«

»Vielen Dank für diesen Hinweis.«

»Keine Ursache!« Das Grinsen wurde noch breiter, bevor es schlagartig verschwand. »Sagtet ihr, dass ihr den Fahrer von meinem Wagen sucht? Ich auch! Wenn ich das Schwein erwische, das ihn mir geklaut hat, werde ich ihm gründlich die Fresse polieren!«

»Überlassen Sie das uns, wir regeln das – allerdings auf unsere Weise. Igor Trawanow hat hier gearbeitet, oder?«

»Wer? Ist dass das Schwein, das mir den Wagen...«

»Hören Sie«, drängte Ritter ungehalten, »in ein paar Minuten sind die Kollegen mit dem Durchsuchungsbeschluss hier, und dann finden wir unsere Antworten – und Sie sind dann entweder fein raus oder stecken bis zum Hals in einer Mordermittlung!«

»Hey, nicht so grob, Herr Kommissar, ich kooperiere doch! Immerhin geht es ja um meinen Wagen!«

»Also, was ist nun? Igor Trawanow?«

Reuter kratzte sich gedankenverloren am Kopf. »Ja, hm, nee, der Name sagt mir nichts.«

Krüger hielt ihm wortlos sein Mobiltelefon mit dem Polizeifoto von Trawanow unter die Nase.

Jetzt zeigte Reuter Anzeichen des Erkennens. »Ach so, ihr meint Dimitrj Dingsbums – mit diesen russischen Namen habe ich es nicht so, wisst ihr.«

»Sie kennen also diesen Mann?«

»Ja, klar, das ist einer meiner Subunternehmer. Aber der heißt anders als ihr vorhin gesagt habt.«

»Seit wann arbeitet er hier?«

»Ja, puh, keine Ahnung – seit so sechs bis acht Monaten vielleicht, vielleicht auch seit einem knappen Jahr.«

»Als was ist er angestellt?«

»Nee, nee, der ist nicht angestellt! Wenn mal wenig los ist, wird man festes Personal nicht los wegen diesem ganzen Scheiß mit dem Kündigungsschutz und so. Nee, der ist Selbständiger! Ich habe gerade jemanden gebraucht, er hat nach Arbeit gefragt und ich habe ihn getestet – Bingo! Guter Mann, also hat er von mir Aufträge bekommen.«

»Was hat er denn gemacht?«

»Alles, was nötig ist, um einen Wagen aufzuhübschen und zum Laufen zu bringen. Der Typ ist ein verdammt guter Mechaniker!«

»Wie wurde er bezahlt? Hat er irgendwo ein Konto?«

»Nee, den Banken hat er nicht getraut. Hat er zumindest gesagt. Er wollte immer Bargeld haben, also habe ich ihn am Ende des Tages immer in bar ausbezahlt – in meiner Branche läuft fast alles cash über den Tresen, das ist einfach sicherer. So ein Scheck kann schnell mal platzen oder eine Überweisung wird nicht ausgeführt. Es gibt viele krumme Hunde in der Welt.«

»Wo hat Trawanow gewohnt?«

»Na, hier, gleich über der Werkstatt. Das ist verdammt praktisch, denn wenn mal eine Nachtschicht ansteht, hat er keinen Weg nach Hause. Außerdem ist er immer greifbar, wenn ich mal wieder einen Wagen gekauft habe, der schnell für den Verkauf fit gemacht werden muss.«

»Verkaufen Sie viele Autos?«

Jetzt grinste der Autohändler wieder. »Ich kann nicht klagen, das Geschäft läuft richtig gut.«

»Na schön, zurück zu Trawanow. Sie sagten, dass er hier wohnt. Wo ist denn seine Wohnung?«

»Dort…«, mit einem Räuspern unterbrach sich Reuter.

»Na komm, unsere Kollegen sind ohnehin gleich mit dem Durchsuchungsbeschluss hier!«

»Ja, ist ja schon gut, habe mich nur gerade verschluckt!«, erwiderte Reuter wenig glaubhaft, »Der Typ hat hier keine Wohnung, sondern nur ein Zimmer. Mehr Räume gibt es nicht über der Werkstatt.«

»Was ist mit Küche, Bad, Toilette?«

»Toilette und Dusche sind unten, gleich neben der Werkstatt. Die konnte er benutzen. Eine Küche gibt es nicht. Soweit ich weiß, hat er sich eine Kochplatte aufgestellt. Der Raum war ja mal als Abstellraum und nicht als Wohnraum gedacht.«

»Na schön. Dann geben Sie uns den Schlüssel von dem Raum«, verlangte Ritter.

»Da sollte offen sein. Das hier ist ein seriöser Laden, da wird nicht geklaut!«

»Außer gelegentlich mal ein Auto«, warf Krüger süffisant ein. Sofort traf ihn ein giftiger Blick von Reuter, der sich aber einen Kommentar verbiss.

Die beiden Kommissare hatten rasch den Aufgang und damit das Zimmer gefunden. Der schäbige Raum wurde nur spärlich von einer nackten Glühbirne erhellt.

Während sich Krüger in dem Raum umsah, klingelte Ritters Telefon.

»Ja!«, bellte er in den Hörer.

»Hier ist Nicole. Frank, wir haben ein Problem! Staatsanwalt Zimmermann will keinen Durchsuchungsbeschluss für den Gebrauchtwagenhandel beantragen, weil ihm die Beweislage zu dünn ist.«

»Kein Problem! Bernd und ich stehen gerade im Zimmer von Trawanow – er hat hier gewohnt und gearbeitet, wie wir es vermutet haben. Also schick die KTU vorbei, damit sie sich hier gründlich umsehen kann!«

»Alles klar, mache ich sofort. Aber ob das den Staatsanwalt erfreuen wird?«

»Keine Ahnung, ist mir aber auch egal. Im Schlachthof sind die Fingerabdrücke von Trawanow, er hatte die Gelegenheit zum Autodiebstahl hier beim Autohandel – wenn es denn ein Diebstahl war. Damit ist er dringend tatverdächtig und es besteht jetzt, da wir seinen bisherigen Unterschlupf gefunden haben, eine erhebliche Fluchtgefahr.«

Jetzt verlangte Krüger kurz das Telefon und ergänzte: »Seine ganzen Sachen scheinen noch hier zu sein, also dürfte seine Flucht nicht geplant gewesen sein. Wir haben ihn wohl aufgescheucht. Er dürfte jetzt keine bis wenig Ersatzkleidung bei sich haben und wohl auch kein Geld. Angeblich hat er kein Bankkonto, sodass er schon bald mittellos sein dürfte.«

»Nicole«, unterbrach Ritter seinen Kollegen, »sofort die drei Bordelle von Wörsching, seine Privatwohnung und den Gebrauchtwagenhandel diskret überwachen lassen – Trawanow dürfte von hier einen Wagen genommen haben, aber für seine

Flucht braucht er Geld und ein neues Fahrzeug, das nicht mit dem Gebrauchtwagenhandel von Reuter in Verbindung gebracht werden kann. Er dürfte nicht viele Anlaufstellen in Hannover haben, deshalb müssen wir die uns bekannten Orte so schnell wie möglich überwachen!«

»Geht klar! Ich werde sofort alles Nötige veranlassen.«

Nach einer knappen halben Stunde traf die Kriminaltechnik ein. Krüger führte sie zu Trawanows Zimmer und kehrte anschließend zu seinem Kollegen zurück, der sich mit Reuter unterhielt.

»Wo ist denn jetzt Ihr Dursuchungsbeschluss?«

»Den brauchen wir nicht mehr - Gefahr im Verzug!«

»Was denn für eine Gefahr?«

»Trawanow steht unter dringendem Mordverdacht und ist flüchtig. Das reicht, um seine Wohnung zu durchsuchen.«

Sofort geriet der Autohändler in Rage! »Aber nur seine Bude! Wehe, Ihr fasst bei mir auch nur einen Bleistift an!«

»Keine Sorge, Sie interessieren uns nicht – noch nicht!«

»Wollen Sie mir etwa drohen?«

»Nein, wie denn auch? Sie sind doch ein unbescholtener Bürger.«

»Hä? Du willst mich wohl verarschen?«

»Ich nicht, aber passen Sie gut auf, dass nicht jemand anderes sie verarscht. Schönen Tag noch.«

Damit ließen die beiden Kommissare einen wütenden und zugleich nachdenklich dreinblickenden Reuter zurück.

Im Auto fragte Krüger: »Wie hast du das denn eben gemeint?«

»Was meinst du?«

»Na, dass ihn vielleicht jemand anderes verarscht.«

»Wir haben den Schlachthof gefunden und eine deutliche Spur zu Trawanow. Über den wiederum zu diesem Autohändler Reuter. Mit anderen Worten: Wir haben schon wieder in das Wespennest gestochen, dieses Mal sogar sehr kräftig! Beim ersten Mal haben wir die Leiche gefunden. Daraufhin ist unser Zeuge, der Harald Bauer, ermordet worden. Als wir weiter gebohrt haben, wurde ein Informant der KFI 2 unter dubiosen Umständen getötet und mit Tamara ist eine für uns sehr wichtige Zeugin verschwunden. Wer weiß, was noch alles passieren wird – jetzt, wo wir Trawanow als einen der Täter identifiziert haben und nach ihm fahnden.«

»Dann vermutest du, dass er jetzt auf der Abschussliste steht?«

»Könnte sein, und Reuter als eventueller Mitwisser gleich mit. Immerhin gibt es hier genug Fahrzeuge, auf die Bauers Beschreibung von dem Wagen zutrifft, mit dem die Leiche von Svetlana Pastirak transportiert worden ist. Vielleicht von Trawanow und jemand anderem – oder zusammen mit Reuter.«

»Dann sollten wir die Wagen von der KTU gründlich durchsuchen lassen!«

»Ohne Durchsuchungsbeschluss haben wir da keine Chance. Außerdem ist doch gleich neben dem Verkaufsraum eine Werkstatt. Wenn ich das vorhin im Vorbeigehen richtig gesehen habe, liegt dahinter noch eine Lackiererei. Entweder ist der für den Leichentransport genutzte Wagen schon längst weggebracht oder umlackiert worden – vielleicht auch beides.«

»Dann werden wir das Fahrzeug wohl nie finden. Verdammt!«

»Ja, die sind sehr gut organisiert. Das sind nicht einfach ein paar Zuhälter, sondern wir haben es hier mit einer straff geführten Organisation zu tun. Einer, die vor nichts zurückschreckt und vielleicht sogar ihre eigenen Leute umbringt, bevor sie uns in die Hände fallen und aussagen können. Vielleicht ist sogar noch Korruption im Spiel – du weißt ja, was unser Kollege Lehmann dazu gesagt hat!«

»Ja, dass wir vorsichtig sein sollen. Ist dir aufgefallen, dass Staatsanwalt Zimmermann den Durchsuchungsbeschluss für diesen Autohandel verweigert hat?«

»Ja, aber ich kann es ihm im Grunde nicht verdenken. Die Beweislage war wirklich sehr dünn. Trotzdem hat mein Bluff gegenüber Reuter doch gut funktioniert!«

»Ja, zum Glück! Aber kaum erfahren wir, dass es keinen Durchsuchungsbeschluss geben wird, ragt dieser Reuter auch schon danach. Wieder so ein komischer Zufall, wenn du mich fragst.«

»Vielleicht, vielleicht aber auch nicht. Reuter hat schon viele krumme Dinger gedreht, deshalb kennt er seine Rechte ganz genau. Er weiß also, worauf er bestehen kann. Aber wahrscheinlich hat er Angst, dass wir bei einer Durchsuchung im Rahmen von unserer Mordermittlung auf Beweise für seine mutmaßliche Geldwäsche stoßen könnten. Aber egal, das ist nicht unsere Baustelle – wir haben Trawanows bisherigen Unterschlupf und seine Sachen gefunden – jetzt hat er keinen Schlupfwinkel mehr und muss sich bewegen, um einen neuen zu finden. Das ist unsere Chance, ihn zu erwischen – bevor ihn sich seine Komplizen schnappen.«

»Hoffentlich sind wir schneller!«

»Komm, lass uns in die Waterloostraße zurückfahren. Die Kollegen beschatten den Laden von Reuter und alle anderen uns bekannten Anlaufstationen. Ich bin mir sicher, dass Trawanow früher oder später da irgendwo auftauchen wird.«

»Hoffentlich sind unsere zur Überwachung eingeteilten Leute alle sauber!«

»Das hoffe ich allerdings auch! Anderenfalls wird Trawanow wohl bald tot sein.«

Freitag, 28. April, 15:25 Uhr

Noch während die beiden Kommissare auf dem Weg zur Polizeidirektion waren, erreichte sie der Anruf einer aufgeregten Nicole Sievers: »Wir haben den Durchsuchungsbeschluss für Wörschings Privatwohnung! Unglaublich! Damit habe ich schon gar nicht mehr gerechnet! Die Kriminaltechnik ist schon informiert. Die sind ziemlich sauer, denn mit dem alten Schlachthof, dem Gebrauchtwagenhandel und jetzt der Villa von Wörsching haben wir sie ganz schön mit Arbeit geflutet. Aber egal, Holger und ich sind schon auf dem Weg.«

»Habt ihr sicherheitshalber Verstärkung dabei?«

»Ja, zwei Streifenwagen.«

»Gut, wir kommen auch hin. Schick mir die Adresse!«

»Die sollte schon auf deinem Smartphone sein.«

Ein rascher Blick von Ritter auf das Display bestätigte das. »Richtig, jetzt sehe ich sie auch.«

»Sollen wir schon vor eurer Ankunft reingehen und mit der Durchsuchung beginnen?«

»Ja, auf jeden Fall! Vielleicht haben wir ja Glück und er hat noch nicht das gesamte Beweismaterial vernichten können.«

»Okay, wir sind gleich da und fangen an.«

»Alles klar, bis gleich!«

Freitag, 28. April, 15:48 Uhr

Wenig später kamen Ritter und Krüger vor dem Privathaus von Timo Wörsching im Villenviertel von Hannover an. Die Durchsuchung des Gebäudes und des Grundstückes war bereits in vollem Gange.

An der Eingangstür nahm sie bereits ein entspannt wirkender Wörsching in Empfang.

»Ah, die beiden Superbullen!«, begrüßte er sie sarkastisch, aber dennoch in höflichem Tonfall, »Ihr betreibt ja einen ziemlich großen Aufwand – und das von meinen Steuergeldern! Was erhofft ihr euch eigentlich hier zu finden?«

»Beweismaterial, was denn sonst.«

»Im Ernst? Beweismaterial? Für was – etwa für diesen Foltermord, von dem ihr neulich gesprochen habt?«

»Ganz genau«, erwiderte Ritter schnell und ignorierte geflissentlich den erstaunten Blick von Krüger.

»Hier werdet ihr nichts finden, Leute! Ich pflege grundsätzlich berufliche und private Angelegenheiten strikt zu trennen.«

»Davon würden wir uns gerne selber überzeugen.«

»Nur zu, vertrödelt ruhig eure Zeit! Damit ihr seht, wie sehr ich kooperiere, werde ich sogar darauf verzichten, meinen Anwalt anzurufen, damit er euch und eurem Chef die Hölle heiß macht.«

»Wie nett von Ihnen«, entgegnete Krüger bissig.

»Kein Problem. Ihr macht ja auch nur eure Arbeit. Zwar nicht besonders gut, aber ich kenne das. Habe ja selber auch ständig Schwierigkeiten, gutes Personal zu bekommen. Ja, ja, der Fachkräftemangel...«

Bevor Ritter der Kragen platzte, suchte er lieber Sievers und Tandler. Krüger folgte ihm, da er nicht wusste, wie lange er sich noch bei der selbstgefälligen Art des Bordellchefs zurückhalten konnte.

Endlich trafen sie auf Sievers.

»Wie sieht es aus, schon etwas gefunden?«

»Bislang noch nicht, aber Haus und Grundstück sind riesig, da wird es eine Weile dauern.«

»Okay, Bernd und ich helfen euch.«

Während der nächsten Stunden wurde das gesamte Anwesen gründlich auf den Kopf gestellt. Ein Computer, zwei Laptops und mehrere Datenträger sowie zahlreiche Aktenordner wurden beschlagnahmt und zur Sichtung in die Polizeidirektion gebracht.

»Gibt es schon irgendwelche Hinweise auf eine Verstrickung von Wörsching in den Mordfall?«, erkundigte sich Ritter nach Abschluss der Durchsuchung bei seinen Leuten.

»Nein, leider nicht, zumindest nicht auf den ersten Blick«, lautete die Antwort.

»Okay, dann nichts wie ins Büro und die Unterlagen ausgewertet! Wir müssen diese Verbindung finden! Anderenfalls haut ihn sein Anwalt in Windeseile raus.«

Freitag, 28. April, 23:18 Uhr

Kaum in der Waterloostraße angekommen, machte sich das gesamte Team sofort an die Sichtung der Aktenordner. Die technischen Geräte überließen sie vorerst der Kriminaltechnik. Angesichts von deren Arbeitsüberlastung war jedoch unklar, wann mit ersten Ergebnissen gerechnet werden konnte.

Inzwischen waren sie schon zwei Stunden mit dem Material beschäftigt.

»Mir flimmert es schon vor den Augen«, beklagte sich Sievers.

Die anderen nickten verstehend, ihnen ging es nicht anders.

Bislang hatten sie Lieferscheine sowie Kosten- und Finanzierungsübersichten gefunden. Letztere schienen für das Finanzamt bestimmt gewesen zu sein, vielleicht auch für das Prüfungsamt der Stadtverwaltung als Grundlage für die Gewerbesteuer.

»Das können nicht die echten Zahlen sein«, monierte Tandler laut, »die Geschäfte laufen doch angeblich so gut! Dafür sind mir das hier viel zu wenige Einnahmen! Na ja, in der Branche läuft die Bezahlung der Prostituierten nur mit Bargeld, also genug Spielraum für Schwarzgeld. Es muss irgendwo eine Abrechnung mit den echten Zahlen geben. Wenn wir die finden, könnten wir vielleicht sogar eine Spur zu einer Geldwaschanlage finden – möglicherweise zum Gebrauchtwagenhändler Reuter.«

»Es könnte viel möglich sein«, knurrte Ritter, »aber wir müssen es beweisen können! Vermutungen nutzen uns leider gar nichts. Erst recht nicht in Bezug auf die Morde an Svetlana Pastirak und Harald Bauer.«

»Schon klar, aber ich bezweifle, dass wir hier etwas Brauchbares finden werden. Wörsching ist nicht blöd, der hat doch jederzeit mit einer Durchsuchung gerechnet – in seiner Position gehört so etwas doch zur Stellenbeschreibung dazu.«

»Du hast ja Recht, aber wir müssen unsere Arbeit so gut wie möglich machen, damit uns kein Anwalt Versäumnisse nachweisen kann.«

Jetzt mischte sich Krüger ein: »Wir hätten das Grundstück sofort durchsuchen müssen, zeitgleich mit den Durchsuchungen in den Bordellen!«

»Du weißt genau«, gab Ritter genervt zurück, »dass wir dafür keinen Beschluss von unserem Staatsanwalt bekommen haben. Außerdem stimme ich Holger zu: Die richtigen Abrechnungen für die Hintermänner sind irgendwo anders, aber nicht in seinem Haus oder auf seinem Grundstück.«

»Aber wo dann?«

»Gute Frage!«

»Vielleicht hat er irgendwo noch ein Haus oder eine Wohnung?«

»Wir haben nichts gefunden. Aber es könnte sein, das die andere Wohnung nicht auf seinen Namen eingetragen oder angemietet ist. Wenn sie aber unter einem fremden Namen läuft, brauchen wir Informationen zu dem entsprechenden Namen. Anderenfalls haben wir so gut wie keine Chance, sie zu finden. Haltet also in diesen verdammten Unterlagen Ausschau, ob sich irgendwo ein entsprechender Hinweis findet! Deshalb müssen wir diesen Aktenberg durchsuchen, auch wenn es noch so nervtötend ist.«

Als Ritter jedoch sah, dass Nicole Sievers mühsam ein Gähnen zu unterdrücken versuchte, spürte er ebenfalls eine bleierne Müdigkeit.

Rasch schaute er auf die Uhr. Es war mal wieder sehr spät geworden und er hatte einmal mehr vergessen, seine Frau anzurufen und vorzuwarnen. »Kommt, lasst uns für heute Schluss machen. Wir haben die Unterlagen hier und werden uns gleich morgen früh wieder damit beschäftigen. Vielleicht sehen wir im wachen Zustand mehr als in unserem derzeitigen Dämmerzustand. Also, dann: Gute Nacht allerseits!«

Seine Kollegen erwiderten den Abschiedsgruß, aber ihre Blicke schwankten zwischen Erleichterung, Dankbarkeit und Wehmut – sie wollten endlich den Mörder fassen und die Hintermänner ausschalten! Andererseits sahen sie ein, dass sie viel zu müde für die Durchsicht waren. Trotzdem verspürte jeder beim Gehen ein Gefühl des Widerwillens.

Samstag, 29. April, 5:15 Uhr

Obwohl Ritter erst sehr spät nach Hause kam und seine Frau bereits schlief, wurde sie gegen Morgen wach. Zu Elkes Erstaunen stand ihr Mann gerade auf.

Verschlafen murmelte sie: »Was ist los? Alles in Ordnung, Frank?«

»Schlaf weiter, Schatz!«, flüsterte er, »Es ist dieser Fall, der mir keine Ruhe lässt. Ich habe das Gefühl, dass wir kurz vor der Lösung stehen, und genau das raubt mir den Schlaf. Ich werde...« Er blickte zu seiner Frau hinüber und stellte fest, dass sie wieder eingeschlafen war.

»Natürlich«, murmelte er leise vor sich hin, »sie kennt mich nach so vielen Jahren ganz genau und weiß, dass mich in diesem Stadium einer Ermittlung nichts vom Büro fernhalten kann.«

Leise machte er sich ein spartanisches Frühstück, bevor er das Haus verließ.

An der Tür drehte er sich noch einmal um und flüsterte in den stillen Flur: »Hoffentlich ist es bald vorbei, damit wir endlich wieder etwas unternehmen können.«

Samstag, 29. April, 6:35 Uhr

Offensichtlich verspürten auch die anderen Teammitglieder dieses Gefühl der Unruhe, denn es hielt niemanden von ihnen lange zu Hause. Im Gegenteil, Ritter musste bei seinem Eintreffen im Büro feststellen, dass die anderen bereits bei der Arbeit waren.

»Guten Morgen, Leute! Konntet ihr auch nicht schlafen?«

»Nein, obwohl ich wirklich alles versucht habe«, antwortete Tandler, »aber als ich um 6 Uhr hier ankam, war Bernd schon bei der Arbeit. Sogar den Kaffee hatte er schon gekocht.«

»Ja«, monierte Sievers, »aber der Kaffee ist noch verbesserungsfähig! Für meinen Geschmack ist er viel zu stark – so viel Milch haben wir gar nicht, wie ich brauche, um ihn trinkbar zu machen.«

»Meckere nicht rum«, maulte Krüger, »ich wusste, dass wir heute alle früh hier sein würden und damit eine kurze Nacht hatten. Also ist der Kaffee heute etwas stärker, damit wir zügig vorankommen und nichts übersehen.«

Ritter goss sich einen Kaffee ein und nippte kurz an der Tasse. Sofort verstand er, was Nicole gemeint hatte, und war dankbar, dass er schon zu Hause einen Kaffee zum Munterwerden getrunken hatte.

»Was hat denn deine aktuelle Freundin dazu gesagt, dass du schon so früh wieder ins Büro gefahren bist?«, fragte er dann jovial. Sofort ruckten die Köpfe von Sievers und Tandler hoch.

»Nichts hat sie gesagt«, erklärte Krüger und versuchte, ganz überlegen zu wirken, »sie war nämlich nicht da. Sie scheint irgendwie beleidigt zu sein, weil mich der Fall genau wie euch so stark in Anspruch nimmt.«

»Oh, oh, hängt da etwa der Haussegen schief?«

»Quatsch, das kriege ich schon wieder hin. Falls nicht: Es gibt auch noch andere schöne Frauen. Aber jetzt genug von mir und meiner Beziehung! Lasst uns weiterarbeiten, damit wir endlich den Mörder und seine Komplizen hinter Schloss und Riegel bringen können.«

»Bernd hat Recht, lasst uns weiterermitteln. Aber zuvor will ich auf den neuesten Stand gebracht werden. Also, gibt es schon Ergebnisse?«, fragte er in die Runde, obwohl er die Antwort ahnte.

Das auf allen Seiten einsetzende Kopfschütteln bestätigte seine Vermutung. Mit einem Seufzen ging er in sein Büro und setzte sich. Dann vergrub er sich wie die anderen Teammitglieder in seinen Anteil von den Unterlagen.

Hoch konzentriert arbeiteten die Kommissare den ganzen Tag die Unterlagen durch, lediglich am Mittag gönnten sie sich eine Pause und eine Pizza. Die Kaffeemaschine wurde an diesem Tag öfter als sonst angeworfen, aber am frühen Abend hatten sie es geschafft – alle Unterlagen waren gesichtet. Einen Hinweis oder auch nur den Hauch einer Spur hatten sie dabei jedoch nicht gefunden.

Es war schon weit nach 19 Uhr, als Ritter den Feierabend einläutete: »Schade, aber wir haben es versucht. Mehr können wir heute nicht machen. Morgen früh werden wir nochmal alle Einzelheiten des Falles durchgehen, vielleicht haben wir ja was übersehen.«

»Lass es uns doch gleich machen«, schlug Krüger vor, erntete aber sofort heftigen Protest von Sievers und Tandler.

»Lass gut sein, Bernd«, beschwichtigte Ritter seinen Kollegen, »es war ein langer Tag und wir sind alle etwas müde. Da können wir leicht wieder etwas übersehen, denn wenn uns bei der Fallbesprechung ein winziges Detail entgeht, könnte uns der Schlüssel zur Lösung entgehen.«

»Vielleicht hat ja auch die Fahndung nach Trawanow Erfolg«, meinte Sievers.

»Ich werde mich sofort um den aktuellen Stand der Fahndung kümmern.« Als er die erstaunten Blicke seiner Kollegen registrierte, seufzte er kurz, bevor er zu einer Erklärung ansetzte: »Ich würde halt gerne noch zwei, drei Stunden arbeiten. Es ist nämlich so, dass ich Susanne gesagt habe, dass ich heute bis in die Nacht arbeiten muss.«

»Susanne? Wieso Susanne, ich dachte, deine Freundin heißt Svenja?«, hakte Sievers nach.

»Nein, die Sache mit Svenja ist vorbei – zu viele Überstunden.«

»Und wie hast du dann Susanne kennengelernt?«

»Das erkläre ich euch ein andermal, aber jetzt geht es um den Fall!«

»Na schön, dann hast du also mal wieder eine neue Herzensdame. Umso mehr wird die sich freuen, dich wesentlich früher als geplant zu sehen«, staunte Sievers.

»Ja, vielleicht – oder besser, wahrscheinlich schon, aber wenn ich vor ihr stehe, erschrickt sie sich womöglich und denkt, dass etwas Schreckliches passiert wäre.«

»Dann ruf sie doch vorher an«, schlug Nicole vor.

»Nee, das sieht komisch aus – erst muss ich lange arbeiten, und dann plötzlich doch nicht. Da könnte sie schnell auf den Gedanken kommen, dass ich auch an anderen Tagen früher habe gehen können und wer weiß wo gewesen bin.«

»Stimmt doch auch«, bemerkte Tandler trocken.

»Ja, schon, aber das muss sie ja nicht wissen.«

»Weil du dich nebenbei auch mit anderen Frauen triffst?«, fragte Nicole nach.

»Äh, also das – ja, okay, das kommt schon mal vor.«

»Schluss jetzt!«, machte sich Ritter energisch bemerkbar, »Lassen wir es für heute gut sein. Was Bernd privat macht, geht uns nichts an, solange seine Arbeit nicht darunter leidet. Tja, und das kann sicher keiner behaupten, denn er leistet genau wie ihr anderen auch hervorragende Arbeit! Nutzt den Abend zur Erholung oder zur Entschädigung eurer Partnerin, Ehefrau oder was auch immer. Ich habe das dumpfe Gefühl, dass bald Bewegung in den Fall kommen wird – und was das bedeutet, wissen wir alle nur zu genau: Überstunden, viele harte Überstunden und ein gewaltiges Schlafdefizit. Also lasst uns für heute Schluss machen und Kraft tanken! Ich wünsche euch einen schönen Feierabend!«

Damit löste sich die Runde auf. Beim Hinausgehen musste

sich Krüger allerdings noch ein paar scherzhafte Bemerkungen über seinen Verschleiß an Freundinnen anhören, aber er wusste, dass keine davon böse gemeint war. Nach außen spielte er trotzdem die beleidigte Leberwurst, aber innerlich schmunzelte er über das versteckte Kompliment.

Samstag, 29. April, 23:28 Uhr

Frank Ritter hatte mit seiner Frau noch zwei gemütliche Stunden vor dem Fernseher verbracht, bevor er sich ins Bett legte. Dieses Mal fiel er sofort in einen tiefen Schlaf.

Aus dieser Ruhe wurde er jedoch jäh herausgerissen, als sein Telefon klingelte. Im ersten Augenblick wusste er nicht, wo er war oder was das Klingeln zu bedeuten hatte. Schließlich versuchte er, den Wecker auszuschalten. Ein vergebliches Unterfangen.

»Jetzt geh endlich an das verdammte Telefon«, murrte einmal mehr seine Frau im Halbschlaf.

»Wie? Telefon? Wieso? Ach so, ja.«

Endlich hatte er verstanden und gleich darauf das Telefon gefunden.

»Was gibt's denn?«, brummte er unfreundlich in den Hörer.

»Hier Krüger – wir haben Trawanow!«

Sofort war Ritter hellwach: »Wo?«

»Ich habe mit zwei Kollegen das T-Sex überwacht und gesehen, wie unser Freund Arthur mit Trawanow wegfahren wollte.«

»Wohin?«

»Keine Ahnung. Als sie losgefahren sind, habe ich den Wagen von zwei Streifenwagen stoppen lassen. Arthur hatte eine Pistole dabei, Trawanow war unbewaffnet.«

»Wo sind die beiden jetzt?«

»Hier in der Waterloostraße.«

»Prima! Gute Arbeit! Aber – du sagtest, dass Arthur bewaffnet war?«

»Ja, war er.«

»Hat er bei seiner Festnahme Widerstand geleistet?«

»Nein, das ist ein Profi. Er hat sofort erkannt, dass er keine Fluchtmöglichkeit hat und sich widerstandslos ergeben. Auf diese Weise bekommt ihn ein guter Anwalt viel leichter wieder raus.«

»Stimmt. Diese Burschen kennen die Schwachstellen in unserem Rechtssystem und wissen sie für sich auszunutzen.«

»Nicht zu vergessen ihre hochbezahlten Anwälte – davon haben die Hintermänner mehr als genug an der Hand. Sobald Wörsching von der Festnahme seines Sicherheitschefs vom T-Sex erfährt, wird er sofort jemanden herschicken.«

»Das sehe ich auch so. Beeilen wir uns also mit Arthurs Befragung. Ich bin schon so gut wie auf dem Weg. Sag Holger und Nicole auch Bescheid.«

»Geht klar!«

In Richtung seiner Frau rief Ritter nur: »Schatz, ich muss weg, der Fall kommt ins Rollen!«

»So fahr doch endlich«, stöhnte seine bessere Hälfte ungeduldig, »ich will endlich weiterschlafen!« Sie kannte Situationen wie diese schon zur Genüge.

»Ja, ja, schon gut«, brummte ihr Mann, »du bist mich ja gleich los.«

Rasch sprang er in seine Sachen und griff nach dem Autoschlüssel. Plötzlich erinnerte er sich an den Kaffee vom Vortag, den Krüger in bester Absicht so stark gekocht hatte, dass er dem gesamten Team um Haaresbreite einen Herzinfarkt beschert hatte.

Deshalb ging er rasch in die Küche und machte sich einen Kaffee, was dank des Wasserkochers recht schnell ging.

»So viel Zeit muss sein«, murmelte er, bevor ihm der erste Schluck den Mund verbrannte.

Kurz darauf verließ er auch schon das Haus. Seine bessere Hälfte quittierte das Zufallen der Haustür mit einem tiefen Seufzer und drehte sich auf die Seite. Sie wusste, dass das nicht helfen würde, weil sie nun für mindestens eine Stunde zu wach war, um sofort wieder einschlafen zu können. »Hoffentlich geht er bald in Rente«, murmelte sie vor sich hin, »dann kann ich endlich die Nächte durchschlafen wie andere Leute auch! Das muss herrlich sein!«

Dann versuchte sie alles, um rasch wieder einzuschlafen. Am Anfang stellte sich kein Erfolg ein, aber dann fiel sie doch wieder in einen tiefen Schlaf.

Sonntag, 30. April, 0:13 Uhr

Auf der Fahrt in die Waterloostraße hielt sich Ritter nur mit Mühe an die vorgeschriebenen Geschwindigkeitsbegrenzungen. Er kannte die vielen versteckten Radarfallen und hatte keine Lust, Kriminalrat Kehlhahn die Strafzettel zu erklären. Da die Straßen aber für eine Wochenendnacht erstaunlich leer waren, kam Ritter gut durch den Verkehr und betrat schon bald das Gebäude der Polizeidirektion. Dort traf er auf Bernd Krüger, den er sofort nach dem Stand der Dinge befragte.

»Lass uns noch einen Moment auf Nicole und Holger warten, dann brauche ich das Ganze nur einmal zu erklären. Arthur Kowalski und Igor Trawanow sind ja in Gewahrsam und laufen uns nicht weg. Da kommt es auf ein paar Minuten sicher nicht an.«

»Also schön, warten wir. «

Lange brauchten die beiden nicht zu warten, denn innerhalb der nächsten fünf Minuten trafen ihre beiden Kollegen ein. Beide sahen noch nicht ganz wach aus, und Ritter bemerkte, wie Tandlers Blick hoffnungsvoll zur Kaffeemaschine wanderte. Leider wurde er enttäuscht, denn die Kanne war noch leer.

»Jetzt, da wir alle anwesend sind, sollten wir in mein Büro gehen, wo uns Bernd von den Ereignissen berichten kann, die zur Festnahme von Arthur und Trawanow geführt haben.«

In Ritters Büro nahmen alle rasch Platz. Man konnte die Anspannung spüren, mit denen jeder auf Krügers Bericht wartete.

Dieser räusperte sich kurz, bevor er begann: »Wie ich ja gestern gesagt habe, hatte ich nichts mehr vor. Da sich zudem unser Staatsanwalt aus Datenschutzgründen nicht um die Telefonüberwachung der Verdächtigen kümmern wollte, habe ich mir etwas anderes überlegt und bin auf die gute alte Observierung gekommen. Also habe ich mich zu unseren beiden Kollegen beim T-Sex gesellt und mich zusammen mit ihnen auf die Lauer gelegt.«

»Das ist ungewöhnlich«, warf Nicole ein.

»Die Wahl des T-Sex?«

»Nein, dass du mit keiner Freundin um die Häuser gezogen bist.«

»Wie ich vorhin schon gesagt habe, wollte ich Susanne nicht auf komische Gedanken bringen.«

»Ja, das hast du bereits gesagt – aber jemand mit deinem Schlag bei den Frauen hat doch bestimmt noch jemanden im Hinterkopf, den man anrufen könnte, oder?« Nicole grinste ihn an, und auch die beiden anderen mussten schmunzeln.

Fast schien es, als ob Krüger etwas verlegen werden würde, aber dann hatte er sich rasch wieder gefasst: »Na ja, es war spät und auch sehr kurzfristig, da klappt es nicht immer. Aber lasst uns wieder auf den Fall zurückkommen.«

»Okay - warum das T-Sex?«, mischte sich Ritter ein.

Froh, das Thema von seinem Privatleben abgelenkt zu haben, berichtete Krüger: »Ich habe darauf spekuliert, dass er zu einem von Wörschings Läden gehen würde. Das T-Sex gehört ihm und es gibt dort sehr viel männliche Laufkundschaft, vor allem an einem Samstagabend. Da fällt ein Mann nicht so schnell auf wie bei den anderen Nobelschuppen – zumal ja auch Trawanows Kleidung in kein Edelbordell gepasst hätte. Außerdem hat er im T-Sex gearbeitet, kennt sich dort also gut aus. Falls er schnell fliehen müsste, wären seine Ortskenntnisse also sehr wertvoll. Deshalb habe ich mir überlegt, es dort zu versuchen. Zugegeben, das war alles reine Spekulation, aber es hat sich gelohnt! Wir haben unseren Mann!«

»Ja, das Ergebnis gibt dir Recht. Gratuliere, das war wirklich gut kombiniert! Aber vor allen Dingen war dein Handeln auch verdammt riskant! Die wissen doch, dass du ein Polizist bist und in dem Mordfall Svetlana ermittelst – wenn die dich erkannt hätten, wäre Trawanow nie dort aufgetaucht.

»Ja, Frank, das ist mir auch schon aufgegangen, aber jetzt komm und reg dich wieder ab! Im Nachhinein weiß ich ja auch, dass meine Aktion dämlich war, zumal zwei von unseren Leuten vor Ort waren. Aber wir hatten Erfolg, und das zählt letztlich!«

Ritter atmete tief durch. »Ja, das ist ein toller Erfolg!« Er klopfte seinem Kollegen anerkennend auf die Schulter.

Dann kam er gleich wieder auf die Ereignisse zurück, die zur Verhaftung von Trawanow geführt haben: »Okay, wie ist das Ganze abgelaufen?«

»Na ja, wie schon gesagt hatte ich keine Lust, alleine in meiner Wohnung zu hocken oder mich mit Susanne zu treffen. Also habe ich versucht, mich in Trawanow und seine derzeitige Situation hineinzuversetzen. Dabei bin ich dann eben auf die Idee gekommen, dass er Kontakt zu einem seiner Kollegen im T-Sex aufnehmen könnte. Nach meiner Vermutung würde er nicht durch den Haupteingang gehen, auch wenn dort viele Leute unterwegs sind. Aber er weiß, dass da mit Sicherheit auch die Kollegen von der KFI 2 oder ihre Informanten stehen - und natürlich auch wir dort nach ihm Ausschau halten würden. Deshalb habe ich mir überlegt, dass er wahrscheinlich den Hintereingang wählen würde. Der ist schwerer zu überwachen, also habe ich mich in einer Straße hinter dem T-Sex auf die Lauer gelegt.«

»Und dann ist er tatsächlich aufgetaucht?«

»Genau. Er wirkte ziemlich heruntergekommen, aber das ist ja auch kein Wunder, da er schnell und unerwartet untertauchen musste. Das heißt konkret: keine Kleidung zum Wechseln und sicher auch nicht viel Bargeld. Na ja, jedenfalls ist er beim T-Sex aufgetaucht und durch den Hintereingang rein. Ich habe überlegt, ob ich hier in der Direktion Bescheid sagen sollte, aber wir wissen, wie groß das T-Sex ist. Beim Auftauchen von unseren Leuten hätte er schnell Lunte riechen und durch irgendein Fenster oder eine Tür entkommen können. Also habe ich darauf verzichtet und nur die beiden Kollegen vor Ort informiert.«

»Ja, das war die beste Lösung, denn anderenfalls hätte es auch zu einer Geiselnahme kommen können, und so etwas bedeutet immer Medienrummel – also genau das, was unser lieber Staatsanwalt Zimmermann nicht will.«

»Ja, das war in etwa auch eine meiner Überlegungen. Also

habe ich mit einem Kollegen einfach abgewartet, während unser anderer Mann den Haupteingang im Auge behalten hat..«

»Wie ging es weiter?«

»Es hat nicht lange gedauert, dann ist Arthur rausgekommen. Er hat die Lage sondiert, uns aber nicht bemerkt. Also hat er Trawanow ein Zeichen gegeben. Sie sind zu einem Wagen gegangen und losgefahren. Das war der Moment, in dem ich doch hier angerufen und darum gebeten habe, den Wagen zu stoppen und die Insassen festzunehmen. Das Kennzeichen und ein Foto von dem Auto hatte ich durchgegeben. In der Nähe der Auffahrt zur A 2 haben dann mehrere Streifenwagen das Fahrzeug gestoppt. Arthur und Trawanow haben sich widerstandslos festnehmen lassen.«

»Gut. Wem gehört der Wagen, mit dem die beiden unterwegs waren?«

»Arthur Kowalski.«

»Er hat sein eigenes Auto genommen?«

»Vielleicht hat ihn der Besuch von Trawanow überrascht und er musste improvisieren?«

»Könnte sein. Also keine Verbindung zu anderen Personen, beispielsweise Gebrauchtwagen-Reuter?«

»Offensichtlich nicht, aber wir können ja prüfen lassen, woher Arthur den Wagen hat.«

»Gut, aber er kann ihn natürlich auch andernorts gekauft haben. Wissen wir, wohin die beiden wollten?«

»Wir haben bei Arthur eine Pistole gefunden, eine SIG Sauer P 239. Ich bin mir ziemlich sicher, dass er an einen stillen Ort wollte, um Trawanow aus dem Weg zu räumen.«

»Das wäre gut möglich, denn er ist ja unsere einzige konkrete Spur, und da wir ihm seit der Entdeckung des Tatortes eine Beteiligung an dem Mord an Svetlana nachweisen können, ist er zurzeit die Schwachstelle in dem kriminellen Gefüge. Und die P 239 ist relativ klein und daher gut zu verstecken.«

»Diese Typen sind nicht sehr zimperlich«, knurrte Sievers, »wenn ich daran denke, was sie der armen Frau angetan haben!«

»Nicht zu vergessen unseren toten Zeugen, den Harald Bauer! Lebendig verbrannt zu werden ist auch ein schrecklicher Tod! Ich bin mir ziemlich sicher, dass diejenigen, die Svetlanas Folterung organisiert haben, auch ihn haben beseitigen lassen.«

»Okay, und wie gehen wir jetzt vor?« Wie immer wurde Ritter als erster im Team wieder sachlich.

»Das, was Teil unserer Arbeit ist: Wir verhören die beiden.«

»Okay. Bernd, du nimmst dir zusammen mit Holger unseren Freund Arthur vor. Ich fürchte allerdings, dass er stur sein und schweigen wird. Viel können wir ihm ja nicht vorwerfen, sondern nur, dass er einem Tatverdächtigen zur Flucht verhelfen wollte.«

»Nicht zu vergessen, dass wir ihn wegen illegalen Waffenbesitzes drankriegen können, denn er hat für seine Pistole keinen Waffenschein. Das habe ich bereits überprüft, während ich auf euch gewartet habe.«

»Immerhin etwas, für das wir ihn vorerst hierbehalten können. Aber das ist etwas, dass Arthur nicht weiter jucken wird.
Er gehört zu diesen Typen, denen ein paar Jahre Gefängnis
nichts ausmachen. Außerdem weiß er, dass ihn seine Organisation hinterher mit offenen Armen empfangen wird – sofern
er den Mund hält. Ich fürchte, dass er genau das tun wird.«

»Ja, wahrscheinlich hast du Recht. Aber wir müssen es versuchen, vielleicht verhaspelt er sich ja und es rutscht ihm ein
für uns wichtiges Detail raus.«

»Also dann: Versucht euer Glück! Nicole und ich werden uns
inzwischen Trawanow vornehmen.«

Sonntag, 30. April, 1:12 Uhr

Als Krüger und Tandler den Verhörraum betraten, blickte ihnen Arthur betont gelangweilt entgegen.

»Hallo Arthur, so sieht man sich wieder.«

»Leck mich, Bulle!«

»Oje, das war ja Beamtenbeleidigung.«

»Na und? Kratzt mich nicht. Wenn du so eine Mimose bist, ist das dein Problem.«

»Na gut, lassen wir das erstmal und kommen zum eigentlichen Thema unseres Gespräches. Du bist heute Nacht von Igor Trawanow aufgesucht worden. Ihr beiden seid recht schnell in dein Auto gestiegen und losgefahren. Was wollte Trawanow?«

»Igor wollte nach Hause, hatte aber keine Fahrgelegenheit, also hat er sich an mich gewandt und gefragt, ob ich ihn fahren könnte.«

»Aus reiner Nächstenliebe?«

»Natürlich! Nur weil ich in einem Bordell arbeite und die Frauen vor zahlungsunwilligen Freiern beschütze, muss ich ja kein schlechter Kerl sein, oder?«

»Wohin wollte dein Freund Igor denn ganz genau gebracht werden?«

»Zu seiner Bude.«

»Geht das auch etwas genauer?«

»Er hat wohl eine Bude bei so einem Gebrauchtwagenfritzen. Keine Ahnung, wer das ist oder wo der Laden mit der

Bude sein soll, aber Igor wusste das logischerweise und hat mich gelotst.«

»Hat er eine Adresse genannt?«

»Ja, aber die sagte mir nichts, also habe ich ihm gesagt, dass er mich lotsen solle. Das hat er dann gemacht.«

»Hm, klingt plausibel. Nur gibt es da ein Problem: Unsere Kollegen haben euch an der Auffahrt zur A 2 gestoppt, und Igors Bude liegt in einer ganz anderen Richtung.«

»Echt jetzt? Puh, was weiß ich – vielleicht hat Igor die Orientierung verloren. Er kam mir ohnehin etwas komisch vor - als ob er auf Drogen wäre oder so.«

»Du behauptest also, dass er dich falsch gelotst hat?«

»Ja, na klar, anders kann ich mir das nicht erklären. Wie gesagt, ich habe keine Ahnung, wo der Typ wohnt.«

»Aber ihr wart doch Kollegen im T-Sex?«

»Nur kurz, und in unserer Branche quatscht man nicht viel privates Zeug.«

»Na gut, mal etwas anderes. Du wusstest, dass wir Igor Trawanow suchen, oder?«

»Nee, woher denn? Ihr lasst doch keine Infos raus.«

»Du hast nichts mitbekommen?«

»He, was soll das?« Arthur wurde laut. »Ich wusste nicht, dass er gesucht wird! Hätte ich das gewusst, hätte ich ihn ja wohl nicht nach Hause fahren wollen, sondern euch angerufen!« Sein Gesichtsausdruck zeigte deutlichen Unmut.

»Wolltest du Igor wirklich zu seiner Wohnung fahren oder sollte er irgendwo erledigt werden?«

»Hä?«

»Vielleicht mit einem gezielten Kopfschuss?«

»Spinnst du? Ich bin doch kein Mörder!« Als Arthur wutentbrannt aufspringen wollte, drückte ihn der anwesende uniformierte Polizist sofort wieder auf seinen Stuhl.

Arthur reagierte ungehalten, aber etwas ruhiger. »Finger weg, Bulle! Ich bin ja schon ganz friedlich.«

Krüger gab dem Uniformierten ein Zeichen. Da sich Arthur wieder im Griff zu haben schien, zog er sich wieder zurück an die Wand.

»Nun«, begann Krüger ruhig, »du hast keinen Waffenschein. Trotzdem hast du eine Pistole bei dir gehabt - eine ganz handliche SIG Sauer P 239. Woher hast du das Ding?«

»Habe ich mal einem Freier abgenommen. Konnte nicht bezahlen, also habe ich ihm das Ding abgenommen und als Pfand behalten. Der Typ sollte die Knarre am nächsten Tag bei mir auslösen. Hat er aber nicht, wahrscheinlich wusste er nicht mehr, wo er sie im Suff gelassen hatte. Da unsere Branche ziemlich gefährlich ist, habe ich die Knarre eben behalten. Der Frau habe ich das Geld, das ihr der Freier schuldete, aus meiner eigenen Tasche bezahlt.«

»Also trägst du seitdem das Ding immer mit dir herum? Immer auch geladen?«

»Nicht im Bordell, aber auf der Straße schon, vor allem nachts. Gibt halt eine Menge Krimineller in dieser Stadt, und ihr tut ja nichts dagegen! Da kann so ein bisschen Eigenschutz nicht schaden, vor allem weil man sich als Security-

Mann in einem Puff nicht viele Freunde unter den Freiern macht. Wenn die dann noch besoffen sind, weiß man nie, auf was für eine Idee einer von denen kommt oder was er in der Tasche hat. Da gibt einem so eine Wumme schon ein verdammt beruhigendes Gefühl«

»Hattest du den Auftrag, Trawanow umzubringen?«, fragte Krüger ungerührt.

»Ey, du spinnst doch, Bulle! Du willst mir was anhängen!«

»Niemand will dir was anhängen! Wir haben dein Mobiltelefon geprüft und kurz vor der Abfahrt hast du mit Timo Wörsching telefoniert. Worum ging es bei dem Gespräch?«

Arthur fiel auf den Bluff herein. Für einen Moment wirkte es, als ob er ins Wanken geraten würde, aber dann hatte er sich gleich wieder im Griff: »Der Igor hat überlegt, zu uns zurückzukommen und in seinen alten Job als Aufpasser im T-Sex neu anzufangen. Er hatte wohl die Schnauze gestrichen voll von den öligen Fingern bei diesem Gebrauchtwagen-Heini. Na ja, er war damals zuverlässig und hat gute Arbeit gemacht, also habe ich darüber den Chef informiert.«

»Mitten in der Nacht?«

»Na klar, da schläft der Chef doch nie! Das ist unsere Hauptgeschäftszeit, da sind immer alle wach: die Frauen, der Chef und wir von der Security. Für den Job als Wachmann im Puff braucht man gute und vor allem zuverlässige Leute, aber die sind schwer zu kriegen. Du machst dir keinen Begriff, was für Spacken sich alles bei uns bewerben! Die wollen bloß als Sicherheitsmann anfangen, damit sie die Frauen anglotzen können und hoffen dabei auf Gratisficks! Aber das läuft nicht bei uns! Wir nehmen unseren Job ernst und passen auf die Frauen auf. Gibt eine Menge Typen, die Ärger machen wollen, hauptsächlich wegen der Kohle. Da muss man bei der Sache sein und sich um den aufsässigen Freier kümmern, nicht die Frau wegen ihrer Reizwäsche anstarren. Wie gesagt, es ist ziemlich schwierig, gute Leute zu finden. Den Igor kennen wir ja schon und wissen, dass er gut darin ist. Da lag es auf der Hand, ihn wieder einzustellen. Aber das entscheidet natürlich der Chef, also habe ich ihn angerufen.«

»Was hat Timo Wörsching gesagt?«

»Dass er mit Igor wegen der Vertragsdetails sprechen wolle. Aber erst am nächsten Tag. Das habe ich Igor gesagt, der daraufhin nach Hause wollte.«

»Hat Igor dir gesagt, wo er seit Donnerstag gewesen ist?«

»Nee, hat er nicht.«

»Hast du ihn gefragt? Immerhin hat er nach deiner Aussage ziemlich heruntergekommen ausgesehen. Unter zukünftigen Kollegen wäre eine solche Frage doch naheliegend.«

»Mensch, Kerl, in unserer Branche quatscht man nicht viel Privates, wann kapierste das denn endlich?«

»Ich fasse dann mal zusammen: Du wusstest nicht, dass dein ehemaliger Kollege Igor Trawanow von uns gesucht wird. Er ist zu dir wegen eines Jobs gekommen und du hast ihm ein Vorstellungsgespräch bei deinem Boss Timo Wörsching vermittelt. Weil bis zu dem Termin noch etwas Zeit war, wolltest du ihn aus reiner Nächstenliebe nach Hause fahren und hast zu deiner eigenen Sicherheit eine Pistole mitgenommen. Rein zufällig hat Trawanow die Orientierung verloren und dir einen falschen Weg beschrieben, sodass wir euch in der entgegengesetzten Richtung gestellt haben. Mann, glaubst du im Ernst, dass wir dir so einen Scheiß glauben?«

»Denk doch, was du willst, Bulle! Ich sage jetzt nichts mehr.«

»Na schön, dann bekommst du jetzt ein schönes Zimmer bei uns. Morgen sprechen wir weiter.«

»Du willst mich einbuchten? Weil ich verbotenerweise eine Knarre bei mir gehabt habe?«

»Ja, das ist für den Anfang der Grund.«

»Du tickst doch nicht richtig, Mann! Ich will einen Anwalt sprechen!«

»Ja, das werden wir veranlassen.«

Nachdem der uniformierte Beamte Arthur weggebracht hatte, meinte Tandler: »Der wusste garantiert, dass wir Trawanow suchen und dessen Wohnung überwachen!«

»Ja, das denke ich auch, aber wenn er bei seiner Behauptung bleibt, werden wir ihm nur schwer das Gegenteil beweisen können. Wer weiß, vielleicht wollte er Trawanow ja wirklich in ein Versteck bringen, vielleicht außerhalb der Stadt, weil hier der Boden zu heiß geworden ist. Vielleicht sollte Igor einfach untertauchen, bis sich die Lage beruhigt hätte. Danach könnte er mit neuen Papieren in seiner Heimat verschwinden.«

»Ja, das kann natürlich auch sein, aber ich glaube immer

noch ganz fest daran, dass er Trawanow umbringen sollte. Bei dem Telefonat mit Wörsching könnte das Todesurteil verhängt worden sein.«

»Ja, das ist sehr gut möglich und ich bin da ganz bei dir. Aber wir können es ihm nicht nachweisen, das ist das Problem.«

»Also kriegen wir ihn tatsächlich nur wegen illegalen Waffenbesitzes dran?«

»So, wie es jetzt aussieht, wird es darauf hinauslaufen. Mit dem Schlachthof können wir ihn nicht in Verbindung bringen, weil seine Fingerabdrücke im System sind und nicht mit denen der zweiten Person vom Schlachthof übereinstimmen.«

»Dann hoffen wir mal, dass Frank und Nicole mehr Erfolg haben werden!«

»Ja, so wie es aussieht, ist Trawanow unsere einzige Chance, die unbekannte zweite Person zu identifizieren.«

»Und den Mörder, der Svetlana Pastirak zu Tode gefoltert hat!«

»Ja, den auch. Es ist verdammt wichtig, dass wir Trawanow lebend gefasst haben. Hätten die ihn umgebracht oder wäre er untergetaucht, hätten wir wohl kaum eine Chance gehabt, den Fall aufklären zu können.«

»Stimmt«, nickte Tandler, »Igor Trawanow ist unsere große Chance, den Fall lösen zu können. Hoffentlich klappt es und er packt aus! Aber so ganz sicher bin ich mir da nicht, denn immerhin hat er Arthur um Hilfe gebeten.«

»Und?«

»Das hat er doch mit Sicherheit nur deshalb gemacht, weil er sich von ihm nicht bedroht gefühlt hat. Auch nicht vom großen Boss, dem Wörsching. Hätte er den Verdacht gehabt, dass die ihm ans Leder wollten, wäre er doch sicher auf eigene Faust abgehauen.«

»Ja, da ist was dran.«

»Also müssen wir ihn davon überzeugen, dass ihn sein Kumpel im Namen des Bosses erschießen wollte.«

»Ich werde Frank informieren«, versprach Krüger und schickte Ritter sofort eine SMS.

Sonntag, 30. April, ebenfalls 1:12 Uhr

Während Krüger und Tandler die Vernehmung von Arthur Kowalski vornahmen, betraten Frank Ritter und Nicole Sievers einen anderen Verhörraum. Sie nahmen gegenüber von Igor Trawanow Platz. Während Igor die beiden Kommissare verstohlen musterte, kam Ritter ohne Umschweife auf den Punkt: »Wir wissen, dass du im stillgelegten Schlachthof warst und dort aufräumen wolltest. Wir wissen auch, dass du zur gleichen Zeit im Technikraum warst, in der Svetlana Pastirak im Nebenraum zu Tode gefoltert wurde. Oder hast du die Frau sogar selber gefoltert?«

»He, was soll der Scheiß? Ich habe niemanden gefoltert, das lasse ich mir nicht anhängen!«

»Aber du weißt, wer es getan hat! Du warst mit jemand anderem im Technikraum, und ihr beiden habt die bestialische Ermordung gefilmt.«

»«So ein Schwachsinn! Ich sollte am Mittwoch dort saubermachen, weil es ein neues Sadomaso-Studio werden sollte. Das ist alles.«

»Erzähl uns doch keine Märchen, Mann, du warst dort, als die Frau umgebracht worden ist.«

»Ach ja? Dann beweis es doch!«

»Warum sonst hätte Arthur dich umbringen wollen?«

»Arthur mich umbringen? So ein Quatsch!«

»Nein, kein Quatsch.«

»Du redest Scheiße, Bulle! Wie alle Bullen!«

»Fangen wir von vorne an. Wo warst du seit Donnerstag?«

»Spazieren.«

»Geht das auch etwas genauer?«

»Nein, keine Ahnung, wo ich war. Hier und da eben.«

»Okay, und letzte Nacht bist du ins T-Sex gegangen und hast deinen Freund Arthur Kowalski aufgesucht. Was wolltest du dort?«

»Einfach ein Gespräch unter Freunden führen.«

»Das war aber ein kurzes Gespräch.«

»Ja, na und? Arthur musste arbeiten und hatte keine Zeit. Hätte ich ja wissen müssen, war eine blöde Idee von mir.«

Ritter versuchte es mit der Überrumpelungstaktik: »Warum bist du vom Schlachthof abgehauen?«

»Allergische Reaktion auf Bullen.«

»Woher wusstest du dass wir von der Polizei sind?«

»Ihr habt den typischen Bullengestank, den rieche ich sogar gegen den Wind!«

Wieder wechselte Ritter das Thema: »Du und Arthur, ihr seid in seinem Wagen weggefahren. Wohin sollte es gehen?«

»Er wollte mich nach Hause bringen.«

»Das sollen wir dir abnehmen? Im Ernst? Du wusstest doch, dass wir dort auf dich warten würden.«

»Wie gesagt: Ich rieche Bullen auch gegen den Wind! Ich wäre schon irgendwie in meine Bude reingekommen.«

»Na ja, aber als man euch geschnappt hat, seid ihr in entgegengesetzter Richtung unterwegs gewesen.«

»Na und? Arthur hat sich eben verfahren, kann doch mal

vorkommen.«

»Im Zeitalter von Navigationsgeräten?«

»Wenn er zu blöd ist, das Ding richtig zu bedienen, ist das nicht mein Problem.«

»Weißt du, was ich glaube?«

»Nee, und es interessiert mich auch nicht.«

»Arthur hat versprochen, dich in ein sicheres Versteck zu bringen, aber tatsächlich sollte er dich umbringen.«

»Du redest schon wieder Scheiße, Bulle!«

»Ach ja? Ist Arthur immer mit einer geladenen Pistole durch die Gegend gelaufen?«

»Der und eine Pistole? Nie im Leben! Der klärt alles mit seinen Fäusten und seinem Schlagring.«

Ritter legte ein Foto der bei Arthur Kowalski gefundenen Pistole auf den Tisch: »Sieht das etwa wie ein Schlagring aus?«

»Eine Knarre, na und?«

»Die hatte Arthur bei sich, als man euch geschnappt hat.«

»Keine Ahnung, vielleicht hat er gerade Stress mit irgendeinem Spacken und sich das Ding zum Selbstschutz zugelegt.«

»Die Waffe ist nicht registriert. Arthur hat auch keinen Waffenschein.«

»Na und? Ist doch sein Problem, nicht meines.«

»Nicht, wenn er dich damit umlegen wollte.« Ritters Smartphone signalisierte ihm die Ankunft einer SMS. Es war die Nachricht, die ihm Krüger geschickt hatte. Ritter dachte kurz nach, bevor er mit dem Verhör fortfuhr: »Oder, besser gesagt, dass er dich im Auftrag erledigen sollte. Arthur führt doch nur Befehle aus und trifft keine eigenen Entscheidungen, schon gar keine von solch einer Tragweite wie Mord!«

»Ganz genau, Arthur führt nur Befehle aus! Wie wir alle. Aber wer sollte ihm denn den Auftrag gegeben haben, mich zu killen?«

»Der große Boss, der einem Freier erlaubt hat, eine Prostituierte auf das Übelste zu misshandeln und dabei den Tod der Frau in Kauf genommen hat. Der dann, als die Frau am Ende tatsächlich tot war, sie in einer Baugrube entsorgen wollte wie ein Stück Müll.«

»Wann hätte Arthur denn mit dem Boss reden sollen, hä?« Triumphierend schaute Trawanow dem Kommissar in die Augen.

Ritter blieb davon unbeeindruckt. »Glaubst du im Ernst, dass er nicht mal schnell telefonieren konnte? Im Zeitalter der Mobiltelefone?«

»Wir waren die ganze Zeit zusammen! Also, nochmal: Wann hätte er bitteschön telefonieren sollen?«

»Ihr wart die ganze Zeit zusammen? Wirklich die ganze Zeit?«

»Ja, na klar. Das sage ich doch schon die ganze Zeit.« Auch wenn sich Igor alle Mühe gab, mit fester Stimme zu sprechen, spürte Ritter den Hauch eines aufkommenden Zweifels bei ihm.

Nachdem alle eine Zeitlang schweigend dagesessen waren, hakte Ritter nach: »Wirklich, die ganze Zeit?«

Jetzt explodierte Trawanow plötzlich: »Scheiße, Mann, er war mal auf dem Klo, da war ich natürlich nicht mit dabei.«

»Also hätte er genug Zeit gehabt, dein Todesurteil zu empfangen.«

»Du bluffst!«

»Nein, und du weißt das jetzt auch. Deine sogenannten Freunde sind nicht zimperlich – du weißt, dass sie Frauen zu Tode foltern lassen und auch schon ein paar Zeugen umgebracht haben. Warum sollten sie dann einen Mitwisser wie dich am Leben lassen, nach dem wir intensiv fahnden?«

»Ich gehöre zu denen, das sind alles meine Freunde!«

»Schöne Freunde, die einem irgendwo in der Pampa ein Grab schenken wollen.«

»Hören sie«, mischte sich jetzt Nicole Sievers ein, »wir können sie wegen Mord durch Folterung drankriegen, dann fahren sie lebenslänglich ein und angesichts der Folterung wird der Staatsanwalt ganz bestimmt Sicherungsverwahrung beantragen. Das heißt, dass sie nie wieder aus dem Knast rauskommen werden, jedenfalls nicht lebend. Wenn sie uns aber helfen, den Mord an Svetlana Pastirak aufzuklären, wäre das für ihre Verteidigung hilfreich! Sie haben doch sicher schon von Dingen wie der Kronzeugenregelung und dem Zeugenschutzprogramm gehört, oder?«

Trawanow nickte. »Ja, und?«

»Also pack aus, Mann!«, insistierte Ritter, »Mach reinen Tisch, um deine Haut zu retten!«

»Ich sage jetzt gar nichts mehr!«

»Na schön, dann geben wir dir eben Bedenkzeit. In der Zelle kannst du dich ja schon mal an die Umgebung hinter Gittern gewöhnen. Für den Rest deines Lebens wirst du nichts anderes mehr sehen - es sei denn, du kooperierst mit uns!«

»Leck mich, Bulle!«

»Na dann!« Ritter gab dem anwesenden uniformierten Beamten ein Zeichen. Dieser brachte Igor Trawanow zurück in seine Zelle.

Ritter und Sievers atmeten tief durch.

»Das ist ein harter Brocken«, murmelte Nicole.

»Ja, er vertraut seinen Komplizen und den Hintermännern. Aber hier war er auch einer Stresssituation ausgesetzt. Wenn er sich die Situation in Ruhe durch den Kopf gehen lässt, wird er merken, dass seine angeblichen Freunde ein falsches Spiel mit ihm getrieben haben. Eines, das für ihn beinahe tödlich geendet hätte.«

»Du meinst die Sache mit Arthurs Pistole?«

»Ganz genau! Das hat ihn sichtlich zum Grübeln gebracht.

»Stimmt. Vor allem, weil du das Thema darauf gebracht hast, nachdem du auf dein Smartphone geschaut hast.«

»Ja, die SMS war hilfreich.«

»Eine Nachricht von Bernd?«

»Ja, er und Holger haben etwas geblufft. Daraufhin hat Arthur zugegeben, mit Timo Wörsching telefoniert zu haben. Die Details können wir gemeinsam mit den beiden besprechen. Sie sind mit ihrer Befragung auch schon fertig und bei dir und Holger im Büro. Angeblich wartet dort sogar ein Kaffee auf uns!«

»Das wäre großartig, denn ich könnte jetzt wirklich einen gebrauchen.«

»Ich auch, aber hoffentlich hat ihn nicht wieder Bernd gekocht! Also lass uns rübergehen und feststellen, ob der Kaffee genießbar ist.«

Sonntag, 30. April, 3:28 Uhr

Gleich darauf betraten Ritter und Sievers das Büro. Krüger und Tandler hielten bereits jeder eine Tasse mit dampfenden Kaffee in Händen.

Holger deutete auf die Kaffeemaschine. »Bedient euch, den habe ich gerade frisch gekocht.«

Ritter und Sievers verstanden sofort den dezenten Hinweis. Aufatmend schenkten sich die beiden ebenfalls ein.

Dann tauschten die beiden Gespanne die Ergebnisse ihrer jeweiligen Befragung aus. Als sie fertig waren, dachte jeder über das Gehörte nach.

»Ist schon komisch, dass Trawanow nichts von der Jobsuche gesagt hat, oder?« ließ sich schließlich Krüger vernehmen.

»Ja«, bestätigte Ritter, »vor allem, da Arthur nach eigener Aussage deshalb mit Wörsching telefoniert haben will. Trawanow weiß dagegen nichts von einem Telefonat zwischen den beiden.«

»Also können wir davon ausgehen, dass es bei dem Anruf nicht um einen Job für Igor ging.«

»Das wäre ohnehin vollkommen ausgeschlossen«, warf Tandler ein, »Igor wird von uns gesucht und die Kollegen von der KFI 2 und der ZKI sind dort verdeckt unterwegs. Dazu deren ganze Schar an Informanten – da hätte Igor keinen Tag arbeiten können wie ein ganz normaler Aufpasser – er wäre sofort aufgeflogen!«

»Na ja, im Grunde stimmt das, aber eigentlich halten sich die Aufpasser im Hintergrund und schreiten nur ein, wenn es Ärger gibt. Niemand weiß, wer die Monitore überwacht, auch kein Informant. Nur bei einer Razzia könnte er erwischt werden.«

»Stimmt, aber er muss ja auch immer in das Gebäude rein- und wieder rausgehen, dazu der Weg in seine Wohnung – das sind alles Risikofaktoren!«

»Ja, ich denke auch, dass die Geschichte mit dem Job frei erfunden ist«, nickte Ritter, »sind wir uns da einig?«

Alle nickten.

»Gut, dann kommt jetzt der schwierigere Teil: Wie können wir Trawanow beweisen, dass er uns im Vertrauen auf seine Komplizen angelogen hat und dabei sehr wahrscheinlich ganz oben auf deren Todesliste steht?«

»Vielleicht warten wir einfach mal ab. Trawanow wirkte ziemlich nachdenklich, vor allem bei der Erwähnung der Pistole. Er kennt Arthur und dessen Vorgehensweise und hat gesagt, dass der Probleme mit den Fäusten und einem Schlagring lösen würde. Arthur und eine Pistole war für ihn völlig undenkbar.«

»Ja, aber was bringt uns dieses Wissen?«

»Wir sollten nachher noch einmal mit ihm reden. Ich bin sicher, dass es in ihm schon ganz gewaltig arbeitet und er sich seine Gedanken macht«, schlug Sievers vor.

»Ist das weibliche Intuition?«

»Lach nur, Bernd, aber mein Gefühl hat mich bislang nur

selten getäuscht!«

»Vielleicht sollten wir wirklich eine Pause einlegen und noch ein paar Stunden schlafen«, stimmte Ritter zu, »die beiden laufen uns ja nicht weg. Vielleicht hat Nicole ja Recht und Trawanow singt nachher wie ein Vogel. Wobei«, damit wandte er sich direkt an seine Kollegin und sah sie scharf an, »der Hinweis auf das Zeugenschutzprogramm und die Kronzeugenregelung war sehr gewagt! Das zu versprechen haben wir keinerlei Befugnis!«

»Das wissen wir, aber nicht unser Freund Igor!«, lautete die prompte Antwort, »Außerdem habe ich nichts versprochen, sondern nur im Gespräch erwähnt, dass es solche Möglichkeiten gibt. Wenn er auspackt, könnten wir die Organisation von Wörsching zerschlagen. Es glaubt doch niemand von uns daran, dass das hier ein simpler Mordfall ist, oder?«

Herausfordernd blickte sie in die Runde.

Schließlich sprach Krüger aus, was alle dachten: »Nein, das ist kein einfacher Mord, sondern da steckt viel mehr dahinter, da stimmen wir dir alle zu. Aber wir müssen es beweisen und dürfen uns dabei keinen Fehler erlauben! Diese Typen haben die besten Anwälte, und jeder kleine Fehler wird uns vor Gericht sofort um die Ohren fliegen!«

»Was aber frühestens dann passieren kann, wenn Trawanow ausgepackt hat – und dann liegt es an uns, die Mistkerle dingfest zu machen und hieb- und stichfeste Beweise zu liefern. Aber wir wüssten dann wenigstens, wo wir ansetzen können – bislang haben wir mit Igor und Arthur nur zwei Handlanger.«

»Arthur ist ein kleiner Fisch«, wandte Ritter ein, »auch wenn wir ihm keine Mordabsicht gegen Igor Trawanow nachweisen können. Wenn seine Hintermänner aus dem Verkehr gezogen werden, fällt Arthur ins Bodenlose.«

»Vielleicht ist er sogar schon auf der Abschussliste, immerhin hat er Trawanow nicht erledigt.«

»Kann gut sein.«

»Apropos Arthur«, meldete sich Krüger zu Wort, »er wollte seinen Anwalt sprechen.«

»Das ist sein gutes Recht.«

»Der wird ihn wohl schnell rauspauken.«

»Wir haben außer illegalem Waffenbesitz nichts gegen ihn in der Hand, und das weiß er. Also wird er dichthalten – und bei dem, was wir ihm vorwerfen können, wäre es Zeitverschwendung, dagegen anzukämpfen, weil wir dabei am Ende doch verlieren werden.«

»Ja, okay, aber Arthur weiß, dass wir Igor ebenfalls haben. Da könnte es doch sein, dass der Anwalt auch den raushauen will?«

»Bislang hat Igor Trawanow keinen Anwalt verlangt.«

»Selbst wenn der Anwalt ein Mandat für Igor übernehmen wollte«, mischte sich jetzt Tandler ein, »liegt es ganz allein an Igor selbst, es anzunehmen oder abzulehnen. Wenn Nicole Recht hat, wird sich Igor jetzt gerade Gedanken machen, ob man ihn tatsächlich umbringen wollte. Falls er das einsieht, könnte er den Anwalt wegschicken. Immerhin müsste er davon ausgehen, dass der ihn nur rausholen will, damit ein anderer Killer ihn umbringen kann.«

»Wenn er das glauben würde, könnte er nur mit uns kooperieren. Wir wären seine einzige Chance, damit er lebend aus der ganzen Geschichte rauskommen kann«, nickte Krüger.

»Stimmt. Aber zum jetzigen Zeitpunkt können wir nichts mehr machen. Wir müssen abwarten, ob ein Anwalt auftauchen wird, was er will und wie sich Igor verhalten wird.«

»Was, wenn er dem Anwalt vertrauen wird?«

»Dann schwebt Igor in großer Gefahr und wir sollten ihn im Auge behalten. Lange dürfte die Bande nicht warten, um ihn aus dem Weg zu räumen. Aber wie gesagt, jetzt können wir erstmal nichts machen. Lasst uns nach Hause fahren und ein paar Stunden ausruhen.«

»Ist Igor in unserer Zelle sicher?«, wagte sich Krüger auf gefährliches Eis.

»Warum fragst du?«

»Mensch, Frank, das weißt du doch! Das hier ist Organisierte Kriminalität, auch wenn die ZKI das anders sieht. Da ist viel Geld im Spiel und damit geht es auch um Bestechung!«

»Ich glaube nicht, dass es heute einen Mordanschlag auf Igor geben wird. Das wäre zu auffällig und riskant, denn wir könnten einen Maulwurf enttarnen. Bislang besteht ja aus Sicht der Organisation noch die Chance, dass ihn ein Anwalt hier irgendwie raushauen wird und sie ihn anschließend andernorts unauffälliger erledigen können. Aber ich verstehe deine Bedenken – wir sollten dafür sorgen, dass er besonders gut bewacht wird.«

»Das übernehme ich selbst! Die Nacht ist ohnehin gelaufen und ich habe keine Lust auf meine leere Wohnung.«

»Ich bleibe auch da und helfe dir«, bot sich Tandler an.

»Ich auch«, kam es beinahe zeitgleich von Nicole Sievers.

Ritter stöhnte laut auf: »Na gut, ihr elenden Streber, dann bleibe ich eben auch. Wir können uns ja die Zeit damit vertreiben, alles nochmal durchzugehen.«

Dafür erntete er zustimmendes Nicken.

»Aber dann brauche ich Kaffee«, monierte Tandler, »die Kanne ist schon wieder leer.«

Sofort bot sich Krüger an: »Kein Problem, ich...«

»Nein, Bernd, du nicht«, ertönte es im Chor.

»Aber...«

»Ich mache das schon«, erklärte Nicole mit Bestimmtheit, »schließlich wollen wir den Fall lösen und nicht mit Herzinfarkt im Krankenhaus landen.«

»Na, so schlimm ist mein Kaffee nun auch wieder nicht«, maulte Krüger.

Niemand antworte ihm. Kurz darauf war das Zischen der Kaffeemaschine zu hören.

Während der Kaffee durchlief und einen angenehmen Duft verbreitete, vertieften sich die Kommissare in die Akten und in ihre Notizen. Dabei suchte jeder von ihnen nach Argumenten, mit denen man Igor Trawanow zu seinem eigenen Schutz von einer Zusammenarbeit mit der Polizei überzeugen könnte.

Sonntag, 30. April, 8:00 Uhr

Lange währte die Ruhe nicht, denn um acht Uhr informierte sie ein uniformierter Kollege, dass ein Anwalt namens Seeliger eingetroffen sei und mit seinen Mandanten Kowalski und Trawanow zu sprechen verlange. Ritter stimmte zu und gab Anweisung, dass sich Seeliger zuerst mit Kowalski besprechen könne.

An seine Kollegen gewandt, fragte er: »Woher weiß der Anwalt von den beiden Festnahmen?«

»Das hat sich bestimmt herumgesprochen – geht in diesen Kreisen ja immer ganz besonders schnell.«

Ritter nickte finster. »Ja, gut, das dürfte auf Arthur zutreffen. Aber was ist mit Trawanow? Angeblich haben doch nur Arthur und sein Chef Timo Wörsching von dessen Auftauchen im T-Sex gewusst. Wenn der Anwalt jetzt auch Trawanow vertreten will, muss ihn Wörsching engagiert haben.« Er unterbrach sich, da sein Mobiltelefon klingelte.

In der Zwischenzeit ergriff Krüger das Wort: »Wenn der Anwalt Trawanow hier rausholen soll, dann sicher aus zwei Gründen. Erstens: Damit er nicht mit uns reden und vielleicht aussagen kann. Zweitens: Draußen kann man ihn endgültig zum Schweigen bringen, was hier drinnen sehr schwierig bis unmöglich ist. Aber auf der Straße könnte er einen Unfall haben…«

»Wie der Informant der KFI 2«, warf Tandler ein.

»Ganz genau! Er kann auch auf andere Weise umgebracht

werden oder ganz einfach verschwinden.«

»Was Svetlana Pastirak beinahe passiert wäre«, ließ sich Tandler erneut vernehmen.

»Richtig. Die Frage ist nur, was wir machen können – jetzt, wo der Anwalt da ist.«

Inzwischen hatte Ritter sein Telefonat beendet. »Das war unser Freund Zimmermann. Er hat mich eben angerufen und mitgeteilt, dass wir Arthur laufenlassen müssen. Er sagt, dass wir ihn nur wegen unerlaubten Waffenbesitzes drankriegen könnten und das würde keine Haft rechtfertigen, zumal Arthur einen festen Wohnsitz und einen festen Arbeitsplatz habe. Über die Qualität der Arbeit und der Bindungskraft der Wohnung kann man sicher streiten, aber unser Staatsanwalt bleibt da hart. Außerdem hätten wir die Waffe ja eingezogen, sodass keine Gefahr mehr bestehe. Verdunkelungsgefahr sieht er übrigens auch nicht, da der Sachverhalt angesichts der bei Arthur gefundenen Pistole und dessen Aussage, wie er in deren Besitz gekommen sei, sonnenklar sei.«

»Mist!«, entfuhr es Krüger, »Andererseits hat er ja recht, wir können Arthur keine Mordabsicht nachweisen.«

Sievers zog die Augenbrauen hoch. »Also lassen wir ihn tatsächlich laufen?«

»Es wird uns nichts anderes übrigbleiben«, seufzte Ritter.

»Aber was ist mit Trawanow? Den will dieser Anwalt Seeliger doch auch vertreten.«

»Ja, leider.«

»Vielleicht sollten wir noch mal mit Trawanow reden«,

schlug Sievers vor.

»Da wird sein Anwalt bestimmt dabei sein wollen!«, vermutete Krüger.

»Ja, das denke ich auch«, stimmte Ritter zu. »Verfluchter Mist! Aber wenn wir schnell genug sind, können wir vielleicht noch ein paar Informationen bekommen. Los, schafft Trawanow sofort in den Verhörraum. Bernd, du und ich werden mit ihm reden. Nicole, Holger: Ihr beiden haltet uns den Anwalt so lange wie möglich vom Hals!«

Sievers und Tandler nickten. »Geht klar, Frank! Wir werden unser Bestes geben!«

»Das weiß ich! Viel Glück!«

»Danke, euch beiden auch!«

Während Krüger bereits einem Uniformierten die Anweisung gab, Trawanow in einen Verhörraum zu bringen, eilte Ritter in sein Büro, um seine Notizen zu holen. Er wusste, dass jede Minute wertvoll war. Je mehr Informationen sie erhielten, bevor der Anwalt auftauchte, desto näher würden sie dem Mörder von Svetlana kommen.

Sonntag, 30. April, 8:23 Uhr

Als die beiden Kommissare den Verhörraum betraten, war er noch leer. Aber nur wenige Minuten später führte ein uniformierter Beamter Igor Trawanow herein und bezog neben der Tür Stellung.

»Nehmen Sie Platz, Herr Trawanow.« Ritter hatte sich zur betont förmlichen Vorgehensweise entschlossen, damit der Anwalt das Verhör insoweit nicht angreifen konnte.

Igor kam Ritters Aufforderung nach, allerdings etwas zögerlich.

»Haben Sie über unser letztes Gespräch und dessen Tragweite für Sie nachgedacht?«

Als keine Reaktion kam, hakte Ritter nach: »Haben Sie mich gehört?«

Ein Nicken war die Antwort.

»Und, wollen Sie zu ihrem eigenen Schutz reden?«

Igor verzog keine Miene.

»Verdammt, Sie sind in Lebensgefahr, Mann! Ist Ihnen das klar?«

Wieder keine Reaktion.

»Wir können Ihnen helfen, und das wissen Sie! Vielleicht mit der Kronzeugenregelung, aber vor allen Dingen mit der Festnahme der Mörder von Svetlana und deren Hintermännern. Das ist Ihre beste Lebensversicherung! Aber wir können diese Typen nur festnehmen, wenn wir Beweise haben! Die bekommen wir jedoch nur, wenn Sie uns helfen. Verstehen Sie das?«

Jetzt nickte Igor bedächtig mit dem Kopf.

»Also fangen wir nochmal ganz von vorne an. Sie waren in dem Schlachthof zusammen mit einem Komplizen. Haben Sie die Folterung gesehen, gefilmt – oder haben Sie die Frau selber zu Tode gefoltert?«

Igors Blick wanderte auf den Boden, dann sah er Ritter plötzlich fest in die Augen: »Ich bin kein Mörder!«

»Aber Sie waren in dem Schlachthof zu der Zeit, als Svetlana dort gestorben ist?«

»Arthur hatte tatsächlich eine Pistole dabei, als er mit mir im Auto saß?«

»Ja«, nickte Ritter, von dem raschen Themenwechsel nicht sonderlich überrascht, »die SIG Sauer, von der ich Ihnen gestern das Foto gezeigt habe.«

»Dieses Schwein! Dann wollte er mich also tatsächlich abknallen! So ein Scheißkerl! Ihr habt ihn doch?«

»Ja, wir haben ihn, aber wir können ihm keine Mordabsicht an Ihnen nachweisen. Die Waffe hat er sich illegal besorgt, dafür können wir ihn belangen, aber das dürfte auf eine Geldstrafe hinauslaufen. Vielleicht wird er auch eine Bewährungsstrafe bekommen – und könnte Ihnen dann früher oder später da draußen auflauern. Er oder aber ein anderer. Also, was ist in dem Schlachthof passiert, wie ist das abgelaufen?«

Igor rang noch kurz mit sich, bevor er sich wiederholte: »Ich bin kein Mörder!«

»Aber Sie waren dort, als jemand Svetlana gefoltert und

umgebracht hat?«

Igor nickte.

»Tut mir leid, ich habe Sie nicht verstanden«, entgegnete Ritter und deutete auf das Aufnahmegerät, mit dem das Verhör dokumentiert wurde.

Igor verstand den Hinweis: »Ja. Ja, ich war in dem Schlachthof.« Mit deutlicher Erregung wiederholte er: »Aber ich bin kein Mörder!«

»Nun ja, das will ich Ihnen gerne glauben, aber Sie waren zur Tatzeit am Tatort. Was war dort Ihre Aufgabe an jenem Tag?«

Trawanow rang noch immer mit sich.

»Herr Trawanow, was war Ihre Aufgabe?«

»Ihr sorgt dafür, dass mir nichts passiert?«

»Ja, versprochen, aber reden Sie mit uns! Die Uhr tickt, denn man wird bestimmt fieberhaft überlegen, wie man Sie beseitigen kann.« Dass Ritter beim Gedanken an die tickende Uhr den Anwalt und keine eventuellen Mörder im Blick hatte, verschwieg er lieber.

»Nun ja, wenn ihr mir mein Leben garantiert, dann…«

Er wurde jäh unterbrochen, denn in diesem Augenblick flog die Tür auf und ein kleiner untersetzter Mann im Anzug und mit Aktentasche betrat den Verhörraum. Dicht hinter ihm folgte Nicole Sievers.

»Tut mir leid, Frank«, entschuldigte sie sich, »das ist Anwalt Seeliger, der unbedingt mit seinem Mandaten sprechen will.«

Ritter fixierte den Anwalt: »Ich dachte, Sie wollten zuerst mit

Herrn Kowalski reden?«

»Schon erledigt«, entgegnete der Anwalt in arrogantem Tonfall, »seine Festnahme wegen dieser kleinen Lappalie war pure Schikane. Wahrscheinlich weil er einen Migrationshintergrund hat, glauben Sie...«

»Nun machen Sie aber mal halblang!« Ritters Faust donnerte auf den Tisch. »Ich lasse weder mir noch meinen Leuten Rassismus unterstellen! Wir ermitteln hier ganz objektiv, und die Herkunft oder Nationalität ist uns scheißegal! Die Aufklärung der Hintergründe hat nichts mit Rassismus zu tun!«

»Ich habe nichts von Rassismus gesagt.« Die Lippen des Anwalts hatten sich zu einem süffisanten Grinsen verzogen.

»Aber darauf wollten Sie mit ihren Andeutungen hinaus! Oder was sollte der Hinweis, dass Ihr Mandant einen Migrationshintergrund hat?«

»Lassen wir das, das ist alles unerheblich. Ich habe eben mit Staatsanwalt Zimmermann gesprochen, der den Haftbefehl gegen Herrn Kowalski aufgehoben hat. Mein Mandant wartet draußen. Aber nun möchte ich mit meinem zweiten Mandanten, Herrn Trawanow, unter vier Augen reden. Wenn Sie dann so freundlich wären, uns einen Raum zur Verfügung zu stellen, in dem wir uns ungestört besprechen können.« Bei diesen Worten deutete Seeliger in Richtung Tür. An Igor Trawanow gewandt sagte er in sehr überzeugtem Tonfall: »Ich hole Sie hier raus, keine Sorge! Überlassen Sie alles mir und sagen Sie kein Wort!« An die beiden Kommissare gewandt, fuhr er fort: »Also, was ist nun mit dem Besprechungsraum?

Ich will mit meinem Mandanten...«

Weiter kam er nicht, denn Trawanow unterbrach ihn rüde: »Wer schickt Sie?«

»Aber, aber, Herr Trawanow - Sie wissen doch, dass sich Herr Wörsching immer um seine Leute kümmert!«

Sofort mischte sich Ritter ein: »Ach, Herr Trawanow arbeitet für Herrn Wörsching? Ich dachte, dass er als selbständiger Unternehmer für den Gebrauchtwagenhändler Reuter arbeiten würde? Zumindest sagt das Herr Reuter.«

Der Anwalt wirkte für einen Moment etwas verwirrt, aber er hatte sich gleich wieder im Griff: »Ja, schon, aber – äh – sehen Sie, er hat ja früher für Herrn Wörsching gearbeitet. Nun wollte Herr Trawanow wieder bei ihm anfangen. Also hat sich Herr Wörsching gedacht...«

Jetzt ließ sich Trawanows feste Stimme vernehmen: »Ich will Sie nicht als Anwalt!«

Mit vor Wut hochrotem Kopf fuhr der Anwalt herum und starrte Trawanow zornig an. »Was? Aber ich bin ein guter Anwalt und hole Sie hier raus, keine Sorge!«

»Nein! Gehen Sie!«

»Ich muss doch sehr bitten...«

»Sie haben gehört, was Herr Trawanow gesagt hat«, mischte sich jetzt Ritter schnell ein, »also bitte: Gehen Sie, dort ist die Tür!«

Dem Anwalt schwoll die Halsschlagader an und sein Gesicht wurde tiefrot vor Wut. Es war ihm deutlich anzusehen, was er von dem Rauswurf hielt. Bevor er aber lamentieren konnte, gab Ritter dem immer noch im Hintergrund stehenden uniformierten Kollegen ein Zeichen. Der verstand sofort und schob den Anwalt mit sanftem Druck aus dem Verhörraum.

Nachdem sich die Tür hinter den beiden geschlossen hatte, kehrte wieder Ruhe im Verhörraum ein. Ritter und Krüger nahmen erneut gegenüber von Igor Trawanow Platz.

»So, nachdem das geklärt wäre, können wir mit unserem Gespräch fortfahren«, atmete Ritter sichtlich erleichtert auf. »Warum wollten Sie denn diesen Anwalt nicht?«

»Ich habe nachgedacht«, begann Trawanow, »die Sache mit Arthur und der Pistole ist mir nicht aus dem Kopf gegangen. Und jetzt der Anwalt, der einfach so auftaucht und mich rausholen will – im Auftrag von Wörsching. Das stinkt!«

»Wie wir Ihnen gestern schon gesagt haben: Diese Leute sind zu allem fähig. Wir glauben immer noch, dass man Sie umbringen wollte. Wohin, hat Arthur denn gesagt, wollte er Sie bringen? Doch wohl kaum zu Ihrer Wohnung!«

»Nein, er meinte, dass da alles überwacht werde. Ist ja logisch, deshalb war mir das ja selber auch klar. Er meinte, er wolle mich nach Braunschweig fahren und dort vorerst bei einem Freund unterbringen. Wenn sich die Lage dann etwas beruhigt hätte, könnte ich abhauen.«

»Hat er den Namen oder die Adresse dieses Freundes genannt?«

Trawanow schüttelte den Kopf.

»Okay, lassen wir das erstmal. Fangen wir lieber ganz von vorne an. Jetzt werden wir ganz sicher nicht mehr gestört werden. Also erzählen Sie uns in aller Ruhe, was in dem Schlachthof passiert ist. Am besten von Anfang an.«

»Ich will straffrei bleiben und in dieses Zeugenschutzprogramm, sonst sage ich kein Wort!«

»Okay, das verstehe ich. Ich habe auch bereits mit entsprechenden Leuten gesprochen, aber bevor die ihre Entscheidung treffen, wollen sie sichergehen, dass Sie uns keinen Scheiß erzählen. Also müssen Sie in Vorleistung treten und reden, uns belastbare Informationen liefern!«

»Was heißt belastbar?«

»Uns die Abläufe so schildern, wie es der Beweislage entspricht. Wenn Sie uns in irgendeinem Punkt anlügen, können wir nichts mehr für Sie tun. Da ist der Staatsanwalt knallhart!«

»Also, ich soll in Vorleistung gehen und lande am Ende vielleicht doch nicht im Zeugenschutzprogramm?«

Ritter atmete tief durch, bevor er antwortete: »Das ist das Risiko, das Sie eingehen müssen. Anderenfalls holt Sie doch noch ein Anwalt raus und Sie wissen jetzt sicher, was das heißt – das Sie dann schnell tot sein werden. Zu Reden ist Ihre einzige Chance, um am Leben zu bleiben! Wenn Sie ausgepackt haben, gibt es keinen Grund mehr, Sie zu töten. Damit will man Sie ja schließlich am Reden hindern. Also nutzen Sie Ihre Chance und sagen uns, was passiert ist!«

»Ohne Garantie?«

»Kein Staatsanwalt wird die Themen Kronzeugenregelung oder Zeugenschutzprogramm anfassen ohne zu wissen, was er dafür bekommt und ob sich das überhaupt lohnt. Also reden

Sie! Geben Sie uns so viele Informationen wie möglich! Meine Leute und ich prüfen das alles schnellstmöglich nach, der Rest ergibt sich dann wie von selbst.«

Trawanow atmete tief durch.

»Okay«, kam es dann beinahe flüsternd von ihm, »ich werde reden.« Er räusperte sich vernehmbar, bevor er fortfuhr: »Also, das war so: Wir haben die Frau dorthin gebracht...«

»Svetlana Pastirak?«

»Keine Ahnung. Es war irgendeine abgehalfterte Nutte.«

Krüger legte ein Foto von Svetlana auf den Tisch: »Diese Frau?«

»Ja, das ist sie.«

»Gut, dann halten wir für das Protokoll fest, dass Sie Svetlana Pastirak auf diesem Foto identifiziert haben.« Er wandte sich wieder an Trawanow: »Sie sagten, dass ,wir‘ Sie dorthin gebracht haben. Sie hatten also Hilfe?«

Trawanow nickte.

»Wer war die zweite Person?«

Igor kam kurz ins Wanken. Offensichtlich schwankte er, ob er den Namen seines Komplizen preisgeben sollte.

»Herr Trawanow, den Namen bitte!«, insistierte Ritter.

»Also gut!« Igor hatte sich entschieden, »Es ist ein Deutscher namens Ole, den Nachnamen weiß ich nicht. Er hat nur mal erwähnt, dass er bei einem Bestatter arbeitet.«

»Okay, das hilft uns weiter. Haben Sie schon öfter solche Aufträge ausgeführt?«

»Ja, schon mehrmals. Aber dabei ist niemand gestorben!«

»Verstehe. Was war nun mit dieser Frau, Svetlana Pastirak? Sie haben sie in den Schlachthof gebracht?«

»Ja.«

»Von wo haben Sie die Frau abgeholt?«

»Vom T-Sex.«

»Woher wussten Sie, welche Frau Sie abholen sollten? Haben Sie sich einfach eine ausgesucht?«

»Nein, natürlich nicht! Arthur hat sie uns übergeben.«

»Arthur Kowalski?«

»Ja, genau.«

»Was haben Sie dann mit der Frau gemacht«

»Arthur hatte ihr gesagt, dass sie mit einem Kunden eine Outdoor-Session haben würde. Ole und ich würden sie hinbringen und aufpassen, dass der Kunde keine Probleme macht.«

»Kam das öfter vor?«

»Was?«

»Diese Outdoor-Sessions?«

»Ja, manche Freier wollen Sex im Freien, das geilt sie auf. So, wie es manche im Puff oder im Hotel treiben, wollen es andere in Parks, in Scheunen oder an anderen öffentlichen Orten.«

»Also ist Svetlana davon ausgegangen, dass es eine übliche Sache sei. Ist sie mitgefahren, ohne Probleme zu bereiten?«

»Ja, sie ist brav eingestiegen und hat keinerlei Zicken gemacht.«

»Sie war arglos«, erwiderte Krüger tonlos.

»Ja«, nickte Ritter, »sie hat darauf vertraut, dass alles wie üblich ablaufen würde.« An Trawanow gewandt: »Wie ging es weiter?«

»Wir haben sie zum Schlachthof gefahren und in die Folterkammer gebracht. Da haben wir sie in einen Käfig gesperrt, der dort stand.«

»Hat sie sich dagegen gewehrt?«

»Nein, sie dachte ja, dass sie als Sklavin bei einer Sadomaso-Sitzung dienen sollte. Das hat sie die letzten Monate fast nur noch gemacht, hieß es. Na ja, bei ihrem Alter war wohl mit normalen Ficks an ihr nichts mehr zu verdienen. Sie war auch keine Schönheit – früher ganz bestimmt mal, aber jetzt nicht mehr. Die Freier wollen schöne Frauen, aber sie war das nicht mehr, also wollte sie niemand mehr ficken. Deshalb hat man sie als Sklavin bei SM-Spielen eingesetzt – da geht es weniger um Schönheit, als vielmehr um das Leiden. Na ja, den Schlachthof als Ort einer SM-Session kannte sie offensichtlich nicht, aber sie erwähnte auf der Fahrt, dass man ihr etwas von einer neuen Zweigstelle gesagt hätte. Die wolle man demnächst eröffnen und der Kunde wäre ganz wild darauf, dort als Erster sein Vergnügen zu haben.«

Ritter und Krüger fiel es schwer, ruhig zu bleiben, während Trawanow sachlich fortfuhr: »Dann kam der Kunde und wir haben ihn zur Folterkammer geführt.«

»Haben Sie ihn mit der Frau alleine gelassen?«

»Ja, das war unser Auftrag.«

»Wie lautete dieser Auftrag ganz genau?«

378

»Dem Kunden die Frau zu übergeben und hinterher aufzuräumen.«

»War von vornherein klar, dass Svetlana sterben würde?«

Trawanow zögerte etwas, antwortete dann aber doch: »Nicht unbedingt. Es hieß, der Kunde dürfe alles mit ihr machen, was er wolle, restlos alles. Wenn sie dabei kaputt ginge, müssten wir sie entsorgen, aber wir sollten dem Freier keinen Ärger machen oder gar die Session unterbrechen. Er hätte so viel bezahlt, dass der zukünftige Verdienstausfall der Nu–, äh - der Frau abgedeckt wäre.«

»War Ihr Auftrag so formuliert?«

»Ja, genau so.«

»Sie sollten ihr also nicht helfen, wenn der ‚Kunde‘ es übertreiben würde und sie in Gefahr geriet?«

»Nein, das war uns strikt untersagt.«

Ritter atmete tief durch, bevor er fragte: »Was wäre gewesen, wenn Sie am Ende dieser Session schwer verletzt gewesen wäre, vielleicht lebensbedrohlich? Hätten Sie sie dann in ein Krankenhaus gebracht?«

Wieder zögerte Trawanow bevor er antwortete: »Nein, Ole sollte sie dann von ihren Qualen erlösen.«

»Ole Zerbst?«

»Keine Ahnung, den Nachnamen kenne ich nicht, das habe ich doch schon gesagt. Ole eben, Ole von irgendeinem Bestattungsunternehmen.«

»Okay, machen wir weiter. Der Kunde hat die Frau also gefoltert - wie lange?«

»Keine Ahnung, wir haben nicht auf die Uhr geguckt. s hat aber lange gedauert. Irgendwann hat sich die Frau nicht mehr bewegt. Der Kunde hat das erst nicht mitbekommen, der war wie im Rausch. Aber irgendwann hat er doch kapiert, dass sich seine Sklavin nicht mehr bewegt hat und auch keinen Laut mehr von sich gab. Also hat er aufgehört. Es hat aber noch eine ganze Weile gedauert, bis er sich wieder beruhigt hatte.«

»Und dann?«

»Der Kunde hat die Folterkammer verlassen. Das war für uns das Zeichen zum Aufräumen. Ich habe den Typ zur Tür gebracht und Ole hat währenddessen schon mal mit dem Saubermachen begonnen.«

»Was haben Sie mit der Toten gemacht?«

»Die haben wir in einen Sack gesteckt und in ein Bestattungsinstitut gebracht. Ole meinte, er wolle ihren Kadaver in einem Sarg verbrennen lassen. Später hat er mir gesagt, dass das nicht geklappt habe.«

»Nicht so schnell, bitte: Sie haben also die Leiche im Bestattungsinstitut zwischengelagert?«

»Zwischengelagert? Nein, Sie sollte so schnell wie möglich verschwinden.«

»Wie schnell?«

»Keine Ahnung, darum hat sich Ole gekümmert. Aber irgendwas muss schiefgelaufen sein, denn nach zwei Tagen hat er mich angerufen und gesagt, dass es mit dem Verbrennen nicht geklappt hat und wir den Kadaver anderweitig entsorgen müssten.«

»In einer Baugrube?«

»Ja.«

»Also haben Sie zusammen mit Ole die Tote dort in das Fundament geworfen?«

»Ja.«

»Woher wussten Sie von der Baustelle, dem offenen Fundament und der verzögerten Betonlieferung?«

»Ich wusste nichts davon. Ole ist gefahren und kannte sich aus. Ich habe nur beim Tragen des Kadavers geholfen.«

»Sie meinen, Sie haben beim Tragen der Toten geholfen? Kadaver klingt ziemlich abwertend.«

»Wie auch immer. Sie war eine Nutte, eine alte Nutte noch dazu -für sie ist es besser, tot zu sein. Jetzt hat sie alles hinter sich.«

Den beiden Kommissaren fiel es schwer, ruhig zu bleiben.

»Haben Sie Ole gefragt, warum er sich dort auskannte?«

»Nee, wie gesagt, in der Branche stellt man lieber nicht zu viele Fragen, sonst gibt's ordentlich was aufs Maul.«

»Oder eine Kugel in den Kopf!«, bemerkte Ritter, »Gut, wie ging es danach weiter?«

»Wir haben im Schlachthof alles aufgeräumt und sauber gemacht. Der Kunde hat eine ziemliche Schweinerei hinterlassen und viele Werkzeuge benutzt, die wir alle einzeln reinigen mussten. Es hat ziemlich lange gedauert, bis wieder alles okay war!«

»Gut, okay, soweit ist alles klar. Aber wer ist der Kunde?

Haben Sie ihn während ihrer Zeit im T-Sex gesehen?«

»Nein, das war so ein ganz feiner Typ. Der hat nur so vor Geld gestunken! Solche Leute gehen nicht ins T-Sex. Die haben genug Geld und kaufen sich Luxusfrauen.«

»Warum dann Svetlana? Die passte dann doch nicht in sein Beuteschema?«

»Wahrscheinlich nicht, aber er konnte sich an ihr so richtig austoben und Dinge machen, bei denen in den Bordellen sofort die Aufsicht einschreiten würde. Er durfte die Frau ja auch kaputtmachen, das war ja alles im Preis inbegriffen. Anderenfalls hätte man uns ja nicht verboten, einzugreifen.«

»Bei wem hat er für die Session bezahlt?«

»Keine Ahnung. Uns hat man gesagt, dass er im Voraus bezahlt habe und dieser Punkt damit geregelt sei.«

»Gut, dann ist jetzt klar, was in dem Schlachthof mit Svetlana passiert ist. Bleibt noch der Kunde: Können Sie den Mann beschreiben?«

»Nee, mit Beschreibungen habe ich es nicht so.«

»Ach, kommen Sie, als Aufpasser in einem Bordell müssen Sie doch Leute beschreiben können! Es kriegen schließlich immer wieder Freier Hausverbot und die müssen Sie doch ihren Kollegen beschreiben, damit die Bescheid wissen, falls die Kunden doch wieder auftauchen sollten.«

»Ja, gut, im Grunde stimmt das ja. Aber wir machen immer Fotos von den Typen, die Hausverbot bekommen. Da muss man dann keine Beschreibung mitliefern. Die Visage auf dem Foto reicht. Deshalb kann ich den Kerl nicht beschreiben und nur sagen, dass er absolut aalglatt war und so ein ganz unscheinbares Wesen hatte. Wenn ich ihn sehe, würde ich ihn aber sofort wiedererkennen.«

»Ich habe eine Idee!« Krüger zog sein Smartphone aus der Tasche und suchte hektisch etwas. Als er das gesuchte Bild gefunden hatte, hielt er es Trawanow hin: »War es dieser Mann?«

Der Angesprochene schüttelte mit dem Kopf.

Krüger suchte weiter und ignorierte den fragenden Blick seines Kollegen.

Mit dem dritten Foto hatte er Erfolg, denn Trawanow nickte: »Ja, das ist der Typ!«

Triumphierend zeigte Krüger seinem Kollegen das Foto eines Mannes von Mitte Vierzig. »Das ist Lukas Pegnitz, leitender Angestellter einer hiesigen Bank.«

»Wie kommst du auf ihn?«, fragte Ritter verblüfft.

»Du erinnerst dich doch an die Wagen, die wir neulich vor dem Edelbordell fotografiert haben und zu denen Nicole die Halter ermittelt hat? Ich habe eben die Namen der Halter im Internet eingegeben, denn bei deren beruflichen Positionen gibt es natürlich Fotos von ihnen im Netz. Und: Bingo!«

Ritter wandte sich an Trawanow: »Sie sind sich ganz sicher, dass das der Mann ist, der Svetlana Pastirak«, er deutete auf das Foto der Frau, »zu Tode gefoltert hat?«

»Ja, da bin ich mir ganz sicher.«

Ritter atmete tief durch.

»Okay, dann interessiert uns jetzt noch, warum Sie die Folterung mit versteckten Kameras gefilmt haben. Wollte der Kunde den Film als Trophäe haben?«

»Nein, der wollte nur seinen Spaß mit der Frau haben, aber kein Erinnerungsstück. Das hätte uns Arthur ja auch sagen müssen, aber er hat nichts dergleichen erwähnt. Der Kunde selber wusste nichts von den Kameras oder dass wir alles aufzeichnen.«

»Warum haben Sie es dann gemacht?«

»Weil Arthur es uns gesagt hat.«

»Arthur Kowalski?«

»Ja, er hat Ole und mir gezeigt, wie wir das alles bedienen müssen. Ist kinderleicht.«

»Was haben Sie mit dem Film gemacht?«

»Den habe ich am nächsten Tag wie angeordnet an Arthur übergeben, als ich ihm Bericht erstattet habe.«

»Waren nur Sie bei ihm?«

»Ja.«

»Wo war Ole zu diesem Zeitpunkt?«

»Keine Ahnung, wahrscheinlich in dem Bestattungsladen, um sich um die Entsorgung des Kada-, äh - der Leiche zu kümmern.«

»Was hat Arthur mit dem Film gemacht?«

»Keine Ahnung.«

»Hm, na gut.« Ritter sah seinen Kollegen an, der leicht mit dem Kopf schüttelte.

»Okay, dann war es das für Erste. Zu Ihrem Schutz kommen Sie jetzt wieder in ihre Zelle, bevor dann die Entscheidung über die weitere Vorgehensweise fallen wird. Sie werden verstehen, dass die andernorts getroffen wird, nachdem wir Ihre Angaben überprüft und mit den bisherigen Erkenntnissen abgeglichen haben.«

Trawanow zuckte mit den Schultern und ließ sich widerspruchslos hinausführen.

Ritter und Krüger eilten zu den anderen Kommissaren. Sofort bellte Ritter Kommandos: »So schnell wie möglich Ole Zerbst festnehmen! Wo ist Arthur Kowalski?«

»Auf freiem Fuß, sein Anwalt hat ihn gleich mitgenommen«, ließ sich Sievers vernehmen.

»Nicole, such die Adresse von einem Banker namens Lukas Pegnitz raus und schick sie mir auf mein Mobiltelefon! Anschließend suchst du Arthur und verhaftest ihn! Holger, kümmere dich um die Haftbefehle für Lukas Pegnitz, Ole Zerbst und Arthur Kowalski. Bernd und ich werden dem Bankier einen Besuch abstatten. Komm mit dem Haftbefehl für ihn nach! Und noch etwas: Wir müssen den Film finden! Arthur weiß, wo er ist oder zumindest kann er uns sagen, an wen er ihn übergeben hat. Ich gehe jede Wette ein, dass der Empfänger Timo Wörsching war!«

Im nächsten Moment eilten Ritter und Krüger aus dem Haus. Während Sievers die Adresse von Pegnitz heraussuchte und an Ritter schickte, klemmte sich Tandler sofort ans Telefon und informierte Kriminalrat Kehlhahn über den neuen Ermittlungsstand. Als dieser von den Ergebnissen der Befragung von Trawanow erfuhr, sagte er sofort zu, sich um die Haftbefehle zu kümmern. Anschließend wählte er die Nummer von der Staatsanwaltschaft und erklärte die Sachlage. Angesichts der Beweislage gegen die drei Personen wollte der Staatsanwalt umgehend die Haftbefehle beim Richter beantragen.

Sonntag, 30. April, 13:48 Uhr

Noch bevor Ritter und Krüger bei ihrem Wagen angekommen waren, hatte ihnen Nicole schon die Adresse geschickt. Es dauerte nicht lange, und die beiden Kommissare waren in dem für seine teuren Villen bekannten Vorort von Hannover angekommen. Schnell hatten sie die gesuchte Adresse gefunden und standen vor der Tür. Ritter klingelte.

Es dauerte etwas, bis eine Frau von vielleicht fünfzig Jahren die Tür öffnete.

»Ja bitte?«, fragte sie misstrauisch.

»Ritter, Kriminalpolizei, und das ist mein Kollege Krüger.« Die beiden hielten der Frau ihre Dienstausweise vor das Gesicht, die von ihr intensiv betrachtet wurden.

»Sind Sie Frau Pegnitz?«

»Nein, natürlich nicht! Ich bin die Haushälterin von Herrn und Frau Pegnitz.«

»Gut, dann führen Sie uns bitte zu Herrn Pegnitz. Der ist doch zu Hause?«

»Ja, der ist im Hause, aber ich muss erst fragen, ob er Zeit für Sie hat.«

»Die muss er sich nehmen. Wenn Sie uns nun bitte umgehend zu ihm führen würden...«

Vom anderen Ende des Flures ertönte eine weibliche Stimme: »Was ist los, Mathilda, gibt es Probleme?«

»Nein, gnädige Frau, hier sind nur zwei Polizisten, die unbedingt zu Ihrem Mann wollen.«

Sofort trat die Frau aus dem Hintergrund näher und betrachtete die beiden Kommissare mit unverhohlener Neugier.

»Was wollen Sie denn von meinem Mann?«

»Ihn sprechen. Jetzt, sofort!« Ritter verlor langsam die Geduld.

»Ja, ja, immer mit der Ruhe. Kommen Sie doch bitte rein. Er ist in seinem Arbeitszimmer, ich werde Sie hinbringe.« An ihre Haushälterin gewandt, fügte sie hinzu: »Danke, Mathilda, ich mache das schon. Gehen Sie ruhig wieder an Ihre Arbeit.«

Dann führte Frau Pegnitz die beiden Kommissare zu einem Raum im hinteren Bereich des Hauses. Vor einer Tür blieb sie stehen und meinte: »Wenn Sie bitte hier warten würden.«

»Nein, das werden wir nicht!« Ritter war jetzt richtig sauer. »Ist Ihr Mann in diesem Raum?«

»Ja, aber Sie können da nicht einfach so reingehen!«

»Doch, können wir!« Er klopfte an die Tür und im nächsten Moment öffnete er sie auch schon.

Als die beiden Kommissare den Raum betraten, hatte sich an der gegenüberliegenden Seite gerade ein Mann von seinem Schreibtisch erhoben und schaute die beiden erstaunt an.

»Was...«, begann Lukas Pegnitz, kam aber nicht weiter.

Seine Frau unterbrach ihn mit pikierter Stimme: »Die beiden Herren sind von der Polizei und wollten partout nicht warten, bis ich sie angekündigt hatte!«

»Nun, meine Herren, das ist aber sehr penetrant von Ihnen...«

»Wir müssen dringend mit Ihnen reden...«

Schon wurde Ritter unterbrochen: »Das hat doch bestimmt bis Montag Zeit...«

»Nein, hat es nicht«, unterbrach Ritter nun seinerseits den Bankier, »es handelt sich schließlich um eine Mordermittlung!«

»Um eine Mordermittlung? Na, damit habe ich garantiert nichts zu tun«, scherzte Lukas Pegnitz.

»Ganz bestimmt nicht!«, unterstützte ihn seine Frau.

Inzwischen hatte Ritter die Nase gestrichen voll von dem affektierten Verhalten der beiden. Krüger merkte, dass sein Kollege kurz davor stand, vor Wut zu explodieren. Darum griff er schnell ein: »Wir haben eine Zeugenaussage, dass Sie sich im alten Schlachthof auf ganz eigenwillige Weise ‚unterhalten‘ haben. Dummerweise hat es dabei eine Tote gegeben. Haben Sie uns dazu etwas zu sagen?«

Den beiden Kommissaren fiel auf, dass Lukas Pegnitz bei der Erwähnung des Schlachthofes ziemlich blass wurde.

»Was erlauben Sie sich?«, giftete Frau Pegnitz die beiden Kommissare an, »mein Mann hat...«

»Lass gut sein, Schatz, das ist – äh – etwas Berufliches, das wird sich schnell klären lassen. Wenn du mich bitte kurz allein mit den beiden Herren reden lässt...« Dabei machte er eine Geste Richtung Tür.

Seine Frau warf ihm einen erstaunten Blick zu. Ihr Gesichtsausdruck wandelte sich schnell in Unmut. Im letzten Augenblick zog sie es aber doch vor, zu gehen.

»Aber beeil dich, wir müssen nachher noch zu einem Gartenfest«, erwiderte sie beleidigt. Dann fiel hinter ihr die Tür ins Schloss.

»Anhand Ihrer Reaktion sehe ich, dass Sie den Schlachthof und die Ereignisse dort kennen.«

»Ich werde meinen Anwalt anrufen und vorher kein Wort sagen!« Bei diesen Worten griff Pegnitz zum Telefonhörer.

»Wie Sie wollen. Mein Kollege ist mit dem Haftbefehl bereits hierher unterwegs.«

Mitten in der Bewegung hielt Pegnitz inne.

»Haftbefehl? Sie wollen mich allen Ernstes verhaften?«

»Svetlana Pastirak ist tot!«

»Ich kenne keine Svetlana So-wie-noch.«

»Die Frau, die Sie im alten Schlachthof zu Tode gefoltert haben! Wie gesagt, wir haben eine Zeugenaussage, die Sie schwer belastet. Außerdem sind meine Kollegen dabei, den Film zu holen - Sie wissen ja, dass man Sie bei ihren grausamen Spielen gefilmt hat?«

Lukas Pegnitz schaltete sofort das Telefon aus und warf es auf den Schreibtisch. Dann ließ er sich schwer atmend auf seinen Stuhl sinken.

»Ob ich den Film kenne? Oh ja, nur zu gut! Zumindest Bilder aus dem Film.«

»Also werden Sie erpresst?«

Er nickte wortlos.

»Von wem?«

»Das weiß ich nicht, aber wahrscheinlich von diesem Geschäftsführer.«

»Timo Wörsching?«

»Ja«, kam die tonlose Antwort.

»Wie kommen Sie auf den?«

»Er hat das Ganze inszeniert«

»Sie waren Gast in Schloss Sinnlichkeit?«

»Ja.«

»Stammgast?«

»Ja.«

»Wie sind Sie auf die Idee gekommen, eine Frau zu foltern?«

»Ich habe, also – äh – ich habe so ein Bedürfnis, so eine unbändige Lust auf Macht. Meine Frau hat für Sadomaso-Spiele nur Verachtung übrig, aber hin und wieder steht mir halt der Sinn danach.«

»Weil Ihre Frau diese Spiele nicht mitmacht, sind Sie in ein Domina-Studio gegangen?«

»Nicht direkt in ein Domina-Studio, da ich ja keine Domina, sondern eine Sklavin gesucht habe, die ich schlagen und ein bisschen foltern konnte. Ich habe im Internet recherchiert und bin auf Schloß Sinnlichkeit gestoßen. Auf der Internetseite versprach man, devote Frauen mit großer Vorliebe für Masochismus zu haben.«

Pegnitz brach ab, das Reden schien ihm zunehmend schwerer zu fallen. Andererseits wirkte er auch zunehmend befreiter, weil er sich die dunkle Last von der Seele reden konnte.

»Und?«, insistierte Ritter.

»Ich war mehrmals dort.«

»Wie oft?«

»Einmal in der Woche, manchmal auch zweimal. Meiner Frau habe ich dann immer etwas von Besprechungsterminen gesagt, und sie hat nicht weiter nachgefragt.«

»Im Studio hielt sich alles im Rahmen?«

»Ja, schon alleine wegen der Aufpasser wollte ich keinen Ärger. Also habe mich peinlich genau an die Regeln gehalten.«

Wieder brach Pegnitz ab. Diesmal wartete Ritter geduldig, bis er von alleine fortfahren würde.

Lange brauchten die beiden Kommissare nicht zu warten: »Der Chef von dem Laden hat mich immer gefragt, ob ich zufrieden gewesen sei. Das habe ich bejaht, aber irgendwann habe ich mal gesagt, dass es ‚ganz nett‘ gewesen sei, ich aber gerne mal etwas härter vorgehen würde.«

Wieder machte Pegnitz eine Pause, um seine Gedanken zu sammeln.

»Von da an durfte ich die Frauen etwas härter rannehmen, aber natürlich alles gegen Aufpreis. Das war für mich in Ordnung, und ich hatte mich schnell an die neue Härte gewöhnt. Aber nach jedem Besuch hat mich dieser Wörsching abgefangen und auf einen Drink eingeladen. Dabei hat er mich immer wieder in Gespräche über meine sadistischen Neigungen verwickelt und, wie mir im Nachhinein klar geworden ist, gezielt ausgefragt.«

Wieder machte er eine Pause und saß gedankenversunken da. Als er nach einer Weile keine Anstalten machte, mit seiner

Aussage fortzufahren, hakte Ritter vorsichtig nach: »Wie ging es dann weiter?«

»Im Februar hat er mich dann wieder einmal angesprochen und gefragt, wie es mir gefallen hat. Dann meinte er, dass er für einen guten Kunden wie mich ein ganz besonderes Angebot habe und ob ich interessiert sei. Natürlich war ich interessiert! Auf seinen Hinweis, dass das einen hohen Preis haben würde, habe ich gesagt, dass das in Ordnung gehe. Danach hat er noch ein bisschen herumgedruckst, ist aber nicht konkreter geworden. In den nächsten Wochen hat er mich aber immer wieder angesprochen und gesagt, dass es richtig hart sein dürfe und es ein ganz exklusives Angebot sei, das nur einer erhalten könne. Diese und andere Brocken hat er mir immer wieder hingeworfen, bis ich total wild darauf war, den Zuschlag zu diesem Angebot zu bekommen. Anfang April hat er mir dann gesagt, dass ich eine Frau nach Herzenslust foltern dürfe. Wenn sie dabei sterben würde, wäre das nicht so schlimm – die Frau leide an Krebs und habe ohnehin nur noch wenige Wochen zu leben. Sie stehe aber total auf Folter und wolle mit dem Geld der letzten Tortur ihre Kinder absichern.«

»Sie haben das Angebot angenommen?«

»Nicht sofort, denn jemanden umbringen wollte ich nie. Aber die Geschichte mit der Krebserkrankung und der Absicherung hat mir irgendwie eingeleuchtet, zumal der Preis auch sehr, sehr hoch war. Irgendwann habe ich zugesagt, aber nicht sofort.«

»Wie hoch war der Preis?«

»250.000 Euro.«

»Ja, das würde die Geschichte mit der Kinderabsicherung unterstreichen. Wie ging es dann weiter?«

»Wir haben einen Termin ausgemacht und ich habe bezahlt.«

»In bar oder per Überweisung?«

»In bar.«

»Okay. Und dann?«

»Rechtzeitig vor dem vereinbarten Termin habe ich einen Anruf erhalten, in dem mir die Adresse genannt wurde.«

»Das war der alte Schlachthof?«

»Ja, genau. Dort waren zwei Männer, die meinten, dass sie für das Aufräumen zuständig seien. Einer hat mich in eine größere Halle gebracht, die wie eine perfekte Folterkammer eingerichtet war. In einem Käfig saß die Frau, und dann – dann habe ich – habe ich sie gefoltert.«

»Bis zu ihrem Tode.«

»Das wollte ich nicht, ehrlich! Aber irgendwann war ich wie in einem Rausch, und dann – hat sie sich nicht mehr bewegt.«

»Sie ist an den Folgen der Marter gestorben.«

»Ja, so muss es gewesen sein. Aber sie war ja krank und hatte nicht mehr lange zu leben. Außerdem wollte sie es so haben, und mit dem Geld von mir sollten ihre Kinder versorgt sein.«

»Svetlana Pastirak war nicht bei bester Gesundheit, aber sie hatte garantiert keinen Krebs und hätte noch jahrelang leben können. Timo Wörsching hat ihnen Lügen erzählt, um den

Preis nach oben zu treiben und ihnen die Skrupel an der Folterung zu nehmen!«

Zum Erstaunen der beiden Kommissare liefen Pegnitz ein paar Tränen über die Wangen.

»Wann haben Sie erfahren, dass man Sie gefilmt hat?«

»Zwei Tage nach dem Tod der Frau. Wörsching hat mich in der Bank aufgesucht. Am Anfang hat er ganz jovial mit mir einen Smalltalk geführt, bis er meinte, dass er geschäftlich da sei. Er wollte von mir eine Million Euro in bar für sich und für seine Firma. Zusätzlich hat er gefordert, dass ich ihm von meiner Bank einen Kredit über fünf Millionen Euro zu besonders günstigen Konditionen besorgen solle. Angeblich wolle er expandieren und brauche deshalb einen günstigen Kredit. Ich habe natürlich abgelehnt, da er keine Sicherheiten geben wollte, aber dann hat er Fotos von der – der Session im Schlachthof aus der Tasche gezogen und gemeint, dass es doch schade wäre, wenn das an die falschen Leute geraten könnte.«

»Er hat Sie also erpresst?«

»Ja, allerdings.«

»Was haben Sie gemacht?«

»Die Million war kein Problem – meine Frau gibt das Geld nur aus, interessiert sich aber in keiner Weise für unsere Einnahmen oder finanziellen Verhältnisse. Das mache ich alles, deshalb konnte ich das Geld problemlos besorgen. Bei dem Kredit hat es anders ausgesehen, da die Bank strenge Vorschriften hat, die ich nicht ignorieren kann. Zudem muss immer noch ein Kollege gegenzeichnen, sodass mir die Hände gebunden waren.«

»Er hat das Geld nicht bekommen?«

»Noch nicht, aber in den letzten Tagen hat er mir ganz unverhohlen gedroht: Entweder bekommt er die fünf Millionen als Kredit von der Bank oder in bar von mir. Die Frist, die er mir gesetzt hat, läuft übermorgen aus.«

»Haben Sie die Fotos noch?«

»Ja, die liegen in meinem ganz persönlichen Schließfach in der Bank.«

»Wir brauchen diese Fotos – vielleicht sind ja Wörschings Fingerabdrücke drauf.«

»Kriegen Sie, kriegen Sie alles. Ist ja jetzt ohnehin alles egal, ich bin erledigt, beruflich wie privat.«

Die Kommissare schwiegen, zu sehr brodelte das aufkommende Selbstmitleid des Lukas Pegnitz in ihnen.

Schließlich räusperte sich Ritter: »Herr Pegnitz, ich nehme Sie fest wegen des dringenden Tatverdachts, Svetlana Pastirak ermordet zu haben. Wenn Sie uns helfen, Timo Wörsching als Initiator des Mordes und wegen Erpressung an Ihnen dranzukriegen, dürfte sich das vor Gericht zu Ihren Gunsten auswirken.«

Der Angesprochene nickte verstehend, bevor er meinte: »Bringen wir es hinter uns.«

»Wann können wir die Fotos holen?«

»Jetzt sofort, wenn Sie wollen. Ich habe ja einen Generalschlüssel, und das Schließfach ist mein eigenes.«

»Gut, dann fahren wir jetzt zu Ihrer Bank. Wollen Sie vorher noch Ihren Anwalt anrufen?«

»Nein, das werde ich später machen. Jetzt will ich hier einfach nur raus - möglichst ohne viel Theater seitens meiner Frau.«

Das erwies sich als unmöglich, denn kaum traten die drei Männer auf den Flur hinaus, kam Frau Pegnitz auch schon wie ein Racheengel angerauscht. Irgendetwas am Gesichtsausdruck ihres Mannes ließ sie aber erstarren.

»Sabine, ich bin verhaftet«, erklärte er, »ich habe einen Menschen zu Tode gefoltert und komme ins Gefängnis. Jetzt halt den Mund und sag nichts!« An die beiden Kommissare gewandt fügte er hinzu: »Lassen Sie uns gehen.«

An der Tür begegneten sie Holger Tandler: »Frank, der Haftbefehl!«

»Gut, aber Herr Pegnitz hat bereits alles gestanden. Wir fahren jetzt mit ihm zu seiner Filiale, wo die Fotos, mit denen Wörsching ihn erpresst hat, in einem Schließfach liegen. Fahr du schon mal vor in die Waterloostraße, wir kommen nach.«

Während sie in die Autos stiegen und losfuhren, stand eine bleiche Frau Pegnitz im Türrahmen und verstand die Welt nicht mehr.

Sonntag, 30. April, 17:48 Uhr

Das Bankgebäude befand sich in der Innenstadt. Da in der Zwischenzeit der Verkehr wegen der feierfreudigen Menschen zugenommen hatte, dauerte es etwas, bis sie dort ankamen.

Als sie es endlich geschafft hatten, loggte sich Lukas Pegnitz in das Sicherheitssystem ein und schaltete die Alarmanlage aus. Anschließend führte er die beiden Kommissare zu dem Tresorraum mit den Schließfächern. Es dauerte ein paar Minuten, bis sie alle Sicherheitsschleusen hinter sich hatten. Vor ihnen lag nun ein großer Raum voller Schließfächer in unterschiedlichen Größen.

Pegnitz steuerte sofort ganz gezielt ein Fach an und öffnete es. Neben einigen Papieren und einer größeren Summe Bargeld befand sich auch ein brauner Umschlag darin.

Der Bankier deutete mit einer vagen Handbewegung auf den Umschlag.

Ritter griff nach ihm und warf einen kurzen Blick auf den Inhalt. Nach kurzer Durchsicht nickte er schließlich: »Das sind die Fotos! Jetzt kriegen wir Wörsching dran!«

Sofort verließen die drei Männer die Bank und fuhren zur Polizeidirektion, wo die anderen Teammitglieder bereits auf sie warteten.

Sonntag, 30. April, 18:28 Uhr

Das gesamte Team hatte sich einmal mehr in Ritters Büro versammelt, um die Lage zu besprechen. Die Fotos hatte Krüger zuvor persönlich bei der Kriminaltechnik abgegeben und die dortigen Kollegen um eine schnelle Untersuchung gebeten.

»Was ist mit Wörsching, Arthur und diesem Ole Zerbst?«

»Mit Ausnahme von Wörsching sitzt jeder für sich in einer Zelle. Wörsching wurde nicht angetroffen, aber die Fahndung ist raus.«

»Sehr gut!«, atmete Ritter hörbar auf, »Hat es mit den Haftbefehlen irgendwelche Probleme oder Diskussionen gegeben?«

»Nein, keine – laut unserem Kriminalrat hatte Staatsanwalt Lütge Dienst und war schnell von unseren Ergebnissen überzeugt.«

»Was ist mit Zimmermann?«

»Hat sein freies Wochenende.«

»Manchmal hat man Glück«, murmelte Ritter, während seine Kollegen wegen der Doppeldeutigkeit der Worte übers ganze Gesicht grinsten.

»Gut, fassen wir zusammen: Wörsching hat Pegnitz die Folterung von Svetlana angeboten und dabei ihren Tod in Kauf genommen. Trawanow und Ole Zerbst haben das Ganze gefilmt und den Film an Arthur Kowalski übergeben. Zwei Tage nach dem Mord hat Wörsching den Folterknecht Pegnitz mit Fotos aus dem Film erpresst. Die Leiche sollte Ole Zerbst verschwinden lassen, laut Trawanow durch Einäscherung, wahrscheinlich zusammen mit einer anderen Verstorbenen. Als das wegen des Ausfalls des Krematoriums nicht machbar war, haben er und Trawanow die Leiche in die Baugrube geworfen, wo sie anderntags im Fundament verschwunden gewesen wäre.«

»Wenn das Krematorium nicht ausgefallen wäre, wüssten wir nichts von dem Verbrechen«, murmelte Sievers.

»Ja, und dann hatten wir das Glück, dass der Obdachlose Harald Bauer die Sache auf der Baustelle beobachtet und uns informiert hat. Das ist in diesem Kreisen auch nicht selbstverständlich. Die kümmern sich sonst eher nicht um die Angelegenheiten von anderen Leuten.«

»Ja, wir haben viel Glück gehabt, aber letztlich können wir Svetlana zu einem würdigen Begräbnis verhelfen und ihren Mörder samt den Hintermännern wegsperren.«

»Wollen wir Arthur noch zu dem Film verhören?«

»Heute nicht mehr, denn wir haben ja die Bilder, die Auszüge aus dem Film sind. Dazu das Geständnis von Pegnitz, dass er sie von Wörsching bekommen habe. Da kann selbst der findigste Anwalt nichts mehr machen.«

»Was ist mit Wörsching?«

»Ihr habt doch alle seine Clubs und sein Wohnhaus durchsucht?«

Tandler und Sievers nickten.

»Dann können wir nur abwarten, ob die Fahndung Erfolg

haben wird.«

»Könnte er untergetaucht sein?«

»Vielleicht, die Million von Pegnitz hat er in bar bekommen, und so jemand wie Wörsching hat immer genug Bargeld für den Fall einer Flucht gebunkert. Fragt sich nur, wo er das gemacht hat und ob er es sich schon geholt hat. Falls ja, dürfte er schon auf dem Weg ins Ausland sein.«

»Alle Bahnhöfe und Flughäfen sind informiert.«

»Dann können wir nur abwarten. Aber jetzt wollen wir endlich Feierabend machen! Der Tag war ganz schön hektisch, aber auch sehr erfolgreich! Morgen verhören wir dann Zerbst und Arthur, danach erledigen wir den Papierkram.«

Mit einem Seufzer der Erleichterung erhoben sich alle. Ob die Erleichterung vom Feierabend herrührte oder davon, dass sie den Fall so gut wie gelöst hatten, war schwer zu sagen. Wahrscheinlich war es eine Mischung aus beidem.

Montag, 1. Mai, 8:00 Uhr

Obwohl es ein Feiertag war, wollte das Team die Befragungen so schnell wie möglich vornehmen. Als Ritter ins Kommissariat kam, erwartete ihn bereits Bernd Krüger.

»Na, hat dich deine Freundin versetzt oder warum bist du so früh hier?«, scherzte Ritter.

»Nein, ich bin vor dem Frühstück gegangen – das erspart mir viele Komplikationen und endloses Gezeter, weil ich an einem Feiertag arbeiten muss.«

»Du Ärmster!«

»Ach was, alles eine Frage der richtigen Vorgehensweise. Aber«, seine Miene wurde ernst, »es gibt Neuigkeiten! Willst du die gute oder die schlechte Nachricht zuerst hören?«

»Die gute natürlich!«

»Die KTU hat sich gemeldet. Auf den Fotos, die Pegnitz von Wörsching bekommen haben will, sind die Fingerabdrücke von genau diesen beiden drauf!«

»Damit haben wir Wörsching!«

»Ja und nein. Das ist leider die schlechte Nachricht: Wörsching ist tot. Eine Streife hat seinen Wagen auf einem Feldweg bei Lehrte gefunden. Wörsching hat sich darin erschossen.«

»Warum hat man seinen Wagen nicht im Rahmen der Fahndung gesichtet?«

»Weil es nicht sein Wagen ist. Es ist ein Leihwagen von, aufgepasst – Gebrauchtwagen-Reuter! Die Kollegen haben das schon überprüft. Angeblich hat Wörsching den Wagen schon vor ein paar Tagen angemietet.«

»Das klingt, als hätte er seine Flucht vorbereitet«, mutmaßte Ritter.

»Vielleicht, aber vielleicht auch nicht. Doktor Leber untersucht die Leiche noch, weil er an der Selbstmordtheorie noch den einen oder anderen Zweifel hat.«

»Das ist alles während der Nacht passiert?«

»Ja, ein Hundehalter hat bei seiner Runde den Wagen gefunden. Da dort sonst nie ein Auto steht, hat er hineingesehen und eine Leiche entdeckt. Daraufhin hat er den Notruf betätigt. Die Kollegen haben nicht lange gebraucht, den Toten zu identifizieren. Als klar war, dass es der von uns gesuchte Timo Wörsching ist, kam die gesamte Maschinerie ins Laufen.«

»Ein Hundehalter hat ihn gefunden? Ich dachte, die Fundstelle sei sehr abgelegen?«

»Ist sie auch, aber der Mann hat einen Golden Retriever, und die brauchen viel, sehr viel Bewegung, also dreht er mit ihm große Runden – wobei der Hundehalter auf dem Fahrrad fährt.«

Inzwischen waren auch Tandler und Sievers eingetroffen und hatten den Rest des Gespräches mitbekommen.

»Wer fährt Fahrrad?«, fragte Nicole interessiert.

Rasch berichtete Krüger von den Ereignissen der letzten Nacht.

Als er fertig war, hakte Ritter nach: »Hat man den Film bei ihm gefunden?«

»Nein, er war weder im Wagen noch in seinen Taschen. Die KTU wird sich aber alles noch ganz genau anschauen, vor allem die Kleidung. Man kann ja nie wissen, ob da nicht irgendetwas eingenäht ist.«

»Okay, dann lasst uns jetzt mit Arthur Kowalski und Ole Zerbst reden – oder ist deren Anwalt schon da?«

Krüger schüttelte den Kopf.

»Laut dem Diensthabenden haben die beiden telefoniert, angeblich mit ihrem Anwalt. Aber der ist bislang noch nicht aufgetaucht.«

»Komisch, der ist doch beim letzten Mal so schnell hier gewesen!«

»Ja, das ist schon komisch – es sei denn, dass er keinen Auftrag hat oder kein Geld für die Verteidigung bekommen würde. Immerhin ist Wörsching tot, und der wollte ja die Anwaltskosten für Trawanow und Kowalski übernehmen.«

»Du meinst: kein Wörsching, kein Anwalt?«

»Es hat zumindest diesen Anschein.«

»Na gut, Leute, lasst uns anfangen, bevor sich das ändert. Bernd, du und Nicole nehmt euch Zerbst vor. Holger und ich werden Arthur befragen. Viel Glück!«

Montag, 1. Mai, 9:15 Uhr

Als Ritter und Tandler den Verhörraum betraten, saß dort bereits ein mürrisch dreinblickender Arthur Kowalski.

»Hallo Arthur«, begrüßte ihn Ritter jovial, »so schnell sieht man sich wieder.«

»Fick dich, Scheißbulle! Du willst mich doch bloß schikanieren!«

»Falsch, Arthur, wir wollen einen Mord aufklären.«

»Damit habe ich nichts zu tun, das habe ich schon gesagt!«

»Ja, das hast du gesagt, aber du hast gelogen. Der Mann, der Svetlana zu Tode gefoltert hat, sitzt in Untersuchungshaft. Er hat wie ein Vogel gesungen, genau wie Igor Trawanow. Die wollen alle ihren Kopf aus der Schlinge ziehen und haben ausgepackt.«

»Ich weiß nichts!«, beharrte Arthur stur.

»Wir wissen, dass du die Frau an Trawanow und Zerbst übergeben hast. Von dir kam die Anweisung, alles zu filmen, dazu hast du ihnen die Technik erklärt.«

»Lüge, alles Lüge!«

»Den Film von der Folterung hat dir Trawanow gegeben, und dein Boss Wörsching hat damit den Mörder von Svetlana erpresst. Auf den Fotos sind die Fingerabdrücke von Timo Wörsching nachgewiesen worden!«

»Du spinnst! Selbst wenn der Boss so etwas geplant hätte, würde er nicht den Anfängerfehler mit den Fingerabdrücken begehen!«

»Hat er aber – vielleicht war er sich ganz sicher, dass Lukas Pegnitz damit nicht zur Polizei gehen würde. Die Idee mit dem Film ist aber sicher nicht von dir gekommen, denn dein Boss hat die Erpressung begangen und die Technik ist viel zu hochwertig und damit zu teuer für dich. Da hat jemand richtig viel Geld in die Hand genommen. Warum gibst du nicht zu, was wir ohnehin beweisen können? Warum willst du nicht auspacken?«

»Fick dich!«

»Du weißt, dass dein Boss tot ist?«

Das zeigte Wirkung. Arthur starrte den Kommissar ungläubig an.

»Du redest Scheiße, Bulle!«

»Nein, er wurde in einem Wagen von Gebrauchtwagen-Reuter erschossen auf einem Feldweg bei Lehrte gefunden.«

»Welche Drecksau hat ihn umgelegt?«

»Tja, auf den ersten Blick sieht es wie Selbstmord aus, aber es gibt da noch Zweifel. Kann es sein, dass da jemand auf-räumt?«

Arthur wurde blass.

»Aufräumen? Wer sollte das denn machen?«

»Keine Ahnung, aber eure Organisation ist sehr gut vernetzt, da ist Wörsching sicher auch nur ein kleines Licht gewesen.«

»Er ist der Boss!«

»Er war der Boss, denn er ist tot. Wie gesagt, die Umstände sind noch nicht ganz geklärt.«

Ritter merkte, wie es in Arthur arbeitete.

Nach einer Weile räusperte er sich: »Ich sage jetzt nichts mehr, muss nachdenken.«

»In Ordnung. Sag Bescheid, wenn du reden willst.«

Ritter gab ein Zeichen und Arthur wurde wieder in seine Zelle geführt.

Als er den Raum verlassen hatte, meinte Tandler: »Eine harte Nuss!«

»Verständlich, der Kerl hat jetzt Angst um sein Leben. Verpfeift er seinen Boss und der lebt doch noch, ist sein Leben keinen Pfifferling mehr wert. Sagt er nichts und da draußen räumt tatsächlich jemand auf, könnte er der nächste Tote sein.«

»Wenn er schweigt, gibt es doch aber keinen Grund, ihn umzubringen?«

»Doch, entweder um einen Mitwisser auszuschalten, der sich irgendwann doch verplappern könnte, oder weil er seinen toten Boss nicht belastet hat.«

»Das verstehe ich nicht.«

»Wenn er Wörsching belasten würde, wäre für uns der Fall abgeschlossen. Macht er das nicht, ermitteln wir weiter – und das dürfte den Hintermännern nicht gefallen.«

»Du meinst, es gibt Hintermänner?«

»Die gibt es in solchen Organisationen immer. Wörsching war nur ein kleines Licht, aber von alleine hätte er sich niemals ein solches Imperium und Firmengeflecht aufbauen können. Dafür braucht man viel Geld und sehr gute Kontakte, also all das, was Wörsching nicht in dem erforderlichen Umfange hatte. Nein, ich denke, dass ihm da einer das Nest bereitet und ihn als eine Art Verwalter vor Ort eingesetzt hat.«

»Verstehe – und wenn wir weiter ermitteln, könnten wir noch viel mehr von diesem geheimen Netzwerk aufdecken?«

»Genau! Da Wörsching jetzt aber tot ist, gibt er den idealen Sündenbock ab. Nun lass uns mal schauen, was Bernd und Nicole aus diesem Zerbst herausbekommen haben.

Montag, 1. Mai, ebenfalls 9:15 Uhr

Während Ritter und Tandler das Verhör von Arthur Kowalski vornahmen, taten es ihnen Krüger und Sievers mit Ole Zerbst gleich.

Krüger kam ohne Umschweife zur Sache: »Sie entsorgen Leichen, indem Sie diese in anderer Leute Särge legen und einäschern lassen?«

»Was? Blödsinn!«

»Wir haben die Aussage von Igor Trawanow, dass Sie genau das machen. Nur ist es im Falle von Svetlana Pastirak schief gegangen und Sie haben die Leiche in das Fundament eines Neubaues geworfen.«

»Quatsch!«

»Sie waren im alten Schlachthof, als Svetlana dort zu Tode gefoltert wurde – und Sie haben zusammen mit Trawanow alles gefilmt. Der Film ist über Trawanow und Arthur Kowalski zu Timo Wörsching gelangt, der damit den Mörder von Svetlana erpresst hat.«

»Ich sag's noch mal: Alles Bullshit!«

»Hängt Ihr Chef in der Sache mit drin?«

»Was?«

»Hören Sie, das Spiel ist aus! Die vorliegenden Aussagen und unsere Beweise reichen aus, um Sie vor Gericht zu bringen, wo Sie jeder Richter verurteilen wird! Die Frage ist nur, wie hoch die Strafe sein wird. Wenn Sie uns etwas anbieten, könnte das zu Ihren Gunsten ausgelegt werden.«

»Ach, du hast Beweise? Na, da bin ich aber mal gespannt! Ich kenne keinen Trawanochwas, und wenn der mich belastet, lügt er!«

»Wir haben im Technikraum des alten Schlachthofs die Fingerabdrücke von zwei Personen gefunden. Die eine ist Igor Trawanow, die andere Person kennen wir noch nicht. Aber was wird wohl herauskommen, wenn wir diese Spuren mit Ihren Fingerabdrücken vergleichen werden?«

Plötzlich wirkte Zerbst nicht mehr so selbstsicher. Er zögerte etwas, aber dann hatte er sich entschieden: »Ich sage gar nichts mehr! Ich will meinen Anwalt sprechen!«

»Ja, richtig, Sie haben ja ihren Anwalt angerufen. Nur hat der sich bislang noch nicht blicken lassen. Woran das wohl liegt? Vielleicht daran, dass ihm niemand mehr seine Rechnung bezahlen würde?«

»Hä?«

Krüger zog seinen größten Trumpf: »Timo Wörsching ist tot, wussten Sie das nicht?«

Anhand der zunehmenden Blässe im Gesicht des Ole Zerbst schlussfolgerte er: »Also nicht. Wie soll es jetzt weitergehen? Alle singen, um Strafmilderung zu bekommen, und Sie wollen den harten Hund spielen? Ist das wirklich klug?«

»Wie ist Wörsching gestorben?«

»Angeblich Selbstmord. Er soll sich selber erschossen haben.«

Zerbst nickte nachdenklich. Dann raffte er sich auf: »Ja, okay, ich war in dem verdammten Schlachthof. Es hieß, es soll eine etwas härtere Sadomaso-Sache sein. Niemand hat etwas davon gesagt, dass die Alte krepieren würde!«

»Warum haben Sie alles gefilmt?«

»Weil das so angeordnet worden war. Für den Fall, dass der Kunde rumzicken und Ärger machen würde, hieß es.«

»Wer hat das gesagt?«

Zerbst überlegte kurz, bevor er sagte: »Trawanow.«

Krüger erhob sich und gab Nicole ein Zeichen, es ihm gleichzutun.

»Gut, das war es dann, Herr Zerbst. Wir wollen die Wahrheit, keine Lügen!«

»Okay, okay!«, versuchte Zerbst zu beschwichtigen, »Es war Arthur, Arthur Kowalski, der das gesagt hat.«

»Wie kam die Frau in den Schlachthof?«

»Igor und ich haben sie abgeholt. Arthur hat sie uns beim T-Sex übergeben.«

»Hat sie während der Fahrt Probleme gemacht?«

»Nö, überhaupt nicht. Keine Ahnung, was man ihr gesagt hat, aber mit Sicherheit nichts von der Brutalität, mit der der Kerl sie bearbeitet hat.«

»Was ist danach passiert?«

»Nachdem alles vorbei war, ist der Kunde gegangen. Wir haben noch etwas aufgeräumt. Dann ist Igor zu Arthur gefahren, um Bericht zu erstatten und den Film abzuliefern. Ich habe die Leiche in einen mitgebrachten Leichensack gepackt und ins Bestattungsinstitut gefahren. Habe ja einen Schlüssel und war alleine, also konnte ich alles arrangieren. Dass dann das Krematorium ausfällt, hatte ich nicht auf dem Schirm.«

»Also haben Sie die Leiche von Svetlana im Institut zwischengelagert?«

Zerbst nickte.

»Wie sind Sie auf die Idee mit der Baugrube gekommen?«

»Ich habe Arthur darüber informiert, dass es mit der Entsorgung der Leiche Probleme geben würde. Er wollte das weitergeben. Dann hat er plötzlich mächtig Druck gemacht - hatte wahrscheinlich selber welchen bekommen. Also mussten wir uns was einfallen lassen. Ich hatte kurz vorher die Baugrube gesehen und wusste, dass da Beton rein sollte. Eine so günstige Gelegenheit konnten wir uns nicht entgehen lassen.«

»Woher hatten Sie den Schlüssel, um das Schloss am Bauzaun zu öffnen?«

Zerbst zögerte eine Sekunde zu lange.

»Wir hatten keinen Schlüssel, aber Igor einen Satz Dietriche. Damit haben wir aufgemacht.«

»Ein Zeuge hat ausgesagt, dass das Tor aufgeschlossen wurde.«

»Der Zeuge redet gequirlte Scheiße! Ich war dabei und sage, es war mit einem Dietrich!«

»Weiß Ihr Chef von ihren Aktivitäten?«

Wieder zögerte Zerbst etwas.

»Nein«, antwortete er schließlich gedehnt, »der ist ahnungslos.«

»Und das sollen wir Ihnen glauben?«

»Glaub, was du willst, aber das war ich ganz alleine. Warum

hätte ich auch mit jemandem teilen sollen?«

»Okay, dann nehmen wir das mal so hin. Wie viel hat man Ihnen für die ganze Sache bezahlt?«

»Zehntausend, bar auf die Hand.«

»Okay. Bleibt noch die Frage, wie man auf Sie gekommen ist. Wer hat Sie angeheuert?«

»Na ja, ich ficke gerne, aber die Weiber zicken immer rum, wenn man sagt, dass man Bestatter ist. Also gehe ich halt in den Puff. Da muss ich wohl mal erwähnt haben, was ich mache. Jedenfalls hat mich dann mal irgendein Typ angesprochen und gefragt, ob ich Lust auf ordentlich viel Kohle hätte. Na ja, wer sagt dazu schon ‚Nein‘? Also habe ich mir alles angehört. Dann hat man mich Igor vorgestellt und wir haben die Jobs gemeinsam gemacht. Am Anfang waren es nur kleine Sachen, bei einer Sadomaso-Sache in der Pampa auf die Frau aufpassen und so. Mit der Zeit wurden die Sachen dann immer härter. Als die Frage nach der Schlachthofsache kam, habe ich ‚Ja‘ gesagt und mich bereit erklärt, eine mögliche Leiche verschwinden zu lassen. Das ist alles.«

»Wie viele Leichen haben Sie auf diese Weise verschwinden lassen?«

»Keine! Nur diese eine sollte es sein, aber das hat ja nicht geklappt.«

»Und Ihr Chef hängt wirklich nicht mit drin?«

»N - nein, wenn ich es doch sage!«

»Okay, dann war es das vorerst.

Während Ole Zerbst in seine Zelle zurückgebracht wurde,

ereiferte sich Nicole Sievers: »Der Kerl lügt! Sein Chef hängt garantiert auch mit drin!«

»Das denke ich auch, aber wir können es nicht beweisen. Offensichtlich nimmt Zerbst die ganze Schuld für die Vorgänge im Bestattungsinstitut auf seine Kappe, damit haben wir nichts gegen Tobias Lehmbauer in der Hand.«

»Und was ist mit seiner Behauptung, er habe nur diese eine Leiche über das Bestattungsinstitut verschwinden lassen wollen?«

»Ich denke, dass das ebenfalls gelogen ist und mehrere Personen auf diese Weise beseitigt worden sind. Aber uns fehlen die Beweise!«

»Die Vermisstendatei!«

»Keine Chance! Wenn es Prostituierte waren, die zu Expo-Zeiten aus dem Ausland herangeschafft worden sind, wird sie niemand als vermisst gemeldet haben.«

»Mist!«

»Du sagst es, das ist ein ganz schöner Bockmist! Aber immerhin haben wir ein paar von diesen Drecksäcken an den Eiern! Nicht zu vergessen den Timo Wörsching! Ein mieses Schwein, aber immerhin einer aus der Führungsebene! Kowalski, Zerbst und Trawanow sind nur Handlanger, die schnell austauschbar sind. Bei Wörsching sieht das angesichts von dessen Position anders aus.«

»Ob sich Wörsching das alles alleine ausgedacht hat?«

»Das Geschäft mit der Folterung? Vielleicht hat er die Anweisung bekommen, die Kosten zu senken – und er hat das genutzt, um zugleich die Einnahmen zu erhöhen. Vielleicht hat er das Geld auch in die eigene Tasche gesteckt. Die Erpressung wird wohl auf seinem Mist gewachsen sein, denke ich. Aber ob er wirklich die daraus entstehenden Einnahmen in seine Geschäfte investieren wollte, um sich vielleicht weiter oben in der Hierarchie beliebt zu machen? Darauf werden wir wohl keine Antwort bekommen - jetzt, da er tot ist«

Montag, 1. Mai, 12:30 Uhr

Das Ermittlerteam hatte sich mal wieder im Büro von Ritter eingefunden. Sie hatten Pizza bestellt und sich hungrig draufgestürzt. Nachdem der Hunger gestillt war, kamen sie auf ihren Fall zu sprechen.

»Damit wäre der Fall eigentlich gelöst, oder?«, fragte Tandler.

»Na ja, ein paar Puzzleteile fehlen noch. Zum Beispiel, ob Arthur den Film oder nur ein paar Fotos an Wörsching übergeben hat. Oder ob der wirklich Selbstmord begangen hat. Außerdem müssen wir noch nachforschen, ob in den letzten Monaten neben Tamara aus dem T-Sex noch mehr Prostituierte verschwunden sind, die man vielleicht auch von reichen Kunden hat zu Tode foltern lassen. 250.000 Euro sind viel Geld, wahrscheinlich mehr, als sie an den Frauen noch hätten verdienen können. Von den eingesparten Kosten für Verpflegung und ärztliche Behandlungen mal ganz abgesehen. Lässt man sie aber zu Tode foltern, kassiert man ordentlich ab und verringert das Angebot, sodass die Preise bei den anderen Prostituierten steigen können, während die Ausgaben sinken. Das sind die unschönen Seiten der Marktwirtschaft.«

Noch während sie sich besprachen, klingelte Ritters Telefon. Er erkannte sofort die Nummer.

»Hallo Manfred«, begrüßte er seinen alten Kollegen von der KFI 2, »das ist ja eine nette Überraschung.«

Dann hörte er minutenlang zu. Sein Gesicht wurde immer

ernster.

»Das ist ganz sicher?«, fragte er zum Schluss.

Offensichtlich wurde das bestätigt.

»Gut, danke für die Informationen!« An seine Kollegen gewandt, erklärte er: »Das war Manfred Lehmann von der KFI 2. Das Aufräumen geht weiter: In der Szene sagt man, dass der Nachfolger von Timo Wörsching in ein paar Tagen kommen und die Geschäfte übernehmen werde. Sowohl im T-Sex als auch in den Clubs sind bereits alle Frauen und die Aufpasser ausgetauscht worden. Wir werden also niemanden mehr finden, der mit uns reden wird.«

»Selbst wenn einer reden wollte«, warf Krüger ein, »würde er nichts wissen, weil es um Ereignisse vor seiner Zeit in Hannover ginge.«

»Ganz genau.«

Wieder klingelte Ritters Telefon. Das Gespräch war nur kurz.

»Anwalt Seeliger ist seit einer Viertelstunde im Haus und hat mit Arthur Kowalski gesprochen. Jetzt wollen die beiden mit uns reden.«

»Da verliert jemand keine Zeit«, murmelte Krüger beim Hinausgehen.

Montag, 1. Mai, 13:28 Uhr

Arthur und sein Anwalt erwarteten die Kommissare bereits. Ohne Umschweife kam Seeliger zur Sache: »Mein Mandant hat mir bereits von Ihrer Theorie zu seiner Verwicklung in diesen Fall berichtet. Er räumt alle gegen ihn erhobenen Vorwürfe ein und gesteht auch, den besagten Film von der Folterung der bedauernswerten Frau von Igor Trawanow erhalten und an Timo Wörsching weitergegeben zu haben.«

»Wieso wurde Svetlana Pastirak als Opfer ausgewählt?«

»Das entzieht sich der Kenntnis meines Mandanten. Herr Wörsching hat ihm bei einem Besuch im T-Sex den Auftrag erteilt, zu einer bestimmten Zeit diese Frau an Trawanow und Zerbst zu übergeben und nicht von einer Rückkehr der Frau auszugehen. Mein Mandant hat dem nicht widersprochen, weil er Angst um sein Leben hatte. Timo Wörsching war als überaus brutal bekannt.«

»Sie reden von ihm in der Vergangenheitsform. Also wissen Sie bereits von seinem Tod?«

»Selbstverständlich, als sein Anwalt bin ich umgehend informiert worden.«

»Darf ich fragen, von wem Sie die Nachricht erhalten haben?«

»Der Anruf war anonym, aber eine Nachfrage hier in der Polizeidirektion hat die Behauptung bestätigt. Mein Mandant hat seinem Geständnis nichts mehr hinzuzufügen.«

»Gut, dann werden wir sehen, was die Staatsanwaltschaft

damit machen wird.«

»Sehr schön. Dann möchte ich jetzt mit meinem anderen Mandanten, Herrn Ole Zerbst, sprechen.«

»Das können Sie machen, aber er hat angesichts der Beweislast bereits gestanden.«

»Das mag sein, aber ich will mich dennoch mit ihm besprechen.«

»Natürlich, das versteht sich.«

Nachdem Anwalt Seeliger und Arthur Kowalski den Raum verlassen hatten, raunte Ritter: »Bestimmt will er rauskriegen, ob Zerbst seinen Chef verraten hat oder nicht.«

»Der neue Geschäftsführer verliert offensichtlich keine Zeit. Er ist noch nicht mal da, hat aber bereits mit diesem Anwalt einen bewährten Kontakt.«

»Ja, den einzigen, den er hier beibehalten hat.«

»Wenn der Anwalt mit Zerbst geredet hat, wird der bei seiner Geschichte bleiben und alles auf seine Kappe nehmen.«

»Davon gehe ich auch aus – nun ja, dann bleibt für uns nichts mehr zu ermitteln.«

»Weil alle schweigen werden oder auf den bereits gemachten Geständnissen beharren werden?«

»Ganz genau.«

»Was ist mit Tamara? Sie hat uns auf die richtige Spur gebracht und ist seitdem verschwunden!«

»Sie ist zur Fahndung ausgeschrieben für den Fall, dass sie irgendwo auftauchen sollte. Ich fürchte aber, dass sie verschwunden bleiben wird.«

»Oder bestenfalls als Leiche gefunden wird.«

»Bei den Kontakten von dieser Bande glaube ich das nicht. Svetlana wäre auch um ein Haar auf Nimmerwiedersehen verschwunden, und wer weiß, wie viele schon vor ihr dieses Schicksal ereilt hat.«

»Wir kommen immer zu spät – was für eine Scheiße!«

»Ja, aber ein paar Schweinehunde werden keiner Frau mehr etwas antun – lasst uns das feiern, auch wenn es nur ein kleiner Erfolg ist!«

»Ein Erfolg, für den mehrere Menschen sterben mussten.«

»Leider.«

Damit ging jeder der Kommissare zurück an seinen Schreibtisch, um den unvermeidlichen Papierkram in Form von seitenlangen Berichten zu schreiben.

Montag, 1. Mai, 14:41 Uhr

Im Laufe des Tages ging bei Ritter der Anruf von Doktor Leber ein.

»Ich bin mit der Untersuchung des Timo Wörsching fertig.«

»Gut, und wie lautet das Ergebnis?«

»Ich habe in seinem Körper winzige Spuren eines sich schnell abbauenden Präparates gefunden.«

Sofort war Ritter hellwach: »Was für ein Präparat?«

»Der Name wird ihnen nichts sagen, aber ganz sicher die Wirkung: KO-Tropfen.«

Anschließend untermauerte der Rechtsmediziner sein Ergebnis mit einem für seine Verhältnisse kurzen Monolog. Er schloss mit den Worten: »Mein Bericht ist auf dem Weg!«

Sofort rief Ritter sein Team zusammen. »Doktor Leber hat in Wörschings Körper KO-Tropfen nachgewiesen!«

»Also hat man ihn betäubt, zu diesem Feldweg gefahren und dort erschossen?«

»KO-Tropfen bauen sich ziemlich schnell ab, deshalb ist sich Doktor Leber nicht sicher, ob man ihm eine größere Menge verabreicht hat oder ob er sie zu seiner Beruhigung in einer kleineren Menge selber eingenommen hat. Gefunden hat man bei dem Toten aber weder ein Präparat noch ein entsprechendes Fläschchen. Auch in seinem Wagen oder der näheren Umgebung ist alles Fehlanzeige. Sicher ist dafür, dass er frische Schmauchspuren an der Hand hat. Auf der Waffe sind auch nur seine Fingerabdrücke, sodass das zu einem Selbstmord passen könnte.«

»Ja, aber man kann ihm die Waffe auch in die Hand gelegt und dann abgedrückt haben. Wenn er bewusstlos war, hätte er sich nicht wehren können und wir hätten die gleiche Spurenlage wie bei einem Selbstmord.«

»Können wir irgendwie beweisen, dass es Mord sein könnte?«, fragte Krüger.

Alle dachten angestrengt nach und schüttelten dann den Kopf.

»Da ist noch etwas«, druckste Nicole Sievers, »Staatsanwalt Zimmermann hat sich gemeldet.«

»Hatte der nicht ein freies Wochenende?«

»Ja, aber er muss von der Entwicklung gehört haben. Jedenfalls gratuliert er uns ganz herzlich zu unserem raschen Ermittlungserfolg! Für morgen hat er eine Pressekonferenz angesetzt und wird höchstpersönlich den Abschluss des Falles verkünden. Dabei wird er vom Selbstmord des Strippenziehers Timo Wörsching ausgehen.«

»Warum?«

»Wegen der Schmauchspuren an dessen Hand.«

»Was ist mit den KO-Tropfen?«

»Die Menge sei zu gering, sagt er, um daraus etwas Verwertbares konstruieren zu können. Der Fall ist für ihn abgeschlossen und wir sollen uns wieder einem der anderen Fälle widmen.«

»Also ist jetzt alles gut?«, ereiferte sich Krüger immer noch.

»Nun mal langsam«, versuchte Ritter zu beschwichtigen,

»der Mann ist Jurist und Fakt ist, dass wir in Sachen Wörsching keine ausreichenden Beweise für einen Mord haben. Reden wir trotzdem von Mord, beunruhigt das die Bevölkerung. Wenn es jedoch wirklich Selbstmord war, könnten wir unnötigerweise Ängste schüren.«

»Und wenn es Mord war?«

»Werden wir über kurz oder lang eine neue Leiche haben und können dann ermitteln. Aber bislang sind alle Beteiligten an diesem Fall tot oder in unserem Gewahrsam.«

»Was ist mit dem Chef von den ganzen Beteiligungsgesellschaften, diesem Dr. Bruno Feinwein?«

Tandler konnte diese Frage beantworten: »Die Kollegen in Berlin haben ihn im Rahmen unseres Amtshilfeersuchens durchleuchtet. Er soll ein absoluter Menschenfreund mit großen Spendierhosen sein, dem angeblich jegliche kriminelle Energie fehlt. Wenn sich Mitarbeiter in den unteren Ebenen seines Firmenkonstrukts ein, wie er es nannte, ‚Fehlverhalten‘ geleistet hätten, wisse er nichts davon.«

»Haben die Berliner Kollegen das so geschrieben?«

»Nein, ich habe deren Lobgesang vereinfacht wiedergegeben.«

»Das ganze Geflecht ist so gut organisiert und kostspielig, dass Wörsching das unmöglich alleine aufgezogen haben konnte!«

»Richtig, aber wir haben nicht den kleinsten Anhaltspunkt. Jetzt, da Wörsching tot ist, werden wir auch keine Antworten mehr bekommen.«

»Und wo ist der Film von Svetlanas Ermordung?«

»Mit Sicherheit irgendwo gut versteckt.«

»Vielleicht im Tresor von Wörschings Nachfolger.«

»Gut möglich, aber wir haben dafür keine Beweise und damit auch keine Chance, einen Durchsuchungsbeschluss zu bekommen.«

»Sehr unbefriedigend, das Ganze!«

»Da gebe ich dir Recht, Bernd, mir ist eine ganz normale Beziehungstat auch lieber. Leider können wir uns die Fälle nicht aussuchen. Also gut, Leute, schreiben wir die Berichte und dann nichts wie nach Hause. Meine Frau wird schon ziemlich sauer sein«, brummte Ritter.

»Willkommen im Club! Unsere Partner werden sehr glücklich sein zu hören, dass der Fall abgeschlossen ist«, lachte Sievers.

»Ja«, stimmte Ritter zu, »aber dafür werden wir bald den nächsten Fall auf dem Tisch haben. Dann fängt alles wieder von vorne an.«

Als Antwort bekam er ein demonstrativ lautes Stöhnen von seinen Teammitgliedern zu hören.

Danach widmete sich jeder dem Schreiben von seinem Teil der Berichte.

Epilog

Durch den Tod der für die restlose Aufklärung wichtigen Schlüsselfiguren konnten die am Ende noch offenen Fragen nicht geklärt werden. So gibt es bis heute Zweifel, ob das Schloss am Tor der Baustelle mit dem Fundort von Svetlana Pastiraks Leiche mit einem Schlüssel oder einem Dietrich geöffnet wurde.

Die Mörder des Zeugen Harald Bauer wurden nie gefasst. Die Vermutung, dass die Spur ins rechte Milieu falsch war, gilt als sehr wahrscheinlich. Bis heute ist nicht ganz klar, wie ihn die Mörder überhaupt hatten finden können. Der unter dem Verdacht, Bauer verraten zu haben, stehende Obdachlose Franz konnte wegen fehlender weiterer Informationen und einer mehr als nur unzureichenden Personenbeschreibung nicht gefunden werden.

Da Harald Bauer seine Aussage über das Aufschließen des Baustellentores nicht zu Protokoll gegeben hatte, waren die Ermittlungen in diesem Punkt angreifbar. Da man aber weder dem Bauleiter Gerster noch seinem Polier Semmler die Weitergabe eines Schlüssels nachweisen oder die Existenz eines dritten Schlüssels beweisen konnte, verlief diese Spur im Sande.

Der Aufenthaltsort der Prostituierten Tamara ist bis heute nicht bekannt. Es ist, als ob sie sich einfach in Luft aufgelöst hätte. Die Ermittler gehen davon aus, dass sie weggebracht und irgendwo ermordet worden ist, aber ohne Leiche sind das Spekulationen.

Ebenfalls ungeklärt blieb, ob der Autounfall des Informanten von Hauptkommissar Manfred Lehmann tatsächlich ein normaler Autounfall mit Fahrerflucht war oder ob es sich um einen gezielten Mordanschlag gehandelt hat. Die Ermittler vermuten noch immer einen Anschlag, ohne ihre Theorie jedoch beweisen zu können.

Ob Doktor Bruno Feinwein wirklich der ahnungslose Kopf eines gewaltigen Firmenimperiums oder nicht doch der oberste Chef eines Verbrechersyndikats ist, blieb ebenfalls ungeklärt. Im Rahmen der Ermittlungen konnte ihm weder eine Verbindung ins Rotlichtmilieu oder nach Hannover, geschweige denn eine Verbindung zum Mord an der Prostituierten Svetlana Pastirak nachgewiesen werden. Bedingt durch den Tod von Timo Wörsching konnten weder dessen Verbindungen zu den übergeordneten Ebenen noch deren bloße Existenz bewiesen werden. Damit gilt Wörsching offiziell als Kopf der Organisation. Ob sein Tod tatsächlich ein Selbstmord war, konnte letztlich nicht zweifelsfrei bewiesen oder widerlegt werden, allerdings deutet manches auf einen vorgetäuschten Selbstmord hin. Das Fehlen eines Behältnisses mit den in seinem Körper nachgewiesenen KO-Tropfen wurde damit erklärt, dass er das Fläschchen auf den letzten Kilometern aus dem Autofenster geworfen habe. Aber vielleicht hat ja doch eine übergeordnete Befehlsebene den Auftrag zum ‚Aufräumen' erteilt.

Alles in allem fand der Fall aufgrund der zahlreichen Todesfälle ein unbefriedigendes Ende, auch wenn der eigentliche
Mörder von Svetlana Pastirak gefasst werden konnte.

Vom gleichen Autor sind erschienen:

Heinrich Spiller – Schuhmacher und Heimatdichter aus dem
Kreis Grottkau/Oberschlesien
ISBN 978-3-7322-6996-9 (vergriffen)

Elysische Impressionen
Ausgewählte Haiku
ISBN 978-3-7392-6893-4

Sinnliche Holdseligkeit
Liebeslyrik in Form von Haiku
ISBN 978-3-7412-7164-9

Die Wiese badet im Gelb
Haiku, Senryū, Chōka
Band 96 der Reihe Poesie 21
ISBN 978-3-9435599-58-9

Ich grüße den Uhu
Fechsungen für die Sippungen der Schlaraffia
ISBN 978-3-7412-9363-4

Es schnurrt die Samtpfote
Haiku über Katzen und Kater
ISBN 978-3-7519-0730-9

Impressionen des Seins
Lyrische Daseinsbetrachtungen
ISBN 978-3-7519-8009-8

Kirschblüten im Eichenwald
Haiku im Zeichen der vier Jahreszeiten
ISBN 978-3-7519-7789-0

Der Minnesang des Frosches
Haiku über Frösche, Mit einem Geleitwort von Ingo Cesaro
ISBN 978-3-7543-2254-3

Dem Uhu gilt mein erster Gruß
Neue Fechsungen für die Schlaraffia
ISBN 978-3-7557-0112-5

Eine Reise durch das Jahr
Haiku im Laufe eines Jahres
ISBN 978-3-7568-9838-1

Im Garten der Glückseligkeit
Liebesgedichte
ISBN 978-3-7578-2407-5

Die Erforschung des Uhuversums

Schlaraffische Forschung mit Augenzwinkern

ISBN 978-3-7597-07-26-0

Mitherausgeber der <u>Heinrich-Spiller-Werkausgabe</u>

(zusammen mit Gerhard H. Spiller und Elfriede Spiller)

Band 1:

Schläsische Gedichte und Geschichten.

ISBN 978-3-7357-6755-4

Band 2:

Hochdeutsche Gedichte und Geschichten.

ISBN 978-3-7386-8613-5

Band 3:

Mein Heimatdorf und seine Umgebung.

ISBN 978-3-7392-7428-7

Band 4:

Autobiographische Texte.

ISBN 978-3-7392-6079-2